湖畔诗文丛刊

杨深秀诗集笺注

王崇任——著

中国书籍出版社
China Book Press

图书在版编目（CIP）数据

杨深秀诗集笺注/王崇任著.—北京：中国书籍出版社，2019.12

ISBN 978-7-5068-7595-0

Ⅰ.①杨… Ⅱ.①王… Ⅲ.①古典诗歌—诗集—中国—清后期 Ⅳ.①I222.752

中国版本图书馆 CIP 数据核字（2019）第 278887 号

杨深秀诗集笺注

王崇任　著

责任编辑	李小蒙　刘　娜
责任印制	孙马飞　马　芝
封面设计	中联华文
出版发行	中国书籍出版社
地　　址	北京市丰台区三路居路 97 号（邮编：100073）
电　　话	（010）52257143（总编室）　（010）52257140（发行部）
电子邮箱	eo@chinabp.com.cn
经　　销	全国新华书店
印　　刷	三河市华东印刷有限公司
开　　本	710 毫米×1000 毫米　1/16
字　　数	314 千字
印　　张	17.5
版　　次	2019 年 12 月第 1 版　2019 年 12 月第 1 次印刷
书　　号	ISBN 978-7-5068-7595-0
定　　价	95.00 元

版权所有　翻印必究

前　言

杨深秀是清末著名的爱国志士，戊戌六君子之一。在国家危亡之际，他积极投身于戊戌变法运动之中，并为之抛头颅、洒热血，推动了中国近代社会的进步。如果我们更深入地了解一下杨深秀，就会发现他不仅仅是家喻户晓的维新志士，同时还是声名卓著的学者。他学识渊博，精通经史，还擅长天文、算学、书法、绘画等，被梁启超称为"山西儒宗"。同时，他还是清末著名诗人，诗歌成就也非常高。陈衍在《石遗室诗话》中说："坊间印本有《戊戌六君子遗诗》，诸家中似以漪春为最。漪春根柢盘深，笔力荡决，而发音又皆诗人之诗。"汪辟疆也认为："山右近代诗人，漪春为最。力厚思沈，出以蕴藉，所谓诗人之诗也。"

杨深秀（1849—1898），原名杨毓秀，后改名深秀，字漪村（又作仪村、漪春），号耸耸子，山西闻喜仪张村人。杨深秀生于一个书香之家，自幼父母双亡，由大伯父杨崇烈抚养长大。他十二岁时就参加闻喜县的童子试，被录为县学附生，有"神童"之誉。二十二岁时又中同治庚午（1870）科山西省乡试举人第三名。但是后来两次赴京参加会试，都未能中。光绪元年（1875），在二伯父杨崇煟的赞助下，他才捐资买官成为刑部员外郎，在京任职两年多。光绪三年（1877）、光绪四年（1878），河北、河南、山西、陕西等地发生了著名的"丁戊奇荒"，成千上万的民众在旱灾中饥饿而死。杨深秀在光绪三年离京回乡，在家乡积极赈济灾民，救助过不少乡民。光绪五年（1879）他应闻喜知县陈作哲之聘，续修了《闻喜县志》。光绪六年（1880），他又应山西通志局之聘，到太原参加《山西通志》的纂修。光绪八年（1882），杨深秀被聘为太原府崇修书院山长兼主讲。光绪九年（1883），山西巡抚张之洞兴办了省属令德学院，杨深秀又被聘为书院协讲。光绪十二年（1886），他离开山西，赴京准备会试。光绪十五年（1889），他第三次参加会试，取中贡士；接着又参加殿试，中进士三甲，被授予刑部主事。光绪二十三年（1897）十二月，杨深秀被授予山东道监察御史。光绪二十四年（1898）农历四月戊戌变法运动开始之后，杨深秀积极投身其中，成为维新运动的核心人物之一。在戊戌变法的103天中，他先后向光绪皇帝上了20多道奏章，提出了许多政治改革主张。这些奏章，有建议变革科举考试文体、废除八股文的，有建议设立译书局的，有建议派遣留学生的，有建议"诏定国是"的，有建议惩治守旧之臣的，等等。这些主张大都被光绪皇帝采纳，对政局产生过很大的影响。正如梁启超在《戊戌政变记·杨深秀传》中所说："然三月以来，台谏之中，毗赞新政，惟君之功为最多。"这年的八月初六，慈禧太后发动戊戌政变，朝廷中人人自危。杨深秀不顾个人安危，挺身而出，上疏慈禧太后，质问她光绪皇帝被废的原因，要求她撤帘归政。这一大胆的举动激怒了慈禧，八月初九他在闻喜会馆被捕。八月十三日，未经审讯的戊戌六君子谭嗣同、杨深秀、林旭、刘光第、杨锐、康广仁就被仓促地杀害于北京菜市口。梁启超后来这样评价杨深秀在戊戌变法中的表现："八月初六之变，天地反常，日月异色，内外大小臣僚数以数万计，下心低首，忍气吞声，无一敢怒之而敢言之者，而先生乃从容慷慨，以明大义于天下，宁不知其无益哉？以为凡有血气者固不可不尔也。呜呼！荆卿虽醢，暴嬴之魄已寒；敬业虽夷，牝朝之数随尽。仁人君子之立言行事，岂计成败乎！岂计成败乎！漪村先生可谓义形于色矣。"

  杨深秀不仅在政治上有杰出的表现，同时还是一个学养渊博精深的学者。梁启超曾称赞他："博学强记，自十三经、史、汉、通鉴、管、荀、庄、墨、老、列、韩、吕诸子，乃至《说文》《玉篇》《水经注》旁及佛典，皆能举其辞，又能钩玄提要，独有心得。考据宏博，而能讲宋明义理之学。"杨深秀与晋代著名学者郭璞（字景纯）是同乡，不少学者都称赞他是"景纯再世"。杨深秀尤其精通于金石、地理、方志、天文、算术之学。光绪五年（1879），他续修《闻喜县志》时，创制《志斠》《志补》《志续》三种方志体例，并绘制了精确的地形图。光绪六年（1880），他参与《山西通志》纂修时，主要担任《星度谱》与《古迹考》两部分的编纂。杨深秀还精通算术，他的友人杨笃曾说："君笃好算术，旧制铺地锦筹马，方思著说以阐其用。而鄞周氏之《中西算学辑要》，今岁新刻于沪上。其中筹式后出，乃与君暗合，君遂不欲卒其业。"他还曾经有过制天尺地球的计划，后来在朋友的劝阻之下才放弃了这个打算。杨深秀显然已经受到了西方学术的影响，对天文、数学等自然科学有了浓厚的兴趣，这在古代知识分子中是十分难得的。可惜的是，杨深秀现存的著作仅存早年时刻印的《雪虚声堂诗钞》和《闻喜县新志》，其他遗著手稿，都毁于戊戌政变时的动乱之中。张元济编辑戊戌六君子文集时，又搜集了杨深秀奏章四篇，编为《杨漪春侍御奏稿》一卷，与《雪虚声堂诗钞》一起收入了《戊戌六君子遗集》中。

　　杨深秀的《雪虚声堂诗钞》共三卷，收录他从咸丰十年（1860）至光绪六年（1880）的诗作300多首。第一卷《童心小草》，收录他十二岁到二十六岁时的作品，这些作品主要记述他少年时期在家乡的生活，以及他两次在京参加会试期间的经历。第二卷《白云司稿》，是他二十七岁到三十岁时的作品。相传黄帝以云命名官职，白云是秋官，刑部属秋官，所以刑部也被称为白云司。这一卷作品主要创作于他在京担任刑部员外郎期间，记述他在刑部任职、在京生活情况。第三卷《并垣皋比集》，为他三十一、三十二岁时的作品。并垣是太原的别称，皋比意为讲席。这一卷作品创作于他在太原修纂《山西通志》及主讲崇修书院时，主要记述他在太原时生活、交游情况。《雪虚声堂诗钞》刻印于光绪八年（1882），也正是他在太原任教期间。杨深秀33岁之后的诗作几乎全部失传，大概是毁于戊戌政变后抄家之时。现在只有一首题画时和一首题扇诗，可以确定创作于这一时期。他在被捕后曾在狱中创作了十多首诗，仅有《狱中诗三首》留存下来。这三首作品慷慨悲愤，忧国忧民之情溢于言表，至今广为传诵。

　　杨深秀诗作的内容比较广泛，有描写家乡风物、抒怀言志、题咏金石书画、写景记游、赠答应酬等多种题材。他的《童心小草》中有不少描写家乡闻喜风物的作品，风格活泼生动。像《闻邑竹枝词》十五首，全面生动地描绘了乡土风情。如其十："苇簟精工蒜瓣匀，灯前共作约村邻。休令女子偷看见，教女何殊教外人。"闻喜当地有织席、编蒜的技艺，却只传授儿媳，不传授女儿，生怕女儿将来把技艺传于外乡人。一首小诗，生动地写出了乡民的精明及乡间独特的民俗。又如他的《亲迎杂诗》，通过自己结婚时的亲身经历，描绘当地热闹喜庆的婚礼习俗，让人有身临其境之感。

　　他的抒怀言志数量很多，成就也比较高。如他的组诗《鞠歌行四首》《除夕感怀四首》《赠家秋学博大兄八首录四》等，抒发落魄失意、愤世嫉俗之情，风格沉郁苍凉，笔力雄健。又如他的《下第绮感八首》写于第二次会试落第之后，看似是写男女情爱的艳情诗，实则是借艳情以寄托其失意落拓之感叹，颇有李商隐《无题》风味，却又别具一格。

　　杨深秀工书善画，尤其擅长山水画，有不少画作传世。他诗集中的一些题画诗，如《自题所作画》《墨牡丹障子为王槐堂孝廉题》《题画》等，描写山水景致，能够做到诗中有画。他还有大量题咏金石、书法的作品，也都别具特色。如他的《齐镈诗为寻管香给谏作》《再为管香给谏题齐镈拓本》，歌咏晚清时出土的著名青铜器齐镈，诗风古雅峭拔，深受士林推重。题咏书法的《题冯鲁川

3

廉访所藏米芾〈芜湖县学记〉为武养斋大令作》《武养斋借得宋搨〈娄寿碑〉双钩见示因题四首》《景龙观钟铭歌为养斋大令作》等，风格古朴雄浑，体现了他深厚的书法理论素养和学术修为。

他的写景游记类作品，大都写于任教太原期间。如《卫静澜中丞课试晋阳书院有晋中景物四题，拟示诸生各二首》，写山西的三门激浪、五台连云、冽石寒泉、蕊罗春色等景致，气势磅礴、笔力雄健。又如他《游恒山诗》四首五言古诗模仿谢灵运诗歌，得其幽深峭拔之致，却又颇为清新洒脱，自成一格。

杨深秀还有一组《仿元遗山论诗绝句五十首》，有极高的文学价值和理论价值。论诗绝句这一诗歌评论形式由杜甫开创，他最早创作了《戏为六绝句》，金代的大诗人元好问又创作了《论诗绝句三十首》，此后这种独特的以诗论诗的方式蔚然成风。杨深秀的这组诗歌独到之处在于它专门品评山西一省历代诗人，这是一种开创性的贡献。他的这组诗歌，评论了从三国到清代的数十位山西诗人，俨然是用绝句形式写成的山西诗歌史。这组诗歌中对不少诗人的评价颇有独到见解，如他论柳宗元的诗："谁妄言之谁妄听，故将韦柳两相形。渔洋不识唐灵运，真赏终输野史亭。"前人大多认为韦应物和柳宗元的山水相似之处很多，将二人并称为"韦柳"，但作者却认为柳宗元的诗风更像谢灵运，有谢灵运的幽深峭拔之致。

杨深秀的诗歌艺术成就很高，得到了不少学者的高度评价。但是对杨深秀诗歌的特色，前人的认知却不太一致。陈衍认为："漪春根柢盘深，笔力荡决，而发音又皆诗人之诗。"汪辟疆认为："力厚思沈，出以蕴藉，所谓诗人之诗也。"而徐世昌则说："诗有才调，一空依傍，未可以常格绳焉。"杨深秀的诗歌题材广泛，风格多变，诗歌的特色确实难以一概而论。但诸家评论当中，还是以杨深秀的挚友杨笃的评价最为中肯，他认为杨深秀诗歌的特点是："巧缛而谢雕镂、奇崛而出以婉逸，实祛经生之弊、脱才人之习而兼擅其长者。"杨深秀的诗可以说巧缛华美、奇崛峭拔兼而有之。晚清同治、光绪年间，诗坛上正流行同光体。这一诗风的特点是以学习宋诗为主，兼学中晚唐诗歌。杨深秀对诗歌艺术的看法，与诗坛的主流风尚却不大一致。杨深秀比较赞同陆机"诗缘情而绮靡"的观点，他曾对友人仇汝嘉说："夫绮论其藻，靡论其声，藻恐其苦窳，而声惧其噍杀也，则绮靡真急务也。"他又说："学不厚则情不能深，而风韵色泽胥有所不足。是虽欲绮靡而不能，不能而反诋之，诚何心矣！使其人不甘文过，积其学以培其情，铸调于乐府而储材于选楼，知所谓绮靡者本乎情之不容已、音节可歌、风景可绘，而文采不可掩也。"他认为好的诗歌要有深情，还要有风韵、色泽，所以必须注意音节、文采。在诗歌创作中，他也尽力实现这一主张。他的不少作品都文辞华美,有晚唐诗人李商隐、温庭筠遗风。像他的《下第绮感八首》,明显是模仿李商隐的《无题》诗。不过,杨深秀为人性格耿直刚健,又是学问精深的学者,所以他的多数诗作还是以雄浑刚健、奇崛峭拔为主。他的一些五言古诗,颇有汉魏六朝古诗风味。如他的《赠家秋学博大兄八首录四》,与《古诗十九首》、阮籍《咏怀诗》多有相近之处。其《游恒山诗》四首,是学习谢灵运的山水诗。他的一些题咏金石书画的作品,如《齐镈诗为寻管香给谏作》《景龙观钟铭歌为养斋大令作》等,风格古雅峭拔却又气势雄浑,更近似于韩愈。总体而言,他的诗歌受汉魏古诗及中晚唐诗人韩愈、李商隐的影响较大,诗风以雄浑峭拔为主,兼有一些华美绮艳的特点,能够自成一家。

  杨深秀的《雪虚声堂诗钞》是光绪八年(1882)在太原刻印的。诗集前有武育元的《序》、苏晋的《童心小草序》、杨笃的《白云司稿序》、仇汝嘉的《并垣皋比集序》。诗集正文分为《童心小草》《白云司稿》《并垣皋比集》三卷。这一刻本现在已不多见。1918年,张元济编辑《戊戌六君子遗集》时,将《雪虚声堂诗钞》收入其中。本书即以商务印书馆1918年出版的《戊戌六君子遗集》为底本,对《雪虚声堂诗钞》进行整理、笺注。《雪虚声堂诗钞》没有收入的《狱中诗三首》及一首题画诗、一首题扇诗,一并收入。

  杨深秀学问精深广博,举凡经史、地理、金石、佛学、书画无不精通,而且据胡思敬在《戊戌履霜录·杨深秀》中所言,杨深秀"好读僻书,尤精金石谱牒之学"。杨深秀将他的学识也很好地融入到诗歌之中,这使得他的诗体现出了一些"学人之诗"的特点,诗作也有不少晦涩难解之处。本人学识浅陋,仓促成书,错误不足之处,敬请方家指正。

目 录
CONTENTS

前　言 ·· 1

雪虚声堂诗钞卷一·童心小草 ······································· 1

初应童试以默经能赋入学,学使江夏彭子嘉师赐手书《观世音经》,
因题后 ··· 3
论婚 ··· 3
冻脚 ··· 4
壬戌元日 ·· 4
赴省试过韩侯岭,谒庙时甫念《史记》 ································· 5
亲迎杂诗 ·· 6
田间作四首 ·· 8
闻邑竹枝词 ·· 9
表兄翟海田师岁贡就职,族人感其经理祠堂之无私也,制屏以赠属
作题句 ··· 14
妻兄李雨艇茂才属题尊甫明轩外舅遗像,集唐人句成转韵体 ······ 17
赴都留呈海田师 ·· 22
赴都留题斋壁 ··· 22
烈女赵二姑诗 ··· 23
京师寄表兄翟海田师 ··· 24
怀旧诗 ·· 25
先伯祖博如公 ··· 26

先从伯父丕承公	28
先从伯父明章公	29
明经翟海田师	31
许逸卿上舍	32
周康侯大令	33
妻兄李雨亭司训	35
徐芮南大令	36
侍讲林锡三师	37
题刘景韩师像	39
读《华陀传》	40
座师曹朗川夫子命画马因媵以诗	41
三月晦日送刘小渠比部旋里	42
赠常小轩	43
落第	44
下第次日送卫庄游游天津	44
送周康侯西归	45
热河赠刘秀书司马	46
送许桂一孝廉	50
送杜英三拔贡	50
近闻房师陶公商岩卒安邑任所，不审旅榇何似。其幕友夏渊如先生亦久不见消息	50
次韵沈云巢方伯重宴庚午鹿鸣纪恩之作，四首录三	52
送家春樵孝廉归里	54
赠贾小芸	55
生日至赵州桥次壁间韵	58
汤阴夜过未能瞻礼岳祠用店壁韵书意	58
雪夜寄刘选之猗氏	59
寄讯山阴陆子善出都兼以宽之	62
九日有作奉送曹朗川太史师出守南康兼呈吉三太史师叔	63
朗川师将赴南康任以诗留别次韵二首	67
朗川师命画扇一面书前九日奉送之作以当别念，画成又系小诗	69
热河留别金元直西归	69
齐镈诗为寻管香给谏作	71

再为管香给谏题齐镈拓本	74
岁寒三友诗	78
为外祖母孙太孺人撰书事一篇,撰毕凄然赋此	80
里门外有郭景纯碑因题长句	84
谒裴赵二公祠	85

雪虚声堂诗钞卷二·白云司稿 87

刑曹初直四首	89
赠家秋湄孝廉兄	90
柬柴赋嘉茂才	93
刑曹直宿读秋湄诗及所撰《西宁志》辄题四首	94
题柴子芳明经杂临诸帖卷子八首	96
戏柬贾小芸员外四首	100
满洲同年常小轩屯田,今总宪阜荫坊先生犹子也。总宪新遇丧明之痛,小轩又将假归热河,祖席口号三首送之,实以留之云	102
和贾小芸寓斋即目原韵	103
墨牡丹障子为王槐堂孝廉题	104
自题所作画	105
送乔翰卿大令游天津就幕南皮八首录三	105
虞部刘小山大兄见问诗法,酒次成转韵体答之	106
明末吾邑上邱村赵加爵字璘玉,与弟加品乞食养病母。母殁庐墓三年,每饭必哭奠焉。一时无识不识咸称曰孝子。赵四郎初父工医术,至是四郎嗣业益精。洎闯氛日逼,逃山中。众谓孝子所止,必有神守护,故随之者常数百千人。四郎独部署饮食之,卒不遇寇。康熙中,同里朱小晋司农,与家少宰起斋公合词奏于朝,乃得以巡检官辽东,孝子之名大噪天下矣。崔子高学使居与比邻,为作传。徐卧云山人摭其事迹绘为图,凡七番,国初诸老题咏者册厚盖尺余矣。光绪初元,其元孙翔凤仲翙官中书,出册重装池之。余为征海内名宿,诗亦甚夥,与原册埒厚。仲翙仍丐余作,乃逐七图各系以诗,诗亦无定格,期于达意而已	110
负米谣	111
哺饭歌	112
挽车吟	112
守窑词	113

蒿庐哀	114
药肆铭	115
举孝诗	116
自题所作画三首	117
湖南宜章宋蘅少好剑术，里有邪教讲堂，不逞之徒聚焉。或以药术迷里中儿，取儿睛。蘅怒纠里人毁其堂，互有歼者。教徒贿官名捕蘅，蘅亡至黔中。又念老母弱妹，恐陷狱，乃阴归省。而捕者数百围其宅，蘅孤剑转斗出，威勇、关卒无敢逼者。事既解，绘《仗剑入关》《出关》二图志其痛。其同邑吴醉琴农部与余善，代为索题，乃各系以诗	118
赠家秋湄学博大兄八首录四	121
题黄太守采芝图八首录四	124
中秋对月有怀杨大笃蔚州、乔八骏保安州	125
和陈小农计部秋晚元韵	126
和许韵堂同年秋怀元韵二首	126
无　题	127
出塞行	128
寄秋湄蔚州志局二首	129
送许韵堂南归二首	130
鞠歌行四首	131
滦阳怀人诗十五首	135
自题所作画	141
题　画	141
除夕感怀四首	142
春暮得秋湄太原书却寄	143
和陈小农海淀二首元韵	145
再和陈小农海淀元韵	146
陈小农三索和海淀元韵	147
送梁曦初侍御出守兴化二首	148
祁子禾侍郎招祀顾亭林先生因嘱绘《顾祠雅集图》，慨然有作	149
下第绮感八首	152
边拙存兄见示秋雨夜话之作次韵书怀	157
再叠前韵送令弟竹潭同年改官浙蓝	158
有怀雨夜	159

怀旧 ··· 160
题常小轩庶常所藏欧阳《九成宫醴泉铭》 ······················· 160
外姑李母杜太孺人寿诗 ··· 163

雪虚声堂诗钞卷三·并垣皋比集 ································· 165
题冯鲁川廉访所藏米芾《芜湖县学记》为武养斋大令作 ······· 167
题成哲亲王杂临诸帖七首为养斋大令作 ·························· 168
题英煦斋相国所刻刘文清帖为养斋大令作 ······················· 171
寿王遐举先生 ··· 172
外姑杜太孺人三周禫祭令嗣制屏索诗拟垂家范,内子亦寄书代乞,
因案来状件系之,得截句十四首 ································· 178
母舅刘公讣至云临终哭念余也泣作 ································ 183
哭卫庄游学博 ··· 184
拟何大复明月篇 ·· 186
题吴道子画佛像帧 ··· 191
前题乃王鼎丞观察课试之题,闻意主论画,再拟示诸生 ······· 194
卫静澜中丞课试晋阳书院有晋中景物四题,拟示诸生各二首三门激浪
 ·· 198
五台连云 ·· 200
冽石寒泉 ·· 201
蕊罗春色 ·· 202
题冯习三广文诗集,令息佩芸夫人婉琳属题也,四首 ·········· 203
武养斋借得宋拓《娄寿碑》双钩见示因题四首 ·················· 205
养斋因余诗故尽抚祥瑞及画像为跋长句 ·························· 207
拟杜秋兴五首 ··· 208
景龙观钟铭歌为养斋大令作 ·· 211
题欧阳询《虞恭公碑》为毛寔生学博作 ·························· 213
游恒山诗 ·· 216
仿元遗山论诗绝句五十首 ··· 220

补　遗 ··· 246
题《松风阁图》诗 ··· 246
题扇诗 ··· 246

狱中诗三首 …………………………………………………… 246

附　录 ………………………………………………………… 250
一、序　跋 …………………………………………………… 250
　　序 ………………………………………………………… 250
　　童心小草序 ……………………………………………… 251
　　白云司稿序 ……………………………………………… 252
　　并垣皋比集序 …………………………………………… 252
二、传　记 …………………………………………………… 253
　　《戊戌政变记·杨深秀传》 ……………………………… 253
　　《清史稿·杨深秀传》 …………………………………… 255
　　《戊戌履霜录·杨深秀》 ………………………………… 256
　　六哀诗（其一） …………………………………………… 257
　　故山东道监察御史闻喜杨公深秀 ……………………… 257
三、诗歌评论 ………………………………………………… 258
　　《近代诗钞》 ……………………………………………… 258
　　《晚晴簃诗汇》 …………………………………………… 258
　　《光宣诗坛点将录》（节选） ……………………………… 258
　　《清人诗集叙录》（节选） ………………………………… 259

后　记 ………………………………………………………… 260

雪虚声堂诗钞卷一·童心小草庚申至甲戌汰录本

初应童试以默经能赋入学，学使江夏彭子嘉师赐手书《观世音经》，因题后〔一〕 时十二岁

蚕眠细字妙花簪〔二〕，手写高王观世音〔三〕。我似善才童子否〔四〕，旃檀一瓣答婆心〔五〕。

〔一〕童试：即童子试，明清时期录取秀才的考试。默经：默写经书。入学：童生经考试录取后，进入府、州、县读书。学使：即学政。学政是提督学政的简称。清代中叶，由朝廷任命，派往各省，按期到所属府、县等地考试童生及生员。彭子嘉，即彭瑞毓（1812—1877），字子嘉，湖北江夏县人。咸丰二年（1852）进士，翰林院编修，咸丰八年主考山西乡试，并任山西学政，后出任云南粮道。工诗文，善绘画。

〔二〕蚕眠细字：像眠蚕状的细小之字。花簪：即簪花小楷，魏晋著名女书法家卫夫人所创的一种清秀婉丽的书体。

〔三〕高王观世音：即《高王观世音经》，东魏时开始流传于民间。

〔四〕善才童子：即善财童子。据《华严经入法界品》所载，善财童子是福城长者之子，曾经南行参访五十三位善知识，遇到普贤菩萨而最终成就佛道。

〔五〕旃檀：即檀香。婆心：即"老婆心"，原为禅宗术语，意为反复叮嘱、语重心长。

论 婚 十三岁

孤儿依伯叔〔一〕，取次与论婚〔二〕。土物仪殊洁〔三〕，冰人语亦温〔四〕。俗同宜近里，名著属高门〔五〕。仅觉私衷慰〔六〕，终怜只影存。

前问名王氏未成〔七〕，赋诗有"生子当如李亚，娶妻岂必齐姜"句〔八〕，通幅遗忘〔九〕，不录。

〔一〕"孤儿"句：杨深秀七岁时母亲去世，八岁时父亲病逝，由大伯父杨崇烈抚养长大。

〔二〕取次：草草，仓促。元朱庭玉曲《青杏子·送别》："肠断处，取次

作别离。"

〔三〕土物：本地之物产。仪：礼物。

〔四〕冰人：指媒人。《晋书·艺术传·索紞》："孝廉令狐策梦立冰上，与冰下人语。紞曰：'冰上为阳，冰下为阴，阴阳事也。士如归妻，迨冰未泮，婚姻事也。君在冰上与冰下人语，为阳语阴，媒介事也。君当为人作媒，冰泮而婚成。'"

〔五〕高门：杨深秀之妻是闻喜城内名门李锡庚之女。

〔六〕私衷：个人内心的想法。

〔七〕问名：古代婚姻有六礼，纳采、问名、纳吉、纳征、请期、亲迎。问名，即男方请媒人到女方家中询问女方姓名。

〔八〕生子当如李亚：《资治通鉴》卷二百二十六记载朱温之言："生子当如李亚子，克用为不亡矣。至如吾儿，豚犬耳。"李亚子，即五代后唐庄宗李存勖。娶妻岂必齐姜：《诗经·陈风·衡门》："岂其食鱼，必河之鲂？岂其取妻，必齐之姜？"意为难道娶妻，非要娶显赫的齐国姜姓姑娘？

〔九〕通幅：通篇。

冻　脚

饿肠莫与饭，与饭亦须稀。冻脚莫向火，向火亦须微〔一〕。所以求治人，贵示善者机〔二〕。

〔一〕微：小，微小。

〔二〕善者机：即生机。《庄子·应帝王》："是殆见吾善者机也。"

壬戌元日〔一〕 十四岁

往岁颁新朔，春回庆改元〔二〕。飞龙仍上哲〔三〕，封豕敢中原〔四〕？粟麦今朝卜〔五〕，衣冠古意存〔六〕。太平真气象〔七〕，大抵在山村。

〔一〕壬戌：即公元1862年。元日：阴历正月初一。

〔二〕"往岁"句：咸丰十一年，即公元1861年，咸丰皇帝病逝，其子载淳继位，定新年号为"同治"，次年（1862）开始使用新年号。

〔三〕飞龙：指刚继位的同治皇帝。《周易·乾》："九五，飞龙在天，利见大人。"上哲：具有超凡道德、才智之人。

〔四〕封豕：大猪，比喻贪暴之人。《左传·昭公二十八年》："〔伯封〕实有豕心，贪惏无餍，忿纇无期，谓之封豕。"敢：岂敢。"飞龙"两句：这两句暗喻同治初年时政治形势。当时英法侵华的第二鸦片战争刚刚结束，太平天国起义正如火如荼，清王朝危机重重。这两句意为刚继位的新天子才智超凡，贪暴残虐之人岂敢横行中原？

〔五〕"粟麦"句：这句意为今日占卜今年粟、麦的收成。

〔六〕"衣冠"句：宋陆游《游山西村》："衣冠简朴古风存。"

〔七〕"太平"句：宋陈知柔《环翠亭》："欲问太平真气象，夜来风月到松关。"

赴省试过韩侯岭，谒庙时甫念《史记》〔一〕

寄食既不终，南昌一亭长〔二〕。推食仍不终〔三〕，泗上一亭长〔四〕。食人死事纵自期〔五〕，无那二人各有妻〔六〕。亭长妻存漂母死〔七〕，伤哉国士困牝鸡〔八〕。

〔一〕省试：即乡试，在省城举行的科举考试。韩侯岭：在今山西灵石县南，也叫韩信岭，是山西南北之间的重要关隘。岭上有韩信庙，庙后有韩侯墓。刘邦击陈豨，还师至此，吕后斩杀韩信，函首而来，即葬之岭上。甫：刚；才。

〔二〕"寄食"句：《史记·淮阴侯列传》："（信）常从人寄食饮，人多厌之者。常数从其下乡南昌亭长寄食，数月，亭长妻患之，乃晨炊蓐食。食时，信往，不为具食。信亦知其意，怒，竟绝去。"

〔三〕推食：《史记·淮阴侯列传》："汉王授我上将军印，予我数万众，解衣衣我，推食食我，言听计用，故吾得以至于此。"

〔四〕泗上一亭长：汉高祖刘邦曾任泗水亭长。

〔五〕食人：给人食物，指南昌亭长。死事：刘邦曾与功臣立誓，"使河如带，泰山若厉，国以永宁，爰及苗裔"。死事指誓言至死不渝。自期：自我期望。

〔六〕无那：无奈。

〔七〕漂母：《史记·淮阴侯列传》："信钓于城下，诸母漂，有一母见信饥，饭信，竟漂数十日。信喜，谓漂母曰：'吾必有以重报母。'母怒曰：'大丈夫不能自食，吾哀王孙而进食，岂望报乎！'"清人吴逢圣有对联云："十年成败一知己，七尺存亡两妇人。"两妇人即指漂母与吕后。

〔八〕国士：指韩信。《史记·淮阴侯列传》："何曰：'诸将易得耳。至如信者，国士无双。'"牝鸡：母鸡。《尚书·牧誓》："牝鸡司晨，惟家之索。"此处代指吕后。这句意为国士韩信终为妇人吕后所害。

亲迎杂诗〔一〕 癸亥三月二十四日

果然练得此良辰，杏雨梨云色色新。夹路桃花何预汝〔二〕，红摊步障迟香轮〔三〕。铺步障俗名铺践子。

〔一〕这组诗歌创作于同治二年（1863年），作者时年十五岁。亲迎：古代婚礼六礼之一，即新郎亲至女家迎娶新娘。

〔二〕预：干涉，参与。

〔三〕迟：等待。

散花手重恐难胜，吉语同祈五谷登。疑是今朝天雨粟〔一〕，谁知红豆撒三升。撒五谷。

〔一〕天雨粟：《史记·刺客列传》："太史公曰：世言荆轲，其称太子丹之命，'天雨粟，马生角'也太过。"

官窑瓷式两相同，腹插花枝耳挂红〔一〕。侍者双双齐抱入，日躔应值宝瓶宫〔二〕。抱宝瓶。

〔一〕耳：瓶耳。

〔二〕日躔：太阳运行的度次。《文选·颜延之〈三月三日曲水诗序〉》："日躔胃维，月轨青陆。"宝瓶宫：也叫"水夫宫"，黄道十二宫的第十一宫。

两束黄禾簇簇新，侍儿提掇总随身。聊将刘楚迎之子〔一〕，敢道纯茅况玉人〔二〕。提草把。

〔一〕刈楚迎之子：《诗经·周南·汉广》："翘翘错薪，言刈其楚；之子于归，言秣其马。"刈楚：割取荆条。先秦婚礼中男方要以束薪作为礼物送给女方。之子：这位女子，代指新娘。

〔二〕纯茅况玉人：《诗经·召南·野有死麕》："林有朴樕，野有死鹿。白茅纯束，有女如玉。"纯茅：捆扎之白茅。况：比方。玉人：容貌美丽之人，代指新娘。

帖子题词小阁春，斜铺拜毯待新人。无须喜字环三六〔一〕，只画梅花谱喜神〔二〕。拜喜神。

〔一〕喜字环三六：《南史·齐本纪下》载，南齐武帝病危时，皇太孙萧昭业"与何氏书，纸中央作一大'喜'字，而作三十六小'喜'字绕之。"

〔二〕喜神：民间传说中的吉神。

岂是双行赋锦缠〔一〕，赤绳系足彩披肩。刚从帐里徐徐曳，齐唱姻缘一线牵〔二〕。牵红丝。

〔一〕锦缠：即锦缠头，用锦巾缠头。杜甫《即事》："笑时花近眼，舞罢锦缠头。"

〔二〕姻缘一线牵：唐李复言《续玄怪录·订婚店》载，书生韦固于旅社遇一老人在倚一布囊在月下检书。固问所寻何书，答曰："此幽冥之书。"固曰："然则君何主？"曰："天下之婚姻耳。"又问囊中何物，答曰："赤绳子耳。以系夫妻之足，及其生，则潜用相系，虽仇敌之家，贵贱悬隔，天涯从宦，吴楚异乡，此绳一系，终不可逭。"

交斝绿醑溢陶匏〔一〕，斜背银灯解粉包〔二〕。洗手羹汤何处进〔三〕，伤心不忍啖嘉肴〔四〕。合卺俗名交杯酒。

〔一〕绿醑：绿色美酒。陶匏：陶制饮酒器皿。这句描写新郎新娘喝交杯酒的情形。

〔二〕粉包：装有香料的荷包、香囊。

〔三〕洗手羹汤：王建《新嫁娘词》："三日入厨下，洗手作羹汤。未谙姑食性，先遣小姑尝。"

〔四〕啖：吃。"洗手"两句，写新娘入门后要作羹汤献于公婆品尝，但诗人父母早亡，难免伤心。

灯前乍见解铃人，手赠红囊白氎巾[一]。自笑平生无长物[二]，酬君约指一钩银[三]。解辫铃、赠指环。

〔一〕白氎巾：白色棉布帽。杜甫《大云寺赞公房四首》之二："细软青丝履，光明白氎巾。"

〔二〕无长物：身无长物，除自身外无多余之物。

〔三〕约指一钩银：这句形容赠新娘之戒指如一钩银月。繁钦《定情诗》："何以道殷勤？约指一双银。"约指：戒指。一钩银：一轮如钩之银月。

田间作四首　有序

八九龄日，大伯父恒令同子特兄芟草习勤[一]，唱储、王句若农歌焉[二]。顷弟辈者无复以亲稼为事矣[三]，谷雨下辄率往田间种豆。为忆昔况一泫然也[四]。

一痴一醒童子，半读半耕秀才。记得饭牛刈草[五]，茸茸苜蓿花开[六]。

〔一〕大伯父：杨崇烈。子特兄：作者的堂兄杨挺秀。芟草：除草，割草。

〔二〕储、王：储光羲、王维。储、王二人都是盛唐山水田园诗代表诗人。

〔三〕顷：近来。亲稼：亲自耕作。

〔四〕泫然：眼泪下滴的样子。

〔五〕饭牛：喂牛。刈草：割草、除草。

〔六〕茸茸：花草又软又密的样子。苜蓿：又名金花菜，一种多年生开花植物，重要的牧草。

便有濠濮间想[一]，自云羲皇上人[二]。不妨日涉成趣[三]，但觉掇皮皆真[四]。

〔一〕濠濮间想：濠、濮二词均出自《庄子》。《庄子·秋水》："庄子与惠子游于濠梁之上。庄子曰：'儵鱼出游从容，是鱼之乐也。'惠子曰：'子非鱼，安知鱼之乐？'庄子曰：'子非我，安知我不知鱼之乐？'惠子曰：'我非子，固不知子矣；子固非鱼也，子之不知鱼之乐，全矣。'庄子曰：'请循其本。子曰"汝安知鱼乐"云者，既已知吾知之而问我，我知之濠上也。'"又《庄子·秋水》："庄子钓于濮水，楚王使大夫二人往先焉，曰：'愿以境内累矣！'庄子持杆不顾，曰：'吾闻楚有神龟，死已三千岁矣，王巾笥而藏之庙堂之上。此龟者，宁其死为留骨而贵乎？宁其生而曳尾于涂中乎？'二大夫曰：'宁生而曳尾涂中。'庄子曰：'往矣！吾将曳尾于涂中。'"后世遂以濠濮之想，代指闲适无为、逍遥洒脱的情怀。

〔二〕羲皇上人：太古时代之人。羲皇，伏羲氏。陶潜《与子俨等疏》："常言五六月中，北窗下卧，遇凉风暂至，自谓是羲皇上人。"

〔三〕日涉成趣：天天行走，自成一种乐趣。涉，涉足。陶渊明《归去来兮辞》："园日涉以成趣，门虽设而常关。"

〔四〕掇皮皆真：情真而无所掩饰。掇皮，去除其皮。刘义庆《世说新语·赏誉》："谢公称蓝田掇皮皆真。"

田中稳跨乌犍〔一〕，山外时闻杜鹃。一带苍烟如叠，半规红日犹圆〔二〕。

〔一〕乌犍：耕牛。犍，阉割过的公牛。唐彦谦《越城待旦》："清溪白石村村有，五尺乌犍托此生。"

〔二〕半规：半圆。宋祁《送客野外始见春物萌动》："万里碧云随望合，半规红日有情低。"

杨柳堤边孤堠〔一〕，桃花潭上闲田。吾家旧业如此，世上浮名淡然〔二〕。沙溪水入涑之交有潭焉〔三〕，吾家田即在此，亦直大路，十里墩也。

〔一〕孤堠：孤立的土堆。

〔二〕浮名：虚名。岑参《暮春虢州东亭送李司马归扶风别庐》："帘前春色应须惜，世上浮名好是闲。"

〔三〕涑：涑水，发源于山西省绛县，流经山西省的闻喜县、夏县、运城市等地。

闻邑竹枝词〔一〕　乙丑十七岁作

春鸡绚彩闹蛾华，几度灯前手剪纱。明日迎春郎去否〔二〕，新成一串水苤花〔三〕。俗于迎春日杂剪彩丝作鸡及水苤花簪帽上，游毕投之河流。妇人则绉帛作仙人杂剧、麟凤虎咒〔四〕，背黏白鸡毨毛如云气〔五〕，曰闹蛾簪，过元宵乃已。

〔一〕闻邑：即作者的家乡山西省闻喜县。竹枝词：本为古代巴蜀民歌，经唐代著名诗人刘禹锡改造而变成一种文人诗体，以吟咏风土人情为主要特色。

〔二〕迎春：又称扫尘日，每年从农历腊月二十三到除夕，民间称之为"迎春日"。

〔三〕水荭花：也作"水蕻"，一种水草，花红色或白色。李贺《湖中曲》："长眉越沙采兰若，桂叶水蕻春漠漠。"

〔四〕绉帛：折叠布帛。

〔五〕氄毛：柔软细小之毛。

新正十六好游城，燕瘦环肥取次评〔一〕。爆竹斜飞裙底过，金莲瓣瓣火中生〔二〕。元宵次日，乡人皆入城穿街越巷，是曰游城。妇女辈列坐门前，靓妆祛服〔三〕，不避人。游冶少年或然炮张暗掷坐下以骇之〔四〕，陋俗也，然大家无之〔五〕。

〔一〕燕瘦环肥：形容女子体态不同，各有各的美丽。燕，指汉成帝皇后赵飞燕，以纤瘦著称；环，指唐玄宗贵妃杨玉环，以丰腴闻名。取次：次第，一个挨一个。

〔二〕金莲：形容女性的小脚。《南史·废帝东昏侯本纪》记载：东昏侯令人"凿金为莲花以帖地，令潘妃行其上，曰：'此步步生莲花也。'"

〔三〕靓妆祛服：盛装艳服。

〔四〕炮张：即炮仗，又名鞭炮。

〔五〕大家：大户人家。

百花生日斗新妆〔一〕，拈取旃檀一瓣香。喜得头生儿子好〔二〕，与君同谢石娘娘。昔年邑东十里沟中，崖土坼裂，出一石像，若好女子，土人立庙祀之，曰"石娘娘"。岁以二月十五日为香火之期，妇人往往祷子于此。

〔一〕百花生日：又名花神节、花朝节，民间以农历二月十五为百花的生日。

〔二〕头生：头胎，第一次生育的小孩。

漫愁窄窄小弓鞾〔一〕，也上城南八里坡。但到香山休乞子，此山儿子博徒多〔二〕。香山在城南，即《唐摭言》所载裴晋公还带处也〔三〕，上有八里坡池。

〔一〕弓鞾：古代女子缠足之后，所穿之鞋如弓形，故称弓鞾。鞾，同"靴"。

〔二〕博徒：赌博之徒。

〔三〕《唐摭言》：五代文人王定保所著笔记，主要记载唐代科举制度、文人墨客逸闻轶事。裴晋公：裴度，唐代著名政治家，山西闻喜人。《唐摭言》卷四"节操"类记载了"裴度还带"的故事：裴晋公质状眇小，相不入贵。既屡屈名场，颇亦自惑。会有相者在洛中，大为搢绅所神，公时造之问命。相者曰："郎君形神稍异于人，不入相书。若不至贵，即当饿死。然今则殊未见贵处。可别日垂访，勿以蔬粝相鄙。候旬日，为郎君细看。"公然之，凡数往矣。无何，阻朝客在彼，因退游香山佛寺。徘徊廊庑之下。忽有一素衣妇人，致一缇褶于僧伽和尚栏楯之上，祈祝良久，复取筊掷之，叩头瞻拜而去。少顷，度方见其所致，意彼遗忘，既不可追，然料其必再至，因为收取。踌躇至暮，妇人竟不至。度不得已，携之归所止。诘旦，复携就彼。时寺门始辟，俄睹向者素衣疾趋而至，逡巡抚膺惋叹，若有非横。度从而讯之。妇人曰："新妇阿父无罪被系，昨告人，假得玉带二，犀带一，直千余缗，以赂津要。不幸遗失于此，今老父不测之祸无所逃矣。"度恻然，复细诘其物色，因而授之。妇人拜泣，请留其一，度不顾而去。寻诣相者，相者审度颜色顿异，大言曰："此必有阴德及物，此后前途万里，非某所知也。"再三诘之，度偶以此言之。相者曰："只此便是阴功矣。他日无相忘，勉旃，勉旃！"度果位极人臣。

绿阴蓊郁隐儿家〔一〕，肯放墙头露杏花〔二〕。伴我当依楸妳妳，啮人莫惹柳哇哇〔三〕。楸花含苞日，大如绿豆，破之中有乳，甚甘香，小儿食之，呼为"楸妳妳"。柳叶上有起泡者，中皆蚊虻，俗名"柳哇哇"。榆叶亦有之，则曰"榆哇哇"。

〔一〕蓊郁：形容草木茂盛浓密。隐：隐蔽、遮蔽。

〔二〕肯放墙头露杏花：叶绍翁《游园不值》："春色满园关不住，一枝红杏出墙来。"

〔三〕啮人：咬人。

野外游民懒灌浇，厨中拙妇厌烹调。山田半亩商量种，女曰蔓菁士曰荞〔一〕。荞麦种即待收，男子无耘锄浇灌之苦。蔓菁煮即可食，女子无刀匕烹炙之劳〔二〕。"荍"，白诗已作"荞"〔三〕。

〔一〕蔓菁：又名芜菁、葑，俗称大头菜，块根肉质，可以熟食或泡酸菜。荞：即荞麦，北方常见农作物。

〔二〕刀匕：刀和匙，古代饮食用具。

〔三〕荍，同"荞"。荞麦，也写作"荍麦"。苏轼《中秋月》之三："但见古河东，荍麦花如雪。"白诗：白居易《村夜》诗："独出前门望野田，月明荞麦花如雪。"

白土河边杏子黄，紫金山下麦花香。今年四月风光好，七社轮番赛稷王〔一〕。后稷教稼地，名稷王山〔二〕，本邑西境后割为稷山县。邑城仍有稷王庙〔三〕，每岁以数村主祷赛，例于四月十七日入庙，凡七年而周焉。白土河在城北，紫金山在城东北。

〔一〕赛：古代祭祀酬神。稷王：即后稷，周民族始祖，教民耕种，被人尊奉为司农之神。河东地区相传后稷生于稷山（今山西稷山县）。

〔二〕稷王山：位于今山西省南部万荣、闻喜、稷山、盐湖四县交界处。相传后稷最早开始在此地播种五谷。

〔三〕稷王庙：山西运城现有多座稷王庙，作者所指是位于闻喜县阳隅乡吴吕村的后稷庙。

董湖西畔是侬家〔一〕，艳似红莲敢自夸。不愿为花愿为藕，愿郎怜藕莫贪花〔二〕。湖即《左传》董泽〔三〕，在邑东四十里外，村曰湖村，多红莲。

〔一〕侬家：我家。侬，吴语，我。

〔二〕怜藕莫贪花：孟郊《去妇》诗："妾心藕中丝，虽断犹牵连。""丝"与"思"谐音。

〔三〕董泽：在今山西闻喜县，相传舜帝时，董父曾豢龙于此。《左传·文公六年》："阳处父至自温，改蒐于董，易中军。"杜预注："河东汾阴县有董亭。"郦道元《水经注·涑水》："涑水西径董泽陂南，即古池，东西四里，南北三里。《春秋》文公六年，蒐于董，即斯泽也。"

霜红柿子满筥篮〔一〕，蒸酒成花晒饼甜。妾自别郎醒亦醉，郎如念妾苦皆甘。邑北原多柿，蒸酒甚清冽，其上者泻杯中泡影涨起，是曰对花，故河东盛称花子酒。或晒作柿饼，食之甘如蜜也。

〔一〕筥篮：竹篮。杨万里《晓过丹阳县》诗之四："小儿不耐初长日，自织筥篮胜打闲。"

苇簟精工蒜辫匀〔一〕，灯前共作约村邻〔二〕。休令女子偷看见，教女何殊教外人〔三〕。邑东涑渠凡五堰，产苇、产蒜，织席、编蒜之技，教儿教妇不教

12

女，恐女嫁他处夺其利也。

〔一〕苇簟：苇席。

〔二〕约：邀。

〔三〕何殊：何异，有何不同。

警省清晨玉案钟〔一〕，钟楼近日忽泥封〔二〕。何人闭绝噌吰响〔三〕，天鼠空传治耳聋〔四〕。邑三门楼上有巨钟，金时玉案寺物也。昔每夕击以节更，近忽封闭楼门，不解何故。

〔一〕警省：同"警醒"，警觉自省。古代佛寺晚上打鼓，早晨敲钟，谓之暮鼓晨钟。暮鼓晨钟也有使人警觉自省之意。

〔二〕泥封：古代书信写于竹简、木札之上，封发时用绳打结，在打结处用胶泥封好，上盖印章，称为泥封。此处引申为封闭之意。

〔三〕噌吰：声音壮阔的样子。

〔四〕"天鼠"句：王羲之《天鼠帖》："天鼠膏治耳聋有验不？有验者乃是要药。"天鼠，兽名，即猞猁狲，据传取天鼠熬膏可以治耳聋。

交杯饮罢甫团圆〔一〕，何处曾缔一面缘〔二〕。往岁郎看台阁否，儿身扮作牡丹仙〔三〕。俗赛社日，选好女子缚铁杆上，扮小说、杂剧诸故事，四人舁以游街〔四〕，名曰台阁。有时扮吕洞宾、牡丹精也。

〔一〕甫：刚才，刚刚。

〔二〕缔：结。

〔三〕牡丹仙：即白牡丹。民间传说中有吕洞宾三戏白牡丹的故事。

〔四〕舁：共同抬东西。

翠绕珠围助结缡〔一〕，靓妆同醉婿家卮〔二〕。旁人只道家门盛，那晓虚姑与假姨〔三〕。俗送嫁者往往数十百人，且女子居十之六七，故里语厌之，云是"虚姑姑、假姨姨也。"

〔一〕翠绕珠围：形容妇女妆饰华丽。结缡：古代女子出嫁时，母亲给她结上佩巾。《诗经·豳风·东山》："亲结其缡，九十其仪。"

〔二〕卮：盛酒的器皿。

〔三〕虚姑与假姨：虚假的亲戚。元无名氏《货郎旦》一折："他那伙亲眷，我都认的……都是些胡姑姑，假姨姨，厅堂上坐。"

泥金新印秀才衔〔一〕，毕竟郎君才不凡。昨日闻娘亲口道，今朝来与送襕衫〔二〕。凡始入学者，妻家为作襕衫，以鼓吹送之〔三〕。

〔一〕泥金：即泥金帖子，用泥金涂饰的笺帖。衔：头衔。

〔二〕襕衫：古代秀才穿着的一种服装。齐如山《中国的科名·秀才》："新秀才回家后，都得祭祖。在前清时代，当然应该穿靴帽袍褂，但有许多书香人家，保存着明朝的襕衫很多，秀才祭祖的这一天，都不穿袍褂而必要穿襕衫。这种襕衫，来源很远，《宋史·舆服志》：襕衫以白细布为之，圆领大袖，下施横襕为裳，腰间有襞积，进士及国子生、州县生服之。明朝衣服的制度，与宋朝差不了多少，这种衣服，当然也就沿用了。清朝之袍褂，与此截然两事，当然就不许再穿，但新秀才多要穿此，谚语曰：'秀才好不在襕衫上'，这话当然始自明朝，但传到清朝末年，还有此语。袁子才'当房官入闱的诗有句云'，'寄与群公高著眼，青衫明日泪痕多'，青衫即指此。一直到光绪末叶，还是如此，自己没有，则在他家借用。余家至今尚存有一件，从前常常被人借用。他们都说祭祖穿清朝衣服，祖宗没有见过，不认得你是怎么回事，所以必须穿明朝的衣服。这当然是先人的教训，不忘明朝之义，但是政府也没有干涉过，这不能不算一种奇事。"

〔三〕鼓吹：演奏鼓吹乐的乐队。

千花绣服蝶衣香，百叶裁裙鸳带长。赢得周身穿著好，一生魂梦绕瞿唐〔一〕。邑多服贾蜀中者〔二〕，以道远故，五年始一归省〔三〕。夫妇一生不数数觏也〔四〕，然衣服多华丽。

〔一〕瞿唐：即瞿塘峡，三峡之一，西起重庆市奉节县的白帝城，东至巫山县，全长约八公里。

〔二〕服贾：经商。

〔三〕归省：回家探望父母。

〔四〕数数：屡次，常常。

表兄翟海田师岁贡就职，族人感其经理祠堂之无私也，制屏以赠属作题句〔一〕

平生大布黩无华〔二〕，黼藻初贲处士家〔三〕。绣服当心鹑火丽〔四〕，未妨君实也簪花〔五〕。岁贡就教职，例用鹌鹑补服。

〔一〕瞿海田：即瞿鸿飞，字海田，杨深秀表兄，杨深秀在县学时，曾投师其门下。岁贡：贡生之一种，明清时府、州县生员中成绩优异者，每岁或数岁选一两人，可入国子监读书，名曰"岁贡"。就职：在县学担任教职。经理：经营管理。属：同"嘱"，嘱托。

〔二〕大布：麻制粗布。《左传·闵公二年》："卫文公大布之衣，大帛之冠。"杜预注："大布，粗布。"

〔三〕黼藻：花纹、雕刻、彩画之类。《尚书·益稷》："藻火粉米，黼黻絺绣。"孔传："藻，水草有文者……黼，若斧形。"此处指官服上的花纹。贲：美饰、修饰。处士：本指有德才而隐居不愿做官的人，后泛指没有做过官的读书人。此处指瞿海田。

〔四〕绣服：彩线刺绣的衣服，此处指官服。鹑火：本是古代天文学星次名，南方有井、鬼、柳、星、张、翼、轸七宿，称朱鸟七宿。首位者称鹑首，中部者（柳、星、张）称鹑火（也叫鹑心），末位者称鹑尾。此处代指清代官服前后所缀的鹌鹑补子。瞿海田所任教职，在清代为九品，官服例用鹌鹑补服。

〔五〕未妨：不妨。君实：司马光，字君实。簪花：司马光《训俭示康》："吾本寒家，世以清白相承。吾性不喜华靡，自为乳儿，长者加以金银华美之服，辄羞赧弃去之。二十忝科名，闻喜宴独不戴花。同年曰：'君赐不可违也。'乃簪一花。"此处作者用"君实簪花"的典故，借指瞿海田虽衣着简朴无华，今日也穿上了华美的官服。

函丈清严得未曾〔一〕，一生书味问寒灯〔二〕。梦魂终少全身热〔三〕，冷绝头衔一道冰〔四〕。

〔一〕函丈：古代讲学者与听讲者，座席之间相距一丈。后用以称讲席，引申为对前辈学者或师长的敬称。清严：清正严肃。

〔二〕书味：书中韵味。陆游《晚兴》诗："客散茶甘留舌本，睡余书味在胸中。"

〔三〕全身热：《南齐书·张敬儿传》："初娶前妻毛氏，生子道文。……妻谓敬儿曰：'昔时梦手热如火，而君得南阳郡。元徽中，梦半身热，而君得本州岛。今复梦举体热矣。'"这句赞美瞿海田不像他人那样热衷势利。

〔四〕"冷绝"句：陆游《散吏》："拜赐明时散吏名，头衔字字敌冰清。"这句指瞿海田所任教职清冷如冰。

岁欠粢盛托荐饥〔一〕，君来斗觉祭田肥〔二〕。无他谬巧催租法〔三〕，龙伯廉公自有威〔四〕。

〔一〕粢盛：盛在祭器内以供祭祀的谷物。托：假托，推托。荐饥：连年灾荒。

〔二〕斗：同"陡"，突然。祭田：族田中用于祭祀的土地。

〔三〕谬巧：诈术与巧计。

〔四〕"龙伯"句：马援《诫兄子严敦书》："龙伯高敦厚周慎，口无择言，谦约节俭，廉公有威，吾爱之重之，愿汝曹效之。"龙伯，龙伯高，东汉光武年间曾任零陵太守，在郡四年，甚有治效。廉公：廉洁公正。

共羡通经冠十科〔一〕，胡然贺客总无多〔二〕。可知家法传廷尉〔三〕，世世门堪设雀罗。

〔一〕通经：通晓儒家经典。十科：宋代科举取士的十项科目。元祐元年，据司马光《乞以十科举士札子》奏设。此处代指清代县学的考试。

〔二〕胡然：为何。

〔三〕廷尉：古代官职名称。秦代设置，掌管刑狱，为九卿之一。《史记·汲郑列传》："下邽翟公有言，始翟公为廷尉，宾客阗门；及废，门外可设雀罗。"

中丞绣裳方伯凤翯并光荣〔一〕，荣及麻城鸿仪并太平垣〔二〕。一瓣心香三爵酒〔三〕，文孙承诏举明经〔四〕。

〔一〕中丞：指翟绣裳，号左溪，山西闻喜人，嘉靖四十一年进士，曾任山东右布政使、右佥都御史、顺天巡抚。中丞，御史台长官。明、清两代常以副都御史或佥都御使出任巡抚，所以巡抚也称中丞。方伯，指翟凤翯（1608—1669），字象陆，顺治三年进士，累官至福建布政使。方伯，本指殷周时一方诸侯之长，后泛指地方长官。

〔二〕麻城：指翟鸿仪，字鹤林，翟凤翯之侄，曾任麻城县令。太平：指翟垣，字紫宸，曾任天平县令。

〔三〕一瓣心香：比喻真诚的心意。韩偓《仙山》诗："一炷心香洞府开，偃松皱涩半莓苔。"

〔四〕文孙：本义指周文王之孙。后泛用为对他人之孙的美称。承诏：奉诏旨。明经：贡生又被称为明经。明经本是汉代时出现的选举官员的科目，因被推举者明习经学，故以"明经"为名。唐代时明经与进士二科为科举的基本科目，至宋神宗时被废止。明清时贡生也常被称为"明经"，其含义与汉唐时大为不同。

世载谈经精舍开〔一〕，多文真个胜多财〔二〕。家书何用贻王粲〔三〕，公子新闻举茂才〔四〕。

〔一〕世载：世代。精舍：儒家讲学的处所。

〔二〕多文：多有学识。《礼记·儒行》："不祈多积，多文以为富。"真个：真的，确实。

〔三〕"家书"句：《三国志·王粲传》：王粲字仲宣，山阳高平人也。献帝西迁，粲徙长安，左中郎将蔡邕见而奇之。时邕才学显著，贵重朝廷，常车骑填巷，宾客盈坐。闻粲在门，倒屣迎之。粲至，年既幼弱，容状短小，一坐尽惊。邕曰："此王公孙也，有异才，吾不如也。吾家书籍文章，尽当与之。"家书：家中藏书。

〔四〕茂才：即明清时期的秀才。秀才本是西汉时荐举人才的科目之一，东汉时，为了避讳光武帝刘秀的名字，将秀才改为茂才。后世茂才就成为秀才的别名。明清时期的秀才，专指府学、县学的生员，与汉代的秀才大为不同。

妻兄李雨艇茂才属题尊甫明轩外舅遗像，集唐人句成转韵体〔一〕

家占中条第一峰〔二〕，王建。蔼然林下昔贤风〔三〕。陆龟蒙。得从岳叟诚堪重〔四〕，李中。妻父俗呼岳丈，故用此。今古悠悠不再逢〔五〕。黄滔。暂惊风烛难留世〔六〕，杨郇伯。想到病身浑不识〔七〕。李绅。眼不浮花耳不喧〔八〕，杜荀鹤。皂貂拥出花当背〔九〕。施肩吾。夏腊高来雪印眉〔十〕，杜荀鹤。光添银烛晃朝衣〔十一〕。岑参。貌堪良匠抽豪写〔十二〕，贾岛。何似先教画取归〔十三〕。方干。如今说著犹堪泣〔十四〕，徐夤。长愧昔年招我入〔十五〕。李建勋。揿碧融青瑞色新〔十六〕，徐夤。挂君高堂之素壁〔十七〕。杜甫。一时惊喜见风仪〔十八〕，刘禹锡。点笔操纸为君题〔十九〕。岑参。忆事怀人兼得句〔二十〕，李商隐。纵然相见只相悲〔二十一〕。罗隐。相逢但说正新寿〔二十二〕，薛能。相留且待鸡黍熟〔二十三〕。沈佺期。翁初度在正月八日〔二十四〕，每岁必往祝焉。须为当时一怆怀〔二十五〕，皮日休。指似旁人因恸哭〔二十六〕。元稹。六十衰翁儿女悲〔二十七〕，白居易。嵩阳松雪有心期〔二十八〕。李商隐。不知家道能多少〔二十九〕，皮日休。今日河南胜昔时〔三十〕。岑参。翁有山庄及廛肆在河南嵩县，雨亭近整顿之，岁入益丰。七里滩西片月新〔三十一〕，雍陶。劝农原本是耕人〔三十二〕。

17

李频。即今惟见青松在〔三十三〕，卢照邻。冥漠重泉哭不闻〔三十四〕。白居易。翁家田皆在邑城北之七里店，生时常课耕于此，卒亦葬焉。斗酒十千恣欢谑〔三十五〕，李白。黄金用尽还疏索〔三十六〕。高适。我闻此语心骨悲〔三十七〕，元稹。今日偶题题似著〔三十八〕。杜荀鹤。翁每以俭训两郎，因深戒酒食游戏之徵逐也〔三十九〕。在生惟求多子孙〔四十〕，张谓。闲夜分明结梦魂〔四十一〕。权德舆。共羡府中棠棣好〔四十二〕，刘禹锡。此谓两郎。和风迟日在兰荪〔四十三〕。刘兼。此谓两孙男。龙马精神海鹤姿〔四十四〕，李郢。行义唯愁被众知〔四十五〕。张籍。借问路旁名利客〔四十六〕，崔颢。争名争利徒尔为〔四十七〕。骆宾王。

〔一〕尊甫：对他人父亲的敬称。外舅：岳父。指作者的岳父，李锡庚，号明轩。《尔雅·释亲》：妻之父为外舅。集唐人句：集唐人诗句成诗。本诗是一首集句诗，集句诗就是集合古人诗句以成诗。转韵：也称"换韵"，指同一首诗中由押某个韵换押别的韵。

〔二〕"家占"句：王建《上张弘靖相公》："传封三世尽河东，家占中条第一峰。"中条：中条山，位于山西省南部，跨临汾、运城、晋城三市，山势狭长，故名中条。

〔三〕"蔼然"句：陆龟蒙《奉和袭美病中书情寄上崔谏议次韵》："或偃虚斋或在公，蔼然林下昔贤风。"陆龟蒙，字鲁望，长洲（今苏州）人，晚唐诗人，与皮日休合称"皮陆"，有《唐甫里先生文集》。蔼然：温和、和善。林下：本义为树林之下，引申为退隐或退隐之处。《世说新语·贤媛》："王夫人神情散朗，故有林下风气。"

〔四〕"得从"句：李中《石棋局献时宰》："得从岳叟诚堪重，却献皋夔事更宜。"李中，五代南唐诗人，有《碧云集》三卷。岳叟：岳丈。诚：实在，的确。

〔五〕"今古"句：黄滔《题陈山人居》："谁能惆怅磻溪事，今古悠悠不再逢。"黄滔（840—911），字文江，晚唐五代诗人，福建莆田人，有《黄御史集》。

〔六〕"暂惊"句：杨郇伯《送妓人出家》："暂惊风烛难留世，便是莲花不染身。"杨郇伯，生卒年里贯均不详，唐德宗时人，《全唐诗》仅存诗一首，即这首《送妓人出家》。风烛：风中之烛。

〔七〕"想到"句：李绅《移家来端州先寄以诗》："想见病身浑不识，自磨青镜照衰容。"李绅（772—846），字公垂，中唐著名诗人，曾参与元稹、白居易新乐府运动，《全唐诗》存其诗四卷。浑不识：完全不认识。

〔八〕"眼不"句：杜荀鹤《题江寺禅和》："行人莫问师宗旨，眼不浮华

18

耳不喧。"杜荀鹤，晚唐著名诗人，池州石埭人，有《唐风集》三卷。眼不浮华：眼不昏花。

〔九〕"皂貂"句：施肩吾《赠边将》："皂貂拥出花当背，白马骑来月在鞍。"施肩吾（780—861），晚唐诗人，有《西山集》。皂貂：黑色貂皮制成的袍服。花当背：雪花覆盖背部。

〔十〕"夏腊"句：杜荀鹤《题觉禅和》："禅衣衲后云藏线，夏腊高来雪印眉。"夏腊：僧人以七月十六日为岁首，七月十五日为除夕。出家后，以夏腊计算年岁，犹常人称年龄为春秋。夏腊高就是年岁高。雪印眉：眉白如雪。

〔十一〕"光添"句：岑参《和祠部王员外雪后早朝即事》："色借玉珂迷晓骑，光添银烛晃朝衣。"晃：照耀。

〔十二〕"貌堪"句：贾岛《寄无得头陀》："貌堪良匠抽毫写，行称高僧续传书。"抽毫：抽笔出套。

〔十三〕"何似"句：方干《盐官王长官新创瑞隐亭》："明年秩满难将去，何似先教画取归。"方干（836—888），字雄飞，睦州青溪（今浙江淳安）人，晚唐诗人，《全唐诗》存其诗六卷。何似：何不，何妨。

〔十四〕"如今"句：徐夤《忆长安上省年》："如今说著犹堪泣，两宿都堂过岁除。"徐夤，也作徐寅，字昭梦，福建莆田人，晚唐五代诗人，有《徐正字诗赋》二卷。说著：提到。

〔十五〕"长愧"句：李建勋《岁暮晚泊，望庐山不见，因怀岳僧呈察判》："长愧昔年招我入，共寻香社见芙蓉。"李建勋（872—952），字致尧，广陵人，晚唐诗人。

〔十六〕"捩碧"句：徐夤《贡余秘色茶盏》："捩翠融青瑞色新，陶成先得贡吾君。"捩翠融青：融合翠、青之色。捩：揉搓。瑞色：瑞气。

〔十七〕"挂君"句：杜甫《戏题王宰画山水图歌》："壮哉昆仑方壶图，挂君高堂之素壁。"

〔十八〕"一时"句：刘禹锡《奉送李户部侍郎自河南尹再除本官归阙》："想到金闺待通籍，一时惊喜见风仪。"风仪：风度，仪容。

〔十九〕"点笔"句：岑参《西亭子送李司马》："酒行未醉闻暮鸡，点笔操纸为君题。"

〔二十〕"忆事"句：李商隐《药转》："忆事怀人兼得句，翠衾归卧绣帘中。"得句：诗人觅得佳句。

〔二十一〕"纵然"句：罗隐《寄韦赡》："禅智阑干市桥酒，纵然相见只相悲。"罗隐（833—909），字昭谏，杭州新城人，晚唐诗人。《全唐诗》存其诗十一卷。

〔二十二〕"相逢"句：检《全唐诗》未见此句，薛能诗亦未见此句，当系作者记忆有误。薛能（817—880），字太拙，河东汾州（山西汾阳市）人。晚唐诗人，《全唐诗》存其诗四卷。新正：农历正月。

〔二十三〕"相留"句：沈佺期《入少密溪》："相留且待鸡黍熟，夕卧深山萝月春。"沈佺期，字云卿，初唐诗人，与宋之问齐名，合称"沈宋"。鸡黍熟：《论语·微子》：子路从而后，遇丈人，以杖荷蓧。子路问曰："子见夫子乎？"丈人曰："四体不勤，五谷不分，孰为夫子？"植其杖而芸。子路拱而立。止子路宿，杀鸡为黍而食之。见其二子焉。

〔二十四〕初度：生日之时。屈原《离骚》："皇览揆余初度兮，肇锡余以嘉名。"

〔二十五〕"须为"句：皮日休《馆娃宫怀古》："姑苏麋鹿真闲事，须为当时一怆怀。"皮日休，字袭美，今湖北天门人，晚唐诗人，与陆龟蒙齐名，世称"皮陆"，著有《皮子文薮》十卷。怆怀：悲伤。

〔二十六〕"指似"句：元稹《连昌宫词》："指似傍人因恸哭，却出宫门泪相续。"指似：指示。

〔二十七〕"六十"句：白居易《送敏中归豳宁幕》："六十衰翁儿女悲，傍人应笑尔应知。"

〔二十八〕"嵩阳"句：李商隐《七月二十九日崇让宅宴作》："岂到白头长只尔，嵩阳松雪有心期。"心期：心中相许。

〔二十九〕"不知"句：皮日休《鲁望以花翁之什见招因次韵酬之》："不知家道能多少，只在句芒一夜风。"家道：家境。

〔三十〕"今日"句：岑参《使君席夜送严河南赴长水（得时字）》："寄声报尔山翁道，今日河南胜昔时。"

〔三十一〕"七里滩"句：雍陶《送徐山人归睦州旧隐》："秋风钓艇遥相忆，七里滩西片月新。"雍陶，字国钧，成都人，晚唐诗人。七里滩：又名七里濑、富春渚，在今浙江桐庐，水流湍急，风光秀美。东汉初年，著名隐士严子陵曾在此隐居垂钓。

〔三十二〕"劝农"句：李频《五月一日蒙替本官不得随例入阙，感怀献送相公》："折狱也曾为俗吏，劝农元本是耕人。"李频（818—876），字德新，晚唐诗人，有《梨岳集》一卷。劝农：古代官员在春夏农忙时巡行乡间，劝课农桑，称劝农。

〔三十三〕"即今"句：卢照邻《长安古意》："昔时金阶白玉堂，即今惟见青松在。"

〔三十四〕"冥漠"句：白居易《寒食野望吟》："冥冥重泉哭不闻，萧萧暮雨人归去。"冥漠：白诗作"冥冥"。又苏轼《与郭生游寒溪，主簿吴亮置酒，郭生喜作挽歌》："冥漠重泉哭不闻，萧萧暮雨人归去。"冥漠：空无所有。重泉：九泉，死者所归之地。

〔三十五〕"斗酒"句：李白《将进酒》："陈王昔时宴平乐，斗酒十千恣欢谑。"

〔三十六〕"黄金"句：高适《邯郸少年行》："君不见今人交态薄，黄金用尽还疏索。"疏索：疏远、冷淡。

〔三十七〕"我闻"句：元稹《连昌宫词》："我闻此语心骨悲，太平谁致乱者谁。"

〔三十八〕"今日"句：杜荀鹤《题瓦棺寺真上人院矮桧》："今日偶题题似著，不知题后更谁题。"题似著：似乎写到点上。

〔三十九〕酒食游戏之徵逐：韩愈《柳子厚墓志铭》："今夫平居里巷相慕悦，酒食游戏相徵逐，诩诩强笑语以相取下，握手出肺肝相示，指天日涕泣，誓生死不相背负，真若可信；一旦临小利害，仅如毛发比，反眼若不相识。"征逐，形容朋友往来追随。徵：邀请。逐：追随。

〔四十〕"在生"句：张谓《代北老翁答》："在生本求多子孙，及有谁知更辛苦。"张谓，字正言，河内（今河南沁阳市）人，盛唐诗人。

〔四十一〕"闲夜"句，权德舆《待漏假寐梦归江东旧居》："十年江浦卧郊园，闲夜分明结梦魂。"权德舆（759—818），字载之，天水略阳（今甘肃秦安）人，中唐诗人，官至同中书门下平章事，著有《权文公文集》。

〔四十二〕"共美"句：刘禹锡《同乐天送河南冯尹学士》："共美府中棠棣好，先于城外百花开。"棠棣：也作常棣、唐棣，即郁李，蔷薇科植物，花粉红色或白色，果可食。《诗经·小雅》有《棠棣》一诗，诗中言："棠棣之华，鄂不韡韡，凡今之人，莫如兄弟。"后世常以棠棣比喻兄弟。

〔四十三〕"和风"句：刘兼《长春节》："更有馨香满芳槛，和风迟日在兰荪。"刘兼，长安人，约后周末宋初间前后在世。官荣州刺史，有诗一卷传于世。迟日：春日。《诗·豳风·七月》："春日迟迟。"后以"迟日"指春日。兰荪：兰指兰花、兰草；荪是一种香草。后世用兰荪比喻佳子弟。《世说新语·言语》：谢太傅问诸子侄："子弟亦何预人事，而正欲使其佳？"诸人莫有言者。车骑答曰："譬如芝兰玉树，欲使其生于庭阶耳。"

〔四十四〕"龙马"句：李郢《上裴晋公》："四朝忧国鬓如丝，龙马精神

21

海鹤姿。"李郢，字楚望，长安（今陕西西安）人，晚唐诗人，《全唐诗》存其诗一卷。

〔四十五〕"行义"句：张籍《赠王司马》："贮财不省关身用，行义唯愁被众知。"张籍，字文昌，中唐著名诗人，和州乌江（今安徽和县乌江镇）人，其乐府诗与王建齐名，并称"张王乐府"。有《张司业集》。

〔四十六〕"借问"句：崔颢《行经华阴》："借问路傍名利客，无如此处学长生。"崔颢（704—754），汴州（今河南开封市）人，盛唐诗人。

〔四十七〕"争名"句：骆宾王《帝京篇》："春去春来苦自驰，争名争利徒尔为。"徒尔：徒然，枉然。

赴都留呈海田师[一]

师真知我者，师事我尤知。身老文章慰，家贫礼义支。廿年深雨化[二]，千里入秋思。朔雪龙沙夜[三]，难忘侍立时[四]。

〔一〕赴都：同治十年（1871），诗人离开家乡赴北京参加辛未科会试。海田师：即诗人的表兄瞿海田。

〔二〕雨化：教化如雨滋润。

〔三〕朔雪：北方之雪。龙沙：泛指边塞之地。

〔四〕侍立：指恭敬地站在长辈左右侍候。《宋史·杨时传》："（杨时）一日见颐，颐偶瞑坐，时侍立不去，颐既觉，则门外雪深一尺矣。"

赴都留题斋壁

一曲骊驹千里驰[一]，衷怀料亦少人知[二]。山中小草云宜出[三]，阶下名花号可离[四]。弱冠终童空壮往[五]，远游屈子本艰危[六]。瘦男无送伶仃去[七]，尚念家园发五噫[八]。

〔一〕骊驹：古诗《骊驹》："骊驹在门，仆夫具存；骊驹在路，仆夫整驾。"此诗也被称为《骊歌》，意为告别之歌。

〔二〕衷怀：内心的想法。

〔三〕小草：指远志，一种中药。此处用谢安"小草"典故。据《世说新语·排调》载："谢公始有东山之志，后严命屡臻，势不获已，始就桓公司马。

于时人有饷桓公药草,中有远志,公取以问谢:'此药又名小草,何一物而有二称。'谢未即答。时郝隆在坐,应声答曰:'此甚易解:处则为远志,出则为小草。'谢甚有愧色。桓公目谢而笑曰:'郝参军此过乃不恶,亦极有会。'"

〔四〕号可离:名号不足取。这两句意为做人要有远志,不可如阶下名花。

〔五〕终童:指终军。终军,字子云,济南人,十八岁就被选为博士弟子,汉武帝时任谏议大夫。他曾向汉武帝请缨,要缚南越王到汉宫阙下。他死时年仅二十余,被后人称为"终童"。

〔六〕远游屈子:屈子,指屈原。屈原有《远游》一篇,写想象中的天上远游,表达了他对理想的追求。

〔七〕瘦男无送:杜甫《新安吏》:"肥男有母送,瘦男独伶俜。"此处作者借瘦男代指自己。伶仃:孤苦无依靠。

〔八〕五噫:指梁鸿《五噫歌》。汉章帝时,著名隐士梁鸿路过京师洛阳,登北邙山远望,见华丽的宫殿,感叹人民无穷尽的劳苦,作《五噫歌》:"陟彼北芒兮,噫!顾览帝京兮,噫!宫室崔嵬兮,噫!人之劬劳兮,噫!辽辽未央兮,噫!"

烈女赵二姑诗〔一〕有序

二姑,榆次农家女〔二〕,生十四年矣,灼灼有艳态〔三〕。强邻窥之久,女小无猜,竟罹暴横。事破到官,官受赇并蔑污其母〔四〕。二姑腼腆之余,忽奋然曰:"亦至此乎?吾何爱一死明母耶?死无知斯已耳。若犹有知,厉鬼亦人所为者。"袖小剃刀,遂血溅堂上。数年矣,京师御史始闻而奏之。淫人伏法,贞女得旌〔五〕。墓前碑盖顾南雅之词云〔六〕。四首。

榆次二十里,有碑大堤上。烈女赵二姑,遗骸此中葬。

〔一〕山西榆次的"赵二姑案"发生于道光三年(1823),此案冤情深重,轰动一时。此诗当作于同治十年(1871)。诗人赴京途中经过榆次,见赵二姑墓及墓碑后创作此诗。

〔二〕榆次:即今山西省晋中市榆次区。

〔三〕灼灼:鲜明的样子。《诗经·周南·桃夭》:"桃之夭夭,灼灼其华。"

〔四〕受赇:受贿。

〔五〕贞女:有节操的女性。旌:表彰。

〔六〕顾南雅：即顾莼。顾莼（1765—1832），字南雅，江苏吴县人。工诗文，又善书画，被誉为"文坛耆宿"，著有《南雅诗文钞》。赵二姑冤案昭雪之后，顾莼为赵二姑撰写碑文，大学士祁寯藻为其撰写长诗《赵烈女辞》。

生小人如玉〔一〕，双眉随意绿〔二〕。雏凤自飞飞〔三〕，却被鸺鹠辱〔四〕。

〔一〕人如玉：《诗经·小雅·白驹》："生刍一束，其人如玉。"

〔二〕随意绿：隋王胄《燕歌行》："庭草无人随意绿。"

〔三〕雏凤：幼小之凤。李商隐《韩冬郎即席为诗相送因成二绝》："桐花万里丹山路，雏凤清于老凤声。"此处代指赵二姑。

〔四〕鸺鹠：猫头鹰，鸱鸮的一种。此处代指邻家恶人。

偏斜到纤履〔一〕，身僵心不死。涤污并流香，十里洞涡水〔二〕。

〔一〕偏斜：倾斜。纤履：女性的小鞋。

〔二〕洞涡水：即今山西寿阳县南、榆次区东潇河。

古有女郎山〔一〕，今有女郎墓。草有好女花，木有女贞树〔二〕。

〔一〕女郎山：中国多地都有女郎山。一在山东章丘（今章丘市）东南。传说章亥妾溺死葬此，因以名。一在陕西褒城县西南。《水经注》："汉水南有女郎山，上有女郎冢，下有女郎，及捣衣石，言张鲁女也。"一在四川温江县北。《后汉书·郡国志》："梁州女郎山，张鲁女浣衣于上，女便怀孕，生二龙，及女死将殡，枢车忽腾跃升此山，逐葬焉。"

〔二〕女贞树：一种木樨科女贞属常绿灌木或乔木，成熟果实晒干为中药女贞子。

京师寄表兄翟海田师

娟娟皓月见春城〔一〕，遥忆先生坐月明。绕屋树深添茗色〔二〕，开帘花颤听书声。风狂廿四身无恙〔三〕，路阻三千字有情。壮志未衰矜未去〔四〕，旁人错道为功名〔五〕。

〔一〕娟娟：明媚的样子。

〔二〕绕屋树深：陶渊明《读山海经（其一）》："孟夏草木长，绕屋树扶疏。"茗色：茶水之色。这句意为绕屋之树影浓密，加深了茶水之色。

〔三〕风狂：同"疯狂"。廿四：作者时年二十四岁。

〔四〕矜未去：自尊自大的狂傲之气没有去除。矜：自尊自大。

〔五〕错道：错说，误解。

怀旧诗[一]

停云凝树[二]，积雪皓墀[三]，此夜怀人，能无惆怅。死者已矣[四]，叹宿草之黏天[五]；别去黯然[六]，怜垂杨之踠地[七]。每下西州之泪[八]，为念南皮之游[九]。永夕呻吟[十]，万感坌集[十一]。呜乎！谢康乐述德之什[十二]，况出恨人[十三]；阮元瑜思旧之铭[十四]，都为知己。可能寄诸地下[十五]？尚欲问之天涯。方习试帖[十六]，未免俳体[十七]；虽无诠次[十八]，正有深情[十九]。

〔一〕这是一组诗歌，共九首，这一段文字是诗前小序。这组诗歌创作于同治十年（1871）诗人在京参加会试期间。

〔二〕停云：陶渊明有《停云》诗一组，诗前小序云："停云，思亲友也。罇湛新醪，园列初荣，愿言不从，叹息弥襟。"杨深秀的这组诗歌，与陶渊明《停云》主题颇为相似。

〔三〕皓墀：白色的台阶。

〔四〕死者已矣：死者已经逝去。

〔五〕宿草：墓地上来年的草。黏天：贴近于天，仿佛与天相连。黄庭坚《次韵奉答存道主簿》："旅人争席方归去，秋水黏天不自多。"

〔六〕黯然：神情沮丧的样子。江淹《别赋》："黯然销魂者，唯别而已矣！"

〔七〕踠地：屈曲斜垂着地的样子。朱彝尊《鸳鸯湖棹歌（三十二）》："踠地垂杨絮未飘，兰舟上巳被除遥。"

〔八〕西州：此处用羊昙在西州路哭悼舅舅谢安的典故。《晋书·谢安传》："羊昙者，泰山人，知名士也，为安所爱重。安薨后，辍乐弥年，行不由西州路。尝因石头大醉，扶路唱乐，不觉至州门。左右白曰：'此西州门。'昙悲感不已，以马策扣扉，诵曹子建诗曰：'生存华屋处，零落归山丘。'恸哭而去。"

〔九〕南皮：地名，在今河北省沧州市。此处指"南皮之游"。建安年间，曹丕、吴质等人曾在南皮游宴。曹丕《与吴质书》："每念昔日南皮之游，诚不可忘。"此处诗人用这一典故代指自己与亲友间的交游。

〔十〕呻吟：嗟叹之声。

〔十一〕坌集：聚集。

〔十二〕谢康乐：谢灵运。述德之什：谢灵运创作有《述祖德二首》。

〔十三〕恨人：失意抱恨之人。

〔十四〕阮元瑜：阮瑀，字元瑜，建安七子之一。思旧之铭：检阮瑀诗文，未见思旧之铭，当系作者记忆有误。又，庾信有《思旧铭》一篇，悼念亡友萧永。

〔十五〕可能：是否可以。地下：黄泉，阴间。

〔十六〕试帖：指试帖诗，用于科举考试的一种诗体，多为五言六韵或八韵排律，要求对仗工整、格律严谨。

〔十七〕俳体：指骈体文，这类文章讲究对偶、格律，使用大量典故，辞藻华美。因为常用四字句、六字句，也称"四六文"。作者的这篇诗序就是一篇骈文短章。

〔十八〕诠次：编次、排列。

〔十九〕正有深情：《世说新语·任诞》："桓子野每闻清歌，辄唤'奈何！'谢公闻之曰：'子野可谓一往有深情。'"

先伯祖博如公公讳全溥〔一〕

盥罢蔷薇露〔二〕，遗容捧德馨〔三〕。先生亲赞柳〔四〕，彼美合思苓〔五〕。公小照有自题赞〔六〕。少日饥谋禄〔七〕，中年愤诵经。五常眉首白〔八〕，先祖兄弟五人，公为长也。小阮眼承青〔九〕。词韵歌残月〔十〕，公有选钞宋词。游踪感客星〔十一〕。友于姜氏被〔十二〕，慎尔富公瓶〔十三〕。百载庭槐植〔十四〕，三秋墓草零〔十五〕。贻孙空有谷〔十六〕，何日负螟蛉〔十七〕？

〔一〕全溥：据《杨氏家谱》记载，杨深秀曾祖有五子：全溥、全渡、全济、全濂、全浚。此处所写之伯祖杨全溥，字博如。

〔二〕盥：洗手。蔷薇露：即蔷薇水。

〔三〕遗容：死者的遗像。德馨：品德高尚。馨，香气。

〔四〕先生亲赞柳：陶渊明写有一篇自传《五柳先生传》，用以表达自己的志趣。此处作者用这一典故代指伯叔祖为自己小照题写赞语。

〔五〕彼美合思苓：《诗经·邶风·简兮》："山有榛，隰有苓。云谁之思？西方美人。彼美人兮，西方之人兮。"合：应该。苓：草药名，即甘草，代指所思念之人。这句意为伯祖的翩翩风度令人思念。

〔六〕小照：肖像画。题赞：题写赞语或赞文。赞语，论赞的文辞。

〔七〕少日：年少之时。谋禄：谋取俸禄。

〔八〕五常：马良兄弟五人。《三国志·蜀书·马良传》："马良字季常，襄阳宜城人也。兄弟五人，并有才名，乡里为之谚曰：'马氏五常，白眉最良。'良眉中有白毛，故以称之。"作者伯祖兄弟五人，杨全溥为长兄。此处作者将伯祖比作白眉马良。

〔九〕小阮：指阮咸。阮咸，字仲容，陈留尉氏（今河南开封尉氏）人，魏晋名士，阮籍之侄，与阮籍并称为"大小阮"，竹林七贤之一。此处作者以阮咸代指自己。眼承青：受到青睐。《晋书·阮籍传》："籍又能为青白眼，见礼俗之士，以白眼对之。及嵇喜来吊，籍作白眼，喜不怿而退。喜弟康闻之，乃赍酒挟琴造焉，籍大悦，乃见青眼。"这句意为自己作为侄孙深受伯祖青睐。

〔十〕歌残月：俞文豹《吹剑录》：东坡在玉堂日，有幕士善歌，因问："我词何如柳七？"对曰："柳郎中词，只合十七八女郎，执红牙板，歌'杨柳岸，晓风残月'。学士词，须关西大汉，铜琵琶、铁绰板，唱'大江东去'。"东坡为之绝倒。

〔十一〕客星：据张华《博物志》记载，传说天河与海通，有人居海渚者，乘槎浮海而至天河，遇织女、牵牛。此人问此是何处，答曰："君还至蜀郡访严君平则知之。"后至蜀，君平曰："某年月日有客星犯牵牛宿。"后世常以客星代指客人或客居者。这句作者感叹自己长作客他乡，与伯祖会面不易。

〔十二〕友于：指兄弟。《尚书·君陈》："惟孝友于兄弟。"后人取"友于"二字指代兄弟。姜氏被：东汉姜肱与两个弟弟非常友爱，兄弟三人虽各自娶妻，仍做大棉被同睡。这句赞美伯祖与兄弟非常友爱。

〔十三〕富公瓶：宋晁说之《晁氏客语》："刘器之云：富郑公年八十，书座屏云：'守口如瓶，防意如城。'"富公：富弼（1004—1083），字彦国，洛阳人，北宋著名政治家，封郑国公。富公瓶，即如富弼一样守口如瓶。

〔十四〕庭槐：据苏轼《三槐堂铭》，宋人王祐"尝手植三槐于庭，曰：'吾子孙必有为三公者。'"后世常以"庭槐"代指家族之繁盛。

〔十五〕三秋：农历九月。零：凋零。

〔十六〕贻孙：留传子孙。《尚书·五子之歌》："有典有则，贻厥子孙。"孔传："贻，遗也。言仁及后世。"有谷：有福禄。谷，福禄。《诗经·鲁颂·有駜》："君子有谷，诒孙子。于胥乐兮！"

〔十七〕螟蛉：《诗经·小雅·小宛》："螟蛉有子，蜾蠃负之。"螟蛉，桑虫。蜾蠃，细腰蜂。旧时传说蜾蠃不产子，喂养螟蛉为子，因此用"螟蛉"比喻义子。实际上，蜾蠃取螟蛉等贮藏于巢内，用来作为自己幼虫的食物。这句感叹伯祖去世后无法再照顾子侄。

先从伯父丕承公〔一〕 公讳崇烈

　　世本农家子，穷经四十年〔二〕。阳刚真学问，阴德老因缘〔三〕。蕊榜知谁捷〔四〕，花楼与弟眠〔五〕。不侯非战罪〔六〕，乃圣已名传〔七〕。公有厚德，兼料事如神，乡里称为圣人。至吾邑询圣人家为谁，虽妇孺皆知为吾家也。以富郑公"六丈圣人"语论之〔八〕，亦不为僭。扑我尘三斗〔九〕，推人麦一船〔十〕。道光丙午，邑大饥〔十一〕，公开仓以赈同里。耕余诗画地，病闲史谈天〔十二〕。兰玉空闻茁〔十三〕，藜床痛见穿〔十四〕。龙蛇嗟往岁〔十五〕，月已百回圆〔十六〕。

　　〔一〕丕承公：作者的从伯父杨崇烈，字丕承，杨全澈之子，在杨家"崇"字辈中为长兄。

　　〔二〕穷经：极力钻研经书。

　　〔三〕阴德：阴功，暗中所做善事。因缘：佛教术语，指产生结果的直接原因和促成结果的条件。

　　〔四〕蕊榜：道教传说中学道成仙，名列蕊宫。后来科举考试揭晓名次的榜也被称为蕊榜。捷：战胜，取胜，此处指科举高中。

　　〔五〕与弟眠：《资治通鉴》载：唐玄宗"素友爱，近世帝王莫能及。初即位，为长枕大被，与兄弟同寝。"

　　〔六〕不侯：没有封侯。非战罪：不是不善于征战。此处用"李广不侯"的典故，感叹从伯父科场不利并非是他学识不足。

　　〔七〕乃圣：《尚书·大禹谟》："帝德广运，乃圣乃神，乃武乃文。"

　　〔八〕富郑公：富弼。见前《先伯祖博如公》注释〔十三〕。六丈圣人：据苏辙《龙川别志》记载，富弼曾赞誉范仲淹"范六丈圣人也。"

　　〔九〕尘三斗：即三斗尘，比喻抑郁之气。王炎《夜半闻雨再用前韵》："抖擞胸中三斗尘，强欲哦吟无好语。"此句意为从伯父助我排解抑郁之气。

　　〔十〕麦一船：指范纯仁以一船麦助石曼卿治丧之事。释惠洪《冷斋夜话》卷十："范文正公在睢阳，遣尧夫于姑苏取麦五百斛。尧夫时尚少，既还，舟次丹阳，见石曼卿，问寄此久近。曼卿曰：'两月矣。三丧在浅土，欲丧之西北归，无可与谋者。'尧夫以所载麦舟付之。到家，文正曰：'东吴见故旧乎？'曰：'曼卿为三丧未举，方滞舟丹阳。'公曰：'何不以麦舟与之？'尧夫曰：

'已付之矣。'"范文正，范仲淹。范尧夫，即范纯仁，字尧夫，范仲淹之子。此处用"麦船"典故赞叹从伯父仗义疏财、救济乡民。

〔十一〕大饥：大饥荒。

〔十二〕谈天：闲谈。

〔十三〕兰玉：代指有德才的子侄。《世说新语·言语》载：谢太傅问诸子侄："子弟亦何预人事，而正欲使其佳？诸人莫有言者。"车骑答曰："譬如芝兰玉树，欲使其生于庭阶耳。"茁：植物旺盛生长。

〔十四〕藜床痛见穿：庾信《小园赋》："况乎管宁藜床，虽穿而可座。"皇甫谧《高士传》："（管宁）常坐一木榻上，积五十五年未尝箕踞，榻上当膝皆穿。"这句暗指从伯父不幸病逝。

〔十五〕龙蛇：指辰年和巳年。古代迷信以为凶岁。《后汉书·郑玄传》："五年春，梦孔子告之曰：'起，起，今年岁在辰，来年岁在巳。'既寤，知命当终。"李贤注："北齐刘昼《高才不遇传》论玄曰：'辰为龙，巳为蛇，岁至龙蛇贤人嗟，玄以谶合之。'"这句回想当年从伯父去世之时。

〔十六〕月已百回圆：意为从伯父去世已有八九年之久。

先从伯父明章公〔一〕公讳崇炘

平生知己泪，第一洒家庭。适口铜盘食〔二〕，低头玉屑听〔三〕。当年初齿毁〔四〕，镇日已心盟〔五〕。伯道中途泣〔六〕，康侯后阁扃〔七〕。儿痴誉有癖〔八〕，弟死痛无灵〔九〕。杏绕求医路〔十〕，蕉围问字亭〔十一〕。上殡怜稚子〔十二〕，晚节枉添丁〔十三〕。孑孑仓公女〔十四〕，凄凉出小星〔十五〕。

〔一〕明章公：作者的从伯父杨崇炘，字明章。

〔二〕适口：适合口味。铜盘食：即铜盘重肉，贵重的食器、丰盛的饭菜。《北齐书·杨愔传》："汝辈但如遵彦谨慎，自得竹林别室，铜盘重肉之食。"

〔三〕玉屑：本义为玉的碎屑，此处意为美好的言辞。

〔四〕齿毁：儿童换牙，代指年幼之时。

〔五〕镇日：整天。心盟：未表现于言辞的内心誓约。这句意为诗人年幼之时，从伯父内心中已对自己非常赞许。

〔六〕伯道：指邓攸。《晋书·邓攸传》载，邓攸，字伯道。西晋末年逃难之时，"担其儿及其弟子绥。度不能两全，乃谓其妻曰：'吾弟早亡，唯有一息，理不可绝，止应自弃我儿耳。幸而得存，我后当有子。'妻泣而从之，乃弃之。

其子朝弃而暮及。明日，攸系之于树而去。然而晚年无嗣，时人义而哀之，为之语曰：'天道无知，使邓伯道无儿。'"这句意为诗人父亲去世之后，从伯父十分悲痛。

〔七〕康侯：指胡安国。胡安国（1074—1138），字康侯，谥号文定，后世称胡文定公。北宋著名学者，著有《春秋胡氏传》。后阁局：此处指胡安国教育侄子胡寅之事。《宋史·胡寅传》："寅字明仲，安国弟之子也。寅将生，弟妇以多男欲不举，安国妻梦大鱼跃盆水中，急往取而子之。少桀黠难制，父闭之空阁，其上有杂木，寅尽刻为人形。安国曰：'当有以移其心。'别置书数千卷于其上，年余，寅悉成诵，不遗一卷。游辟雍，中宣和进士甲科。"这句意为从伯父如胡安国教侄般悉心教导自己。

〔八〕儿：指诗人自己。这句意为诗人幼时愚笨，从伯父却如有癖一般多加赞誉。

〔九〕弟，指诗人的父亲。无灵：未能显灵。

〔十〕杏绕求医路：据葛洪《神仙传》记载，三国时有一神医董奉，"居山不种田，日为人治病，亦不取钱。重病愈者，使栽杏五株，轻者一株。如此数年，计得十万余株，郁然成林。"后世遂以"杏林"来称颂医生。这句赞美从伯父精通医术。

〔十一〕问字：《汉书·扬雄传》："刘棻尝从雄学作奇字。"这句称赞伯父学术渊博。

〔十二〕上殇：殇，未成年而死之人。《仪礼·丧服传》中记载，年十九至十六岁为长殇，又名上殇；年十五至十二岁为中殇；十一至八岁为下殇；不满八岁以下为无服之殇。

〔十三〕柱：徒然，白白地。添丁：生子。这句意为从伯父晚年得子，却未成年而亡。

〔十四〕子子：孤单。仓公女：据《史记》载，仓公名淳于意，西汉人，精通医术，因故获罪，其女缇萦上书文帝，愿以身代，得免。

〔十五〕小星：小妾。《诗经·召南》有《小星》一诗，《诗序》说："《小星》，惠而下也。夫人无妒忌之行，惠及贱妾，进御于君，知其命有贵贱，能尽其心也。"后世常以"小星"指代小妾。这句意为从伯父去世之后仅有一女，为妾室所生。

明经翟海田师〔一〕名鸿飞，同里人〔二〕

夫子何为者〔三〕，年来鬓欲丝〔四〕。先人真宅相〔五〕，后学大经师〔六〕。似舅称多识〔七〕，求郎惜少赀〔八〕。书横翁子担〔九〕，布补仲舒帷〔十〕。鸦觜同兄作〔十一〕，豚蹄有母遗〔十二〕。高才惊哲匠〔十三〕，师曾以解经诗百首大见赏于学使沈公。厚德付佳儿。身老文章慰，家贫礼义支〔十四〕。昔曾题此句，至竟确难移〔十五〕。

〔一〕明经：此处是贡生的别名。

〔二〕同里：同乡。翟海田也是山西省闻喜县人，与诗人是同乡。

〔三〕夫子何为者：唐玄宗《经鲁祭孔子而叹之》："夫子何为者，栖栖一代中。"夫子：对学者的尊称，此处指翟海田。

〔四〕鬓欲丝：鬓生白发。丝，白发。

〔五〕先人：翟氏先祖。翟氏一族人才辈出，出现翟绣裳、翟凤翥等著名人物。宅相：住宅风水之相，也是外甥的代称。《晋书·魏舒传》："魏舒字阳元，任城樊人也。少孤，为外家宁氏所养。宁氏起宅，相宅者云：'当出贵甥。'外祖母以魏氏甥小而慧，意谓应之。舒曰：'当为外氏成此宅相。'"

〔六〕后学：后进的学者，此处指翟海田。

〔七〕似舅：引用范宁与王忱故事。《世说新语·赏誉》：范豫章谓王荆州："卿风流俊望，真后来之秀。"王曰："不有此舅，焉有此甥！"范豫章：范宁，东晋著名学者。王荆州：王忱，范宁之甥，东晋著名政治家。

〔八〕求郎惜少赀：《史记·司马相如列传》："（相如）以赀为郎，事孝景帝，为武骑常侍。"以赀为郎：因家富资财而被朝廷任为郎官。赀，资财。这句感叹翟海田无资财捐官。

〔九〕翁子：朱买臣。《汉书·朱买臣传》："朱买臣，字翁子，吴人也。家贫，好读书，不治产业，常艾薪樵，卖以给食，担束薪，行且诵书。"

〔十〕仲舒帷：《汉书·董仲舒传》："董仲舒，广川人也。以治春秋，孝景时为博士。下帷讲诵，弟子传以久次相受业，或莫见其面，盖三年董仲舒不观于舍园，其精如此。"

〔十一〕鸦觜：即金鸦觜，一种锄头名。陆游《书怀绝句》之四："凭君为买金鸦觜，归去秋山劚茯苓。"作：劳作。这句意为翟海田负锄与兄一起劳作。

〔十二〕豚蹄：猪蹄。母遗：遗母，送给母亲。《左传·隐公元年》："颍考

31

叔为颍谷封人,闻之,有献于公,公赐之食,食舍肉。公问之,对曰:'小人有母,皆尝小人之食矣,未尝君之羹,请以遗之。'公曰:'尔有母遗,繄我独无!'"

〔十三〕哲匠:明达、有才能的大臣,此处指学政沈公。

〔十四〕"身老"两句:这两句本是作者离乡时所作《赴都留呈海田师》一诗中诗句。

〔十五〕至竟:直至最终。确:确定无疑。

许逸卿上舍〔一〕名贞才,同里人

大隐无泉石〔二〕,儒冠入市游。万花严卜肆〔三〕,一叶范扁舟〔四〕。自服车牛贾〔五〕,讵思缯狗侯〔六〕。画山巫峡雨,饮水上池秋〔七〕。品望陈惊座〔八〕,声名赵倚楼〔九〕。结交轻富贵,论古破穷愁。武库千人服〔十〕,文林百代收〔十一〕。君贾于市,得钱除供母外,尽以买书,尝取丁卯句自镂印曰"家为买书贫"〔十二〕。所收自唐以来古人集,多人间希见本也。平生虽强项〔十三〕,低首拜风流〔十四〕。

〔一〕许逸卿:即许贞才,字逸卿,山西闻喜人,作者同乡。上舍:监生的别称。宋神宗时,太学分外舍、内舍和上舍,学生可按一定的年限和条件依次而升。明清因以"上舍"为监生的别称。

〔二〕大隐:身居朝市而志在玄远的人。王康琚《反招隐诗》:"小隐隐陵薮,大隐隐朝市。"

〔三〕严卜肆:严指严君平,西汉末年,隐居于成都市井中,以卜筮为业。

〔四〕范扁舟:指范蠡,春秋时期越国著名政治家,他辅佐勾践灭吴之后,乘一叶扁舟归隐而去。

〔五〕服:从事。

〔六〕缯狗侯:贩缯、屠狗之人也封侯。《史记·樊郦滕灌列传》:"舞阳侯樊哙者,沛人也。以屠狗为事,与高祖俱隐。……颍阴侯灌婴者,睢阳贩缯者也。……太史公曰:吾适丰沛,问其遗老,观故萧、曹、樊哙、滕公之家,及其素,异哉所闻!方其鼓刀屠狗卖缯之时,岂自知附骥之尾,垂名汉廷,德流子孙哉?"

〔七〕上池:指上池之水,旧说是天上的露水。《史记·扁鹊仓公列传》:"长桑君亦知扁鹊非常人也。出入十余年,乃呼扁鹊私坐,间与语曰:'我有禁方，年老，欲传与公，公毋泄。'扁鹊曰：'敬诺。'乃出其怀中药予扁鹊：'饮是以上池之水，三十日当知物矣。'乃悉取其禁方书尽与扁鹊。忽然不见，殆非人也。"《索隐》注："谓以器物高承天露之水饮药也。"

〔八〕陈惊座：指西汉陈遵。《汉书·游侠传·陈遵》："陈遵，字孟公，杜陵人也，……请求不敢逆所到，衣冠怀之，唯恐在后。时列侯有与遵同姓字者，每至人门，曰陈孟公，坐中莫不震动，既至而非，因号其人曰'陈惊座'云。"

〔九〕赵倚楼：指唐代诗人赵嘏。王定保《唐摭言·知己》："杜紫微览赵渭南卷《早秋》诗云'残星几点雁横塞，长笛一声人倚楼'，吟味不已。因目嘏为赵倚楼。"

〔十〕武库：本义为收藏兵器的仓库，此处比喻学识渊博。《晋书·杜预传》："预在内七年，损益万机，不可胜数，朝野称美，号曰'杜武库'，言其无所不有也。"

〔十一〕文林：本义为文人聚集之处，后泛指文坛、文学界。百代收：百世流传。

〔十二〕许丁卯：晚唐著名诗人许浑，润州丹阳（今江苏丹阳）人，后移家京口（今江苏镇江）丁卯涧，以丁卯名其诗集，后人因称"许丁卯"。家为买书贫：许浑《寄殷尧藩》："宅从栽竹贵，家为买书贫。"

〔十三〕强项：不肯低头。《后汉书·董宣传》载，董宣为洛阳令，杀了光武帝姐姐湖阳公主的恶奴，"帝令小黄门持之，使宣叩头谢主，宣不从；强使顿之，宣两手据地，终不肯俯。"后来常用"强项"形容人性格刚强、不肯屈服。

〔十四〕低首：低头，折服。风流：杰出不凡的人物。

周康侯大令〔一〕 名晋，夏人〔二〕

周郎天下士〔三〕，憔悴在京华〔四〕。三北神仍王〔五〕，双南价久奢〔六〕。自蒙青眼对，甚感赤心加〔七〕。醉聚春恒驻，谈深日易斜〔八〕。春居骢使宅〔九〕，剑哭狗屠家〔十〕。人海余容膝〔十一〕，文坛少拾牙〔十二〕。芙蓉无赖月〔十三〕，杨柳莫愁花。君有古今宫词百首，皆试帖体〔十四〕。二语咏景华宫者〔十五〕，实可以隐括隋炀一生也〔十六〕。十字须千古，荒寒问暮鸦〔十七〕。

〔一〕周康侯：即周晋，字康侯，举人，曾任翼城教谕，工诗文，著有《诗古韵释例》。大令：古代对县官尊称。战国至宋以前，县官都称令，因此这样称呼。

〔二〕夏人：山西夏县人。

〔三〕天下士：才德非凡之人。《史记·鲁仲连传》："始以先生为庸人，吾乃今日知先生为天下之士也。"

〔四〕憔悴：忧愁、困苦。京华：杜甫《梦李白二首（其二）》："冠盖满京华，斯人独憔悴。"

〔五〕三北：三次败北。《史记·管仲列传》："吾尝三仕三见逐于君，鲍叔不以我为不肖，知我不遭时也。吾尝三战三走，鲍叔不以我为怯，知我有老母也。"神仍王：精神仍然旺盛。王，同"旺"。

〔六〕双南：即双南金，南金为南方所产之金，双南金指南金中尤佳者，又称双金。晋张载《拟四愁》诗："佳人遗我绿绮琴，何以赠之双南金。"

〔七〕赤心：诚心。

〔八〕日易斜：王维《奉和圣制幸玉真公主山庄因题石壁十韵之作应制》："谷静泉逾响，山深日易斜。"

〔九〕舂居：《后汉书·逸民列传·梁鸿传》："后至吴，依大家皋伯通，居庑下，为人赁舂。"舂：舂米。骢使：即骢马使。《后汉书·桓典传》："（桓典）辟司徒袁隗府，举高第，拜侍御史。是时宦官秉权，典执政无所回避。常乘骢马，京师畏惮，为之语曰：'行行且止，避骢马御史。'……在御史七年不调，后出为郎。"后以"骢马使"指御史。

〔十〕剑哭狗屠家：《史记·刺客列传》："荆轲既至燕，爱燕之狗屠及善击筑者高渐离。荆轲嗜酒，日与狗屠及高渐离饮于燕市，酒酣以往，高渐离击筑，荆轲和而歌于市中，相乐也，已而相泣，旁若无人者。"

〔十一〕容膝：仅容两膝，形容居室狭小。

〔十二〕拾牙：拾人牙慧。

〔十三〕"芙蓉"两句：据作者自注，这两句是周晋诗句。无赖：调皮可爱。辛弃疾《浣溪沙》词："啼鸟有时能劝客，小桃无赖已撩人。"

〔十四〕试帖体：试帖诗。

〔十五〕景华宫：隋代洛阳宫殿。据《资治通鉴》记载，隋炀帝在洛阳时，"于景华宫征求萤火，得数斛，夜出游山，放之，光遍岩谷。"

〔十六〕隐括：本义就原有文章的内容、情节加以剪裁、改写，此处意为概括。

〔十七〕"荒寒"句：隋炀帝《野望》："寒鸦千万点，流水绕孤村。斜阳欲落去，一望黯销魂。"

妻兄李雨亭司训〔一〕名润之，同里人

自挟方严气〔二〕，亭亭壁立端〔三〕。闲邪蓬矢直〔四〕，医热蔗浆寒〔五〕。亦具中人产〔六〕，常留大帛冠〔七〕。父书佳日理〔八〕，昆玉盛年欢〔九〕。论出千言切〔十〕，吟成五字安〔十一〕。家肥思豹泽〔十二〕，身苦答熊丸〔十三〕。须望芙蓉镜〔十四〕，胡求苜蓿盘〔十五〕。长材怜短驭〔十六〕，争忍付闲官〔十七〕。

〔一〕李雨亭：即李澜之，字雨亭，山西闻喜人，作者之妻兄。

〔二〕方严：方正严肃。

〔三〕亭亭：高耸、直立的样子。壁立：如墙壁一样陡立。

〔四〕闲邪：防止邪恶。闲，防止。蓬矢：用蓬草茎所做的箭。《礼记·射义》有云："故男子生，桑弧蓬矢六，以射天地四方，天地四方者，男子之所有事也。"

〔五〕医热：医治热病。蔗浆：甘蔗汁。王维《敕赐百官樱桃》："饱食不须愁内热，大官还有蔗浆寒。"

〔六〕中人产：中等人家的产业。

〔七〕大帛冠：白布冠。《礼记·玉藻》："大帛不緌。"郑玄注："帛，当为白，声之误也。大帛，谓白布冠也。"

〔八〕父书：父亲的遗书。理：整理。

〔九〕昆玉：称人兄弟的敬词。盛年：壮年。

〔十〕切：恳切。

〔十一〕"吟成"句：方干《贻钱塘县路明府》："吟成五字句，用破一生心。"又，卢延让《苦吟》："吟安一个字，捻断数茎须。"

〔十二〕家肥：家庭和睦有礼。《礼记·礼运》："四体既正，肤革充盈，人之肥也；父子笃，兄弟睦，夫妇和，家之肥也；大臣法，小臣廉，官职相序，君臣相正，国之肥也。"豹泽：传说南山黑豹，为使自己身上长出花纹，隐藏于雾雨中，七天不吃不喝。泽：润泽（皮毛）。《列女传·陶答子妻》："妾闻南山有玄豹，雾雨七日而不下食者，何也？欲以泽其毛而成文章也。故藏而远害。"后常以"豹泽"代指隐居避祸。

〔十三〕身苦：即苦身，劳苦其身体。熊丸：《新唐书·柳仲郢传》记载，唐柳仲郢幼嗜学，其母曾和熊胆丸，使夜咀咽，以苦志提神。

〔十四〕芙蓉镜：背面有芙蓉花的铜镜。段成式《酉阳杂俎续集·支诺皋中》:"相国李公固言,元和六年下第游蜀,遇一老姥,言:'郎君明年芙蓉镜下及第,后二纪拜相,当镇蜀土,某此时不复见郎君出将之荣也。'明年,果然状头及第,诗赋题有《人镜芙蓉》之目。后二十年,李公登庸。"

〔十五〕胡:为何。苜蓿盘:即盘中苜蓿。苜蓿,俗名金花菜,一种多年生开花植物,可食用。王定保《唐摭言·闽中进士》:"时开元东宫官僚清淡,令之以诗自悼,复纪于公署曰:'朝旭上团团,照见先生盘。盘中何所有?苜蓿长阑干。'"

〔十六〕"长材"句:即长才短驭,意为大材小用。

〔十七〕争忍:怎忍,怎么忍心。闲官:清闲之官。

徐芮南大令〔一〕 名㤗,朝邑人

岳色河声里〔二〕,斯人有故关〔三〕。尊师知学邃〔四〕,君为盩厔路闰生、泾阳许子中二公高足〔五〕。爱客赖官闲。挈眷囊羞涩〔六〕,耽书帢腻颜〔七〕。似弹长剑铗〔八〕,未唱大刀环〔九〕。往岁槐花踏〔十〕,清秋桂子攀〔十一〕。识韩惊异数〔十二〕,说项傲同班〔十三〕。今日知何处,斜阳隐远山〔十四〕。西方思彼美〔十五〕,引领碧云间〔十六〕。

〔一〕徐芮南:即徐㤗,字芮南,朝邑人,咸丰拔贡,曾任汾阳、黎城、平遥、长治等地知县,官至太原知府,后被诬罢官,旋卒。

〔二〕岳:华山。河:黄河。徐㤗的家乡朝邑,南距华山不远,黄河又从县西流过,所以被诗人形容为"岳色河声里"。

〔三〕故关:故乡。

〔四〕学邃:学问深邃。

〔五〕路闰生:路德(1785—1851),字润生,号鹭洲。陕西盩厔(今陕西周至)人。嘉庆十四年进士,曾任任户部湖广司主事、军机章京,后辞官归乡讲学,弟子甚多,著作有《仁在堂文集》等。许子中:许时,字子中,陕西泾阳人,以诗、书、画名于世,清咸丰、同治年间曾掌教山西临晋桑泉书院,造就人才甚众。

〔六〕挈眷:携带家眷。

〔七〕耽书:酷嗜书籍。帢腻颜:即腻颜帢,一种不覆额的帽子。

〔八〕"似弹"句:即冯谖弹铗而歌。《战国策·齐策四》载,齐人冯谖,贫乏不能自存,寄食孟尝君门下。左右以孟尝君贱之也,食以草具。居有顷,倚柱弹其剑。歌曰："长铗归来乎，食无鱼！"左右以告，孟尝君曰："食之，比门下之客。"居有顷，复弹其铗，歌曰："长铗归来乎，出无车！"左右皆笑之。以告，孟尝君曰："为之驾，比门下之车客。"于是乘其车，揭其剑，过其友曰："孟尝君客我。"后有顷，复弹其剑铗，歌曰："长铗归来乎，无以为家！"左右皆恶之，以为贪而不知足。孟尝君问："冯公有亲乎？"对曰："有老母。"孟尝君使人给其食用，无使乏，于是冯谖不复歌。

〔九〕大刀环：《汉书·李陵传》："昭帝立，大将军霍光、左将军上官桀辅政，素与陵善，遣陵故人陇西任立政等三人俱至匈奴招陵。立政等至，单于置酒赐汉使者，李陵、卫律皆侍坐。立政等见陵，未得私语，即目视陵，而数数自循其刀环，握其足，阴谕之，言可还归汉也。""环"与"还"同音，所以后人常以"刀环"作为归乡的隐语。

〔十〕槐花踏：即踏槐花，形容士子忙于参加科举考试。唐李淖《秦中岁时记》："进士下第，当年七月复献新文，求拔解，故曰：'槐花黄，举子忙。'"

〔十一〕桂子攀：即攀桂子，旧时常以科举得中为月宫折桂。

〔十二〕识韩：李白《与韩荆州书》："白闻天下谈士相聚而言曰：'生不用封万户侯，但愿一识韩荆州。'何令人之景慕一至于此耶！"后人常以"识韩""识荆"代指初次见面、结识。异数：情形特殊。

〔十三〕说项：唐代诗人杨敬之看重项斯，作《赠项斯》诗："几度见诗诗总好，及观标格过于诗。平生不解藏人善，到处逢人说项斯。"后人常用"说项"指替人说好话、为人说情。

〔十四〕"斜阳"句：唐周贺《抄秋登江楼》："空翠隐高鸟，夕阳归远山。"

〔十五〕"西方"句：《诗经·邶风·简兮》："山有榛，隰有苓。云谁之思？西方美人。彼美人兮，西方之人兮。"

〔十六〕引领：伸颈远望。

侍讲林锡三师〔一〕名天龄

当代文章伯〔二〕，遥瞻在九天〔三〕。早科森玉笋〔四〕，夜语撒金莲〔五〕。永叔持衡日〔六〕，兰成射策年〔七〕。红殊横卷帛〔八〕，青选入囊钱〔九〕。同治丙寅，师督学晋中，余年十七，以第一人食廪饩〔十〕。侍宴常三爵〔十一〕，趋朝敢八砖。〔十二〕食蒿邪必却〔十三〕，谏草秘无传〔十四〕。福地张华博〔十五〕，高门

□□贤〔十六〕。望洋人自叹〔十七〕,闽海浩春烟〔十八〕。

〔一〕侍讲:即翰林院侍讲,主要职务为文史修撰,编修与检讨。林锡三:林天龄(1830—1878),字锡三,福建长乐人,咸丰十年进士,曾任翰林院侍读学士、江苏学政等,著有《林锡三先生遗稿》。

〔二〕文章伯:对文章大家的尊称。

〔三〕遥瞻:遥望。九天:天的极高之处,此处代指宫廷。

〔四〕早科:早上主持科举选拔人才。森:繁密,众多。玉笋:比喻英才济济。《新唐书·李宗闵传》:"俄复为中书舍人,典贡举,所取多知名士,若唐冲、薛庠、袁都等,世谓之玉笋。"

〔五〕撒金莲:此处比喻其言语如播撒金莲。

〔六〕永叔:欧阳修,字永叔。持衡:持秤称物,比喻品评人才。欧阳修于嘉佑二年(1057)担任礼部贡举的主考官,以翰林学士身份主持进士考试,提倡平实文风,录取了苏轼、苏辙、曾巩等人,对北宋文风转变有很大影响。

〔七〕兰成射策年:庾信《哀江南赋》:"王子滨洛之岁,兰成射策之年。"兰成:庾信,字兰成。射策:汉代考试取士的方法之一,即应试策问。庾信十五岁应试策问,获高等甲科,任梁东宫侍讲。这句指作者十七岁时参加林锡三主持的考试。

〔八〕红殊:朱圈。古代科举试卷,文句佳处,以朱圈标出。卷帛:试卷。

〔九〕青选入囊钱:《新唐书·张荐传》:"员外郎员半千数为公卿称鷟文辞犹青铜钱,'万选万中',时号鷟'青钱学士'"。后来常用这一典故比喻文章出众。

〔十〕食廪饩:即成为廪生。廪生,是明清科举制度中生员名目之一,即由公家给以膳食的生员,又称廪膳生。

〔十一〕侍宴:侍从饮宴。三爵:三杯酒。古人侍宴饮酒要适可而止,以三爵为限。《礼记·玉藻》:"君子之饮酒也,受一爵而色洒如也,二爵而言言斯,礼已三爵而油油,以退,退则坐。"

〔十二〕趋朝:上朝。八砖:唐李肇《翰林志》:"北厅前阶有花砖道,冬中日及五砖,为人直之候。李程性懒,好晚入,恒过八砖乃至,众呼为'八砖学士'。"后以"八砖"代指为人懒散。这两句赞叹林锡三深受天子恩宠,格外优容。

〔十三〕食蒿邪必却:《北齐书·邢峙传》:"峙方正纯厚,有儒者之风。厨宰进太子食,有菜曰'邪蒿',峙命去之,曰:'此菜有不正之名,非殿下所宜食。'"显祖闻而嘉之,赐以被褥缣纩,拜国子博士。却:除去。

〔十四〕谏草：谏书草稿。秘无传：《晋书·羊祜传》："（羊）祜历职二朝，任典枢要，政事损益，皆咨访焉。势利之求，无所关与。其嘉谋谠议，皆焚其草，故世莫闻。"

〔十五〕张华：张华，西晋著名政治家、文学家。他学识渊深、博闻强记，著有《博物志》。《晋书·张华传》："华学业优博，辞藻温丽，朗赡多通，图纬方伎之书莫不详览。"

〔十六〕高门□□贤：原诗此句缺损两字。

〔十七〕望洋人自叹：即望洋兴叹。《庄子·秋水》："秋水时至，百川灌河；泾流之大，两涘渚崖之间不辨牛马。于是焉河伯欣然自喜，以天下之美为尽在己。顺流而东行，至于北海，东面而视，不见水端。于是焉河伯始旋其面目，望洋向若而叹曰：'野语有之曰："闻道百，以为莫己若者。"我之谓也。且夫我尝闻少仲尼之闻，而轻伯夷之义者，始吾弗信，今我睹子之难穷也，吾非至于子之门，则殆矣，吾长见笑于大方之家。'"

〔十八〕闽海：指福建和浙江南部沿海地带。林锡三是福建人，故作者诗中特意写到闽海。此句作者思接万里，遥想身处闽海的林锡三师。

题刘景韩师像[一] 师名仰斗

蚤岁便余冷峭风[二]，不因人热似梁鸿[三]。图中今作羔裘燠[四]，如此传神恐未工[五]。

〔一〕刘景韩：据《闻喜县志》记载，刘仰斗，字景韩，山西闻喜人，附贡生。学宗濂洛，静默寡言，于本村设义学五十年。他是杨深秀幼年时的启蒙老师。

〔二〕蚤岁：早岁。蚤，同"早"。冷峭：神态严峻。

〔三〕不因人热：《东观汉记·梁鸿传》："比舍先炊已，呼鸿及热釜炊。鸿曰：'童子鸿不因人热者也。'灭灶更燃火。"后世常用这一典故比喻为人孤僻高傲、不依赖他人。梁鸿：梁鸿，字伯鸾，扶风平陵（今陕西咸阳）人，东汉初期著名隐士。

〔四〕燠：温暖，热。

〔五〕传神：描画人像。

青灯如豆雪初晴，夜作蝇头老眼明[一]。案上一编《农器谱》[二]，刚逢春

39

及恰抄成。

〔一〕蝇头：即蝇头小楷，像苍蝇头大小的楷体字。

〔二〕《农器谱》：此处是泛指记载各类农具方面的专著，并非专指哪一部书。现存的这类著作有宋曾之谨的《农器谱》、元王祯《王祯农书》中的《农器图谱》等。

汉寝常哀麦饭空〔一〕，族坟今置祭田丰。年年芳草清明节，酒絮香花总是功〔二〕。

〔一〕汉寝：汉代帝王陵寝。宋赵鼎《寒食即事》："汉寝唐陵无麦饭，山溪野径有梨花。"麦饭：磨碎麦子煮成饭，后来也常指祭祀用的饭食。

〔二〕酒絮：用棉絮渍酒祭奠死者，暗用东汉徐稚祭奠黄琼之事。《后汉书·徐稚传》："稚尝为太尉黄琼所辟，不就。及琼卒归葬，稚乃负粮徒步到江夏赴之，设鸡酒薄祭，哭毕而去。不告姓名。"

处处皋比讲《少仪》〔一〕，经师争合比人师〔二〕。先生别有通经处，褚野无言备四时〔三〕。

〔一〕皋比：本义为虎皮，因古人坐虎皮讲学，后也指讲席。《少仪》：《礼记》中的一篇，记录一些待人接物、祭祀的微小礼仪。郑玄注："名曰'少仪'者，以其记相见及荐羞之少威仪。少，犹小也。"

〔二〕"经师"句：《资治通鉴》卷五十五："经师易遇，人师难遭。"经师：传授经学的讲师。争合：怎应。人师：教人德行、足以为人表率的老师。

〔三〕褚野：褚裒，字季野，河南郡阳翟县（今河南省禹县）人，东晋著名政治家。无言备四时：《晋书·褚裒传》："谯国桓彝见而目之曰：'季野有皮里春秋。'言其外无臧否，而内有所褒贬也。谢安亦雅重之，恒云：'裒虽不言，而四时之气亦备矣。'"

读《华佗传》〔一〕

稻糠黄犬术何如〔二〕，漆叶青黏世有诸〔三〕？烧绝囊书群叹息〔四〕，问谁真解五禽图〔五〕。

〔一〕《华佗传》：即《三国志·魏书·华佗传》。

〔二〕稻糠黄犬：《三国志·华佗传》裴松之注引《佗别传》："琅琊刘勋

为河内太守，有女年几二十，左脚膝里上有疮，痒而不痛。疮愈数十日复发，迎佗使视，佗曰：'是易治之。当得稻糠黄色犬一头，好马二匹。'以绳系犬颈，使走马牵犬，马极辄易，计马走三十余里，犬不能行，复令步人拖曳，计向五十里。乃以药饮女，女即安卧不知人。因取大刀断犬腹近后脚之前，以所断之处向疮口，令去二三寸。停之须臾，有若蛇者从疮中而出，便以铁椎横贯蛇头。蛇在皮中动摇良久，须臾不动，乃牵出，长三尺所，纯是蛇，但有眼处而无童子，又逆鳞耳。以膏散著疮中，七日愈。"

〔三〕漆叶青黏：《三国志·华佗传》："（樊）阿从佗求可服食益于人者，佗授以漆叶青黏散。漆叶屑一升，青黏屑十四两，以是为率，言久服去三虫，利五藏，轻体，使人头不白。阿从其言，寿百余岁。漆叶处所而有，青黏生于丰、沛、彭城及朝歌云。"

〔四〕烧绝囊书：《三国志·华佗传》："佗临死，出一卷书与狱吏，曰：'此可以活人。'吏畏法不受，佗亦不强，索火烧之。"

〔五〕五禽图：《三国志·华佗传》："广陵吴普、彭城樊阿皆从佗学。普依准佗治，多所全济。佗语普曰：'人体欲得劳动，但不当使极尔。动摇则谷气得消，血脉流通，病不得生，譬犹户枢不朽是也。是以古之仙者为导引之事，熊颈鸱顾，引挽腰体，动诸关节，以求难老。吾有一术，名五禽之戏，一曰虎，二曰鹿，三曰熊，四曰猿，五曰鸟，亦以除疾，并利蹄足，以当导引。体中不快，起作一禽之戏，沾濡汗出，因上著粉，身体轻便，腹中欲食。'普施行之，年九十余，耳目聪明，齿牙完坚。"

座师曹朗川夫子命画马因媵以诗〔一〕

往日盐车下〔二〕，谁曾拔尔身。耳批双竹直〔三〕，鬃散五花匀〔四〕。澡浴常宜水，腾骧不动尘〔五〕。休言千里志，鸣处便惊人。

〔一〕座师：明清科举考试中，主考官称总裁，又称座主或座师。同治九年，曹秉濬担任乡试主考，杨深秀得中第三名。曹朗川：曹秉濬，字子明，号朗川，广东番禺人，同治元年进士，官至江西南康府知府，著有《味苏斋文集》。媵，本义指随嫁的人或物，此处意为送。

〔二〕盐车：《战国策·楚策四》："君亦闻骥乎？夫骥之齿至矣，服盐车而上太行。蹄申膝折，尾湛胕溃，漉汁洒地，白汗交流，中阪迁延，负辕不能上。伯乐遭之，下车攀而哭之，解纻衣以幂之。骥于是俯而喷，仰而鸣，声达于天，若出金石声者，何也？彼见伯乐之知己也。"

〔三〕耳批双竹直：杜甫《房兵曹胡马诗》："竹批双耳峻，风入四蹄轻。"竹直：马的双耳像斜削的竹筒。《齐民要术》："马耳欲小而锐，状如斩竹筒。"

〔四〕五花：马的鬃毛修剪成五瓣，称为五花马或五花。李白《将进酒》："五花马，千金裘，呼儿将出换美酒，与尔同销万古愁。"

〔五〕腾骧：飞腾，奔腾。不动尘：苏轼《虢国夫人夜游图》："坐中八姨真贵人，走马来看不动尘。"

三月晦日送刘小渠比部旋里〔一〕

软风吹绿燕南草〔二〕，雨过御沟新柳袅〔三〕。三载秋曹乡梦深〔四〕，人归欲趁春归早。春归天末俟来春〔五〕，人归汾上有故人〔六〕。未审回头蓟门树〔七〕，尚能念我天街尘〔八〕。我今却忆髫龄日〔九〕，试院同挥呵冻笔〔十〕。弹指十年冉冉过〔十一〕，谈心一夕匆匆毕。丰台芍药金带围〔十二〕，欲赠翻嫌号可离〔十三〕。只应拂拭桃花纸〔十四〕，为君一赋送春诗〔十五〕。

〔一〕晦日：农历每月的最后一天。刘小渠：刘笃敬（1848—1920），字缉臣，号小渠，平阳太平（今山西襄汾）人，曾任刑部主事。他与杨深秀交情深厚，受其维新思想影响很深，后投身实业，是山西近代著名的实业家。戊戌变法失败，杨深秀遇害之后，他亲为运送灵柩、办理殡葬，被人称道。比部：明清时对刑部及其司官的称呼。旋里：返回家乡。

〔二〕软风：和风，微风。

〔三〕御沟：流经宫苑的河道。袅：柔弱细长的样子。

〔四〕秋曹：刑部的别称。

〔五〕俟：等待。

〔六〕汾上：汾州。此处指刘笃敬的家乡襄汾。

〔七〕未审：不知。审，知道，察知。蓟门：春秋战国时的燕国，以蓟城为国都，古称蓟城为蓟门，在今北京城西德胜门外西北隅。

〔八〕天街尘：此处作者自比京城天街之尘土。

〔九〕髫龄：童年。

〔十〕试院：旧时科举考试的考场。呵冻：嘘气使砚中冻结的墨汁融解。

〔十一〕冉冉：匆忙的样子。

〔十二〕丰台芍药：清潘荣陛《帝京岁时纪胜》："京都花木之盛，惟丰台芍药甲于天下。旧传扬州刘贡父谱三十一品，孔常父谱三十三品，王通叟谱三十九品，亦云瑰丽之观矣。今扬州遗种绝少，而京师丰台，于四月间连畦接畛，倚担市者日万余茎。游览之人，轮毂相望。惜无好事者图而谱之。如宫锦红、醉仙颜、白玉带、醉杨妃等类，虽重楼牡丹亦难为比。考丰台本无台。金时郊台在南城外，丰宜门者金之南门也。丰台疑即拜郊台，因门曰丰宜，故目为丰台云耳。"金带围：芍药中比较名贵的一种，又叫金腰带、金缠腰。关于"金带围"还有著名的"四相簪花"的典故。宋陈师道《后山谈丛》卷二记载："花之名天下者，洛阳牡丹、广陵芍药耳。红叶而黄腰，号'金带围'，而无种，有时而出，则城中当有宰相。韩魏公为守，一出四枝，公自当其一，选客具乐以赏之。是时王岐公以高科为倅，王荆公以名士为属，皆在选，而阙其一，莫有当者。数日不决，而花已盛。公命戒客，而私自念，今日有过客，不问如何，召使当之。及暮，南水门报陈太博来，亟使召之，乃秀公也。明日酒半，折花，歌以插之。其后四公皆为首相。"

〔十三〕翻：反而，反倒。号可离：号可弃，号不足取。

〔十四〕桃花纸：古纸名。宋苏易简《文房四谱·纸谱·叙事》："桓元诏平淮，作桃花笺纸，缥绿青赤者，盖今蜀笺之制也。"

〔十五〕送春诗：此时正当三月春末，所以赋送春诗，也是送别之意。

赠常小轩〔一〕

公子终筵爱客诚，论交坐满鲁诸生〔二〕。同人自醉周公瑾〔三〕，俗物谁撄阮步兵〔四〕。日暮窥书星夜下，春深搦管雪时晴〔五〕。高科正是君家事〔六〕，努力前贤身后名。

〔一〕常小轩：常山，字伯仁，号小轩，镶黄旗满洲人。官至兵部员外郎。

〔二〕论交：结交，交朋友。

〔三〕同人自醉：《三国志·吴书·周瑜传》裴松之注引《江表传》："（程）普颇以年长，数陵侮瑜。瑜折节容下，终不与校。普后自敬服，而亲重之，乃告人曰：'与周公瑾交，若饮醇醪，不觉自醉。'"周公瑾：周瑜，字公瑾。

〔四〕阮步兵：指阮籍，因他曾任步兵校尉，故称阮步兵。俗物：《世说新语·排调》："嵇、阮、山、刘在竹林酣饮，王戎后往。步兵曰：'俗物已复来败人意！'"撄：扰乱、纠缠。

〔五〕搦管：执笔。雪时晴：王羲之《快雪时晴帖》："羲之顿首：快雪时晴，佳。想安善。未果，为结。力不次，王羲之顿首。山阴张侯。"

〔六〕高科：科举考试名次在前。

落第〔一〕

鹊噪灯花夜夜同〔二〕，可怜头脑尚冬烘〔三〕。非关月旦评无准〔四〕，终是《阴符》练未工〔五〕。末路桑榆在何日〔六〕，比邻桃李独春风。〔七〕二千里外深闺月，犹盼泥金一纸红。〔八〕

〔一〕此诗作于同治十年三月，作者参加辛未科会试，不第。

〔二〕鹊噪：喜鹊鸣叫。灯花：灯芯燃烧时所结成花的形状。鹊噪、灯花在民间传说中都是喜兆。

〔三〕头脑尚冬烘：头脑迂腐、浅陋。王定保《唐摭言·误放》载：郑侍郎熏主文，误谓颜标乃鲁公之后。时徐方未宁，志在激劝忠烈，即以标为状元。谢恩日，从容问及庙院。标曰："寒畯也，未尝有庙院。"熏始大悟，塞默而已。寻为无名子所嘲曰："主司头脑太冬烘，错认颜标作鲁公。"

〔四〕月旦评：意为品评人物。《后汉书·许劭传》："初，劭与靖俱有高名，好共核论乡党人物，每月辄更其品题，故汝南俗有'月旦评'焉。"无准：不准确。

〔五〕《阴符》：《阴符经》，道教典籍，此处指的褚遂良《大字阴符经》字帖。这句作者感叹自己大概是书法不够好，所以落第。

〔六〕末路：潦倒、失意的境地。桑榆：日落时光照桑榆树端，代指日暮。

〔七〕"末路"两句：这两句意为作者落第后失意潦倒有桑榆日暮之感，而邻近之他人高中之后如桃李般春风得意。

〔八〕泥金：即泥金帖子，用泥金涂饰的笺帖。科举高中，报喜时用泥金帖子。"二千"两句，意为妻子在两千里外的家乡，等待着自己高中的捷报。

下第次日送卫庄游游天津〔一〕

风气新成绕指柔〔二〕，问君能否曲如钩〔三〕。几人漂落黄霉雨〔四〕，有客思观碧海流。垂柳千条春夏别，扶桑一望古今浮〔五〕。鸡虫得失须臾事〔六〕，大鸟从他笑鸴鸠[七]。

〔一〕卫庄游：卫天鹏，字庄游，山西曲沃人，咸丰戊午科举人，曾主讲乡宁、翼城、霍州等地书院。精通经学，著述颇丰。

〔二〕绕指柔：刘琨《重赠卢谌》："何意百炼刚，化为绕指柔。"后多用于比喻坚强者经过挫折而变得随和软弱。

〔三〕曲如钩：形容小人圆滑妥协，不讲原则。《后汉书·五行志》："顺帝之末，京都童谣曰：'直如弦，死道边。曲如钩，反封侯。'"

〔四〕黄霉雨：即黄梅雨，春末夏初黄梅季节之雨。

〔五〕扶桑：神话中的神树，传说日出于扶桑之下。《山海经·海外东经》："汤谷上有扶桑，十日所浴，在黑齿北。"

〔六〕鸡虫得失：杜甫《缚鸡行》："小奴缚鸡向市卖，鸡被缚急相喧争。家中厌鸡食虫蚁，不知鸡卖还遭烹。虫鸡于人何厚薄，吾叱奴人解其缚。鸡虫得失无了时，注目寒江倚山阁。"后世常用"鸡虫得失"比喻微小得失，无关紧要。须臾：片刻之间，极短时间。

〔七〕"大鸟"句：庄子《逍遥游》："《齐谐》者，志怪者也。《谐》之言曰：鹏之徙于南冥也，水击三千里，抟扶摇而上者九万里，去以六月息者也。……蜩与学鸠笑之曰：'我决起而飞，抢榆枋而止，时则不至，而控于地而已矣，奚以之九万里而南为？'"这一典故中正好包含的卫天鹏的名字，作者也正是借此勉励自己的朋友。鸴鸠，小鸠，一种小鸣禽。

送周康侯西归[一]

禅榻春风白发侵[二]，朝来忽地动归心[三]。三年衫色伤尘涴[四]，一路铃声趁雨淋[五]。人类文园余壁立[六]，家邻汾水易秋深[七]。平生正有名山业[八]，莫为穷愁掷寸阴[九]。

〔一〕周康侯：周晋，字康侯，夏县人。已见作者的《怀旧诗》组诗之《周康侯大令》。

〔二〕禅榻：禅床。

〔三〕忽地：忽然。

〔四〕尘涴：被尘土弄脏。涴：弄脏。

〔五〕铃声趁雨淋：唐段安节《乐府杂录》云："《雨霖铃》者，因唐明皇驾回至骆谷，闻雨淋銮铃，因令张野狐撰为曲名。"

〔六〕文园：指司马相如。文园本指汉文帝陵园，因司马相如担任过文园令，所以常用"文园"代指他。壁立：家徒四壁。《史记·司马相如列传》："文君夜亡奔相如，相如乃与驰归成都，家居徒四壁立。"

〔七〕汾水易秋深：汉武帝率群臣至河东后土祠祭祀，坐楼船过汾河，曾赋《秋风辞》一首："秋风起兮白云飞，草木黄落兮雁南归。兰有秀兮菊有芳，怀佳人兮不能忘。泛楼船兮济汾河，横中流兮扬素波。箫鼓鸣兮发棹歌，欢乐极兮哀情多。少壮几时兮奈老何！"

〔八〕名山业：可以藏之名山、世代流传的事业，多指著书立说。《史记·太史公自序》："藏之名山，副在京师，俟后世圣人君子。"

〔九〕掷寸阴：浪费光阴。

热河赠刘秀书司马〔一〕

刘君才大何槃槃〔二〕，别驾诚宜授士元〔三〕。绝塞春风好相识〔四〕，高斋霁雪夜不寒。剪刀面香蚳酱美〔五〕，泥我屏间写山水〔六〕。投刺便迎僮仆忙〔七〕，挥豪虽拙主人喜。当日家贫乏立锥〔八〕，成童已赋远游诗〔九〕。关塞不讥仗剑者〔十〕，英雄亦有捉刀时〔十一〕。终年不借尚须借，终日炙行谁识炙〔十二〕。撒手愤游宝山中，金银气照须眉碧。麦麸云叶槃成苗，君时游蒙古喀拉沁之孤山〔十三〕，见矿苗透出〔十四〕，遂请都统奏充矿商，以是大饶裕，登仕版〔十五〕。案《格古要论》载〔十六〕，金有云子、叶子、麦麸等名〔十七〕。药鼎丹垆爇自烧〔十八〕。直是天财输鬼役〔十九〕，人间十万已缠腰〔二十〕。何须马磨徒辛苦〔二十一〕，何用牛车远服贾〔二十二〕。喜换头衔且称觞〔二十三〕，敬持手版来听鼓〔二十四〕。鹊华山上草萋萋〔二十五〕，趵突泉边柳未齐〔二十六〕。客里终朝思寄鲊〔二十七〕，目中何处著醯鸡〔二十八〕。腰身岂为督邮折〔二十九〕，臂血奚烦慈母啮〔三十〕。杜宇声中游宦归〔三十一〕，山公背上同官别〔三十二〕。东来荏苒五年余〔三十三〕，两鬓萧萧赋遂初〔三十四〕。只拟散财同马援〔三十五〕，那知窃藏遇头须〔三十六〕。伊我与君同磨蝎〔三十七〕，中人之产一朝竭〔三十八〕。祇今妙手号空空〔三十九〕，徒剩雄心书咄咄〔四十〕。风波虽复似同舟，就里事情迥不侔〔四十一〕。自得自失君何恨〔四十二〕，肯构肯获我则羞〔四十三〕。誓将投笔学耕牧〔四十四〕，缝掖何如短后服〔四十五〕。雀鼠壮难窃尽仓〔四十六〕，牛羊多且量成谷〔四十七〕。谋生虽鄙免干人〔四十八〕，百口况犹倚此身〔四十九〕。岂以多财求作宰〔五十〕，愿因修德共为邻〔五十一〕。

〔一〕热河：今河北承德。杨深秀的二伯父杨崇熰在热河经商，杨深秀落第后曾多次前往探望，这首诗当作于此时。刘秀书：生平不详。司马：通判的别称。

〔二〕槃槃：形容大的样子，多指才能出众。

〔三〕别驾：通判的别名。士元：庞统，字士元，号凤雏。《三国志·庞统传》："先主领荆州，统以从事守耒阳令，在县不治，免官。吴将鲁肃遗先主书曰：'庞士元非百里才也，使处治中、别驾之任，始当展其骥足耳。'"

〔四〕绝塞：极远的边塞。

〔五〕剪刀面：一种面食，因制面工具为剪刀而得名，所剪之面似鱼形，故又名剪鱼子。蚳酱：又名蚳醢，用蚁卵做的酱。

〔六〕泥：使人流连。

〔七〕投刺：投递名帖。

〔八〕乏立锥：无立锥之地。

〔九〕成童：年龄稍大的儿童。有说十三岁以上，有说十五岁以上，说法不一。《谷梁传·昭公十九年》："羁贯成童，不就师傅，父之罪也。"范宁注："成童，十三岁以上。"《礼记·内则》："成童，舞《象》学射御。"郑玄注："成童，十五以上。"已赋远游诗：屈原有《远游》一篇，此处指开始赴远方游历。

〔十〕不讥：不查问。讥，查问。

〔十一〕捉刀：即代人捉刀。《世说新语·容止》："魏武将见匈奴使，自以形陋，不足雄远国，使崔季珪代，帝自捉刀立床头。既毕，令间谍问曰：'魏王何如？'匈奴使答曰：'魏王雅望非常，然床头捉刀人，此乃英雄也。'魏武闻之，追杀此使。"

〔十二〕终日炙行：《世说新语·德行》："顾荣在洛阳，尝应人请，觉行炙人有欲炙之色，因辍己施焉。同坐嗤之。曰：'其仆也，焉施之？'荣曰：'岂有终日执之而不知其味者乎？'后遭乱渡江，每经危急，常有一人左右相助。顾荣异，问其所以，乃受炙人也。"炙行：即行炙，端烤肉之人。

〔十三〕喀拉沁之孤山：今辽宁朝阳市喀喇沁左翼蒙古族自治县乌兰山。

〔十四〕矿苗：矿体在地面的露头，是一种主要的找矿标志。

〔十五〕登仕版：开始做官。仕版，记载官吏名籍的簿册。

〔十六〕《格古要论》：明代学者曹昭所著的一部古代文物鉴定方面的专著。

〔十七〕"金有"句：据《格古要论·金铁论》记载："金出南蕃、西蕃、云南、高丽等处沙中。南蕃瓜子金、麸皮金，皆生金也；云南叶子金、西蕃回

47

回钱,此熟金也。其性柔而重,色赤。足色者面有椒花、凤尾及紫霞。"

〔十八〕爇:燃烧。

〔十九〕天财:天生的财物。输鬼役:即役鬼输,由神鬼运输,形容运输迅疾。

〔二十〕十万已缠腰:即腰缠十万贯。南朝梁殷芸《殷芸小说·吴蜀人》:"有客相从,各言所志:或愿为扬州刺史,或愿多资财,或愿骑鹤上升。其一人曰:'腰缠十万贯,骑鹤下扬州',欲兼三者。"

〔二十一〕马磨:即马拉磨,意为辛苦劳作。

〔二十二〕远服贾:经商出远门。

〔二十三〕喜换头衔:矿商变身官员。称觞:举杯祝酒。

〔二十四〕手版:即手板,朝会是所执的长板子,用于记事。听鼓:古代官府卯刻击鼓入值,午刻再击鼓下值,所以官吏赴衙值班被称为"听鼓"。

〔二十五〕鹊华山:即今山东济南鹊山,在黄河北岸,相传先秦名医扁鹊曾在这里炼丹,死后葬此,故名"鹊山"。

〔二十六〕趵突泉:济南名泉,在今济南市历下区。

〔二十七〕寄鲊:《晋书·列女传·陶侃母湛氏》:"侃少为寻阳县吏,尝监鱼梁,以一坩鲊遗母。湛氏封鲊及书,责侃曰:'尔为吏,以官物遗我,非惟不能益吾,乃以增吾忧矣。'"鲊:盐腌的鱼。

〔二十八〕醯鸡:醋瓮中的一种小虫蠛蠓。《庄子·田子方》:"孔子出,以告颜回曰:'丘之于道也,其犹醯鸡与!微夫子之发吾覆也,吾不知天地之大全也。'"后比喻见识浅薄之人。

〔二十九〕"腰身"句:《晋书·陶潜传》:"潜叹曰:'吾不能为五斗米折腰,拳拳事乡里小人邪!'"

〔三十〕"臂血"句:《史记·孙子吴起列传》:"(吴起)与其母诀,啮臂而盟曰:'起不为卿相,不复入卫!'"

〔三十一〕杜宇:即杜鹃鸟,杜宇为传说中的古蜀国开国国王,传说死后化作鹃鸟,哀鸣思归。

〔三十二〕山公:山简,西晋名士,山涛之子。《世说新语·任诞》:"山季伦为荆州,时出酣畅。人为之歌曰:'山公时一醉,径造高阳池。日莫倒载归,酩酊无所知,复能乘骏马,倒著白接䍦。举手问葛强,何如并州儿。'高阳池在襄阳,强是其爱将,并州人也。"背上:马背之上。

〔三十三〕荏苒:渐渐过去,形容时光易逝。

〔三十四〕两鬓萧萧:两鬓稀疏斑白。苏轼《南歌子·再用前韵》:"苒苒中秋过，萧萧两鬓华。"赋遂初：孙绰作《遂初赋》，表现对隐居生活的向往。《世说新语·言语》："孙绰赋《遂初》，筑室畎川，自言见止足之分。"

〔三十五〕散财同马援：《后汉书·马援传》记载，马援"因处田牧，至有牛、马、羊数千头，谷数万斛。既而叹曰：'凡殖货财产，贵其能施赈也，否则守钱虏耳。'乃尽散以班昆弟故旧，身衣羊裘皮裤。"

〔三十六〕窃藏遇头须：《左传·僖公二十四年》："初，晋侯之竖头须，守藏者也。其出也，窃藏以逃，尽用以求纳之。"

〔三十七〕磨蝎：即磨蝎宫。古人迷信星象，认为生平行事常遭挫折者为遭逢磨蝎。苏轼《东坡志林·退之平生多得谤誉》："退之诗云：'我生之辰，月宿南斗。'乃知退之磨蝎为身宫，而仆乃以磨蝎为命，平生多得谤誉，殆是同病也。"

〔三十八〕中人之产：中等人家的产业。竭：尽。

〔三十九〕妙手号空空：裴铏《传奇·聂隐娘》："后夜当使妙手空空儿继至。空空儿之神术，人莫能窥其用，鬼莫得蹑其踪。"此处形容手中一无所有。

〔四十〕书咄咄：《世说新语·黜免》："殷中军被废，在信安，终日恒书空作字。扬州吏民寻义逐之，窃视，唯作'咄咄怪事'四字而已。"

〔四十一〕就里：内中详细情况。事情：实情。迥不侔：远不相同。

〔四十二〕自得自失：指梁武帝萧衍之事。《梁书·邵陵王纶传》："侯景陷城，高祖叹曰：'自我得之，自我失之，亦复何恨。'"

〔四十三〕肯构肯获：即肯堂肯构。堂：立堂基。构：盖屋。《尚书·大诰》："若考作室，既底法，厥子乃弗肯堂，矧肯构？"孔传："以作室喻政治也，父已致法，子乃不肯为堂基，况肯构立屋乎？"

〔四十四〕投笔：意为弃文而就他业。

〔四十五〕缝掖：大袖单衣，一种儒者的服装。短后服：古代武士服装。

〔四十六〕雀鼠：麻雀与老鼠，都喜欢偷窃粮食。

〔四十七〕量成谷：形容牛羊极多，布满山谷。

〔四十八〕干人：求人。

〔四十九〕倚：依靠。

〔五十〕作宰：当官。

〔五十一〕修德：修养德行。共为邻：《论语·里仁》：子曰："德不孤，必有邻。"

送许桂一孝廉[一]

旗亭尽日共追攀[二],送尔西风独自还[三]。倘典征袍谋醉月[四],中秋计已到中山[五]。

〔一〕许桂一:生平不详。孝廉:明清时对举人的雅称。
〔二〕旗亭:酒楼。尽日:整日。追攀:追随牵挽,形容惜别。
〔三〕西风独自还:齐己《送惠空上人归》:"吾子多高趣,秋风独自还。"
〔四〕典:抵押。杜甫《曲江二首(其二)》:"朝回日日典春衣,每日江头尽醉归。"征袍:旅人的长袍。
〔五〕中山:今河北正定县东北。

送杜英三拔贡[一]

驿亭黄叶落深秋[二],下马重看破鹿裘[三]。可有红毡留裹背,燕南十月雪花稠[四]。

〔一〕杜英三:生平不详。拔贡:拔贡是明清科举制度中由地方贡入国子监的生员中的一种。
〔二〕驿亭:驿站所设供旅客休息的处所。
〔三〕鹿裘:粗制的大衣。《列子·天瑞》:"孔子游于泰山,见荣启期行乎郕之野,鹿裘带索,鼓琴而歌。"
〔四〕"燕南"句:李白《北风行》:"燕山雪花大如席,片片吹落轩辕台。"

近闻房师陶公商岩卒安邑任所,不审旅榇何似。[一] 其幕友夏渊如先生亦久不见消息[二]

终古惟留一面缘,文章契合亦徒然。几人死友忧身后[三],三夜生魂怳眼前[四]。灵几犹陈安邑枣[五],归舟不睹石湖莲[六]。布帆他日南中去[七],濑渚谁为指墓田[八]。

〔一〕房师:明清乡、会试中式者对分房阅卷的房官的尊称。陶商岩:生平不详。安邑：地名，在今山西夏县。不审：不知。旅榇：客死者的灵柩。何似：如何，怎样。

〔二〕幕友：幕僚。夏渊如：生平不详。

〔三〕死友：交情深厚、生死不相负的朋友。

〔四〕三夜：杜甫《梦李白（其二）》："三夜频梦君，情亲见君意。"

〔五〕安邑枣：《史记·货殖列传》："安邑千树枣，……其人与千户侯等。"

〔六〕石湖：太湖之支流，在今江苏苏州。

〔七〕布帆：《晋书·顾恺之传》："仲堪在荆州，恺之尝因假还，仲堪特以布帆借之，至破冢，遭风大败。恺之与仲堪笺曰：'地名破冢，真破冢而出。行人安稳，布帆无恙。'"南中：泛指南方。

〔七〕濑渚：水中小土洲。

陶潜初仕弹冠出〔一〕，夏统曾闻卖药来〔二〕。渌水芙蓉方结契〔三〕，泰山梁木遽经颓〔四〕。猪肝久受行厨供〔五〕，马足应随遗榇回〔六〕。独有门生千里外，只鸡絮酒总衔哀〔七〕。

〔一〕陶潜初仕：《晋书·陶潜传》："以亲老家贫，起为州祭酒，不堪吏职，少日自解归。"弹冠：《汉书·王吉传》："吉与贡禹为友，世称'王阳在位，贡公弹冠'，言其取舍也。"

〔二〕夏统：字仲御，西晋时会稽永兴人也。卖药：《晋书·夏统传》："（夏统）其母病笃，乃诣洛市药。会三月上巳，洛中王公已下并至浮桥，士女骈填，车服烛路。统时在船中曝所市药，诸贵人车乘来者如云，统并不之顾。"

〔三〕结契：订立契约。这句言陶商岩正有回乡归隐之意。

〔四〕泰山梁木：《礼记·檀弓》："孔子蚤作，负手曳杖，消摇于门，歌曰：'泰山其颓乎！梁木其坏乎！哲人其萎乎！'……盖寝疾七日而没。"

〔五〕猪肝：《后汉书·周黄徐姜等传序》："（闵仲叔）客居安邑。老病家贫，不能得肉，日买猪肝一片，屠者或不肯与，安邑令闻，敕吏常给焉。"行厨：出行时携带酒食。

〔六〕遗榇：灵柩。

〔七〕只鸡絮酒：《后汉书·徐稚传》："稚尝为太尉黄琼所辟，不就。及琼卒归葬，稚乃负粮徒步到江夏赴之，设鸡酒薄祭，哭毕而去。不告姓名。"衔哀：心怀悲痛。

次韵沈云巢方伯重宴庚午鹿鸣纪恩之作，四首录三[一]

夹毂停观满道周[二]，老成终是迈时流[三]。初心不负寻梧月，晚节多香证菊秋。半壁东南方岳望[四]，一生前后曲江游[五]。大臣曼寿皇情豫[六]，中使遥闻杖赐鸠[七]。

[一]次韵：依照他人原诗所用的韵来和诗。沈云巢：沈兆沄（1784—1877），字云巢，嘉庆二十二年进士，官至浙江布政使。著有《戒讼说》《捕蝗备要》《易义辑闻》等。方伯：此处是对布政使的尊称。重宴庚午鹿鸣：重宴鹿鸣，指清代科举制度中对考中举人满六十周年者的庆贺仪式。庚午，同治九年。沈兆沄是嘉庆十五年（1810）庚午科举人，至同治九年，正好六十年。

[二]夹毂：夹车，站在车两旁。汉乐府《相逢行》："相逢狭路间，道隘不容车。不知何年少？夹毂问君家。"

[三]老成：年高有德的老臣。迈时流：超出世俗之辈。

[四]方岳：《礼记·王制》："八州八伯。"郑玄注："尧时得羲和，命为六卿，其主春夏秋冬者并掌方岳之事，是为四岳，出则为伯；其后稍死，驩兜、共工等代之，乃分置八伯。"后世常以"方岳"代指专任一方的重臣。

[五]曲江游：唐代新科进士发榜后，皇帝大宴曲江池。

[六]曼寿：长寿。皇情：皇帝的情意。豫：欢乐。

[七]杖赐鸠：杖头刻有鸠形的拐杖。《太平御览》卷九二一引汉应劭《风俗通》："俗说高祖与项羽战，败于京索，遁丛薄中，羽追求之。时鸠正鸣其上，追者以为必无人，遂得脱。后及即位，异此鸟，故作鸠杖以赐老人。"

福星灼灼照奎躔[一]，帝念耆英征召联[二]。蕊榜同升云里阙[三]，蒲轮暂舍海滨田[四]。珠围佳士三千履[五]，瑟鼓嘉宾廿五弦[六]。惜抱云崧当日事[七]，渊源一脉接前贤[八]。姚姬传、赵瓯北两先生均于嘉庆庚午科重宴鹿鸣。

[一]奎躔：奎星运行的度次。古人认为奎星是主文运和文章之星，奎星灼灼说明文运昌盛。

[二]耆英：对高年硕德者的称呼。

[三]蕊榜：科举考试中揭晓名第的榜被称为"蕊榜"。

[四]蒲轮：指用蒲草包裹车轮的车子，转动时震动较小，常用来迎接年

52

高德重的贤臣。

〔五〕三千履：《史记·春申君列传》："赵平原君使人于春申君，春申君舍之于上舍。赵使欲夸楚，为玳瑁簪，刀剑室以珠玉饰之，请命春申君客。春申君客三千余人，其上客皆蹑珠履以见赵使，赵使大惭。"

〔六〕瑟鼓嘉宾：《诗经·小雅·鹿鸣》："呦呦鹿鸣，食野之苹。我有嘉宾，鼓瑟鼓琴。"廿五弦：由二十五根弦组成的一种琴瑟。《史记·封禅书》："太帝使素女鼓五十弦瑟，悲，帝禁不止，故破其瑟为二十五弦。"

〔七〕惜抱：姚鼐（1731—1815），字姬传，室名惜抱轩，世称惜抱先生，清代著名文学家。云崧：赵翼（1727—1814），字云崧，号瓯北，清代文学家、史学家。姚鼐、赵翼二人都参与了嘉庆庚午年（1810）的重宴鹿鸣盛会。

〔八〕渊源一脉：一脉相承。

老竹孤枝嫩百竿，龙钟玉笋许同班〔一〕。使来绿野三征尹〔二〕，士到青云一识韩〔三〕。荣世文章齐上寿〔四〕，耄年德望耐高官〔五〕。题名直作朱书耳，何待他时始改观。〔六〕

〔一〕"老竹"句：意为新科举人与中式六十年的老举人一同参与宴会。

〔二〕绿野：即绿野堂，唐代名相裴度的别墅。《新唐书·裴度传》："时阉竖擅威，天子拥虚器，搢绅道丧，度不复有经济意，乃治第东都集贤里，沼石林丛，岑缭幽胜。午桥作别墅，具燠馆凉台，号绿野堂，激波其下。"尹：指尹吉甫，西周宣王时名臣。

〔三〕士到青云：《史记·伯夷列传》："闾巷之人，欲砥行立名者，非附青云之士，恶能施于后世哉！"一识韩：李白《与韩荆州书》："白闻天下谈士相聚而言曰：'生不用封万户侯，但愿一识韩荆州。'何令人之景慕，一至于此耶！"

〔四〕上寿：最高的年寿。《庄子·盗跖》："人上寿百岁，中寿八十，下寿六十。"

〔五〕耄年：老年。耐：受得住，禁得起。

〔六〕"题名"两句：唐代科举进士高中之后，要用墨笔题写于大雁塔墙壁之上。日后如果有人官做到卿相，还要用朱笔改写。这两句意为沈公已位至卿相，题名直接用朱笔即可，不用改写。

送家春樵孝廉归里〔一〕

独鹤飞飞饮太和〔二〕,屡游燕赵无悲歌〔三〕。有时老子兴不浅〔四〕,依旧深情唤奈何〔五〕。岁云秋矣露华冷〔六〕,红蓼白蘋香满艇〔七〕。东海遥遥迁客途,西风策策念乡井〔八〕。紫金山下草萋迷,我亦山村旧隐栖。玉楮三年成未得〔九〕,铜鞮十日醉如泥〔十〕。醉中送客况为客,春明门外杨柳陌〔十一〕。布帆空望顾凯船〔十二〕,胡床却少桓伊笛〔十三〕。行矣君子慎波涛,问天莫便搔二毛〔十四〕。到家犹及重阳日〔十五〕,满插茱萸好题糕〔十六〕。

〔一〕家春樵:即杨春樵,与作者同姓杨,故称为家春樵。生平不详。孝廉:明清时对举人的别称。

〔二〕饮太和:如饮大自然的冲和之气。司空图《二十四诗品·冲淡》:"饮之太和,独鹤与飞。"

〔三〕"屡游"句:韩愈《送董邵南游河北序》:"燕赵古称多慷慨悲歌之士。"

〔四〕老子兴不浅:《世说新语·容止》:"庾太尉(庾亮)在武昌,秋夜气佳景清,使吏殷浩、王胡之之徒登南楼理咏,音调始道,闻函道中有屐声甚厉,定是庾公。俄而率左右十许人步来。诸贤欲起避之,公徐云:'诸君少住,老子于此处兴复不浅。'因便据胡床,与诸人咏谑,竟坐,甚得任乐。"

〔五〕深情唤奈何:刘义庆《世说新语·任诞》:"桓子野每闻清歌。辄唤奈何!谢公闻之曰:'子野可谓一往有深情。'"

〔六〕露华:露水,露气。

〔七〕红蓼:一年生草本植物,多生水边,花呈淡红色。白蘋:水中浮草,夏末秋初开花,花色洁白。

〔八〕策策:象声词,风声。宋张孝祥《满江红·思归寄柳州》词:"策策西风双鬓底,晖晖斜日朱栏曲。"

〔九〕玉楮三年:《列子·说符》:"宋人有为其君以玉为楮叶者,三年而成,锋杀茎柯,毫芒繁泽,乱之楮叶中而不可别也。"

〔十〕铜鞮:指《白铜鞮》,南北朝时襄阳一带的民歌。李白《襄阳歌》:"落日欲没岘山西,倒著接䍦花下迷。襄阳小儿齐拍手,拦街争唱《白铜鞮》。旁人借问笑何事,笑杀山翁醉似泥。"

〔十一〕春明门:古长安城门名,借指京城城门。

〔十二〕布帆：《晋书·顾恺之传》："仲堪在荆州，恺之尝因假还，仲堪特以布帆借之，至破冢，遭风大败。恺之与仲堪笺曰：'地名破冢，真破冢而出。行人安稳，布帆无恙。'"顾凯：顾恺之，东晋著名画家。

〔十三〕桓伊笛：《世说新语·任诞》："王子猷出都，尚在渚下。旧闻桓子野善吹笛，而不相识。遇桓于岸上过，王在船中，客有识之者云：'是桓子野。'王便令人与相闻云：'闻君善吹笛，试为我一奏。'桓时已贵显，素闻王名，即便回下车，踞胡床，为作三调。弄毕，便上车去。客主不交一言。"

〔十四〕二毛：斑白的头发。

〔十五〕"到家"句：陆游《临安春雨初霁》："素衣莫起风尘叹，犹及清明可到家。"

〔十六〕题糕：宋邵博《邵氏闻见后录》卷一九："刘梦得作《九日诗》，欲用'糕'字，以《五经》中无之，辍不复为。宋子京以为不然。故子京《九日食糕》有咏云：'飙馆轻霜拂曙袍，糗糍花饮斗分曹。刘郎不敢题糕字，虚负诗中一世豪。'"

赠贾小芸[一]

同治丁卯十二月，贼陷垣曲[二]，县令王国宝自焚死，是君姊夫也。君时在署为贼所得，至直隶望都逸出[三]。甲戌腊月[四]，君谈前事而泣，为赋六诗录四。

王郎作宰独贤劳[五]，径上东床代捉刀[六]。冀北礼罗初到幕[七]，睢阳贼栅骤穿濠[八]。焚身药替新磨剑[九]，溅血花留旧赠袍。亲在那堪随友死，不妨忠孝两分曹[十]。

〔一〕贾小芸：贾璜，字小芸，号冷香，山西夏县人，光绪进士，官至工部郎中，工诗词。

〔二〕贼陷垣曲：同治六年（1867），张宗禹率领的西捻起义军进入山西，攻陷曲沃、垣曲等县城。

〔三〕直隶望都：今河北省保定市望都县。

〔四〕甲戌：同治十三年（1874）。

〔五〕王郎：指垣曲县令王国宝。

〔六〕东床：《世说新语·雅量》："郗太傅在京口，遣门生与王丞相书，求女婿。丞相语郗信：'君往东厢，任意选之。'门生归，白郗曰：'王家诸郎，亦皆可嘉，闻来觅婿，咸自矜持。唯有一郎，在床上坦腹卧，如不闻。'郗公云：'正此好！'访之，乃是逸少，因嫁女与焉。"代捉刀：代人捉刀，此处指王国宝是临时署理的县令。

〔七〕冀北：此处指贾小芸从冀北而来。礼罗：以礼罗致。

〔八〕睢阳：唐代安史之乱时，张巡在叛军重重围困之下，坚守睢阳十个月。贼：此处指西捻起义军。

〔九〕焚身药：此处指王国宝投火自焚。

〔十〕分曹：分班、分列。这句意为王国宝为国尽忠，自焚而死。贾小芸为尽孝道逃出垣曲。两人一忠一孝选择不同，故称"两分曹"。

当日缒城拟省亲〔一〕，常山遗发尚随身〔二〕。豺狼犹自纷围邑，魑魅公然喜得人〔三〕。岂有空拳冒白刃〔四〕，曾闻盛德感黄巾〔五〕？求生恶死原非怯〔六〕，每为高堂祷鬼神〔七〕。

〔一〕缒城：由城上顺绳索而下。拟：打算。省亲：回家探望父母或其他尊亲。

〔二〕常山：指颜杲卿（692—756），京兆万年人，颜真卿堂兄。安史之乱中，与其子颜季明守常山，城破，他被押到洛阳。他瞋目怒骂安禄山，叛贼钩断了他的舌头，最终遇害身亡。文天祥《正气歌》："为张睢阳齿，为颜常山舌。"此处作者用"常山"代指王国宝。

〔三〕"魑魅"句：杜甫《天末怀李白》："文章憎命达，魑魅喜人过。"

〔四〕空拳冒白刃：司马迁《报任安书》："然（李）陵一呼劳军，士无不起，躬自流涕，沫血饮泣，更张空拳，冒白刃，北首争死敌者。"

〔五〕感：感化。黄巾：指东汉末年的黄巾起义军。

〔六〕原非怯：《史记·管仲列传》："吾尝三战三走，鲍叔不以我为怯，知我有老母也。"

〔七〕高堂：指父母。祷鬼神：向鬼神祈祷。

问君奚术得无伤〔一〕，尚记逃来尧母乡〔二〕。何日朝天泣摩诘〔三〕，一时缩地走长房〔四〕。民知长者椎牛享〔五〕，虏诧奇人夺马亡〔六〕。痛定回思当日痛，生生死死总难忘。

〔一〕奚术：何术，什么方法。

〔二〕尧母乡：指今河北省望都县，传说尧帝之母庆都居于此，故名尧母乡。

〔三〕摩诘：王维，字摩诘。安史之乱中王维曾陷入叛军中，作《菩提寺禁裴迪来相看说逆贼等凝碧池上作音乐……示裴迪》诗："万户伤心生野烟，百僚何日更朝天。秋槐叶落空宫里，凝碧池头奏管弦。"

〔四〕长房：费长房，东汉著名方士，传说他有缩地术。《神仙传》："费长房学术于壶公，公问其所欲，曰：'欲观尽世界。'公与之缩地鞭，欲至其处，缩之即在目前。"

〔五〕椎牛享：杀牛犒劳。《后汉书·吴汉传》："汉将轻骑迎与之战，不利，堕马伤膝，还营。……诸将谓汉曰：'大敌在前，而公伤卧，众心惧矣。'汉乃勃然裹伤而起，椎牛飨士……于是军士激怒，人倍其气。"

〔六〕夺马亡：夺马逃走。《史记·李将军列传》："广以卫尉为将军，出雁门击匈奴。匈奴兵多，破败广军，生得广。单于素闻广贤，令曰：'得李广必生致之。'胡骑得广，广时伤病，置广两马间，络而盛卧广。行十余里，广佯死，睨其旁有一胡儿骑善马，广暂腾而上胡儿马，因推堕儿，取其弓，鞭马南驰数十里，复得其余军，因引而入塞。匈奴捕者骑数百追之，广行取胡儿弓，射杀追骑，以故得脱。"

云山绝北望河东〔一〕，尚忆英魂一炬红〔二〕。城破身经铜马虏〔三〕，路难音少纸鸢通〔四〕。亲看死节留传信〔五〕，幸得生还撰表忠〔六〕。腊粥年年供忌日，伯桃羊角两英雄〔七〕。

〔一〕绝北：极北。

〔二〕英魂：王国宝。一炬红：自焚身亡。

〔三〕铜马虏：即铜马军，王莽篡汉之后，河北一带出现的农民起义军，后被刘秀击破。

〔四〕纸鸢通：庾信《哀江南赋》："烽随星落，书逐鸢飞。"南朝梁武帝时，侯景围困南京台城，萧纲放出纸鸢，上系书信，向外界告急，被侯景射落。

〔五〕死节：为保全节操而死。传信：把事实告与他人。

〔六〕表忠：表彰忠烈。

〔七〕伯桃羊角：左伯桃、羊角哀（又作阳角哀）。《文选·广绝交论》李善注引《列士传》："阳角哀、左伯桃为死友，闻楚王贤，往寻之。道遇雨雪，计不俱全，乃并衣粮与角哀，入树中死。"两英雄：此处作者把王国宝和贾小芸比作左伯桃与羊角哀，称赞他们是"两英雄"。

57

生日至赵州桥次壁间韵[一]

乌帽鹑衣驼褐装[二]，长歌吊古入斜阳。城痕叠甓披斑藓[三]，桥影横弓挂绿杨[四]。燕市经年仍独返[五]，平原异代为谁忙[六]。今朝赵北逢生日，浇酒何须忆故乡[七]。

〔一〕生日：杨深秀的生日是农历四月初二。赵州桥：在今河北省赵县，是一座始建于隋代的石拱桥。

〔二〕乌帽：黑帽。鹑衣：鹌鹑羽毛又短又花，故古人常用"鹑衣"形容破烂不堪、补丁很多的衣服。驼褐：用驼毛织成的衣服。

〔三〕叠甓：重叠的砖石。

〔四〕"桥影"句：这句意为赵州桥的桥影如弓一样挂在垂杨的枝头之上。

〔五〕燕市：《史记·刺客列传》："荆轲嗜酒，日与狗屠及高渐离饮于燕市，酒酣以往，高渐离击筑，荆轲和而歌于市中，相乐也，已而相泣，旁若无人者。"

〔六〕平原：平原君赵胜，战国四公子之一，其封地在东武（河北清河），距赵县不远。

〔七〕浇酒：洒酒祭奠。

汤阴夜过未能瞻礼岳祠用店壁韵书意[一]

直抵黄龙奏凯歌[二]，金牌不受奈君何[三]。太行无限英雄骨，化石犹然望渡河[四]。

〔一〕汤阴：今河南汤阴县，抗金英雄岳飞故乡。岳祠：岳飞庙。

〔二〕直抵黄龙：《宋史·岳飞传》："金将军韩常欲以五万众内附。飞大喜，语其下曰：'直抵黄龙府，与诸君痛饮尔！'"黄龙：即黄龙府，在今吉林一带，金国政治文化中心。

〔三〕金牌：岳飞北伐途中，被宋高宗以十二道金牌召回。

〔四〕"太行"句：岳飞北伐时，曾联络金人统治区内的太行山义军共同抗金，岳飞被害之后，他们仍苦苦期盼南宋大军能够渡河收复中原。

五国城中望眼枯[一],罪臣归骨竟西湖[二]。他年把臂于忠肃[三],羡尔功成始受诛[四]。

[一]五国城:金朝重要城市,在今黑龙江依兰县西北。靖康之变后,宋徽宗及其子宋钦宗被囚禁于此。望眼枯:苦苦盼望,泪水流尽。

[二]罪臣:指岳飞。归骨竟西湖:岳飞遇害之后,尸骨被安葬于西湖畔,即今西湖岳飞墓。

[三]把臂:握持手臂,表示关系亲密。于忠肃:于谦(1398—1457),字廷益,号节庵,浙江杭州府钱塘县人,谥号"忠肃"。他坚守北京,抵抗蒙古侵略,救国于危难之际,是著名爱国英雄。明英宗复辟后,他含冤遇害。为纪念于谦的功绩,后人在西湖边上修建了于谦祠。

[四]"他年"两句:这两句意为假如岳飞在地下与于谦相遇,两人必定把臂交欢,岳飞必定会羡慕于谦在完成抵御外患、救国于危亡的大业之后才遇害。

又见金陀撰粹编[一],忠臣子孝更孙贤[二]。颇闻近有汤阴岳,杀马不驮秦涧泉[三]。相传秦大士公交车至汤阴,不谒岳王庙,骡夫问曰:"君秦氏乎?余岳姓,余马不能送君矣。"秦呵斥之,乃自杀其马于路。秦不得已,别赁乘而行[四]。

[一]金陀撰粹编:即岳珂所撰《金佗稡编》,内容主要记载岳飞抗金事迹。

[二]孙:岳珂(1183—1243),字肃之,岳飞之孙,南宋著名学者,著述甚富,除《金佗稡编》外,尚有《吁天辩诬》《天定录》等多种著作。

[三]秦涧泉:秦大士(1715—1777),字鲁一,号涧泉,江宁(今南京)人,乾隆十七年状元,官至侍读学士。善书画,著有《秦涧泉稿》等。传说秦大士曾在西湖岳飞墓口占一联:"人从宋后羞名桧,我到坟前愧姓秦。"后世广为传诵。

[四]赁乘:租车。

雪夜寄刘选之猗氏[一]

朔风吹雪花如掌,酒醒萧斋中夜朗[二]。倚窗八尺青琅玕[三],谡谡向人发琤响[四]。拥衾起撑敝貂裘[五],长啸寒甚却登楼。西望山川都一色,故人何处心悠悠。记得前年跨骏马，出门大笑游天下〔六〕。三春桃李盛长安，杨柳风流胡为者〔七〕。洗耳听鹏作针砭〔八〕，自携斗酒佐双柑〔九〕。素心数辈话人物，为说令狐刘孝廉〔十〕。孝廉文名雷灌耳，目中落落无余子〔十一〕。本充骏骨到金台〔十二〕，翻共狗屠饮燕市〔十三〕。著屐即时访斯人，幽居毕竟远嚣尘〔十四〕。万花丛里兴圣寺〔十五〕，趺坐藤萝无主宾〔十六〕。有时君来直入座，据案呼伊今日饿〔十七〕。冷淘面成鲊酱香，看君甘于驼峰炙〔十八〕。又或冶游过铜街〔十九〕，鞭丝帽影群诽谐〔二十〕。斗然正色规我错〔二十一〕，橄榄有味药无乖。未几秋空书咄咄〔二十二〕，辞君饮马长城窟〔二十三〕。闻君襆被即西归〔二十四〕，依然高卧南斋月。而今我亦返故关〔二十五〕，同在河汾百里间〔二十六〕。把棹欲寻戴安道〔二十七〕，闭门想类袁君山〔二十八〕。高才定有聚星句〔二十九〕，逸兴能无《菟园赋》〔三十〕。期君映雪类孙康〔三十一〕，熟读旧书求无误。如能过我定何难，禅房文酒追古欢〔三十二〕。不然努力崇明德〔三十三〕，无事区区劝加餐〔三十四〕。

〔一〕刘选之：刘子秀，字选之，山西猗氏县（今临猗县）人，咸丰辛酉科举人，先后掌教芮城、凤山、宁武、曲沃等地书院。

〔二〕萧斋：书斋。

〔三〕青琅玕：青竹。杜甫《郑驸马宅宴洞中》诗："主家阴洞细烟雾，留客夏簟青琅玕。"

〔四〕谡谡：挺拔的样子。发琤响：发出金属撞击的声响。

〔五〕敝貂裘：破旧的皮衣。《战国策·秦策一》："（苏秦）说秦王书十上而说不行。黑貂之裘敝，黄金百斤尽，资用乏绝，去秦而归。"

〔六〕出门大笑：李白《南陵别儿童入京》："仰天大笑出门去，我辈岂是蓬蒿人。"

〔七〕胡为：何为。

〔八〕洗耳：《高士传·许由》载："尧让天下于许由……由不欲闻之，洗其耳于颍水滨时，其友巢父牵犊欲饮之，见由洗耳……巢父曰：'子若处高岸深谷，人道不通，谁能见子，子故浮游欲闻求其名誉，污吾犊口！'牵犊上流饮之。"

〔九〕斗酒佐双柑：冯贽《云仙杂记》卷二："戴颙春携双柑、斗酒，人问何之，曰：'往听鹂声。此俗耳针砭，诗肠鼓吹，汝知之乎？'"

〔十〕令狐：古地名，《水经注·涑水注》载："令狐即猗氏地"，在今山西省临猗县西部。刘孝廉：即刘选之。

〔十一〕落落：形容孤高、与人难合的样子。无余子：没有他人。

〔十二〕骏骨：《战国策·燕策一》：郭隗先生曰："臣闻古之君人，有以千金求千里马者，三年不能得。涓人言于君曰：'请求之。'君遣之。三月得千里马，马已死，买其首五百金，反以报君。君大怒曰：'所求者生马，安事死马而捐五百金？'涓人对曰：'死马且买之五百金，况生马乎？天下必以王为能市马，马今至矣。'于是不能期年，千里之马至者三。"

〔十三〕翻：反而，反倒。共：与。

〔十四〕毕竟：果然。远嚣尘：远离纷扰的尘世。

〔十五〕兴圣寺：位于北京西直门外三虎桥西松林庄。

〔十六〕趺坐：佛教徒盘腿端坐。无主宾：不分宾主。

〔十七〕据案：依靠桌案。呼伻：招呼仆人。伻，仆人。

〔十八〕驼峰炙：杜甫《丽人行》："紫驼之峰出翠釜，水精之盘行素鳞。"

〔十九〕冶游：外出游玩。铜街：古代洛阳铜驼街的省称，借指闹市。

〔二十〕诽谐：嘲笑。

〔二十一〕规我错：匡正我的错误。规，匡正。

〔二十二〕书咄咄：《世说新语·黜免》："殷中军被废，在信安，终日恒书空作字。扬州吏民寻义逐之，窃视，唯作'咄咄怪事'四字而已。"此句指同治十年作者会试落第。

〔二十三〕饮马长城窟：《饮马长城窟》本是一首汉乐府民歌。这里作者借以指代自己落第后北游热河。

〔二十四〕幞被：用包袱裹束衣被，意为整理行装。

〔二十五〕故关：故乡。

〔二十六〕河汾：黄河与汾水，也指山西省西南部河东地区。百里间：作者的家乡闻喜与刘选之所在的猗氏，两地之间仅有百里之遥。

〔二十七〕把棹：《世说新语·任诞》："王子猷居山阴。夜大雪，眠觉，开室，命酌酒。四望皎然，因起彷徨，咏左思《招隐》诗，忽忆戴安道。时戴在剡，即便夜乘小船就之。经宿方至，造门不前而返。人问其故，王曰：'吾本乘兴而行，兴尽而返，何必见戴？'"戴安道：戴逵（326—396），字安道，东晋著名画家、隐士。

〔二十八〕闭门：《后汉书·袁安传》李贤注引《汝南先贤传》载，汉时袁安未达时，"时大雪积地丈余，洛阳令身出案行，见人家皆除雪出，有乞食者，至袁安门，无有行路，谓安已死，令人除雪，入户见安僵卧。问何以不出。安曰：'大雪，人皆饿，不宜干人。'令以为贤，举为孝廉。"袁君山：袁安，字邵公，汝南郡汝阳县，东汉名臣。

〔二十九〕聚星句：苏轼《聚星堂雪》诗序："元祐六年十一月一日，祷雨

61

张龙公,得小雪,与客会饮聚星堂。忽忆欧阳文忠作守时,雪中约客赋诗,禁体物语,于艰难中特出奇丽,尔来四十余年莫有继者。仆以老门生继公后,虽不足追配先生,而宾客之美殆不减当时,公之二子又适在郡,故辄举前令,各赋一篇,以为汝南故事云。"

〔三十〕《菟园赋》:此赋是西汉辞赋大家枚乘作品,描写梁孝王菟园风光,此赋似与雪无关。此处应指南朝谢惠连《雪赋》中描写的邹阳、枚乘、司马相如作赋的情形:"岁将暮,时既昏。寒风积,愁云繁。梁王不悦,游于兔园。乃置旨酒,命宾友。召邹生,延枚叟。相如未至,居客之右。俄而未霰零,密雪下。王乃歌北风于卫诗,咏南山于周雅。授简于司马大夫,曰:'抽子秘思,骋子妍辞,侔色揣称,为寡人赋之。'"

〔三十一〕映雪类孙康:《艺文类聚》卷二:"孙康家贫,常映雪读书,清介,交游不杂。"

〔三十二〕古欢:往日情谊。

〔三十三〕努力崇明德:托名李陵《别诗三首(其三)》:"努力崇明德,皓首以为期。"

〔三十四〕劝加餐:《古诗十九首·行行重行行》:"弃捐勿复道,努力加餐饭!"

寄讯山阴陆子善出都兼以宽之〔一〕

见说空回偕计车〔二〕,都中往返意何如。赀郎谁遣相如免〔三〕,米价无难白傅居〔四〕。到处贫交天下士,归来富有枕中书。五人捧檄为亲喜〔五〕,莫学温生便绝裾〔六〕。

〔一〕山阴:山阴县,浙江绍兴古县名,1912年并山阴、会稽为绍兴县,今绍兴市。陆子善:生平不详。宽:宽慰、宽解。

〔二〕偕计:举人赴京会试。这句意为陆子善会试落第之后独自还乡。

〔三〕赀郎:《史记·司马相如列传》:"以赀为郎,事孝景帝,为武骑常侍,非其好也。会景帝不好辞赋,是时梁孝王来朝,从游说之士齐人邹阳、淮阴枚乘、吴庄忌夫子之徒,相如见而说之,因病免,客游梁。"

〔四〕米价无难:唐张固《幽闲鼓吹》:"白尚书应举,初至京,以诗谒著作顾况,顾睹姓名,熟视白公曰:'米价方贵,居亦弗易。'乃披卷,首篇曰:'咸阳原上草,一岁一枯荣。野火烧不尽,春风吹又生。'即嗟赏曰:'道得个语，居即易矣.'因为之延誉，声名大振。"白傅：白居易，因其曾任太子少傅，故称白傅。

〔五〕捧檄为亲喜：《后汉书·刘赵淳于江刘周赵列传》："庐江毛义少节，家贫，以孝行称。南阳人张奉慕其名，往候之。坐定而府檄适至，以义守令，义奉檄而入，喜动颜色。奉者，志尚士也，心贱之，自恨来，固辞而去。及义母死，去官行服。数辟公府，为县令，进退必以礼。后举贤良，公交车征，遂不至。"

〔六〕温生：温峤（288—329），字太真，太原祁县人，东晋著名政治家。绝裾：《世说新语·尤悔》："温公初受刘司空使劝进，母崔氏固驻之，峤绝裾而去。迄于崇贵，乡品犹不过也，每爵皆发诏。"

九日有作奉送曹朗川太史师出守南康兼呈吉三太史师叔〔一〕

日下勾留岂异乡〔二〕，岁华荏苒此重阳〔三〕。紫萸人祝明年健〔四〕，黄菊天开晚节香〔五〕。秋怀对此良无已，西去征鸿东去水〔六〕。北阙忽闻择使君〔七〕，南辕遂复送夫子〔八〕。夫子玉堂余十年〔九〕，双丁二陆俨星联〔十〕。夜听风雨同舒被〔十一〕，晓入明光共步砖〔十二〕。今兹特授南康守，皂盖朱幡往江右〔十三〕。长孺何尝薄淮阳〔十四〕，乐天深喜临庐阜〔十五〕。绿涨宫亭迟布帆〔十六〕，清悬石镜鉴冰衔〔十七〕。栖贤寺近先看竹〔十八〕，直节堂成合补杉〔十九〕。南康府署毁于兵燹〔二十〕，郡守借治试院，近闻议修。案宋徐师回守南康日〔二十一〕，筑堂成，植六杉树于堂下，曰："吾欲守节如此杉之直"，因名曰"直节堂"。即府治堂也。作书偶到鹅池上〔二十二〕，铁画银钩笔力壮〔二十三〕。觅句或来鹤观中〔二十四〕，棋声幡影吟怀畅〔二十五〕。似此皇恩寄一麾〔二十六〕，未妨夺去凤凰池〔二十七〕。羊城接壤能将父〔二十八〕，鹿洞放衙兼作师〔二十九〕。师道南矣疑孰质〔三十〕，师资孰得我先失。最难矜字去三年〔三十一〕，敢说阿蒙变十日〔三十二〕。槐花往岁粲并垣〔三十三〕，夫子曾乘使者轩〔三十四〕。时月惟偕黄叔度〔三十五〕，异才首拔王公孙〔三十六〕。庚午，余以第三人获隽〔三十七〕，主考即师与善化黄晓岱侍御师也〔三十八〕。是科解首为河津王君凤笙。贱子文名殊录录〔三十九〕，几曾累作三千牍〔四十〕。何期薛下一时遭〔四十一〕，视若青萍与结绿〔四十二〕。尔日刚过重九来，暂逢笑口当筵开〔四十三〕。蜣丸尚欲推绝顶〔四十四〕，虮户谁知暴两腮〔四十五〕。于今屡阅登高节，古道长亭偏赋别。辞爨焦桐不胜吟〔四十六〕，经霜红柳那堪折。送人作郡若为心〔四十七〕，送者自崖思更深〔四十八〕。况乃一堂丝竹响，今成三叠渭城音〔四九〕。我闻昔者杨中立〔五十〕，伯叔程门皆所及〔五十一〕。未审先生编史余〔五十二〕，可容小子持经入。代管三鳣岂异人〔五十三〕，速驱五马慰斯民〔五十四〕。他时召相二千石〔五十五〕，日日沙堤永坐春〔五十六〕。

〔一〕九日：九月九日，重阳节。曹朗川：曹秉浚，字子明，号朗川，广东番禺人。前已见《座师曹朗川夫子命画马，因媵以诗》一诗。太史：翰林的别称，因曹朗川曾任翰林院编修，故称。出守南康：任江西南康知府。吉三：曹秉哲，字吉三，曹秉浚之弟，与兄并称二曹，同治四年进士，官至山东按察使，工书画，善诗文，有《紫荆吟馆诗集》。这首诗创作于同治十三年（1874）。座师曹秉浚出任江西南康知府，作者特作此诗送别。

〔二〕日下：京城。勾留：逗留，停留。

〔三〕荏苒：（时光）渐渐过去。

〔四〕紫萸：即茱萸。明年健：杜甫《九日蓝田崔氏庄》："明年此会知谁健？醉把茱萸仔细看。"

〔五〕晚节香：韩琦《九日水阁》："虽惭老圃秋容淡，且看黄花晚节香。"

〔六〕"西去"句：宋李石《渔家傲·赠鼎湖官妓》："西去征鸿东去水，几重别恨千山里。"

〔七〕北阙：古代宫殿北面的门楼，代指朝廷。使君：汉代称刺史为使君，后来用作对州郡长官的尊称。

〔八〕南辕：车行向南。夫子：学生对老师的称呼。

〔九〕玉堂：翰林院。

〔十〕双丁：三国时期的著名文人丁仪、丁廙。二陆：西晋时期的著名文学家陆机、陆云。此处是将都在翰林院任职的曹氏兄弟比作双丁、二陆。俨：很像。

〔十一〕"夜听"句：此处暗用苏轼、苏辙兄弟"风雨对床"之事。苏辙《逍遥堂会宿二首》诗序："辙幼从子瞻读书，未尝一日相舍。既仕，将宦游四方，读韦苏州诗至'安知风雨夜，复此对床眠'，恻然感之，乃相约早退，为闲居之乐。故子瞻始为凤翔幕府，留诗为别曰：'夜雨何时听萧瑟？'"

〔十二〕明光：即明光宫，汉代宫殿，此处代指宫廷。共步砖：共走于宫中砖道之上。砖，砖道。

〔十三〕皂盖：古代官员所用的黑色蓬伞。朱轓：车乘两旁的红色障泥。江右：江西的别称。古代地理以西为右，江西因此得名。

〔十四〕长孺：汲黯，字长孺，西汉名臣。薄：轻视，看不起。淮阳：汉代淮阳郡，在今河南周口市一带。《史记·淮阳传》："上以为淮阳，楚地之郊，乃召拜黯为淮阳太守。黯伏谢不受印,诏数强予,然后奉诏。"

〔十五〕乐天:白居易,字乐天。庐阜:庐山。白居易曾贬官江西九江三年,多次到九江附近的庐山游览。

〔十六〕宫亭:指宫亭湖,古代湖名,在庐山下,今为江西鄱阳湖的一部分。迟:等待。布帆:此处代指船。这句意为江西人正等待曹朗川的到来。

〔十七〕石镜:庐山东面有一石平滑如镜,可照人影,名曰石镜。李白《庐山谣寄卢侍御虚舟》:"闲窥石镜清我心,谢公行处苍苔没。"冰衔:清贵的官职。

〔十八〕栖贤寺:庐山栖贤寺,在今江西省庐山市。

〔十九〕合:应当。

〔二十〕兵燹:因战乱造成的焚毁、破坏。

〔二十一〕徐师回:字望之,元丰年知南康军,苏州人。为官耿介,治事有条理。

〔二十二〕鹅池:在今浙江绍兴,相传为王羲之养鹅之处。

〔二十三〕铁画银钩:形容书法刚健柔美。

〔二十四〕觅句:构思、寻觅诗句。鹤观:即白鹤观,著名道观,在今江西武功山。

〔二十五〕幡:此处指道幡。一种道观中用竹竿等挑起来垂直挂着的长条形旗子。吟怀:作诗之情怀。

〔二十六〕一麾:一面旌麾,官员出为外任的代称。杜牧《将赴吴兴登乐游原一绝》:"欲把一麾江海去,乐游原上望昭陵。"

〔二十七〕凤凰池:本义禁苑中池沼。后因魏晋南北朝设中书省于禁苑,也常用以代指中书省。《晋书·荀勖传》:"勖久在中书,专管机事。及失之,甚罔罔怅恨。或有贺之者,勖曰:'夺我凤凰池,诸君贺我邪!'"

〔二十八〕羊城:广东广州市的别称。曹朗川是广东番禺人,即今广州番禺区。此处用羊城代指曹的家乡。将父:奉养老父。《诗经·小雅·四牡》:"王事靡盬,不遑将父。"

〔二十九〕鹿洞:即白鹿洞,在今江西九江五老峰,此处有著名的白鹿洞书院。放衙:官府属吏早晚参谒主司听候差遣叫"衙参",退衙叫"放衙"。

〔三十〕师道南矣:《宋史·道学传》:"时河南程颢与弟颐讲孔、孟绝学于熙、丰之际,河、洛之士翕然师之。(杨)时调官不赴,以师礼见颢于颍昌,相得甚欢。其归也,颢目送之曰:'吾道南矣。'"此处作者将程颢的"吾道南矣"一语改为"师道南矣"。

〔三十一〕矜字：洪应明《菜根谭》："盖世功劳，当不得一个'矜'字。弥天罪恶，当不得一个'悔'字。"

〔三十二〕阿蒙：吕蒙，字子明，三国时期孙吴名将。《资治通鉴》卷六十六："初，权谓吕蒙曰：'卿今当涂掌事，不可不学！'蒙辞以军中多务。权曰：'孤岂欲卿治经为博士邪！但当涉猎，见往事耳。卿言多务，孰若孤？孤常读书，自以为大有所益。'蒙乃始就学。及鲁肃过寻阳，与蒙论议，大惊曰：'卿今者才略，非复吴下阿蒙！'蒙曰：'士别三日，即更刮目相待，大兄何见事之晚乎！'肃遂拜蒙母，结友而别。"

〔三十三〕槐花：代指科举之时。唐李淖《秦中岁时记》："进士下第，当年七月复献新文，求拔解，故曰：'槐花黄，举子忙。'"并垣：太原城。"并"是太原的简称。这句作者追忆同治九年（1870）在太原举行的庚午科乡试。

〔三十四〕使者轩：使者之车，这里指曹朗川被皇帝委派担任乡试主考。

〔三十五〕黄叔度：黄宪（109—156），字叔度，东汉著名贤士，此处用以代指副主考黄晓岱。

〔三十六〕王公孙：王粲，字仲宣，东汉末年文学家，建安七子之一。司空王畅之孙，所以被称为"王公孙"。《三国志·王粲传》："（蔡）邕曰：'此王公孙也，有异才，吾不如也。吾家书籍文章尽当与之。'"

〔三十七〕获隽：科举考试得中。

〔三十八〕黄晓岱：黄锡彤，字晓岱，湖南善化（旧县名，今并入长沙），咸丰九年进士，授翰林院编修，后任监察御史。侍御：监察御史也称侍御。

〔三十九〕贱子：谦称自己。录录：同"碌碌"，平庸的样子。

〔四十〕三千牍：长篇的奏疏。《史记·滑稽列传》："（东方）朔初入长安，至公车上书，凡用三千奏牍。"

〔四十一〕何期：岂料，没有想到。薛卞：春秋时期善于鉴定刀剑的薛烛和能够发现宝玉的卞和，这里指主考曹朗川和副主考黄晓岱。遭：遇到。

〔四十二〕青萍：宝剑名。结绿：美玉名。李白《与韩荆州书》："庶青萍、结绿，长价于薛、卞之门。"

〔四十三〕暂逢笑口：杜牧《九日齐山登高》："尘世难逢开口笑，菊花须插满头归。"

〔四十四〕蜣丸：蜣螂所转的粪丸。绝顶：山的最高处。

〔四十五〕虹户：龙门。尤袤《全唐诗话·徐彦伯》："徐彦伯为文，多变易求新，以凤阁为鹓阁，龙门为虹户。"这句意为自己不自量力，赴京参加会试却名落孙山。

〔四十六〕辞爨焦桐：《后汉书·蔡邕传》："吴人有烧桐以爨者，邕闻火烈之声，知其良木，因请而裁为琴，果有美音，而其尾犹焦，故时人名曰'焦尾琴'焉。"爨：烧火做饭。

〔四十七〕送人作郡：孙盛《晋阳秋》："罗友，字宅仁，襄阳人。……始仕荆州，后在（桓）温府，以家贫乞禄，温虽以才学遇之，而谓其诞肆非治民才，许而不用。后同府人有得郡者，温为席起别。友至犹晚，问之，友答曰：'民……首旦出门，于中路逢一鬼，大见揶揄云："我只见汝送人作郡，何以不见人送汝作郡？"民始怖终惭，回还以解，不觉成淹缓之罪。'温虽笑其滑稽，而心颇愧焉。后以为襄阳太守，累迁广、益二州刺史。"

〔四十八〕送者自崖：《庄子·山木》："君其涉于江而浮于海，望之而不见其崖，愈往而不知其所穷。送君者皆自崖而反，君自此远矣！"

〔四十九〕三叠渭城：指《阳关三叠》，一首古琴曲，又名《阳关曲》《渭城曲》，根据据唐代诗人王维的七言绝句《送元二使安西》谱写而成。

〔五十〕杨中立：杨时（1053—1135），字中立，号龟山，宋代著名理学家。

〔五十一〕伯叔程门：即程颢、程颐兄弟。程颢字伯淳，程颐字正叔，故称伯叔程门。杨时曾先后向程颢、程颐兄弟求教，是二人共同的弟子。

〔五十二〕未审：不知。先生：指曹秉哲。此处作者表示也愿意成为曹秉哲的弟子。

〔五十三〕三鳣：《后汉书·杨震传》："后有冠雀衔三鳣鱼，飞集讲堂前，都讲取鱼进曰：'蛇鳣者，卿大夫服之象也。数三者，法三台也。先生自此升矣。'"后世常以"三鳣"代指"三台"。异人：他人。

〔五十四〕五马：太守的代称。斯民：老百姓。《孟子》："予将以斯道觉斯民也。"

〔五十五〕召相二千石：召用地方太守为宰相。二千石：汉代太守的通称。

〔五十六〕坐春：即如坐春风，比喻与品德高尚且有学识的人相处并受到熏陶。

郎川师将赴南康任以诗留别次韵二首[一]

温纶一下九重闱[二]，莫更东华踏软尘[三]。郡国练才储政府[四]，湖山循例付词人[五]。穷檐有苦三时访[六]，吏舍无权百务亲[七]。记取来年听报最〔八〕，下应如草泽如春〔九〕。

〔一〕郎川师：曹秉濬，字朗川，作者乡试座师。见《九日有作奉送曹朗川太史师出守南康兼呈吉三太史师叔》注〔一〕。这两首也作于同时。

〔二〕温纶：对皇帝诏书的敬称。九重闱：九重宫殿，代指朝廷。

〔三〕东华：宫城东城门。沈括《梦溪笔谈·故事一》："今学士初拜，自东华门入，至左承天门下马。"软尘：即软红尘，热闹繁华之处。苏轼《次韵蒋颖叔、钱穆父从驾景灵宫二首》："半白不羞垂领发，软红犹恋属车尘。"作者自注："前辈戏语，有西湖风月不如东华软红香土。"

〔四〕练才：干练的人才。

〔五〕循例：依照常例。词人：擅长文词的人。

〔六〕穷檐：茅舍、破屋。三时：春、夏、秋三季农作之时。《左传·桓公六年》："洁粢丰盛，谓其三时不害而民和年丰也。"杜预注："三时，春、夏、秋。"

〔七〕吏舍：官吏居住或办公的房子。百务：各种政务。

〔八〕报最：古代长官考察下属，把政绩最好的列名报告朝廷。

〔九〕下应如草：王羲之《乐毅论》："我泽如春，下应如草。"又，《论语·阳货》："君子之德风，小人之德草，草上之风必偃。"意为君子的德行教化如风，民众的反应如草。

蚤岁高科赋《北征》〔一〕，菊谿蒲涧皆番禺胜迹也。达蓬瀛〔二〕。雄州偶入三刀梦〔三〕，乐国行添五裤声〔四〕。江右学延朱子脉〔五〕，匡山诗见白公情〔六〕。讲堂如故吟坛在〔七〕，牛耳同期来主盟〔八〕。

〔一〕高科：科举高中。《北征》：杜甫有《北征》诗，这里指曹朗川早年离乡北上赶考。

〔二〕蓬瀛：蓬莱和瀛洲，神山名，神仙所居之处，泛指仙境。

〔三〕雄州：地大物博、地位重要之州，此处指南康。三刀梦：《晋书·王浚传》："（王）浚夜梦悬三刀于卧屋梁上，须臾又益一刀，浚惊觉，意甚恶之。主簿李毅再拜贺曰：'三刀为州字，又益一刀，明府其临益州乎！'……果迁浚为益州刺史。"

〔四〕乐国：乐土。《诗·魏风·硕鼠》："逝将去汝，适彼乐国。乐国乐国，爰得我直。"五裤声：即五裤歌。《后汉书·廉范传》："廉范字叔度，京兆杜陵人，赵将廉颇之后也。……建初中，迁蜀郡太守，其俗尚文辩，好相持短长，范每厉以淳厚，不受偷薄之说。成都民物丰盛，邑宇逼侧，旧制禁民夜作，以防火灾，而更相隐蔽，烧者日属。范乃毁削先令，但严使储水而已。百姓为便，乃歌之曰：'廉叔度，来何暮？不禁火，民安作。平生无襦今五裤。'"

〔五〕朱子：朱熹。朱熹在江西白鹿洞书院主讲多年，对江西学术影响深远，所以作者说"江右学延朱子脉"。

〔六〕匡山：即庐山。白公：白居易。白居易多次游览庐山，创作过十多首描写庐山的诗。

〔七〕吟坛：诗坛，诗人聚会之处。

〔八〕牛耳：即执牛耳，指盟主。古代会盟订立盟约时要歃血为盟，主持盟会的人亲手割牛耳取血，所以后世常以"执牛耳"指盟主。

郎川师命画扇一面书前九日奉送之作以当别念，画成又系小诗[一]

绿玉扶身替五驹[二]，青鞋著脚抵双凫[三]。何当杖履追陪去[四]，画取香炉瀑布图[五]。

〔一〕九日奉送之作：即之前所作《九日有作奉送曹朗川太史师出守南康兼呈吉三太史师叔》。

〔二〕绿玉：绿玉杖，仙人所用的手杖。李白《庐山谣寄卢侍御虚舟》："我本楚狂人，《凤歌》笑孔丘。手持绿玉杖，朝别黄鹤楼。"五驹：五马，太守的车驾。

〔三〕青鞋：草鞋。双凫：《后汉书·方术传上·王乔》："王乔者，河东人也。显宗世，为叶令。乔有神术，每月朔望，常自县诣台朝。帝怪其来数，而不见车骑，密令太史伺望之。言其临至，辄有双凫从东南飞来。于是候凫至，举罗张之，但得一只舄焉。乃诏尚方诊视，则四年中所赐尚书官属履也。"

〔四〕杖履：手杖与鞋子。追陪：追随，陪伴。

〔五〕香炉：庐山香炉峰。

热河留别金元直西归[一]

二月乌桓未识春[二]，寒衣惜解远游人。乡心胜日闲中动[三]，友谊天涯分外亲。立志莫矜依渌水[四]，怀才何惮踏缁尘[五]。吾侪政有千秋业[六]，努力加餐爱此身〔七〕。

〔一〕热河：今河北承德。金元直：生平不详。此诗当作于作者落第之后在承德探亲之际。

〔二〕乌桓：指乌桓山，大兴安岭山脉南端，今内蒙古阿鲁科尔沁旗以北，此处代指热河。

〔三〕胜日：风光美好之日，此处指春日。

〔四〕渌水：清澈之水。张衡《东京赋》："于东则洪池清籞，渌水澹澹。"

〔五〕缁尘：黑色灰尘。陈与义《和张规臣水墨梅五绝（其二）》："相逢京洛浑依旧，唯恨缁尘染素衣。"

〔六〕吾侪：我辈，我们这类人。政有：正有。

〔七〕努力加餐：《古诗十九首·行行重行行》："弃捐勿复道，努力加餐饭。"

塞花边柳蓟门东〔一〕，乍入乡心尽转蓬〔二〕。日下有声来旧雨〔三〕，月余无福坐春风〔四〕。销魂漫赋文通句〔五〕，远志犹存伯约笼〔六〕。记取明年京国聚，与君分折杏花红〔七〕。

〔一〕蓟门：原指蓟门关，唐代设蓟州后也泛指蓟州（今河北蓟县）一带，此处代指热河。

〔二〕转蓬：蓬草随风飘转，代指游子漂泊不定。

〔三〕日下：京城。旧雨：杜甫《秋述》："杜子卧病长安旅次，多雨生鱼，青苔及榻。常时车马之客，旧雨来，今雨不来。"后以"旧雨"作为老友的代称。

〔四〕坐春风：比喻与品德高尚且有学识的人相处并受到熏陶。

〔五〕文通：江淹，字文通，南朝著名文学家。江淹《别赋》："黯然销魂者，唯别而已矣。"

〔六〕远志：有两种含义，一是一种中药，又名葽绕、蕀蒬，有安神益智、祛痰、消肿的功能；二是远大志向。此处一语双关，既指中药远志，也指远大志向。伯约：姜维，字伯约，三国蜀汉名将。《三国志·姜维传》裴松之注引孙盛《杂记》："初，姜维诣亮，与母相失。复得母书，令求当归。维曰：'良田百顷，不在一亩。但有远志，不在当归也。'"

〔七〕分折杏花红：代指科举高中。明清时期的会试在春天举行，被称为"春闱"。此时杏花开放，发榜之后，榜单被称杏榜。折杏花即寓意会试高中。

齐镈诗为寻管香给谏作[一]

脽上后土祠[二]，汉皇获鼎所[三]。金气颎秋空[四]，斑斓作伏虎[五]。阴崖囮怀宝[六]，阳侯盛赍怒[七]。高浪掀天来，射岸丛万弩[八]。石罅呼然裂[九]，缒出古镛虡[十]。伊谁窟室悬[十一]，乃有歌钟拊[十二]。黄门钟鼎家[十三]，昆季并嗜古[十四]。脱贯径购归[十五]，通夕手摩抚[十六]。绿绣剜薛斑[十七]，墨华捶麻楮[十八]。举例先辨体[十九]，析疑自画肚[二十]。微霭带繁星[二十一]，平畴擢秬黍[二十二]。涎迹盘蜗交[二十三]，斗形瘦蛟舞[二十四]。旁行忽斜上[二十五]，中栾左右鼓[二十六]。齐字秀三禾[二十七]，铭文围九乳[二十八]。齐景族铸钟[二十九]，《鸿烈》典堪数[三十]。钟大镈乃小[三十一]，高陵注《周语》[三十二]。独怪此齐钟，何繇埋晋土[三十三]。葵邱会所悬[三十四]？崔氏赂所取[三十五]？我闻晋义熙[三十六]，霍山得钟五。篆古识者希，箝口尽龃龉[三十七]。嗟我河东郡[三十八]，法物兹焉聚[三十九]。即欲考古文[四十]，何用寻峋嵝[四十一]。况乎古之乐，悬钟必成堵[四十二]。此镈既来归，应为啸匹侣[四十三]。鼎有盖底铭[四十四]，剑分雌雄股。神物不独见，试更觅故处。齐人有韶乐[四十五]，所铸备律吕[四十六]。上以考籀文[四十七]，下以佐杜举[四十八]。太平既有征[四十九]，逸经何难补[五十]。

〔一〕齐镈：又名齐侯镈、齐子中姜镈，同治九年（1870）于山西万荣县后土祠旁出土。器身铸有铭文18行170多字，是一种古代乐器。据铭文，此器铸造者是齐国大夫鲍叔牙之孙，他铸此镈祭祀亡母仲姜，并祈祷国运昌盛。齐镈出土后先被寻銮炜所得，后又藏入潘祖荫攀古楼，现藏于中国历史博物馆。寻管香：寻銮炜（1824—1880），字管香，咸丰二年进士，山西荣河（今万荣县）人，曾任翰林院编修、湖南乡试主考官，官至陕西潼关道员。给谏：六科给事中的别称。

〔二〕脽上：指汾阴脽，汉代汾阴县（今山西万荣县）的一个土丘。《史记·孝武本纪》："于是天子遂东，始立后土祠汾阴脽上。"

〔三〕汉皇：汉武帝。获鼎：汉武帝元鼎元年（公元前116）在汾阴后土祠发现大鼎。《史记·封禅书》："夏六月中，汾阴巫锦为民祠魏脽后土营旁，见地如钩状，掊视得鼎。鼎大异于众鼎，文镂无款识，怪之，言吏。吏告河东太守胜，胜以闻。天子使使验问巫得鼎无奸诈，乃以礼祠，迎鼎至甘泉，从行，上荐之。"

71

〔四〕颎：明亮。

〔五〕斑斓：色彩错杂鲜明的样子。

〔六〕阴崖：背阳的山崖。閟：封闭。怀宝：藏有宝物。

〔七〕阳侯：古代传说中的波涛之神。贵怒：暴怒。

〔八〕丛：聚集。万弩：万箭。这句形容波涛冲击河岸，如万箭齐发。

〔九〕石礴：石缝。砰然：水流激荡声。

〔十〕縋出：用绳子拽上来。镛虡：即钟虡，一种悬挂钟的格架，此处侧重指钟。

〔十一〕伊：语气词，用在句首。窟室：地下室。《左传·襄公三十年》："郑伯有耆酒，为窟室，而夜饮酒，击钟焉，朝至未已。"

〔十二〕柎：敲击。

〔十三〕黄门：代指给事中寻銮炜。唐代给事中是门下省官员，门下省又名黄门省，故称。钟鼎家：即钟鸣鼎食之家。

〔十四〕昆季：兄弟。指寻銮炜及其弟寻銮晋。寻銮晋（1830—1879），字锡侯，同治元年进士，翰林院庶吉士，官至苏州知府。嗜古：好古。

〔十五〕脱贯：付钱。古代铜钱皆以绳贯，故称。径：直接。

〔十六〕通夕：整夜。摩抚：用手抚摸。

〔十七〕绿绣：即绿锈，出土的青铜器表面会有一层绿色铜锈。

〔十八〕墨华：此处指墨汁。麻楮：麻纸。这句意为用墨汁、麻纸把钟上的铭文拓下来。

〔十九〕辨体：辨别字体。

〔二十〕析疑：剖析疑难。画肚：用手指在肚子上描画。

〔二十一〕微霭：细微的雾气。

〔二十二〕平畴：平坦的田地。擢：耸出。秬黍：黑黍，一种农作物。"微霭"两句：这两句意为齐镈上的铭文年深日久，隐隐约约，如细微雾气中的繁星，如平田上耸出的黑黍。

〔二十三〕涎迹：蜗涎之迹。涎，即蜗涎，蜗牛爬行分泌的粘液。盘蜗：即盘蜗篆，篆文如蜗牛爬行时留下的涎液痕迹，弯曲盘旋。

〔二十四〕瘦蛟舞：李贺《李凭箜篌引》："梦入神山教神妪，老鱼跳波瘦蛟舞。"

〔二十五〕旁行：横写。

〔二十六〕栾：镈口的两角。鼓：凸起。

〔二十七〕齐字秀三禾："齐"字的上半部分如三棵禾苗。

〔二十八〕九乳：很多青铜乳钉。乳，青铜器上的乳钉。

〔二十九〕齐景：齐景公，春秋末期齐国君主。族：聚集。铸钟：《淮南子·要略》："齐景公内好声色，外好狗马，猎射亡归，好色无辨。作为路寝之台，族铸大钟，撞之庭下，郊雉皆响，一朝用三千钟赣，梁丘据、子家哙导于左右，故晏子之谏生焉。"

〔三十〕《鸿烈》：《淮南子》，又名《淮南鸿烈》。

〔三十一〕钟大镈乃小：《国语·周语下》："细钧有钟无镈，昭其大也。"韦昭注："钟，大钟。镈，小钟。"

〔三十二〕高陵：韦曜（204—273），本名韦昭，字弘嗣，被封为高陵亭侯，三国时期东吴著名史学家、政治家，曾为《国语》作注。《周语》：《国语》中的一部分，主要记载周王室历史。

〔三十三〕何繇：即"何由"，因何。

〔三十四〕葵邱会：即葵邱会盟，公元前651年，齐桓公在葵邱大会诸侯。参与者有齐、鲁、宋、卫、郑、许、曹等国的国君，周襄王也派代表参加。悬：悬挂。

〔三十五〕崔氏：崔杼，春秋时期齐国权臣，齐庄公为其所弑。赂所取：崔杼弑君之后，担心霸主晋国讨伐，曾经贿赂了晋平公一批宗器、乐器。《左传·襄公二十五年》："齐人以庄公说，使隰鉏请成。庆封如师，男女以班。赂晋侯以宗器、乐器。"

〔三十六〕晋义熙：东晋义熙年间。何法盛《晋中兴书》曰："义熙十一年，霍山崩毁，出铜钟六枚，上有文古科斗书，人莫能识。"

〔三十七〕箝口：闭口。龃龉：参差不齐，不相吻合。

〔三十八〕河东郡：秦汉时设河东郡，至隋时隋废除，今山西西南部运城、临汾一带。

〔三十九〕法物：古代帝王用于仪仗、祭祀的器物。兹：此处，这里。

〔四十〕古文：古文字。

〔四十一〕岣嵝：即岣嵝碑，原刻于湖南省境内南岳衡山岣嵝峰，故称"岣嵝碑"。原碑已消失，字似缪篆，又似符箓，相传是大禹所书，实为后世伪托。

〔四十二〕堵：悬挂钟磬的计量单位，十六枚为一堵。《周礼·小胥》："凡县钟磬，半为堵，全为肆。"

〔四十三〕啸匹侣：招呼同伴。曹植《名都篇》："鸣俦啸匹侣，列坐竟长筵。"

〔四十四〕鼎有盖：古代青铜器有些有鼎盖，某些鼎盖上有铭文。

〔四十五〕韶乐：传说中的舜帝之乐。

〔四十六〕律吕：古代乐律的统称，分为阳律和阴律。

〔四十七〕籀文：古代的一种书体，又称"大篆""籀书"。

〔四十八〕杜举：祝完酒辞后高举酒杯再饮之。杜，指杜蒉。《礼记·檀弓》："知悼子卒，未葬。平公饮酒，师旷、李调侍，鼓钟。杜蒉自外来，闻钟声，曰：'安在？'曰：'在寝。'杜蒉入寝，历阶而升。酌，曰：'旷饮斯。'又酌，曰：'调饮斯。'又酌，堂上北面坐饮之。降，趋而出。平公呼而进之，曰：'蒉，曩者尔心或开予，是以不与尔言。尔饮旷，何也？'曰：'子卯不乐；知悼子在堂，斯其为子卯也大矣！旷也，太师也，不以诏，是以饮之也。''尔饮调，何也？'曰：'调也，君之亵臣也，为一饮一食，亡君之疾，是以饮之也。''尔饮，何也？'曰：'蒉也，宰夫也，非刀匕是共，又敢与知防，是以饮之也。'平公曰：'寡人亦有过焉。酌而饮寡人！'杜蒉洗而扬觯。公谓侍者曰：'如我死，则必无废是爵也！'至于今，既毕献，斯扬觯，谓之'杜举'。"

〔四十九〕征：征兆。

〔五十〕逸经：散逸的儒家经书。

再为管香给谏题齐镈拓本〔一〕

齐镈齐镈，乃出葵邱。黄河所啮之绝壑〔二〕，给事家居茂陵获鼎处〔三〕，并得其鬲与其铎〔四〕。为拓镈上文〔五〕，绿涩墨光错〔六〕。首云五月吉丁亥〔七〕，中云齐师鲍叔作。鲍字乃家秋湄孝廉所辨识出者〔八〕，释作鲍字，其精觳在诸家上〔九〕。人征《世本》遗〔十〕，字补《说文》略〔十一〕。铭辞百七十又二〔十二〕，《盘庚》《大诰》同灏噩〔十三〕。前诗引《晋中兴书》〔十四〕，比之义熙得钟在太霍。今再送数难〔十五〕，聊试发一噱〔十六〕。昔者韦曜郑康成〔十七〕，镈钟大小若相争〔十八〕。我云二者各自有大小〔十九〕，物之冤雪人讼平〔二十〕。独怪王肃陈统辈〔二十一〕，强谓妇人尚柔不用镈钟声〔二十二〕。如使女器同不迹〔二十三〕，邾娅燕姞孰为铭〔二十四〕？况此大钟用享祀，胡然三著姜女名〔二十五〕！又怪杜预解《春秋》〔二十六〕，乃云齐桓会地在陈留〔二十七〕。果使兹役非晋地〔二十八〕，安得惶遽赴会之晋侯〔二十九〕？况自班固《汉志》来〔三十〕，郯上久矣名葵邱。今者齐镈又出此，益信西河攘翟有方舟〔三十一〕。数事皆足证经义〔三十二〕，瑰宝真欲胜天球〔三十三〕。无怪好事潘司寇〔三十四〕，千金购存攀古庼〔三十五〕。我闻北魏张恩

74

发汤冢〔三六〕，钟磬尽向河中掷。同出凥脽一片土〔三七〕，兹遭拂拭彼沈溺〔三八〕。又闻唐时宋沆精于音〔三九〕，塔铃车铎尽能识〔四十〕。广平文孙知律吕〔四十一〕，倘见此者更不释〔四十二〕。噫嘻贱子敢一言〔四十三〕，此器千金良不易。古今出地第二钟，自宣和来难再得〔四十四〕。何不悬置汾阴后土祠〔四十五〕，永与焦山周鼎张南北〔四十六〕。

〔一〕此诗与上一首《齐镈诗为寻管香给谏作》作于同时期。管香给谏：见上一首诗注释。

〔二〕葵邱：公元前651年，齐桓公在葵邱大会诸侯，春秋时名葵邱之地有四个，一在齐国境内；二是汾阴方泽中有方丘，即郂丘，在晋国境内；三是在河南考城；四是在河北临漳。啮：咬，此处意为河水冲激。绝壑：深谷。

〔三〕给事：给事中。茂陵：汉武帝陵寝，此处代指汉武帝刘彻。获鼎处：汉武帝元鼎元年（公元前116）在汾阴后土祠发现大鼎。

〔四〕鬲：一种用于加工食物的青铜器，形状一般为口沿外倾、三足中空，便于炊煮加热。

〔五〕拓：拓印。

〔六〕绿涩：绿锈。错：错杂。

〔七〕首：铭文的开端。现存铭文的开头是："隹王五月初吉丁亥。"

〔八〕家秋湄：即杨笃，字雅利，号秋湄，平阳乡宁（今山西临汾乡宁县）人，作者的好友。因与作者同姓，故称家秋湄。

〔九〕精核：精细准确。

〔十〕《世本》：书名，也叫《世系》，它是先秦史官为贵族编修的宗谱，原书宋代时散佚，现有多种辑本。这句意为铭文中出现的人物可补充《世本》的遗漏。

〔十一〕《说文》：即《说文解字》，东汉学者许慎所著，中国第一部系统分析汉字字形、探究字源的字书。

〔十二〕铭辞百七十又二：铭文共有172字。

〔十三〕《盘庚》《大诰》：二篇均是《尚书》中的名文。灏噩：博大。扬雄《法言·问神》："虞夏之书浑浑尔，商书灏灏尔，周书噩噩尔。"

〔十四〕《晋中兴书》：见前诗《齐镈诗为寻管香给谏作》注释〔十六〕。

〔十五〕难：意见、观点。

〔十六〕发一噱：引人发笑。

〔十七〕韦曜：见前诗《齐镈诗为寻管香给谏作》注释〔三十二〕。郑康成：郑玄（127—200），字康成，北海郡高密县（今山东省高密市）人。东汉末年著名儒家学者、经学大师。

〔十八〕镈钟大小：韦曜、郑玄两人关于镈、钟大小的看法截然相反。《国语·周语下》韦昭注："钟，大钟。镈，小钟。"《周礼·春官·序官》"镈师"郑玄注："镈，如钟而大。"

〔十九〕二者各自有大小：钟有大钟、小钟，镈也有大、小之分。

〔二十〕讼：争论。

〔二十一〕王肃（195—256），字子雍，三国时期曹魏著名经学家，编有《孔子家语》《孔丛子》等书。陈统：字元方，西晋学者，徐州从事，著有《难孙毓申郑毛诗评》，已散佚。

〔二十二〕妇人尚柔不用镈钟声：《隋书·志第十·音乐下》："（牛）弘又修皇后房内之乐，据毛苌、侯苞、孙毓故事，皆有钟声，而王肃之意，乃言不可。又陈统云：'妇人无外事，而阴教尚柔，柔以静为体，不宜用于钟。'弘等采肃、统以焉取正。"

〔二十三〕女器：女性与钟镈乐器。

〔二十四〕邾：先秦时古国，遗址在今山东邹城市。娷：姓氏，也用作古代女子名字用字。燕姞：西周分封的燕国，有北燕和南燕。北燕是姬姓诸侯国，周召公之后，都城在蓟（今北京）。南燕是姞姓诸侯国，始封国君伯倏为黄帝后裔，遗址在今河南延津县。

〔二十五〕三著姜女名：齐镈铭文中三次出现了姜氏的名字。

〔二十六〕杜预：杜预（222—285），字元凯，西晋时期著名政治家、学者，曾为《左传》作注，著有《春秋左氏传集解》。

〔二十七〕齐桓会地在陈留：《春秋左氏传集解·僖公九年》："九月戊辰，诸侯盟于葵邱。"杜预注："陈留外黄县东有葵邱。"陈留，即陈留郡，在今河南新郑市。外黄县，在今河南民权县西北。

〔二十八〕兹役：此处指葵邱会盟。

〔二十九〕惶遽赴会之晋侯：《左传·僖公九年》："齐侯盟诸侯于葵丘，曰：'凡我同盟之人，既盟之后，言归于好。'宰孔先归，遇晋侯曰：'可无会也。齐侯不务德而勤远略，故北伐山戎，南伐楚，西为此会也。东略之不知，西则否矣。其在乱乎。君务靖乱，无勤于行。'晋侯乃还。"

〔三十〕《汉志》：即《汉书·地理志》。

〔三十一〕西河攘翟有方舟：《国语·齐语》："（齐桓公）西征攘白狄之地，至于西河，方舟设泭，乘桴济河，至于石枕。"西河：指今山西、陕西之间黄河河段。攘翟：抗拒狄人入侵。翟：同"狄"。方舟：两船相连。

〔三十二〕经义：儒家经籍的义理。

〔三十三〕璜宝：代指齐镈。天球：美玉。《尚书·顾命》："天球河图在东序。"

〔三十四〕好事：喜欢某种事业。潘司寇：潘祖荫（1830—1890），字伯寅，号郑庵，吴县（今江苏苏州）人，曾任刑部尚书、工部尚书，清代著名学者、诗人、收藏家，著有《攀古楼彝器图释》。司寇：刑部尚书的别名。

〔三十五〕千金购存：齐镈出土之后，先入寻銮炜之手，后又被潘祖荫重金购买。潘祖荫也曾作《齐子中姜镈歌》一首。

〔三十六〕张恩发汤冢：《太平广记》卷三百九十一："后魏天赐中，河东人张恩盗发汤冢，得志云：'我死后二千年，困于恩。'恩得古钟磬，皆投于河。"汤冢：商汤之墓。

〔三十七〕尻脽：汾阴脽，汉代汾阴县（今山西万荣县）的一个土丘。

〔三十八〕兹：指齐镈。彼：指汤冢之钟磬。

〔三十九〕宋沈：唐代音乐家，开元名相宋璟之孙。

〔四十〕塔铃车铎：《太平广记》卷二百三："（宋）沈为太常丞，尝一日早于光宅佛寺待漏，闻塔上风铎声，倾听久之。朝回，复止寺舍。问寺主僧曰：'上人塔铃，皆知所自乎？'曰：'不能知。'沈曰：'其间有一是古制。某请一登塔，循金索，试历扣以辨之，可乎？'僧初难后许，乃扣而辨焉。在寺之人，即言往往无风自摇，洋洋有闻，非此耶。沈曰：'是耳。必因祠祭考本悬钟而应之。'固求摘取而观之，曰：'此姑洗之编钟耳，请旦独掇于僧庭。'归太常，令乐工与僧同临之。约其时，彼扣本悬，此果应，遂购而获焉。又曾送客出通化门，逢度支运乘。驻马俄顷，忽草草揖客别。乃随乘行，认一铃，言亦编钟也。他人但觉镕铸独工，不与众者埒，莫知其余。乃配悬，音形皆合其度。"

〔四十一〕广平：宋璟（663—737），字广平，唐玄宗时名相。文孙：对他人之孙的美称。

〔四十二〕不释：不能舍弃。

〔四十三〕贱子：谦称自己。

〔四十四〕宣和：宋徽宗年号。北宋宣和五年（1123），在山东临沂发现了著名的齐侯镈，上有铭文共492字。齐侯镈器形及铭文，见《宣和博古图》。

〔四十五〕汾阴：古县名，在今山西万荣县。后土祠：在今山西万荣县，建于汉文帝十六年（公元前164），是古代帝王祭祀后土即土地神的处所。

〔四十六〕焦山周鼎：即曾经藏于镇江焦山定慧寺的周鼎。此鼎名"无专鼎"或"无惠鼎"，有铭文94字，据说曾藏入镇江博物馆，1937年冬被侵华日军炮火炸毁。张南北：分别陈列南方与北方。张：陈列。

岁寒三友诗[一]有序

甲戌冬，阎梦岩师消寒小集[二]，或醉写松竹梅花[三]，随俗名之岁寒三友，诸君皆有题句[四]。余不预会[五]，异日方命继作，忽值遏密八音[六]，声律不能谐矣。时甲戌腊月也。

愁惨如读《北风》篇[七]，兹寒不减尧崩年[八]。宫槐叶落生野烟[九]，谁者天生多节坚[十]。君子幽贞美人妍[十一]，大夫苾苢与周旋[十二]。泪斑欲比湘浦溅[十三]，缟素普将官阁环[十四]。支离莫逮攀龙髯[十五]，冰天雪地同洏涟[十六]。来岁东皇春改元[十七]，铁石心肠贵任专[十八]。拔擢青士植苍官[十九]，勿任一暴十日寒[二十]。诸君树立共勉旃[二十一]，千古人从晚节观[二十二]。老柏森森葛庙前[二十三]，劲节贞操试一攀。呜乎！莫让独支半壁天[二十四]。

〔一〕岁寒三友：指松树、竹子、梅花三种植物。松树、竹子经冬不凋，梅花傲雪开放，故称岁寒三友。此诗作于同治十三年（1874）冬天。

〔二〕阎梦岩：阎汝弼，字梦岩，寿阳（今山西）人，咸丰进士，官至户部员外郎，著有《周易爻征广义》《诗经绪余》《历代名臣诗》等。杨深秀落第后在京备考时，曾拜阎汝弼为师，在其指导下，学问大有长进。消寒小集：即消寒会，入冬后亲朋相聚，宴饮作乐，谓之"消寒会"。

〔三〕写：画。

〔四〕题句：题诗。

〔五〕预会：参加聚会。

〔六〕遏密八音：各种乐器停止演奏，乐声寂静，指皇帝死后停止演奏音乐。《尚书·舜典》："三载，四海遏密八音。"此处指同治十三年（1874）十二月，同治皇帝病逝。

〔七〕《北风》：指《诗经·邶风·北风》，此诗写卫君暴虐，严冬之时百姓相携逃难。

〔八〕兹寒：今冬之寒。不减：不次于。尧崩年：尧帝驾崩之年。《尚书·舜典》："二十又八载，帝乃殂落。"

〔九〕"宫槐"句：王维《菩提寺禁裴迪来相看说逆贼等凝碧池上作音乐……示裴迪》诗："万户伤心生野烟，百僚何日更朝天。秋槐叶落空宫里，凝碧池头奏管弦。"

〔十〕节坚：气节坚贞，此处指松树。宋徐照《南岳万年宋》："节坚全化石，根蠹半盛泉。"

〔十一〕幽贞：高洁坚贞的节操，此处指竹子。元吴镇《画竹十二首·其十》："碧筱挺奇节，空霏散冷露。十年青山游，得此幽贞趣。"美人：指梅花。姜夔《疏影》："想佩环、月夜归来，化作此花幽独。"

〔十二〕茇舍：也作"拔舍"，《左传·僖公十五年》："晋大夫反首拔舍从之"，言军队芟除草莽，即于野地宿息。这句意为皇帝驾崩之际，臣子们顾不上安歇，在松、竹、梅间戴孝守丧。

〔十三〕泪斑：此处既指湘妃竹上之泪斑，又指臣民们的眼泪。张华《博物志》卷八："尧之二女，舜之二妃，曰湘夫人。帝崩，二妃啼，以涕挥竹，竹尽斑。"这句意为臣子们伤心落泪，如湘竹之斑。

〔十四〕缟素：此处既指梅花，又指臣子们披麻戴孝。官阁：官署。

〔十五〕支离：衰残瘦弱的样子。攀龙髯：《史记·封禅书》："黄帝采首山铜，铸鼎于荆山下。鼎既成，有龙垂胡髯下迎黄帝。黄帝上骑，群臣后宫从上者七十余人，龙乃上去。余小臣不得上，乃悉持龙髯，龙髯拔，堕，堕黄帝之弓。百姓仰望黄帝既上天，乃抱其弓与胡髯号，故后世因名其处曰鼎湖，其弓曰乌号。"

〔十六〕汍涟：流泪的样子。

〔十七〕东皇：司春之神。

〔十八〕"来岁"两句：这两句意为来年春天改元，新皇即位，虽然仍然很伤心，但也要硬下心来任用坚贞专一的臣子。

〔十九〕拔擢：提拔。青士：竹子色青，故称青士。苍官：松或柏的别称，此处借"青士""苍官"指代坚贞之士人。

〔二十〕一暴十日寒：即使是最容易生长的植物，晒一天，冻十天，也不可能生长。《孟子·告子上》："虽有天下易生之物也，一日暴之，十日寒之，未有能生者也。"

〔二十一〕树立：建立、建树。勉旃：努力。旃，语助词，之焉的合音字。

〔二十二〕晚节：晚年的节操。

〔二十三〕老柏：杜甫《古柏行》："孔明庙前有老柏，柯如青铜根如石。"森森，茂密繁盛的样子。杜甫《蜀相》："丞相祠堂何处寻，锦官城外柏森森。"葛庙前：诸葛亮庙前，指成都的武侯祠前。

〔二十四〕独支半壁天：杜甫《古柏行》："霜皮溜雨四十围，黛色参天二千尺。"

为外祖母孙太孺人撰书事一篇，撰毕凄然赋此〔一〕

我昔遭闵凶〔二〕，七龄惨失母。明年父见背〔三〕，生人乐何有〔四〕。共道癖书深〔五〕，偏思逃塾走〔六〕。孑孑吾何归〔七〕，茫茫丧家狗〔八〕。暂得依阿婆，孤儿计诚苟〔九〕。借事幸来勤〔十〕，托病希住久〔十一〕。怖鸽近即安〔十二〕，放豚归斯受〔十三〕。维时外家衰〔十四〕，生计割膏肓〔十五〕。老人辨色兴〔十六〕，躬自任箕帚〔十七〕。涤拭遍几榻〔十八〕，安顿及罂缶〔十九〕。我方起迟迟，恃爱挽襟肘。褪衣搜虮虱，解袜搓腻垢〔二十〕。柏庐格言顿〔二十一〕，指字详告诱〔二十二〕。悬知能理解〔二十三〕，喜赞不容口〔二十四〕。旋闻叹息云〔二十五〕，吾今已中寿〔二十六〕。早晚闭双睛，难见尔成偶〔二十七〕。我有约指环〔二十八〕，碧玉宜素手。即今以畀儿〔二十九〕，他日畀儿妇。洎我十二龄〔三十〕，游泮采芹茆〔三十一〕。孺人垂泪言，五婢尔知否。先母于姊妹中行第五也。夫妻有佳儿，命短不厮守〔三十二〕。但得儿有成，是汝死不朽。明年咸丰末，太岁在辛酉〔三十三〕。老病临春三〔三十四〕，厄数遇阳九〔三十五〕。姻戚致赙禭〔三十六〕，邻里断杵臼〔三十七〕。严霜摧树萱〔三十八〕，高坟挽广柳〔三十九〕。追惟平生训〔四十〕，事事蕲忠厚〔四十一〕。佩我必韦弦〔四十二〕，贻我况琼玖〔四十三〕。尔时有痴念〔四十四〕，得第拖紫绶〔四十五〕。迎养奉板舆〔四十六〕，介眉进觞酒〔四十七〕。庶持将母忱〔四十八〕，代为祈寿耇〔四十九〕。岂知总空空，徒尔呼负负〔五十〕。虽复一榜列〔五十一〕，远在十年后〔五十二〕。扫墓果何知，枉用荐春韭〔五十三〕。孺人赐玉环，室内偏粗丑〔五十四〕。孺人教家训，家事几分剖〔五十五〕。孺人期高第〔五十六〕，而我拙进取。孺人勖明德〔五十七〕，而我愧多咎。经济束高阁〔五十八〕，文章覆酱瓿〔五十九〕。纵使功名成，金印大如斗〔六十〕。既难答恩慈，祇可炫宾友〔六十一〕。中夜起思惟〔六十二〕，存者余吾舅。大布缝春衣〔六十三〕，小麦奉粮糗〔六十四〕。再拜告孺人，可得一颔首〔六十五〕？

〔一〕孙太孺人：作者的外祖母。孺人：明清对七品官员的妻子或母亲的封号，也用于对妇女的尊称。书事：事迹、遗事。汪琬《尧峰文钞》卷三十六有"书事"一卷，专收人物遗事类文章。凄然：凄凉悲伤的样子。

〔二〕遭：遇。闵凶：忧患凶祸，此处指亲人亡故。李密《陈情表》："臣以险衅，夙遭闵凶。"

〔三〕明年：第二年。见背：父母或长辈去世。李密《陈情表》："生孩六月，慈父见背。"

80

〔四〕生人：人生。

〔五〕癖书：特别嗜好读书。

〔六〕逃塾：逃课。

〔七〕孑孑：孤单的样子。

〔八〕丧家狗：《史记·孔子世家》："孔子适郑，与弟子相失，孔子独立郭东门。郑人或谓子贡曰：'东门有人，其颡似尧，其项类皋陶，其肩类子产，然自要以下不及禹三寸，累累若丧家之狗。'子贡以实告孔子，孔子欣然笑曰：'形状，末也。而谓似丧家之狗，然哉！然哉！'"

〔九〕计：计划，打算。诚苟：的确轻率。苟，轻率。

〔十〕幸：希望。来勤：经常来。勤，经常。

〔十一〕希：希望。住久：久住。

〔十二〕怖鸽：惊恐的鸽子。《涅槃经》卷二十八："我昔一时，与舍利弗及五百弟子，俱共止住摩伽陀国瞻婆大城。时有猎师追逐一鸽，是鸽惶怖，至舍利弗影，犹故战栗，如芭蕉树动，至我影中，身心安隐，恐怖得除。"

〔十三〕放豚：逃逸的猪。《孟子·尽心下》："今之与杨墨辩者，如追放豚。"归斯受：回来就接纳。《孟子·尽心下》："逃墨必归于杨，逃杨必归于儒。归，斯受之而已矣。"

〔十四〕维时：当时。外家：外祖父、外祖母家。

〔十五〕生计：生活的状况。割膏亩：卖掉肥沃的田地。膏，肥沃。

〔十六〕辨色：天色将明，能辨清东西的时候。《礼记·玉藻》："朝，辨色始入。"兴：起身。

〔十七〕躬自：亲自。箕帚：畚箕和扫帚。

〔十八〕涤拭：清洗擦拭。

〔十九〕罂缶：陶制容器，大腹小口。

〔二十〕腻垢：污垢。

〔二十一〕柏庐格言：清初学者朱柏庐的《朱子家训》。帧：画幅。

〔二十二〕告谕：教导告诫。

〔二十三〕悬知：料想。

〔二十四〕不容口：不绝口。

〔二十五〕旋：不久。

〔二十六〕中寿：次于上寿为中寿，具体说法不一样，大约在七、八十岁上下。

〔二十七〕成偶：结婚。

〔二十八〕约指环：戒指。

〔二十九〕即今：今天，现在。畀：给。

〔三十〕洎：到，及。

〔三十一〕游泮：明清科举制度，经州县考试录取为生员而就读于学宫，称游泮。古代学宫前有水池名泮水，故称学宫为泮宫。采芹：指考中秀才成了县学生员。《鲁颂·駉之什·泮水》："思乐泮水，薄采其芹。"茆：同"茅"。《鲁颂·駉之什·泮水》："思乐泮水，薄采其茆。"

〔三十二〕厮守：相守。

〔三十三〕太岁：星名。古代天文学家把黄道分为十二个星次，岁星（木星）由西向东，每年行经一个星次，十二年周而复始。因为岁星是由西向东运转，与人们熟悉的由东向西不同，所以古人便假设一个行星太岁，让它由东到西运行，按照太岁运转的星次来纪年，即太岁纪年。辛酉：咸丰十一年（1861）。

〔三十四〕春三：三春，即暮春，春天的最后一个月。

〔三十五〕厄数：灾运。阳九：灾难之年。

〔三十六〕姻戚：即姻亲，因婚姻关系而形成的亲属。致：送。赗襚：赠给丧家的车马衣物。

〔三十七〕断：中断。杵臼：舂捣粮食或药物等的工具。

〔三十八〕萱：即萱草，古人常以萱草代指母亲。《诗经·卫风·伯兮》："焉得萱草，言树之背。"

〔三十九〕挽：拉车。广柳：即广柳车，古代载运棺柩的大车。柳是棺车上的装饰。

〔四十〕追惟：追忆、回想。

〔四十一〕蕲：求。

〔四十二〕韦弦：《韩非子·观行》："西门豹之性急，故佩韦以自缓；董安于之性缓，故佩弦以自急。故以有余补不足，以长续短之谓明主。"后因以"韦弦"比喻启迪、教益。

〔四十三〕琼玖：琼和玖，泛指美玉。

〔四十四〕尔时：其时，彼时。

〔四十五〕得第：科举考试取中须评定等第，因称中式为得第。紫绶：紫色丝带，古代官员常用作印组。

〔四十六〕迎养：迎接尊亲居住一起。板舆：古代一种用人抬的代步工具，多为老人乘坐。

〔四十七〕介眉：《诗·豳风·七月》："为此春酒，以介眉寿。"介，乞求。眉寿，长寿。后世常以"介眉"代指祝寿。

〔四十八〕将母：奉养母亲。《诗经·小雅·四牡》："王事靡盬，不遑将母。"忱：情意。

〔四十九〕耆：长寿，高寿。

〔五十〕徒尔：徒然，枉然。负负：连呼惭愧。《后汉书·张步传》："茂让步曰：'以南阳兵精，延岑善战，而耿弇走之。大王奈何就攻其营，既呼茂，不能待邪？'步曰：'负负，无可言者。'"李贤注："负，愧也。再言之者，愧之甚。"

〔五十一〕一榜：举人。明清科举考试中，进士被称为"两榜"，举人被称为"一榜"。

〔五十二〕十年后：作者同治九年（1870）才中举，距外祖母去世已近十年。

〔五十三〕荐春韭：以春韭祭奠。

〔五十四〕室内：妻子。

〔五十五〕几：几乎。分剖：分开、分裂。

〔五十六〕高第：高中。

〔五十七〕勖：勉励。明德：光明之德。

〔五十八〕经济：经世济民。

〔五十九〕覆酱瓿：酱瓿，盛酱的器物。覆酱瓿，盖酱瓿。《汉书·扬雄传下》："时有好事者载酒肴从游学，而巨鹿侯芭常从雄居，受其《太玄》《法言》焉。刘歆亦尝观之，谓雄曰：'空自苦！今学者有禄利，然尚不能明《易》，又如《玄》何？吾恐后人用覆酱瓿也。'"

〔六十〕金印大如斗：《世说新说·尤悔》："周顗曰：'今年杀诸贼奴，当取金印如斗大系肘后。'"

〔六十一〕炫：炫耀。

〔六十二〕思惟：思量，思索。

〔六十三〕大布：麻制粗布。

〔六十四〕粮糗：粮食。

〔六十五〕领首：点头。

里门外有郭景纯碑因题长句〔一〕

　　神仙安得谤经师〔二〕，智士忠臣独任之〔三〕。偏王预陈天下统〔四〕，成仁甘赴日中期〔五〕。阳明异代诚知己〔六〕，忠武同岑信可儿〔七〕。案温峤谥忠武。我愧先生乡里客，摩挲石阙有余思〔八〕。

　　〔一〕郭景纯：郭璞（276—324），字景纯。河东郡闻喜县（今山西省闻喜县）人，东晋时期著名学者、诗人。曾为《尔雅》《方言》《山海经》《穆天子传》等书作注。长于诗赋，组诗《游仙诗》影响深远。

　　〔二〕经师：指郭璞好经术，为《尔雅》《方言》作注，是少有的经师。这句意为怎么能够以神仙之说来毁谤经学大师？作者认为，郭璞虽然精通占卜、方术，又写有《游仙诗》，但那些都是旁枝末节，他真正的成就是在经学研究上。

　　〔三〕智士：指郭璞智慧高深，妙于阴阳历算，又能准确预判时局。忠臣：指郭璞忠于晋室，反对王敦起兵造反。这句称赞郭璞既是智士又是忠臣。

　　〔四〕偏王：偏安，这里指晋室南渡，偏安江南。预陈：预先说明。天下统：天下之正统。郭璞曾通过占卜预测司马睿将受命称帝。《晋书·郭璞传》："时元帝初镇邺，导令璞筮之，遇《咸》之《井》，璞曰：'东北郡县有"武"名者，当出铎，以著受命之符。西南郡县有"阳"名者，井当沸。'其后晋陵武进县人于田中得铜铎五枚，历阳县中井沸，经日乃止。"

　　〔五〕成仁：指郭璞反对王敦造反而遇害，可谓杀身成仁。日中期：《晋书·郭璞传》："敦大怒曰：'卿寿几何？'曰：'命尽今日日中。'敦怒，收璞，诣南冈斩之。"

　　〔六〕阳明：即王守仁，字伯安，号阳明，明代著名哲学家，政治家。王阳明曾作长诗《纪梦》，写郭璞在梦中与自己交谈，告知自己王导才是王敦之乱的真正主谋。

　　〔七〕忠武：即温峤（288—329），字太真，东晋初期著名政治家，与郭璞交好。同岑：同在一山，此处指志同道合。郭璞《赠温峤》诗："人亦有言，松竹有林。及尔臭味，异苔同岑。"信：果真、的确。可儿：可爱的人，能人。《世说新语·赏誉》："桓温行经王敦墓边过，望之云：'可儿！可儿！'"

　　〔八〕摩挲：抚摸。余思：思念前人、前事。

谒裴赵二公祠[一]有序

唐裴文忠度、宋赵忠简鼎胥生吾邑[二]，乡贤祠外别有两公合祠。间尝披读本传[三]，一则曰："臣不与贼俱生。"[四]一则曰："誓九死以不移。"[五]迹其严毅刚正[六]，如出一涂，此实难矣。

天下安危际，何人只手扶[七]。一乡名世薮[八]，两代中兴书[九]。耻发俱生处[十]，忠坚九死余。臣心同此誓，几辈尚全躯[十一]？

〔一〕裴：裴度（765—839），字中立，谥"文忠"，河东闻喜（今山西闻喜）人，中唐著名政治家。他为将相二十余年，协助唐宪宗平定淮西之乱，实现元和中兴。赵：赵鼎（1085—1147），字元镇，谥号"忠简"，解州闻喜县（今属山西闻喜）人。南宋初期著名政治家。绍兴年间两度拜相，辅佐宋高宗巩固政权、抗击金人，被称为南宋中兴贤相之首，与李纲、胡铨、李光并称为南宋四名臣。这两位历史上的著名政治家，都是杨深秀的同乡，山西闻喜县有两人的祠堂，供后人瞻仰供奉。

〔二〕胥：皆，都。

〔三〕披读：翻阅。本传：指《旧唐书·裴度传》《新唐书·裴度传》《宋史·赵鼎传》。

〔四〕臣不与贼俱生：《资治通鉴·唐纪》："乙卯，上复谓（裴）度曰：'卿真能为朕行乎？'对曰：'臣誓不与此贼俱生！'"《旧唐书·裴度传》："唯度请身督战，帝独目度留，曰：'果为朕行乎？'度俯伏流涕曰：'臣誓不与贼偕存。'"

〔五〕誓九死以不移：《宋史·赵鼎传》："白首何归，怅余生之无几；丹心未泯，誓九死以不移。"

〔六〕迹：用作动词，考察。

〔七〕只手：单手，比喻一人之力。

〔八〕名世：即名世者，命世贤臣。《孟子·公孙丑下》："彼一时，此一时也。五百年必有王者兴，其间有名世者。"薮：人或物聚集的地方。

〔九〕耻发俱生处：即裴度之言"臣不与贼俱生"。耻发：因羞耻而奋发。

〔十〕忠坚九死余：即赵鼎之言"誓九死以不移"。忠坚：坚守忠义。

〔十一〕全躯：保全自身。

雪虚声堂诗钞卷一终

雪虚声堂诗钞卷二·白云司稿 乙亥至戊寅

刑曹初直四首〔一〕

隐囊团扇只身孤〔二〕，暗祝今朝个事无〔三〕。但得讼庭长寂寂〔四〕，不妨秋色满平芜〔五〕。

〔一〕刑曹：刑部别称。初直：初次当值。同治十三年（1874），杨深秀应甲戌会试，再次落第。光绪元年（1875），由二伯父杨崇煟赞助，通过捐资买官，任刑部员外郎。这组诗歌创作于光绪元年作者初次在刑部当值之时。

〔二〕隐囊：供人倚靠的软囊。隐，倚靠。只身：单独一人。

〔三〕暗祝：内心祷告。个事无：即无个事，没有一点事。

〔四〕讼庭：讼堂。唐崔峒《题桐庐李明府官舍》："讼堂寂寂对烟霞，五柳门前聚晓鸦。"

〔五〕平芜：草木丛生的原野。

印匣铜封涩绿斑，笔床铅黯蘸红殷〔一〕。放衙枯坐空厅里〔二〕，也抵浮生半日闲〔三〕。

〔一〕笔床：卧放毛笔的器具。殷：黑红色。

〔二〕放衙：官府属吏早晚参谒主司听候差遣叫"衙参"，退衙叫"放衙"。枯坐：呆坐。

〔三〕抵：相当。浮生：人生。人生在世，虚浮无定，故曰"浮生"。李涉《题鹤林寺僧舍》："因过竹院逢僧话，又得浮生半日闲。"

食罢公然事不烦〔一〕，转因落寞怯黄昏〔二〕。官厨净肉官仓米，权当今朝咬菜根〔三〕。

〔一〕公然：全然，完全。不烦：不烦多。

〔二〕转因：反而因为。

〔三〕权：暂且，姑且。咬菜根：吃菜根，比喻过艰苦日子。朱熹《朱子语类》卷十三："某观今人因不能咬菜根，而至于违其本心者众矣，可不戒哉！"

伍伯持刑面色蓝〔一〕，三曹抱册目光眈〔二〕。几回开口翻无语〔三〕，新妇遑当问拊骖〔四〕。

〔一〕伍伯：役卒，多为车卫前导或执杖行刑。持刑：执行刑罚。面色蓝：

《旧唐书·卢杞》："杞貌陋而色如蓝，人皆鬼视之。"

〔二〕三曹：指刑部众多属吏。眈：瞪目逼视。

〔三〕翻：反而。

〔四〕遑：惊惶不安。拊骖：鞭打两边的骖马。《战国策·宋卫》："卫人迎新妇，妇上车，问：'骖马，谁马也？'御曰：'借之。'新妇谓仆曰：'拊骖，无笞服。'车至门，扶，教送母：'灭灶，将失火。'入室见臼，曰：'徙之牖下，妨往来者。'主人笑之。此三言者，皆要言也，然而不免为笑者，蚤晚之时失也。"这句形容作者新入刑部，如卫国新妇，心态惶恐，言辞不当。

赠家秋湄孝廉兄〔一〕

仪征太傅掌院日〔二〕，特为国史创《儒林》〔三〕。我朝经学超前古〔四〕，一一胪列无湮沈〔五〕。有时致书何东洲〔六〕，谓补经籍赖吉金〔七〕。更端乃及张月斋〔八〕，硕舟硕儒折服深〔九〕。阮文达与何子贞书，谓张硕身乃硕儒也。硕舟魏魏晋男子〔十〕，箸述等身傫然死〔十一〕。自后吾乡盖多儒，有两魁儒近百里〔十二〕。曲沃闻人曰卫一〔十三〕，注经点史奋巨笔。明眉秀目饮十斛，醨鸡来前皆奴叱〔十四〕。吕香美人蔚吾宗〔十五〕，身如植鳍声如钟〔十六〕。精核水地潜邱比〔十七〕，博识金石亭林同〔十八〕。少年束发走代北〔十九〕，宏州一志何处得〔二十〕？磨笄之山桑乾源〔二十一〕，千年文献皆增色。君前年撰《直隶西宁县志》。前冬忽遇上计车〔二十二〕，出门大笑走京国〔二十三〕。文章虽复解憎命〔二十四〕，斯人讵论通与塞〔二十五〕。五月不雨盛京尘〔二十六〕，胡床坐啸若无人〔二十七〕。我时解衣槃礴裸〔二十八〕，风期暗与君子亲〔二十九〕。读君篆籀味君诗〔三十〕，即此便当作吾师。况为善长纠不逮〔三十一〕，兼与尚功补未知〔三十二〕。经史纷纶寄玉麈〔三十三〕，每闻一义为起舞。郎署无由窥中秘〔三十四〕，似此便欲胜稽古〔三十五〕。就令季野自无言〔三十六〕，预决子云有必传〔三十七〕。更忆传人号六福，卫庄游自镂一印曰"六福传人"〔三十八〕。索居远隔绛山烟〔三十九〕。噫哉聚散恒如此，西去飞鸿东流水。我今又欲出塞游，奉手才踰两月耳〔四十〕。何当秋老木兰归〔四十一〕，一骑款段随君西〔四十二〕。执经问字规廿载〔四十三〕，为辟蒙翳发天倪〔四十四〕。

〔一〕家秋湄：即杨笃，因与作者同姓，故称家秋湄。杨笃，字雅利，号秋湄，平阳乡宁（今山西临汾乡宁县）人，同治三年举人，学识渊博，尤其精通方志之学。他曾先后纂修《西宁县志》《蔚州志》等县志，还参与了《山西通志》的编纂。这几部方志价值很高,深受学界推崇。

〔二〕仪征太傅:指阮元。阮元(1764—1849),字伯元,号芸台,江苏仪征人,著名政治家、学者,曾任湖广总督、两广总督、云贵总督等职,晚年晋封太傅。著有《研经室集》《畴人传》等。掌院:翰林院掌院学士。

〔三〕《儒林》:指《儒林列传》。二十四史中,《史记》最早立《儒林列传》,后来正史不少有《儒林传》。此处指阮元在翰林院参与清朝国史编纂,为国史立《儒林传》。

〔四〕我朝经学:清代经学非常繁荣,影响巨大。乾隆、嘉庆年间出现了著名的乾嘉学派,乾嘉学者大都精通经学,成绩斐然。

〔五〕胪列:列举。湮沈:同"湮沉",埋没、沉沦。

〔六〕何东洲:何绍基(1799—1873),字子贞,号东洲,湖南道州(今道县)人,清代著名诗人、书法家。著有《说文段注驳正》《东洲草堂诗钞》等。

〔七〕补:补充。经籍:经书。赖:依靠。吉金:钟镈鼎彝等古代器物。古代祭祀为吉礼,鼎彝等多用于祭祀,故称吉金。

〔八〕更端:另一事。张月斋:张穆(1805—1849),字石舟,又字石州,号月斋,山西平定人,著名学者,精于地理之学,著有《历代沿革地图》《唐两京城坊考》《俄罗斯补辑》《魏延昌地形志》等。

〔九〕硕儒:大儒。

〔十〕觥觥:刚直的样子。

〔十一〕儽然:颓丧的样子。

〔十二〕魁儒:大儒、大学问家。

〔十三〕曲沃:今山西省临汾市曲沃县。闻人:有名望的人。卫一,即卫天鹏,字庄游,山西曲沃人,精通经史,著述颇丰。前已见卷一《下第次日送卫庄游游天津》一诗。

〔十四〕奴叱:如呵斥奴才。

〔十五〕吕香:即吕香县,唐贞观元年设,五代时废,治所在今山西乡宁,即杨秋湄的家乡。美人:德才出众之人,此处指杨秋湄。蔚:盛大,用作动词,使之盛大。吾宗:我们宗族,即杨姓宗族。

〔十六〕植鳍:竖起的鱼鳍,形容人身体枯瘦、背脊弯曲的样子。

〔十七〕精核:精通。水地:水利、地理。潜邱:阎若璩(1636—1704),字百诗,号潜丘,山西太原人,清初著名学者。他所著《尚书古文疏证》确证东晋梅赜所献《古文尚书》是伪书,轰动学界,其《四书释地》《潜邱札记》等著作也有很多影响。

〔十八〕金石：古代青铜器和石刻碑碣。亭林：顾炎武（1613—1682），字宁人，号亭林，清初著名学者。

〔十九〕束发：束扎发髻，代指成童之年，即15至20岁。代北：古代地区名，指今山西北部及河北西北部一带。

〔二十〕宏州一志：即《直隶西宁县志》。宏州，即弘州，辽时所设，后废；清时改名西宁县，属直隶省宣化府，即今河北阳原县。

〔二十一〕磨笄之山：即磨笄山，在河北涞源境内，离阳原不远。《史记·赵世家》载："（赵）襄子姊前为代王夫人。简子既葬，未除服，北登夏屋，请代王。使厨人操铜枓以食代王及从者，行斟，阴令宰人各以枓击杀代王及从官，遂兴兵平代地。其姊闻之，泣而呼天，摩笄自杀。代人怜之，所死地名之为摩笄之山。"桑乾源：桑乾，河流名，即今永定河上游，在今河北省西北部和山西省北部，源出山西管涔山。李白《战城南》："去年战，桑乾源，今年战，葱河道。"

〔二十二〕上计车：上计，本义为古代地方官员定期向上级呈上计文书，报告地方治理状况，此处指举人乘公家车船赴京参加会试。

〔二十三〕出门大笑：李白《南陵别儿童入京》："仰天大笑出门去，我辈岂是蓬蒿人。"

〔二十四〕"文章"句：杜甫《天末怀李白》："文章憎命达，魑魅喜人过。"这句意为杨秋湄不幸落第。

〔二十五〕讵论：岂能分辨。通与塞：境遇的顺逆。

〔二十六〕盛京：即今辽宁省沈阳市，清朝（后金）在1625至1644年的首都。

〔二十七〕胡床：一种可以折叠的轻便坐具。坐啸：闲坐吟啸。若无人：旁若无人。

〔二十八〕解衣槃礴裸：《庄子·田子方》："宋元君将画图……有一史后至者，儃儃然不趋，受揖不立，因之舍。公使人视之，则解衣槃礴，裸。君曰：'可矣，是真画者也。'"此处作者意为自己正为他人作画。

〔二十九〕风期：风度。李白《梁甫吟》："广张三千六百钓，风期暗与文王亲。"

〔三十〕篆籀：篆文和籀文。味：体味、玩味。

〔三十一〕善长：郦道元，字善长，北魏著名地理学家，著有《水经注》。不逮：不足之处。

〔三十二〕尚功：薛尚功，字用敏，钱塘（今浙江杭州）人，宋代学者，精于金石文字，著有《历代钟鼎彝器款识法帖》。

〔三十三〕纷纶：渊博。玉麈：玉柄麈尾，清谈时用于驱虫拂尘的工具。

〔三十四〕郎署：汉、唐时宿卫侍从官的公署。无由：无从，没有门径。窥中秘：窥得宫中机密。这句是形容如郎署之人没有办法窥得宫中机密，自己没有办法得知杨秋湄学问之精深处。

〔三十五〕稽古：考察古代事迹。

〔三十六〕季野：褚裒，字季野，河南郡阳翟县（今河南省禹县）人，东晋著名政治家。

〔三十七〕预决：预先断定。子云：扬雄，字子云，西汉末年著名学者，著有《太玄》《法言》等。必传：《汉书·扬雄传》："时，大司空王邑、纳言严尤闻雄死，谓桓谭曰：'子常称扬雄书，岂能传于后世乎？'谭曰：'必传。顾君与谭不及见也。'"

〔三十八〕卫庄游：即卫天鹏，字庄游。见本诗注释〔十三〕。

〔三十九〕索居：独居。绛山：在今山西绛县西北，与曲沃县接壤。

〔四十〕奉手：陪伴、追随。

〔四十一〕木兰归：花木兰归乡，此处意为如木兰归乡。

〔四十二〕款段：马行迟缓的样子。

〔四十三〕问字：《汉书·扬雄传》："刘棻尝从雄学作奇字。"规：计划、打算。

〔四十四〕蒙翳：遮蔽、掩盖。天倪：自然的分际。《庄子·齐物论》："何谓和之以天倪？"郭象注："天倪者，自然之分也。"此处比喻学问的奥妙之处。

柬柴赋嘉茂才 尊甫子芳明经名桂森，有书名〔一〕

见说而翁寿且康〔二〕，平生篆草老清苍〔三〕。何人换帖遗红友〔四〕，得尔工书替墨王〔五〕。漏屋无痕抚晋法〔六〕，磨崖有字仿秦章〔七〕。与君南望中条雨〔八〕，柏塔遥遥天一方〔九〕。

〔一〕柬：本义为手简、信札，此处用作动词，意为寄信。柴赋嘉：柴桂森之子，山西夏县人，生平未详。茂才：秀才的别称。尊甫：对他人父亲的尊称。芳明：柴桂森，字芳明，山西夏县人，贡生，善书法，兼善篆刻。

〔二〕而翁：你的父亲。

〔三〕篆草：篆书与草书。清苍：清新苍劲。

〔四〕换帖：旧时朋友结拜兄弟时互相交换名帖。遗：赠送。红友：酒的别称。罗大经《鹤林玉露》卷八："常州宜兴县黄土村，东坡南迁北归，尝与单秀才步田至其地。地主携酒来饷曰：'此红友也。'"

〔五〕工书：书法精湛。墨王：此处是对柴桂森的美称。这句赞美柴赋嘉深得其父真传。

〔六〕漏屋无痕：即"屋漏痕"，一种书法境界。唐陆羽《释怀素与颜真卿论草书》："素曰：'吾观夏云多奇峰，辄常师之，其痛快处如飞鸟出林，惊蛇入草。又遇坼壁之路，一一自然。'真卿曰：'何如屋漏痕？'素起，握公手曰：'得之矣。'"晋法：晋代书法的法度。

〔七〕磨崖有字：指摩崖石刻，利用天然石壁刻写文字。秦章：秦朝书法的章法。

〔八〕中条：中条山，位于山西省南部，跨临汾、运城、晋城三市，山势狭长，故名中条。唐许浑《秋日赴阙题潼关驿楼》："残云归太华，疏雨过中条。"

〔九〕柏塔：山西夏县有柏塔寺，寺后有柏塔，在夏县城南中条山麓。"柏塔秋风"是夏县八景之一。

刑曹直宿读秋湄诗及所撰《西宁志》辄题四首〔一〕

吏散云司烛影寒〔二〕，携君诗卷共盘桓〔三〕。短歌九首俱奇绝〔四〕，明远休矜《行路难》〔五〕。

〔一〕刑曹：刑部的别称。直宿：值夜。秋湄、《西宁志》：见前《赠家秋湄孝廉兄》注释〔一〕及〔二十〕。辄：就，便。

〔二〕云司：白云司，刑部的别称。相传黄帝以云命官，秋官为白云。刑部属秋官，故称。

〔三〕盘桓：徘徊。

〔四〕奇绝：神奇绝妙。

〔五〕明远：鲍照，字明远，南北朝著名诗人。休矜：不要夸耀。《行路难》：鲍照有一组七言古诗《拟行路难》，是其代表作。

不其城下老经师〔一〕，余事犹称婢解诗〔二〕。今日诵君裙屐句，知君侍史亦如斯〔三〕。集中寄王姬蕊真有句云："何日趋庭同问字〔四〕，裙屐相对两书生。"

〔一〕不其：原为山名，即今崂山，秦设不其县，后并入即墨县。老经师：指郑玄，传说东汉著名经学大师郑玄曾于不其山下讲学授徒。

〔二〕余事：正业之外的事。婢解诗：《世说新语·文学》"郑玄家奴婢皆读书。尝使一婢，不称旨，将挞之，方自陈说，玄怒，使人曳著泥中。须臾，复有一婢来，问曰：'胡为乎泥中？'答曰：'薄言往愬，逢彼之怒。'"

〔三〕侍史：本义为没入官府的罪奴，选其中有才智者为官婢。《周礼·天官·序官》"奚三百人。"郑玄注："古者从坐男女没入县官为奴，其少才知以为奚。今之侍史官婢，或曰奚官女。"此处代指侍女。

〔四〕趋庭：《论语·季氏》：陈亢问于伯鱼曰："子亦有异闻乎？"对曰："未也。尝独立，鲤趋而过庭。曰：'学诗乎？'对曰：'未也。''不学诗，无以言。'鲤退而学诗。他日又独立，鲤趋而过庭。曰：'学礼乎？'对曰：'未也。''不学礼，无以立。'鲤退而学礼。闻斯二者。'陈亢退而喜曰：'问一得三，闻诗，闻礼，又闻君子之远其子也。"问字：《汉书·扬雄传》："刘棻尝从雄学作奇字。"

高柳安能混柳城〔一〕，频为善长订遗经〔二〕。《水经注》云："高柳，故代郡治。"又云："高柳在代中，连山隐隐，东出辽塞。昔牵招斩韩忠于此〔三〕。"是郦误以高柳为即辽西之柳城也，君于志中有辨甚核。石州精撰《延昌志》〔四〕，见此犹当畏后生〔五〕。吾乡张石州先生撰《北魏延昌地形志》。

〔一〕高柳：即高柳县，汉代时设立，后废。在今山西阳高县西北。柳城：汉代时有柳城县，后废，在今辽宁省朝阳县，曹操曾大破乌桓于此。混：混同。这句意为郦道元将汉代的高柳县和柳城县混同到一起。

〔二〕频：多次。善长：郦道元，字善长，北魏著名地理学家，著有《水经注》。订：修正。遗经：指《水经注》。

〔三〕牵招：牵招，字子经，三国时曹魏将领。据《三国志·牵招传》记载，他跟随曹操征讨乌桓时，曾斩杀辽东太守公孙康的属下韩忠。

〔四〕石州：即张穆，字石州。见前《赠家秋湄孝廉兄》注释〔八〕。《延昌志》：即张穆所著《北魏延昌地形志》。

〔五〕畏后生：《论语·子罕》："子曰：'后生可畏，焉知来者之不如今也？'"

俎豆宏州乡社尊〔一〕，不教遗漏到金源〔二〕。编诗秀野功输此〔三〕，拜谢犹来月夜魂〔四〕。世俗袭明人谬论〔五〕，外视金元〔六〕，故西宁先达如李屏山、王遁斋、魏玉峰、魏青厓、王伊滨诸公〔七〕，皆不得与于乡贤之祀，其入乡贤祠自君修志始也〔八〕。

〔一〕俎豆：俎和豆，古代祭祀时使用的两种器皿，此处用作动词，表示祭祀。宏州：即弘州，辽时所设，后废；清时改名西宁县，属直隶省宣化府，即今河北阳原县。乡社：故乡。尊：尊重，此处指先贤。

〔二〕金源：金朝。"俎豆"两句：这两句意为杨秋湄撰写《西宁县志》时记载了不少西宁先贤事迹，并没有因为金朝是异族政权，就遗漏了这一时期的人物。

〔三〕秀野：元好问（1190—1257），字裕之，号遗山，金末著名文学家、史学家。元好问住处有秀野堂，故称秀野。元好问编有《中州集》，专门收录金朝一代的诗人事迹及其作品。这句意为元好问虽然编撰了《中州集》，但是在保存西宁金朝人物事迹上却输给了杨秋湄。

〔四〕月夜魂：杜甫《咏怀古迹五首·其三》："画图省识春风面，环佩空归夜月魂。"这句意为元好问的魂魄知道此事后，也会月夜前来拜谢杨秋湄。

〔五〕袭：沿袭。

〔六〕外视金元：视金朝、元朝为外族。

〔七〕先达：有德行学问的前辈。李屏山：李纯甫（1177—1223），字之纯，号屏山居士，承安二年（1197）进士，官至尚书右司都事。金代文学家、哲学家。其诗收入《中州集》中。王遁斋：王元节，字子元，号遁斋，金天德三年进士，官至密州观察判官。诗人，有《遁斋诗集》。魏玉峰：魏璠，字邦彦，号玉峰，金贞祐三年进士，曾任尚书省令史、翰林修撰。为人刚直，曾向金宣宗直言进谏，金朝灭亡后，曾被元世祖召见，他推荐名士六十多人，都被选用。魏青厓：魏初（1332—1392），字太初，号青厓，曾任江西观察使、南台中丞，元代文学家，有《青厓集》五卷。王伊滨：王沂，字思鲁，元仁宗延祐二年进士，官至礼部尚书，曾参与《辽史》的编撰。工诗词，有《伊滨集》二十四卷。

〔八〕乡贤：品德、才学为乡人推崇敬重的人。

题柴子芳明经杂临诸帖卷子八首〔一〕

某家书法费搜寻，纸尾题明即度针〔二〕。枣木初雕银锭本〔三〕，明窗一日几回临。临阁帖〔四〕。

〔一〕柴子芳：即柴桂森，字子芳，山西夏县人。见前《柬柴赋嘉茂才》一诗注释〔一〕。明经：贡生的别称。临：临摹。卷子：可以舒卷的书画。

〔二〕度针：即金针度人，把高明的方法传授他人。元好问《论诗三首》诗其二："鸳鸯绣了从教看，莫把金针度与人。"

〔三〕枣木：指用枣木雕版。因枣木质地坚硬密实，不易虫蛀，所以古代雕版印刷多用枣木。银锭本：指《淳化阁帖》银锭本。《淳化阁帖》是北宋淳化三年（992），宋太宗命王著从内府选择历代墨宝编次而成，用枣木版雕刻成帖。因刻于淳化年间，故称《淳化阁帖》。全帖共十卷，收录东汉至唐代百余名书法家作品，被后世誉为"丛帖始祖"。宋原本《淳化阁帖》用枣木雕版，时间长了之后，木有破裂，用银锭形木条加固，故所刻之帖称大银锭本。后原版小处又有破裂，又用小银锭加固，所以称小银锭本。

〔四〕阁帖：即《淳化阁帖》。

妙笔传神得伯时〔一〕，图来驸马好山池〔二〕。《西园雅集》频频写〔三〕，一瓣心香炷虎儿〔四〕。两临米芾《西园雅集图记》。

〔一〕伯时：李公麟（1049—1106），字伯时，号龙眠居士，庐江郡舒城县（今安徽舒城）人，北宋著名画家。传世作品有《五马图》《维摩居士像》《西园雅集图》等。

〔二〕图：绘画、描绘。驸马：王诜，字晋卿，太原府（今山西太原）人，娶英宗女蜀国大长公主，拜左卫将军、驸马都尉。王诜好书画，喜欢结交文人士大夫。他请李公麟把自己与苏轼、苏辙、黄鲁直、秦观、李公麟、米芾等十多人在西园聚会的场景描画出来，画作取名《西园雅集图》。后米芾为此图作记，即《西园雅集图记》。

〔三〕《西园雅集》：此处指米芾的书法作品《西园雅集图记》。

〔四〕一瓣心香：比喻十分真诚的心意。虎儿：指米芾之子米有仁（1086—1165），字元晖，北宋著名书法家，与其父米芾并称"二米"，黄庭坚曾戏称他为"虎儿"。黄庭坚《戏赠米元章二首》其二："我有元晖古印章，印刓不忍与诸郎。虎儿笔力能扛鼎，教字元晖继阿章。"

馆筑犁邱缣素香〔一〕，空闻《鹦鹉》属渔洋〔二〕。石庵题识覃溪跋〔三〕，不让南人拜墨皇〔四〕。临邢侗书及刘墉、翁方纲二跋。

〔一〕犁邱：地名，西周、春秋时齐国有邑名犁邱，在今山东临邑县。清初著名书法家邢侗是临邑人。邢侗（1551—1612），字子愿，万历二年进士，官至陕西太仆寺少卿。他的书法造诣深厚，与董其昌、米万钟、张瑞图并称"晚明四大家"。他在家乡临邑建了一座来禽馆，自号来禽济源山主。缣素：细绢，用于创作书画。

〔二〕《鹦鹉》：指邢侗所书《白鹦鹉赋》。渔洋：王士禛，字子真，一字贻上，号阮亭，又号渔洋山人，世称王渔洋，山东新城（今山东桓台县）人，清初著名诗人。传说王士禛曾得到邢侗的书法珍品《白鹦鹉赋》。

〔三〕石庵：刘墉（1720—1805），字崇如，号石庵，祖籍安徽砀山，生于山东诸城，清代著名政治家、书法家。题识：即题跋。覃溪：翁方纲（1733—1818年），字正三，号覃溪，顺天大兴（今北京大兴区）人，清代文学家、书法家。

〔四〕不让南人：不输于南方人。诗中所提邢侗、王士禛、刘墉、翁方纲都是北方人。墨皇：书法作品中的极致之作。

　　燕子红笺小楷书〔一〕，狡童狎客总相于〔二〕。请君珍重松枝笔〔三〕，只写真山莫写渠〔四〕。临王铎《拟山园帖》〔五〕。

〔一〕燕子红笺：一种用于题诗、写信的笺纸。同时也暗含阮大铖戏曲名作《燕子笺》。

〔二〕狡童：姣美少年。狎客：陪伴权贵游乐的人。相于：亲近、结交。这句批评王铎人品不端，常混迹于狡童、狎客群中，与权贵往来。王铎（1592—1652），字觉斯，一字觉之，号十樵、嵩樵，河南孟津人，明末清初著名书画家。明天启二年（1622年）进士，曾任明东阁大学士。满清入关后又被授予礼部尚书、官弘文院学士，加太子少保。他与明末著名奸臣阮大铖过从甚密，又谄媚清朝权贵，为人所诟病。

〔三〕松枝笔：以松枝作笔杆的毛笔。宋章甫《与常不轻弈棋输松枝笔一篇》："南山苍须翁，阅世几千秋。终以明自煎，晚为松滋侯。孙枝后来秀，劲直余风流。亦学管城子，来从毛颖游。"

〔四〕只写真山：宋韩拙《山水纯全集》："若不从古画法，只写真山，不分远近浅深，乃图经也，焉得其格法气韵哉？"渠：指示代词，第三人称，它或他，此处指王铎的《拟山园帖》。

〔五〕《拟山园帖》：王铎《拟山园帖》，共十卷，是一部个人丛帖，收录王铎一家之书，共103种，大都是临摹古帖。

小说荒唐《二度梅》[一]，开场尤合𪢮然哈[二]。其开场曲云"离了朝官位儿，跳出是非窝儿"云云[三]，甚俗俚。高人一纸庄书出[四]，竟似柴桑《归去来》[五]。书《二度梅》小说开场曲。

〔一〕《二度梅》：即《二度梅全传》，又称《忠孝节义二度梅全传》，清代小说，题名惜阴堂主人编辑，写唐肃宗时梅、陈两家的悲欢离合及其子女的爱情磨难。

〔二〕开场：即开篇。合：应当、应该。𪢮然：大笑的样子。哈：欢笑。

〔三〕开场曲：《二度梅》的开场曲："词云：离了朝官位儿，跳出是非窝儿，清闲老人家心儿，消磨了豪杰性儿。寻一块无人地儿，做几间矮矮房儿，打几扇窗儿，栽几株树儿。山上有草牧羊儿，池塘有水养鱼儿。到春来养花儿，到夏来乘凉儿，到秋来观菊儿，到冬来踏雪儿。一年四季收些五谷杂粮儿，做几坛酒儿，杀一只鸡儿，烹几尾鱼儿，请几位知心的老儿，猜拳行令儿，讴歌唱曲儿，只吃到三更斜月儿。怀中抱子儿，脚旁睡妻儿，这才是无忧无虑快活逍遥一个老头儿。"

〔四〕高人：指柴芳明。庄书：端庄的字体。

〔五〕柴桑：指陶渊明，他是浔阳柴桑（今江西省九江市）人，故称。《归去来》：指陶渊明的《归去来兮辞》。

人居晋鄙德余熏[一]，古墨流香佐苾芬[二]。得志何须重裂诏[三]，正书批勒答吾君[四]。君自署曰"晋之鄙人"，盖所居柳谷，即唐阳城故里也[五]。

〔一〕晋鄙：晋地边境。柴芳明是夏县人，夏县在山西西部，故称晋鄙。余熏：余香。

〔二〕苾芬：芬芳。

〔三〕裂诏：撕毁诏书。

〔四〕正书：即楷书。批勒：代皇帝批示奏章或对草拟的制敕签署意见。

〔五〕柳谷：《乾隆解州夏县志》载："柳谷在县南十五里中条山内。唐阳城寓居于此。今其地名阳公乡。旧志谓柳宗元居，不知所据。"阳城：阳城（736—805），字亢宗，定州北平（今河北顺平县）人，曾隐居于中条山柳谷，唐德宗时任谏议大夫。

老癖临池似此稀[一]，麻笺斑管不停挥[二]。初时得髓人知否[三]，《圣教》胚胎《定武》肥[四]。

〔一〕临池：书法的代称。《晋书·卫恒传》："汉兴而有草书，……弘农张

99

伯英者，因而转精甚巧。凡家之衣帛，必书而后练之。临池学书，池水尽黑。"

〔二〕麻笺：麻纸。斑管：以斑竹作为笔杆的毛笔。

〔三〕得髓：得其精髓。

〔四〕《圣教》：指唐代著名书法家褚遂良书写的《大唐三藏圣教序》。《定武》：指《定武兰亭序》。传说唐欧阳询手摹并刻石的《兰亭序》，在北宋时被发现于定武（今河北定县），故命名为《定武兰亭序》。这句意为柴子芳的书法因学习《圣教序》而打下基础，又因学习《定武兰亭序》而大有所成。

大字锋芒不可鞘〔一〕，趋庭犹哂小儿曹〔二〕。从今莫论家鸡事〔三〕，公子翩翩有凤毛〔四〕。次君亦工书〔五〕。

〔一〕鞘：本义是刀剑鞘，此处意为收敛。

〔二〕趋庭：意为接受父亲的教导。见《刑曹直宿读秋湄诗及所撰〈西宁志〉辄题四首》其二注释〔四〕。哂：讥笑。小儿曹：小孩子们。

〔三〕家鸡：何法盛《晋中兴书·颍川庾录》："庾翼书，少时与王右军齐名，右军后进，庾犹不分，在荆州与都下书曰：'小儿辈厌家鸡，爱野雉，皆学逸少书，须吾下当北之。'"

〔四〕凤毛：《世说新语·容止》："王敬伦风姿似父，作侍中，加授桓公公服，从大门入。桓公望之，曰：'大奴固自有凤毛。'"后用以比喻子孙之才干似其父辈者。

〔五〕次君：次子，指柴子芳的儿子柴赋嘉。

戏柬贾小芸员外四首〔一〕

屡索槟榔诧忽须〔二〕，更堪携客扰郇厨〔三〕。知君故意邀吾辈，自显罗敷夫婿殊〔四〕。小芸是日拉往其岳家张枫廷员外宅午饭〔五〕，余力辞。

〔一〕柬：意为寄柬、寄信。贾小芸：贾璜，字小芸，号冷香，山西夏县人。见卷一《赠贾小芸》注释〔一〕。员外：即员外郎。

〔二〕槟榔：《南史·刘穆之传》："穆之少时家贫，诞节嗜酒食，不修拘检。好往妻兄家乞食，多见辱，不以为耻。其妻江嗣女，甚明识，每禁不令往江氏。后有庆会，属令勿来。穆之犹往，食毕求槟榔。江氏兄弟戏之曰：'槟榔消食，君乃常饥，何忽须此？'妻复截发市肴馔，为其兄弟以饷穆之，自此不对穆之梳沐。及穆之为丹阳尹，将召妻兄弟，妻泣而稽颡以致谢。穆之曰：'本不匿怨，无所致忧。'及至醉饱，穆之乃令厨人以金柈贮槟榔一斛以进之。"

〔三〕郇厨：唐代韦陟，袭封郇国公，厨中多美味佳肴，故称郇厨。

〔四〕罗敷夫婿殊：汉乐府《陌上桑》："秦氏有好女，自名为罗敷。……东方千余骑，夫婿居上头。……盈盈公府步，冉冉府中趋。坐中数千人，皆言夫婿殊。"

〔五〕张枫廷：张翊宸，字枫廷，江苏铜山人，云贵总督张亮基之子，候选郎中，曾任直隶口北道、清河道。

一弓摇曳两弦吟〔一〕，不藉铃声得雨淋〔二〕。是日遇雨。寄语射洪陈正字〔三〕，能文何事破胡琴〔四〕。王向甫比部胡琴最工〔五〕。

〔一〕一弓：即胡琴弓子。两弦：即二弦胡琴，又名二胡。

〔二〕铃声：段安节《乐府杂录》："《雨霖铃》者，因唐明皇驾回至骆谷，闻雨淋銮铃，因令张野狐撰为曲名。"

〔三〕陈正字：陈子昂（661—702），字伯玉，梓州射洪（今四川省射洪县）人。曾任麟台正字、迁右拾遗。唐代著名诗人。

〔四〕何事：何故、为何。破胡琴：《唐诗纪事》卷八："陈子昂初入京，不为人知。有卖胡琴者，价百万；豪贵传视，无辨者。子昂突出，顾左右曰：'辇千缗市之'。众惊问，答曰：'余善此乐。'皆曰：'可得闻乎？'曰：'明日可集宣阳里。'如期偕往，则酒肴毕具，置胡琴于前，食毕，捧琴语曰：'蜀人陈子昂，有文百轴，驰走京轂，碌碌尘土，不为人知。此乐贱工之役，岂宜留心。'举而碎之，以其文轴遍赠会者。一日之内，声华溢都。"

〔五〕比部：明清时期对刑部及其司官的称呼。

莫问开头与反唇〔一〕，两人同此詈申申〔二〕。纵令人世均无恨，刘四谁云可骂人〔三〕。小芸与刘小山虞部相骂〔四〕，几至挥拳。

〔一〕反唇：唇动，表示心中不服。

〔二〕詈申申：喋喋不休地骂。

〔三〕刘四：《旧唐书·刘祎之传》："（刘祎之）父子翼，善吟讽，有学行……性不容非，朋僚有短常面折之。友人李伯药常称曰：'刘四虽复骂人，人都不恨。'"

〔四〕虞部：工部虞衡司官员，掌山泽、桥道、舟车、织造、券契、衡量等事。

定子当筵拨恨声〔一〕,烧槽玉手可怜生〔二〕。不缘金凤衔花曲〔三〕,争得词人录小名。歌者陈喜凤琵琶。

〔一〕定子:唐宰相牛僧孺的侍女,善奏琵琶。李商隐(一作杜牧)《定子》:"檀槽一抹广陵春,定子初开睡脸新。却笑吃虚隋炀帝,破家亡国为何人。"

〔二〕烧槽:琵琶名。

〔三〕金凤衔花:琵琶上所画图画。唐薛逢《听曹刚弹琵琶》:"不知天上弹多少,金凤衔花尾半无。"

满洲同年常小轩屯田,今总宪皂荫坊先生犹子也。〔一〕
总宪新遇丧明之痛,小轩又将假归热河,
祖席口号三首送之,实以留之云〔二〕

中年谢傅近无欢〔三〕,玉树生阶差自宽〔四〕。为告封胡休远去〔五〕,祺前屡后劝加餐〔六〕。

〔一〕同年:科举时代称同榜或同一年考中者。常小轩:常山,字伯仁,号小轩,镶黄旗满洲人。屯田:明清工部屯田清吏司官员。总宪:明清时期都察院左都御史的别称。皂荫坊:皂保(1810—1882),字荫方,满洲镶黄旗人,道光进士,曾任都察院左都御史,晚年官至刑部尚书,与桑春荣主持平反昭雪了著名的杨乃武与小白菜冤案,轰动一时。犹子:侄子。

〔二〕丧明之痛:丧子之悲。《礼记·檀弓上》:"子夏丧其子而丧其明。"热河:今河北承德。祖席:饯行的宴席。口号:随口吟成。

〔三〕谢傅:谢安(320—385),字安石。陈郡阳夏(今河南太康)人,东晋著名政治家,去世后赠太傅、庐陵郡公,故称谢傅。此处代指皂保。无欢:《晋书·王羲之传》:"谢安尝谓羲之曰:'中年以来,伤于哀乐,与亲友别,辄作数日恶。'"

〔四〕玉树生阶:《世说新语·言语》:"谢太傅问诸子侄:'子弟亦何预人事,而正欲使其佳?'诸人莫有言者。车骑答曰:'譬如芝兰玉树,欲使其生于庭阶耳。'"

〔五〕封胡:封指谢韶,胡指谢朗,都是谢安的侄子。《世说新语·贤媛》:"王凝之谢夫人既往王氏,大薄凝之。既还谢家,意大不说。太傅慰释之曰:'王郎,逸少之子,人材亦不恶,汝何以恨乃尔?'答曰:'一门叔父,则有阿

大、中郎。群从兄弟，则有封、胡、遏、末。不意天壤之中，乃有王郎！'"

〔六〕棋前屐后：《晋书·谢安传》："玄等既破坚，有驿书至，安方对客围棋，看书既竟，便摄放床上，了无喜色，棋如故。客问之，徐答云：'小儿辈遂已破贼。'既罢，还内，过户限，心喜甚，不觉屐齿之折，其矫情镇物如此。"

君家正有狄梁公〔一〕，只合宽心住药笼〔二〕。未必当归胜远志〔三〕，劝君今日且从容。

〔一〕狄梁公：狄仁杰（630—700），字怀英，并州太原（今山西太原市）人，唐代著名政治家。死后追赠司空、梁国公，故称狄梁公。此处代指皋保。

〔二〕只合：只应。住药笼：即药笼中物，比喻备用的人才。《新唐书·元行冲传》："君正吾药笼中物，不可一日无也。"

〔三〕当归、远志：《三国志·姜维传》裴松之注引孙盛《杂记》："初，姜维诣亮，与母相失。复得母书，令求当归。维曰：'良田百顷，不在一亩。但有远志，不在当归也。'"

词人例合作屯田〔一〕，柳岸新词柳七填〔二〕。我道哥哥行不得〔三〕，当筵代唱《鹧鸪天》〔四〕。

〔一〕词人：擅长填词的文人。屯田：此处既指宋代著名词人柳永，又指常小轩，因二人都担任屯田员外郎，又都是词人。

〔二〕柳岸新词：指柳永《雨霖铃》："今宵酒醒何处？杨柳岸，晓风残月。"柳七：柳永，因其在家中排行第七，故名柳七。

〔三〕哥哥行不得：传说鹧鸪的啼叫之声类似"行不得也哥哥"。

〔四〕《鹧鸪天》：词牌名，又名《思佳客》《思越人》《醉梅花》等。

和贾小芸寓斋即目原韵〔一〕

兀坐蕉窗绿浸裾〔二〕，寓公应亦爱吾庐〔三〕。导行旌节栽花处〔四〕，倚读瓶笙试茗余〔五〕。十笏龛成诗界拓〔六〕，一垆香好睡魔祛〔七〕。何时许赁皋通庑〔八〕，愿为钞书代小胥〔九〕。

〔一〕贾小芸：贾璜，字小芸。见前《赠贾小芸》注释〔一〕《戏柬贾小芸员外四首》注释〔一〕。

〔二〕兀坐：危坐，端坐。绿浸裾：苏轼《赠孙莘老七绝·其二》："天目山前绿浸裾，碧澜堂上看衔舻。"

〔三〕寓公：本指寄居他国诸侯、贵族，后指寄居他乡的官员、文人。爱吾庐：陶渊明《读山海经十三首·其一》："众鸟欣有托，吾亦爱吾庐。"

〔四〕导行：引导他人行进。旌节：使者所持的节，作为凭信。

〔五〕瓶笙：古人以瓶煎茶，水沸时发音如吹笙。

〔六〕十笏：十块笏板大小的地方，形容空间很狭小。宋楼钥《宿佛日山》："深坐十笏地，一息了千虑。"龛：小屋。

〔七〕睡魔：强烈的睡意。祛：祛除。

〔八〕皋通庑：《后汉书·梁鸿传》："（梁鸿）后至吴，依大家皋伯通，居庑下，为人赁舂。每归，妻为具食，不敢于鸿前仰视，举案齐眉。伯通察而异之，曰：'彼佣以使其妻敬之如此，非凡人也。'乃方舍之于家。鸿潜闭著书十余篇。"

〔九〕小胥：即钞胥，专任誊写的小吏。

墨牡丹障子为王槐堂孝廉题　原题云仿新罗山人〔一〕

名花艳冶拟环妃〔二〕，几见身披坏色衣〔三〕。每笑山阴田水月〔四〕，墨丸涂染美人颐〔五〕。

〔一〕墨牡丹：水墨牡丹。障子：题有文字或画有图画的整幅绸布。王槐堂：生平不详。新罗山人：华喦（1682—1756），字德嵩，后更字秋岳，号白沙道人、新罗山人，扬州画派的代表人物之一。

〔二〕艳冶：美丽鲜明。拟：比拟。环妃：指杨玉环。

〔三〕坏色衣：本为佛教术语。坏色，即非正色。僧人的袈裟避开青黄赤白黑之五正色，用非正色制成。坏色共有三种，即青坏色、黑坏色、木兰坏色。

〔四〕田水月：徐渭（1521—1593），字文长，号青藤老人、青藤道士、天池生、天池山人等，绍兴府山阴（今浙江绍兴）人。明代著名画家、文学家。他擅长画花卉，曾画过墨牡丹。他的名字"渭"字拆开是田水月三字，故他也常在作品上署名田水月。

〔五〕美人：此处指牡丹。颐：面颊。

如何便作解醒看〔一〕，滴粉搓酥几日残〔二〕。见说新罗工墨戏〔三〕，风姿绝世效颦难〔四〕。

〔一〕解弢：即解弢馆，华喦在西湖边上盖有"解弢馆"，故后世常以解弢、解弢馆代指华喦。

〔二〕滴粉搓酥：形容女子浓艳的装饰。

〔三〕新罗：新罗山人，指华喦。墨戏：随意而成的写意画。

〔四〕效颦：即东施效颦，比喻不考虑条件而盲目模仿。

自题所作画

泉声瀄破平芜〔一〕，大好岚光澹欲无〔二〕。政有高人支脚坐〔三〕，一窗松影读《阴符》〔四〕。

〔一〕瀄瀄：流水之声。韩愈《蓝田县丞厅壁记》："水瀄循除鸣。"平芜：草木丛生的平原旷野。

〔二〕岚光：山间雾气经过日照之后发出的光彩。澹：通"淡"，浅淡。

〔三〕政有：正有。

〔四〕《阴符》：即《阴符经》，又名《黄帝阴符经》，道教经书，旧题黄帝撰，伊尹、太公、范蠡、张良等注，显然系托名。最早出现于唐代，唐李筌为之作注，是一部论述王政和军事的著作。

送乔翰卿大令游天津就幕南皮八首录三〔一〕

雨霁山光俨画图〔二〕，故人辞我赋《骊驹》〔三〕。轻舠满载春明梦〔四〕，红蓼香中到葛沽〔五〕。

〔一〕乔翰卿：乔骏，字翰卿，山西安邑人，同治七年（1868）进士，以书法见长。大令：对县令的尊称。就幕：担任幕僚。南皮：今河北南皮县。

〔二〕俨：俨然，很像。

〔三〕《骊驹》：古诗《骊驹》："骊驹在门，仆夫具存；骊驹在路，仆夫整驾。"也被称为《骊歌》，意为告别之歌。

〔四〕轻舠：轻舟。舠，船形如刀的小舟。春明：即春明门，古长安城门名，借指京城。

〔五〕红蓼：红蓼花，一年生草本植物，多生水边，花呈淡红色。葛沽：地名，即今天津市葛沽镇。

东海扬帆大谢奇〔一〕，南皮较射五官宜〔二〕。归来试解奚囊看〔三〕，定有鲸鱼掣得时〔四〕。

〔一〕东海扬帆：宋敕器之《敕器之诗话》："谢康乐如东海扬帆，风日流丽。"大谢：谢灵运，南北朝著名诗人，与谢朓并称"大小谢"。

〔二〕南皮较射：曹丕《与朝歌令吴质书》："每念昔日南皮之游，诚不可忘。既妙思六经，逍遥百氏，弹棋间设，终以六博，高谈娱心，哀筝顺耳。驰骛北场，旅食南馆，浮甘瓜于清泉，沈朱李于寒水。"五官：指曹丕，曾担任五官中郎将，故称。

〔三〕奚囊：诗囊。李商隐《李贺小传》："（李贺）每旦日出，与诸公游，恒从小奚奴，骑距驴，背一古破锦囊，遇有所得，即书投囊中。"

〔四〕鲸鱼掣得时：杜甫《戏为六绝句》："或看翡翠兰苕上，未掣鲸鱼碧海中。"

少年便赋芙蓉镜〔一〕，故里犹饶苜蓿盘〔二〕。怪底轻离安邑市〔三〕，天涯何处觅猪肝〔四〕。君即安邑人，前两年掌教本邑书院。

〔一〕芙蓉镜：段成式《酉阳杂俎续集·支诺皋中》："相国李公固言，元和六年下第游蜀，遇一老姥，言：'郎君明年芙蓉镜下及第，后二纪拜相，当镇蜀土，某此时不复见郎君出将之荣也。'明年，果然状头及第，诗赋题有人镜芙蓉之目。后二十年，李公登庸。"

〔二〕苜蓿盘：王定保《唐摭言·闽中进士》："时开元东宫官僚清淡，令之以诗自悼，复纪于公署曰：'朝旭上团团，照见先生盘。盘中何所有？苜蓿长阑干。'"后用以形容小吏或教师生活的清苦贫寒。

〔三〕怪底：惊怪、奇怪。安邑：古县名，在今山西省运城盐湖区。

〔四〕猪肝：《后汉书·周黄徐姜等传序》："〔闵仲叔〕客居安邑。老病家贫，不能得肉，日买猪肝一片，屠者或不肯与，安邑令闻，敕吏常给焉。"

虞部刘小山大兄见问诗法，酒次成转韵体答之〔一〕

鹔裘貂帽水部郎〔二〕，迟我金尊琥珀光〔三〕。自踞胡床诵小说〔四〕，精神不减东阿王〔五〕。燕都十月霜威冷〔六〕，美酒羊羔替苦茗〔七〕。轰饮兼听作雄谈〔八〕，剑光霍霍逼人醒。却忆髫龄肩试时〔九〕，一堂雪战斗英姿。咸丰十年冬〔十〕，学使江夏彭子嘉师按临至平阳〔十一〕，天大雪，吾辈幼童凡五人，提堂面试。骤惊杜牧风流句〔十二〕，稷山杜英三拔贡时十六岁。坐爱王戎简要词〔十三〕。河津王凤笙解元时十三岁。君家兄弟号联璧〔十四〕，呵冻书成片玉策〔十五〕。君年十五岁，令弟小渠比部十四岁〔十六〕。贱子齿稚最末行〔十七〕，谈笑赋成日未夕。余时十二岁，于诸君中最幼也。才声一日喧郡城〔十八〕，夹毂人看那得行〔十九〕。吾辈小时俱盛气〔二十〕，只能彼此一通名〔二十一〕。归来十载不相见，百里而遥各异县〔二十二〕。闻道诸君共一龙〔二十三〕，何甘自作不鸣雁〔二十四〕。今年同踏软红尘〔二十五〕，面目依然肺腑亲〔二十六〕。只此浑浑有雅致〔二十七〕，便应尽尔瓮头春〔二十八〕。为君画作的卢马〔二十九〕，知是支公心爱者〔三十〕。却更殷殷问作诗，岂非执抑多问寡〔三十一〕。尝云此事有元音〔三十二〕，勿论疾书与苦吟〔三十三〕。弹扣虚空成气象，销融破碎得胸襟。映发安能泥处所〔三十四〕，苍茫非必啸俦侣〔三十五〕。铿然天籁齐横吹〔三十六〕，隽绝人寰汉乐府〔三十七〕。芳草生池挹自然〔三十八〕，杂花发树状鲜妍〔三十九〕。清新不在添僧字〔四十〕，秾郁岂因忆妓船〔四十一〕。果有高怀余远眺，脱喉便抵苏门啸〔四十二〕。若无奇气寄长征，吹角奚关边塞调。诗教良须如是观，为君计者定何难。此中况乃极渊博，读史兼能读稗官〔四十三〕。古者多文便曰富〔四十四〕，非论鸣玉与衣绣。何哉坐是掩文名〔四十五〕，里语徒称财力厚。愿君已博更贯穿〔四十六〕，囊中原足买书钱。千金散尽来还易〔四十七〕，一往不留此盛年〔四十八〕。噫嘻狂歌聊尔尔〔四十九〕，欹崎历落君应喜〔五十〕。酒阑不复著言辞〔五十一〕，冷月窥窗吾醉矣。

〔一〕虞部：工部虞衡司官员，掌山泽、桥道、舟车、织造、券契、衡量等事。刘小山：山西平阳太平（今山西襄汾）人，刘笃敬之兄。诗法：诗歌的创作方法和规律。酒次：宴饮之际。转韵：也称"换韵"，指同一首诗中由押某个韵换押别的韵。

〔二〕鹔裘：即鹔鹴裘，珍贵的雁毛编织成的皮衣。水部：明清时期对工部司官的尊称，此处指刘小山。

〔三〕迟：招待、接待。琥珀光：形容美酒色如琥珀。李白《客中作》："但使主人能醉客，不知何处是他乡。"

〔四〕胡床：古代一种可以折叠、方便携带的坐具。诵小说：《魏略》载："太祖遣（邯郸）淳诣（曹）植。植初得淳甚喜，延入坐，不先与谈。时天暑热，植因呼常从取水自澡讫，傅粉。遂科头拍袒，胡舞五椎锻，跳丸击剑，诵俳优小说数千言讫，谓淳曰：'邯郸生何如邪？'"

〔五〕东阿王：即曹植，曹植曾被封为东阿王。

〔六〕燕都：即北京，北京曾为燕国都城，故称燕都。

107

〔七〕苦茗：苦茶。

〔八〕轰饮：狂饮。宋贺铸《六州歌头》："轰饮酒垆，春色浮寒瓮。"

〔九〕髫龄：幼年。扃试：科举考试中考生各自封闭一室答题。扃，闭门。

〔十〕咸丰十年：即1860年。

〔十一〕学使：学政。彭子嘉：即彭瑞毓（1812—1877），字子嘉，湖北江夏县人。咸丰二年（1852）进士，翰林院编修，咸丰八年主考山西乡试，并任山西学政，后出任云南粮道。工诗文，善绘画。平阳：即清平阳府，在今山西临汾市。

〔十二〕杜牧风流句：乾隆《养心殿杏花》："因思杜牧风流句，又见清明时节花。"

〔十三〕王戎：王戎（234—305），字濬冲。琅琊临沂（今山东临沂）人。魏晋时期著名文人，竹林七贤之一。简要：《世说新语·赏誉》："吏部郎阙，文帝问其人于钟会，会曰：'裴楷清通，王戎简要，皆其选也。'于是用裴。"

〔十四〕联璧：并列的美玉。《周书·韦孝宽传》："以功除浙阳郡守。时独孤信为新野郡守，司荆州，与孝宽情好款密，政术俱美，荆部吏人号为'联璧'。"

〔十五〕片玉策：《晋书·郤诜传》："郤诜，字广基，济阴单父人也。……累迁雍州刺史。武帝于东堂会送，问诜曰：'卿自以为何如？'诜对曰：'臣举贤良对策，为天下第一，犹桂林之一枝，昆山之片玉。'帝笑。"

〔十六〕小渠：即刘笃敬（1848—1920），字缉臣，号小渠。见卷一《三月晦日送刘小渠比部旋里》注释〔一〕。

〔十七〕齿稚：年幼，未成年。

〔十八〕喧：轰动。

〔十九〕夹毂：夹车，站在车两旁。汉乐府《相逢行》："相逢狭路间，道隘不容车。不知何年少？夹毂问君家。"

〔二十〕盛气：傲慢自大、气势凌人。

〔二十一〕通名：说出自己姓名。

〔二十二〕各异县：汉乐府《饮马长城窟行》："他乡各异县，辗转不相见。"

〔二十三〕一龙：《世说新语·品藻》："诸葛瑾弟亮及从弟诞，并有盛名，各在一国。于时以为'蜀得其龙，吴得其虎，魏得其狗'。"

〔二十四〕不鸣雁：《庄子·山木》："庄子行于山中，见大木，枝叶盛茂。伐木者止其旁而不取也。问其故，曰：'无所可用。'庄子曰：'此木以不材得终其天年。'夫子出于山，舍于故人之家。故人喜，命竖子杀雁而烹之。竖子请曰：'其一能鸣，其一不能鸣，请奚杀？'主人曰：'杀不能鸣者。'"

〔二十五〕软红尘：热闹繁华之处。苏轼《次韵蒋颖叔、钱穆父从驾景灵宫二首》："半白不羞垂领发，软红犹恋属车尘。"作者自注："前辈戏语，有西湖风月不如东华软红香土。"

〔二十六〕肺腑亲：心意相通、彼此亲近。

〔二十七〕浑浑：浑厚淳朴。雅致：高雅的情趣。

〔二十八〕瓮头春：本义为初熟酒，后泛指好酒。岑参《喜韩樽相过》诗："瓮头春酒黄花脂，禄米只充沽酒资。"

〔二十九〕的卢马：《三国志·蜀志·先主备传》裴松之注引《世语》："备屯樊城，刘表礼焉，惮其为人，不甚信用。曾请备宴会，蒯越、蔡瑁欲因会取备，备觉之，伪如厕，潜遁出。所乘马名的卢，骑的卢走，堕襄阳城西檀溪水中，溺不得出。备急曰：'的卢，今日危矣，可努力。'的卢乃一踊三丈，遂得过。"

〔三十〕支公：支遁（314—366），字道林，世称支公，也称林公，东晋高僧。《世说新语·言语》："支道林常养数匹马。或言道人畜马不韵，支曰：'贫道重其神骏。'"

〔三十一〕扨抑：谦抑、谦让。多问寡：《论语·泰伯》："曾子曰：以能问于不能，以多问于寡；有若无，实若虚，犯而不校。昔者吾友尝从事于斯矣。"

〔三十二〕元音：纯正完美之音。清袁枚《随园诗话》卷四："夫诗为天地元音，有定而无定，到恰好处，自成音节。"

〔三十三〕疾书：书写迅速。苦吟：反复吟咏、苦心推敲。

〔三十四〕映发：辉映。泥：拘泥。

〔三十五〕啸俦侣：招呼同伴。啸，招呼。

〔三十六〕铿然：声音响亮有力。齐横吹：疑当为"梁横吹"，《乐府诗集》有《梁鼓角横吹》，收录大量北朝民歌。

〔三十七〕隽绝：卓异绝伦。汉乐府：即汉代的乐府民歌。

〔三十八〕芳草生池：谢灵运《登池上楼》："池塘生春草，园柳变鸣禽。"把：取。

〔三十九〕杂花发树：丘迟《与陈伯之书》："暮春三月，江南草长，杂花生树，群莺乱飞。"

〔四十〕添僧字：《诗话总龟》："贾岛初赴举，在京师。一日，于驴上得句云：'鸟宿池边树，僧敲月下门'。始欲'推'字，又欲做'敲'，炼之未定。

于驴上吟哦，引手作推敲之势，观者讶之。时韩退之权京尹伊，车骑方出，岛不觉，行至第三节。俄为左右拥至尹前。岛具对所得诗句。韩立马良久，谓岛曰：'作"敲"字佳矣。'遂并辔而归，共论诗道，留连累日，因与岛为布衣之交。"

〔四十一〕忆妓船：白居易《西湖留别》："绿藤阴下铺歌席，红藕花中泊妓船。"

〔四十二〕苏门啸：《晋书·阮籍传》："籍尝于苏门山遇孙登，与商略终古及栖神导气之术。登皆不应，籍因长啸而退。至半岭，闻有声若鸾凤之音，响乎岩谷，乃登之啸也。"

〔四十三〕稗官：《汉书·艺文志》："小说家者流，盖出于稗官。街谈巷语，道听途说者之所造也。"稗官本义是一种小官，负责搜集街头巷尾的杂谈。后用稗官代指小说野史。

〔四十四〕多文便曰富：《礼记·儒行》："不祈多积，多文以为富。"

〔四十五〕坐是：因此。

〔四十六〕贯穿：贯通。

〔四十七〕"千金"句：李白《将进酒》："天生我材必有用，千金散尽还复来。"

〔四十八〕盛年：陶渊明《杂诗十二首·其一》："盛年不重来，一日难再晨。"

〔四十九〕聊尔尔：姑且如此。

〔五十〕嶔崎历落：比喻人品格奇崛俊伟。《世说新语·容止》："周伯仁道桓茂伦，嶔崎历落，可笑人。"

〔五十一〕酒阑：酒宴将尽。

　　明末吾邑上邱村赵加爵字璘玉[一]，与弟加品乞食养病母。母殁庐墓三年[二]，每饭必哭奠焉。一时无识不识咸称曰孝子。赵四郎初父工医术，至是四郎嗣业益精。洎闯氛日逼[三]，逃山中。众谓孝子所止，必有神守护，故随之者常数百千人。四郎独部署饮食之，卒不遇寇。康熙中，同里朱小晋司农，与家少宰起斋公合词奏于朝，乃得以巡检官辽东，孝子之名大噪天下矣[四]。崔子高学使居与比邻[五]，为作传。徐卧云山人摭其事迹绘为图，凡七番，国初诸老题咏者册厚盖尺余矣。[六]光绪初元，其元孙翔凤仲翔官中书,出册重装池之。[七]余为征海内名宿,诗亦甚夥,与原册埒厚[八]。仲翔仍丐余作,乃逐七图各系以诗,诗亦无定格,期于达意而已[九]

负米谣

原第一图,曰"负米百里"。盖孝子父行医蒲、解间[十],日得升斗,必使负归贻母,孝子时裁十一岁耳[十一]。

吁嗟复吁嗟,阿娘在家劚田麻[十二],麻子落满地。扶犁不任伤其臂[十三],吁嗟阿娘娘臂伤。父医良,父在蒲反或解梁[十四],日日得米一囊儿负回。儿臂尚强,阿娘道儿扛不起。但看阶下两黑蚁,扛去一粒米,比身大几倍,儿之负米正如此。阿娘煮饭儿饥矣,今日负归二百里,明日再往二百里。

〔一〕吾邑:山西闻喜县。
〔二〕庐墓:父母去世后,服丧期间在墓旁搭小屋居住,守护坟墓。
〔三〕闯氛:指明朝末年的李自成(闯王)起义。
〔四〕朱小晋:朱裴,字小晋,号裴公,山西闻喜人,顺治三年进士,官至工部侍郎。《清史稿》有传。司农:户部尚书的别称。朱裴未在户部任职,此处当系作者记忆有误。少宰:明清时常用作吏部侍郎的别称。起斋公:杨永宁,字地一,号起斋,山西闻喜人,顺治九年进士,官至吏部侍郎。合词:联名上书。巡检:即巡检使,明清时期,凡镇市、关隘要害处都设立巡检司,一般秩正九品,归县令管辖。
〔五〕崔子高:崔尔仰,字子高,顺治十五年进士,历任吏部员外郎、户部郎中,担任过四川乡试主考。
〔六〕徐卧云:画家,山西闻喜人,生平不详。摭:搜集。七番:七幅。
〔七〕光绪初元:即光绪元年(1875)。元孙:玄孙。翔凤仲翔:赵翔凤,字仲翔,曾任中书科中书。装池:装裱书画的一种技艺。
〔八〕埒厚:厚度相等。埒,同等。
〔九〕丐:请求。达意:表达心意。
〔十〕蒲、解:蒲指蒲州,在今山西永济市;解指解州,在今山西运城盐湖区解州镇。

〔十一〕裁：同"才"，仅仅。

〔十二〕阿娘：母亲。劚田：挖掘田土。

〔十三〕不任：不能胜任。

〔十四〕蒲反：地名，旧说舜帝都城所在，在清之蒲州。解梁：地名，传说春秋时晋国贵族所建之城，在清之解州。

哺饭歌〔一〕

原弟二图曰"哺饭七年"。盖孝子母病瘫痪，每食必使弟拥背而自以口哺之，凡七年云。

母齿危，母臂痿，母唤荷荷知母饥〔二〕。枣糕豆粥烹露葵〔三〕，扶母倚床跪进之。母思下咽苦伸脰〔四〕，羹饭蓬蓬气馈馏〔五〕。口口嚼碎送入喉，生儿岂嫌儿口臭。饥鼠窥壁雀噪檐，垂涎半盏黄米泔。舍汝残沸汝慢吃〔六〕，穴中老饕正自馋〔七〕。我亦不向黄花洞〔八〕，为母祈寿饭僧众。黄花洞，梁时志公尝卓锡于此〔九〕，即在上邱村南。

〔一〕哺饭：喂饭。

〔二〕荷荷：象声词，模拟说话含糊不清的样子。

〔三〕露葵：莼菜的别名。

〔四〕伸脰：伸脖子。脰，脖颈。

〔五〕馈馏：蒸饭。

〔六〕舍：施舍。残沸：剩饭。

〔七〕老饕：贪吃之人，此处指饥鼠、麻雀。

〔八〕黄花洞：在山西闻喜桐城镇上邱村南。

〔九〕志公：即志公禅师（418—514），又称"宝志""保志"，南北朝齐、梁时高僧。卓锡：僧人居留为卓锡。卓，植立；锡，僧人所用锡杖。

挽车吟

原弟三图曰"挽车觅食"。崔《传》中有曰〔一〕："母既病废，孝子将出营食〔二〕，则左右无人。乃乞钱为母制一车，兄弟或推或挽之，丐食近村，得食则跪进母，歌舞车前为母寿〔三〕。"

112

咿哑声来四椎轮[四]，双条绳迹碾绿春。阿弟力推阿兄挽，牛衣严覆龙钟人[五]。柳阴踠地朝未歇[六]，丽旭胧胧射皓发[七]。洮河水碧冷淘时[八]，沃国烟清寒食节[九]。隐辚震耳集童媪[十]，糍团炊饼掷多少[十一]。嚼余密裹衣上絮，驮去深藏窑边草。晚霞绚艳照村明，夹路杂花引归程。辘轳转入柿林去[十二]，扫叶共炊仁里鲭[十三]。

〔一〕崔《传》：指崔子高为孝子所作的传记。

〔二〕营食：寻食，求食。

〔三〕为母寿：为母祝寿。

〔四〕椎轮：本义为原始的无辐车轮，此处指简陋的车轮。

〔五〕牛衣：用麻或草编织成的为牛御寒的护衣。龙钟人：身体衰老之人，指孝子之母。

〔六〕踠地：形容柳树弯曲斜垂着地的样子。

〔七〕丽旭：光辉的初升之日。皓发：白发。

〔八〕洮河：山西闻喜县的一条大河。

〔九〕沃国：即曲沃古城，在今山西曲沃县，距闻喜不远。寒食节：中国的传统节日，在清明节前一两日，据说是为纪念春秋贤臣介子推而设。这一天要吃冷食，不能开火做饭。

〔十〕隐辚：象声词，车马杂沓之声。

〔十一〕糍团：用糯米粉制成的糕团。

〔十二〕辘轳：汲取井水用的一种木制设施。以圆木制成，架于井上。此处代指车轮。

〔十三〕仁里：仁者所居住的地方。《论语·里仁》："里仁为美。"鲭：鱼和肉合烧的菜肴。《西京杂记》卷二："五侯不相能，宾客不得来往。娄护、丰辩，传食五侯间，各得其欢心，竟致奇膳，护乃合以为鲭，世称'五侯鲭'，以为奇味焉。"

守窑词

四章[一]。原弟四图曰"守窑待旦"。崔《传》云："家惟一土窑，无门，母卧后兄弟共守门焉。典史巡夜见之[二]，叹息不已，与一刀使备虎狼。"

奉母卧破窑，曲突而厚土[三]。突曲能障风，土厚能遮雨。

窑边兔丝子[四]，宛转不离根[五]。采供阿母睡，兄弟左右蹲。

兄持汲水瓢，弟持爇火篝〔六〕。赠刀作守卫，贤哉此督邮〔七〕。阿母告两儿，弄刀莫伤手。竟夜循刀环〔八〕，不敢按以拇〔九〕。

〔一〕这首诗共分四章。

〔二〕典史：明清时期知县之下掌管缉捕、监狱的属官。

〔三〕曲突：弯曲的烟囱。曲，弯曲。突，烟囱。

〔四〕兔丝子：一种寄生植物。

〔五〕宛转：蜿蜒曲折。

〔六〕爇火篝：燃着火的竹架。

〔七〕督邮：本是汉代时太守的重要属吏，可以代表太守督察县乡，宣达教令，兼管理司狱讼捕亡，此处代指典史。

〔八〕循：抚摩。

〔九〕拇：大拇指。

蒿庐哀〔一〕

原弟五图曰"蒿庐拜墓"。即母死庐墓五年事也。

灼灼东升日，照我华表颠〔二〕。忆昔亲闱在〔三〕，朝厨起炊烟。蒸饼茆屋中，韭卵佐芳鲜。祝哽余几日〔四〕，杳杳归穷泉〔五〕。蚯蚓窃酒浆，乌鹊衔纸钱。痛哭当闷绝〔六〕，坟草青如毡。呜乎儿在此〔七〕，一庐年复年。勿回长者车〔八〕，蒿莱森山阡〔九〕。勿赐仁者粟，禾黍绕墓田。寄言供职者〔十〕，愿迨母也天〔十一〕。

〔一〕蒿庐：草庐，此处指墓前草庐。

〔二〕华表：即华表柱，墓前所立石柱。任昉《述异记》："广州东界文种墓前有石华表柱。"

〔三〕亲闱：父母亲的内室，代指父母。

〔四〕祝哽：贾山《至言》："然而养三老于太学，亲执酱而馈，执爵而酳，祝噎在前，祝哽在后。"祝哽、祝噎，本指天子敬老仪式上专门陪伴于老人身旁祷祝他们不哽不噎的人，后引申为养老、敬老之义。

〔五〕杳杳：昏暗的样子。穷泉：九泉。

〔六〕闷绝：昏倒。

〔七〕儿在此：《晋书·王裒传》："王裒，字伟元，城阳营陵人也。……庐于墓侧，旦夕常至墓所拜跪，攀柏悲号，涕泪著树，树为之枯。母性畏雷，母没，每雷，辄到墓曰：'衰在此。'及读《诗》至'哀哀父母，生我劬劳'，未尝不三复流涕，门人受业者并废《蓼莪》之篇。"

〔八〕长者车：《史记·陈丞相世家》："陈丞相平者，阳武户牖乡人也。少时家贫，好读书，有田三十亩，独与兄伯居。……张负女孙五嫁而夫辄死，人莫敢娶。平欲得之。邑中有丧，平贫，侍丧，以先往后罢为助。张负既见之丧所，独视伟平，平亦以故后去。负随平至其家，家乃负郭穷巷，以敝席为门，然门外多有长者车辙。"

〔九〕森：繁密，用作动词，长满。山阡：陵前墓道。

〔十〕供职：任职。

〔十一〕迨：趁着。母也天：《诗经·柏舟》："母也天只！不谅人只！"母也天只，意为母亲啊，天啊。只，语助词。这句是告诫世人趁着母亲在世好好孝敬。

药肆铭

原弟六图曰"药肆飨亲"。母服阕而嗣父业时也〔一〕。

大药不煮〔二〕，《内则》惟经〔三〕。菽水捐椀〔四〕，乃理葠苓〔五〕。閟尔药肆〔六〕，画像徼灵〔七〕。泽笋挺牖〔八〕，陔兰缛楹〔九〕。十笏闲敞〔十〕，二簏丰盈〔十一〕。垂帘言孝，刀圭佐馨〔十二〕。愿人父母，千载长生。受兹元祃〔十三〕，以寿以康〔十四〕。

〔一〕药肆：药铺。飨亲：祭祀父母。服阕：守丧期满后脱下丧服。

〔二〕大药：道家的金丹。

〔三〕《内则》：《礼记》中有《内则》一篇，记载子女在家中侍奉父母的准则。经：规则、原则。

〔四〕菽水：豆和水。《礼记·檀弓下》："啜菽饮水尽其欢，斯之谓孝。"后代指奉养父母。捐：舍弃、抛弃。椀：木碗。这句意为奉养父母之事也因母亲去世而终止。

〔五〕葠参苓：人参与茯苓，有滋补健身作用的两种中药。

〔六〕閟：关门。

〔七〕徼灵：乞求神灵。

〔八〕泽笋：《二十四孝》："孟宗，字恭武，少孤。母老病笃，冬月思笋煮羹食；宗无计可得，乃往竹林中，抱竹而泣。孝感天地。须臾地裂，出笋数茎，

115

持归作羹奉母，食毕疾愈。"挺膈：挺立窗下。

〔九〕陔兰：晋束皙《补亡诗六首·南陔》："循彼南陔，言采其兰。"李善注："循陔以采香草者，将以供养其父母。"缛楹：长满庭院。缛，繁多。

〔十〕十笏：十块笏板大小的地方。

〔十一〕《易·损》："元吉，无咎……曷之用？二簋可用享。"王弼注："二簋，质薄之器也。行损以信，虽二簋而可用享。"二簋：两簋食物，说明祭品不多。簋，祭祀时盛放黍稷的器皿。

〔十二〕刀圭：中药量药的器具，代指药物。佐馨：增添馨香。

〔十三〕元炁：即元气。

〔十四〕以寿以康：既寿且康。

举孝诗

原弟七图曰"士民佥举"〔一〕。

涑水出崇葭谷〔二〕，至周阳侯城南合于洮〔三〕。其水清绝滔滔，其人忠烈如毋邱镇东〔四〕。乃在闻喜之近郊，毋邱之里曰上邱村〔五〕，流风千古存。忠孝非二致〔六〕，国初赵子以孝闻。尔时知县王景皋、卢士魁〔七〕，乡先生曰杨永宁、朱裴〔八〕。此人皆不轻许可，独于赵子动其怀〔九〕。生孝死孝一身该〔十〕，士民罔不推〔十一〕。二公奏之天子，天子曰俞哉嘉尔行〔十二〕，其试尔才，巡检辽海〔十三〕，敷政无乖〔十四〕。乡有画师徐卧云，七幅绘其真〔十五〕。邻有进士崔子高〔十六〕，一传具其文〔十七〕。题诗作颂海内纷，至今披读若有神。呜乎赵子信有神〔十八〕，将何以答我士民。宜隐佑其子若孙〔十九〕，俱为孝行人。毋邱山兮高入云，涑之水白石粼粼，陵谷变迁〔二十〕，仁里永春〔二十一〕。

〔一〕佥：全、都。举：推举。

〔二〕涑水：河流名，发源于山西西南，流经闻喜县、夏县、运城市等地。崇葭谷：《水经注》卷六："涑水出河东闻喜县东山崇葭谷。"

〔三〕周阳侯城：《水经注》卷六："（涑水）西过周阳邑南"，汉文帝封淮南王刘长舅父赵兼为周阳侯，即此地。在今山西闻喜县东。洮：洮河，闻喜的一条大河。

〔四〕毋邱镇东：即毋邱俭，复姓毋邱，名俭，字仲恭，河东闻喜（今山西闻喜县）人，三国曹魏将领，曾任扬州都督、镇东将军。他忠于曹魏政权，司马师废除魏帝曹芳后，他在淮南起兵反抗，兵败身亡。

〔五〕毋邱之里：毋邱俭的故里。在今山西闻喜县桐城镇上邱村。

〔六〕二致：不一致。

〔七〕王景皋：奉天（今辽宁沈阳）监生，康熙三十年任闻喜县令。卢士魁：生平不详。

〔八〕杨永宁、朱裴：见前诗《负米谣》注释〔一〕。

〔九〕动其怀：触动其心怀。

〔十〕生孝、死孝：刘义庆《世说新语·德行》："王戎、和峤同时遭大丧，俱以孝称。……仲雄曰：'和峤虽备礼，神气不损；王戎虽不备礼，而哀毁骨立。臣以和峤生孝，王戎死孝。'"生孝，指守丧期间完全遵守丧礼规范，但不因为哀痛损害身体。死孝是守丧时不完全合乎丧礼，但极度悲痛，以致身体异常消瘦，只剩骨架。该：完备。

〔十一〕罔：无，没有。推：推崇，推重。

〔十二〕俞哉：表示允许的应答词。《尚书·益稷》："禹曰：'俞哉！帝光天之下，至于海隅苍生，万邦黎献，共惟帝臣。'"嘉尔行：嘉奖你的德行。

〔十三〕巡检辽海：即担任辽东巡检使。见前诗《负米谣》注释〔一〕。

〔十四〕敷政：施政，推行教化。无乖：不要违背。乖，违背。

〔十五〕真：肖像。

〔十六〕崔子高：见前诗《负米谣》注释〔一〕。

〔十七〕具其文：文辞具备。

〔十八〕信：果真。

〔十九〕隐佑：暗中护佑。子若孙：子与孙。若，与。

〔二十〕陵谷变迁：丘陵变深谷，深谷变丘陵，形容世事的巨大变迁。《诗经·小雅·十月之交》："高岸为谷，深谷为陵。"

〔二十一〕仁里：仁者所居住的地方。《论语·里仁》："里仁为美。"永春：永远如春天。

自题所作画三首

折角乌巾扫塔衣〔一〕，携书尽日坐苔矶〔二〕。年来奇字无人问〔三〕，山锁空亭碧四围。

〔一〕折角乌巾：即折角巾，又名林宗巾。《后汉书·郭泰传》："郭泰，字林宗，太原介休人也。……身长八尺，容貌魁伟，褒衣博带，周游郡国。尝于陈梁闲行遇雨，巾一角垫，时人乃故折巾一角，以为'林宗巾'。其见慕皆如此。"扫塔衣：陆游《次韵范参政书怀》："已著山林扫塔衣，洗除仕路剑头炊。"

〔二〕苔矶：长满青苔的石矶。

〔三〕奇字：《汉书·扬雄传》："刘棻尝从雄学作奇字。"

曾闻福地有奇书〔一〕，可欲移家画里居。为报此中人语道，琅環不许俗人租〔二〕。

〔一〕福地：即琅嬛福地。元伊世珍《琅嬛记》记载，西晋著名文人张华曾游于洞宫，遇到一仙人引入石室，见到许多奇书，张华问地名，回答说："琅嬛福地。"

〔二〕琅環：同"琅嬛"。

花围亭子树遮山，一卷横披晥晚间〔一〕。十载尘中牛马走〔二〕，胸襟正不减荆关〔三〕。

〔一〕晥晚：太阳将落山。

〔二〕牛马走：像牛马一样奔波劳碌。唐李宣远《近无西耗》诗："自怜牛马走，未识犬羊心。"

〔三〕荆关：指五代著名山水画家荆浩、关仝。荆浩，字浩然，号洪谷子，河南孟州（河南济源）人，五代画家，常年隐居太行山。他是北方山水画派之祖，代表作品有《匡庐图》《雪景山水图》等。关仝，长安（陕西西安）人，五代画家，作品被称为关家山水，代表作有《关山行旅图》《山溪待渡图》等。

湖南宜章宋蘅少好剑术，里有邪教讲堂，不逞之徒聚焉。〔一〕或以药术迷里中儿，取儿睛。蘅怒纠里人毁其堂，互有歼者。教徒贿官名捕蘅，蘅亡至黔中。〔二〕又念老母弱妹，恐陷狱，乃阴归省。而捕者数百围其宅，蘅孤剑转斗出，威勇、关卒无敢逼者〔三〕。事既解，绘《仗剑入关》《出关》二图志其痛。其同邑吴醉琴农部与余善，代为索题，乃各系以诗〔四〕

鬼子何敢尔〔五〕，壮士有如此。紫气缠客星〔六〕，剑在身不死。冲开一丸泥〔四〕，倒提三尺水〔五〕。看君倭铁刀〔六〕，正似铅刀耳〔七〕。却笑张俭弱〔八〕，望门便投止〔九〕。

右入关图。

〔一〕宜章：地名，在今湖南郴州宜章县。宋蘅：生平不详。邪教讲堂：指西洋教会讲堂。不逞之徒：心怀不满捣乱闹事之人。

〔二〕名捕：指名抓捕。黔中：贵州。

〔三〕戚勇：即乡勇，地方临时招募的军队。

〔四〕吴醉琴：吴楚梁，号醉琴，湖南宜章人。农部：工部屯田司的别称。索题：请求题诗。

〔五〕鬼子：骂人之语，意为鬼东西。《世说新语·方正》："士衡（陆机）正色曰：'我父祖名播海内，宁有不知，鬼子敢尔！'"

〔六〕紫气：紫色霞气，吉祥的征兆。客星：天空中新出现的星，此处代指宋蘅。

〔四〕一丸泥：指可以用极少力量防守的险要关隘。《东观汉记·隗嚣载记》："元请以一丸泥为大王东封函谷关，此万世一时也。"

〔五〕三尺水：比喻剑如水。

〔六〕倭铁刀：日本的武士刀。

〔七〕铅刀：钝刀。

〔八〕张俭：张俭（115—198），字元节，东汉时期名士。汉桓帝时，他曾上书弹劾宦官侯览。后党锢之祸起，他受侯览诬陷被朝廷通缉，他四处逃亡，许多人因为收留他而家破人亡。

〔九〕望门便投止：《后汉书·张俭传》："俭得亡命，困迫遁走，望门投止，莫不重其名行，破家相容。"

若耶水淬赤堇英〔一〕，未许世间有不平〔二〕。千里携来鬼夜哭，十年磨出月失明〔三〕。有客黔中丁窘蹙〔四〕，得君何敢呼君仆。同归为揭广柳车〔五〕，此去何须短后服〔六〕。吴钩一日飞著胸〔七〕，骨肉相逢此夜中。霜刃三更跃出匣，咫尺垣外有伏戎〔八〕。爱丝缕缕一挥断〔九〕，鬼火荧荧四面散〔十〕。山深月黑拔来看，生死天涯终结伴。悬崖矗立天西南，对插一双不见镡〔十一〕。密箐森排岭上下〔十二〕，横磨十万不能函〔十三〕。大剑小剑威关下，彼之剑多吾剑寡。仗君胆气无风鹤〔十四〕，得君尻轮有神马〔十五〕。君是何年铸得成，骈诛魍魉血花腥〔十六〕。当关试一摩挲否，不信旄头无陨星〔十七〕。

119

右出关图。

〔一〕若耶水：即若耶溪，在今浙江绍兴市，传说是春秋时期著名铸剑大师欧冶子铸剑之所。淬：淬炼。赤堇：即赤堇山，在今浙江宁波，传说欧冶子就用此山矿石铸造了许多名剑。《越绝书·越绝外传记宝剑》："当造此剑之时，赤堇之山，破而出锡，若耶之溪，涸而出铜，……欧冶乃因天之精神，悉其伎巧，造为大刑三，小刑二：一曰湛卢，二曰纯钧，三曰胜邪，四曰鱼肠，五曰巨阙。"

〔二〕有不平：贾岛《剑客》："十年磨一剑，霜刃未曾试。今日把示君，谁有不平事。"

〔三〕月失明：剑的光芒使月光黯然失色。

〔四〕丁：遭遇。窘蹙：困窘，局促。

〔五〕揭：驾。广柳车：本义是运送灵柩的大车，后泛指载货大车。

〔六〕短后服：武士所穿的一种服装。

〔七〕吴钩：春秋时期吴国铸造的一种弯刀。

〔八〕垣外：墙外。伏戎：伏兵。

〔九〕"爱丝"句：这句意为毅然放下对家人的爱意离家而去。

〔十〕"鬼火"句：这句意为被打败的敌人四散而逃。

〔十一〕镡：剑柄末端突起的部分。

〔十二〕密箐：茂密的竹林。

〔十三〕横磨：即横磨剑，长而大的利剑。《旧五代史·晋书·景延广传》："晋朝有十万口横磨剑，翁若要战则早来。"函：剑匣。

〔十四〕风鹤：即风声鹤唳，听到风声、鹤叫声都疑心是追兵，形容惊慌失措的样子。

〔十五〕尻轮、神马：以尻骨为轮，以精神为马。《庄子·大宗师》："浸假而化予之尻以为轮，以神为马，予因以乘之，岂更驾哉。"

〔十六〕骈诛：一并诛戮。魍魉：传说中的山中精怪。

〔十七〕旄头：星宿名，古人认为它是"胡星"，胡人的象征，旄头跳跃预示有战争发生。

赠家秋湄学博大兄八首录四〔一〕

蹄涔萦道周〔二〕，潚潚发繁响〔三〕。溟涨包洪纤〔四〕，无声自泱漭〔五〕。怪彼片长徒〔六〕，逢人便技痒。尽罄乃中藏〔七〕，量之得盂盎〔八〕。不辞北海笑〔九〕，仍诩西山爽〔十〕。惟君有若无〔十一〕，胸次巨川广〔十二〕。与人故无争〔十三〕，依然重名享〔十四〕。寄言名子者〔十五〕，浑湛学王昶〔十六〕。

〔一〕家秋湄：即杨笃，号秋湄。见前《赠家秋湄孝廉兄》诗注释〔一〕。

〔二〕蹄涔：牛蹄印中的积水。《淮南子·泛论训》："夫牛蹄之涔，不能生鳣鲔。"萦：萦回，回旋曲折。

〔三〕潚潚：流水的声音。繁响：繁密的声音。

〔四〕溟：大海。洪纤：大小、巨细。

〔五〕泱漭：水势浩瀚的样子。

〔六〕片长：一点长处。

〔七〕尽罄：竭尽，没有剩余。乃中：其中。

〔八〕盂盎：两种放东西的器皿。盂，圆口器皿；盎，口小而腹大的盆。

〔九〕北海笑：《庄子·秋水》："秋水时至，百川灌河，泾流之大，两涘渚崖之间不辨牛马。于是焉河伯欣然自喜，以天下之美为尽在己。顺流而东行，至于北海，东面而视，不见水端。于是焉河伯始旋其面目，望洋向若而叹曰：'野语有之曰："闻道百，以为莫己若者。"我之谓也。且夫我尝闻少仲尼之闻，而轻伯夷之义者，始吾弗信，今我睹子之难穷也，吾非至于子之门，则殆矣，吾长见笑于大方之家。'北海若曰：'井蛙不可以语于海者，拘于虚也；夏虫不可以语于冰者，笃于时也；曲士不可以语于道者，束于教也。今尔出于崖涘，观于大海，乃知尔丑，尔将可与语大理矣。'"

〔十〕诩：夸耀。西山爽：《世说新语·简傲》："王子猷作桓车骑参军。桓谓王曰：'卿在府久，比当相料理。'初不答，直高视，以手版拄颊云：'西山朝来，致有爽气。'"

〔十一〕有若无：《论语·泰伯》："曾子曰：'以能问于不能，以多问于寡，有若无，实若虚，犯而不校，昔者吾友尝从事于斯矣。'"

〔十二〕胸次：胸怀。

〔十三〕无争：《老子》："不自见，故明；不自是，故彰；不自伐，故有功；不自矜，故长。夫唯不争，故天下莫能与之争。"

〔十四〕重名：很大的名望。

〔十五〕名子：为儿子取名。

〔十六〕浑湛学王昶：王昶，字文舒，太原郡晋阳县（今山西太原市）人。三国时期曹魏将领。浑、湛，指王浑和王湛，都是他的儿子。《三国志·王昶传》："其（王昶）为兄子及子作名字，皆依谦实，以见其意，故兄子默字处静，沈字处道，其子浑字玄冲，深字道冲。遂书戒之。"

倚剑望燕台〔一〕，此中忽郁塞。骏骨何时无〔二〕，昭王不易得。我昔乘一马，方瞳掩圆骼〔三〕。金络玉连钱〔四〕，千里直瞬息〔五〕。官路野花紫，长城边月黑。自爱汗血姿〔六〕，不作骄嘶色。颇欲持赠人，无人有马癖〔七〕。乃至强梧年〔八〕，丁卯冬也。遂入绿林贼〔九〕。以此举似君〔十〕，君亦应嚘喑〔十一〕。吾侪老枥下〔十二〕，谁肯走南北。

〔一〕燕台：即战国时期燕昭王所筑的黄金台，故址在今河北易县东南。燕昭王筑此台以招贤纳士，后来乐毅、剧辛等贤才纷纷来到燕国。

〔二〕骏骨：《战国策·燕策》："古之君人，有以千金求千里马者，三年不能得。涓人言于君曰：'请求之。'君遣之，三月得千里马。马已死，买其首五百金，反以报君。君大怒曰：'所求者生马，安事死马而捐五百金！'涓人对曰：'死马且市之五百金，况生马乎？天下必以王为能市马。马今至矣！'于是不能期年，千里之马至者三。"

〔三〕方瞳：方形瞳孔。圆骼：骨骼粗大。

〔四〕金络：金络头。玉连钱：马鞍下有下垂马身两侧的垫子，用来遮挡泥土，叫"障泥"，障泥上的花纹如相连的铜钱，名"连钱"。《世说新语·术解》："王武子善解马性，尝乘一马，著连钱障泥。"

〔五〕直：只，只是。

〔六〕汗血：即汗血宝马，出汗如血。

〔七〕马癖：爱马之癖。《晋书·杜预传》："时王济解相马，又甚爱之，而和峤颇聚敛，预常称'济有马癖，峤有钱癖'。"

〔八〕强梧：又名"强圉"，古人用岁星纪年，为十天干、十二地支都取了专门名称。强梧是丁的专名。丁卯，即同治六年（1867）。

〔九〕绿林贼：西汉末年湖北绿林山一带的一支起义军，后泛指盗匪。

〔十〕举似：讲述、说给。苏轼《赠东林总长老》："夜来八万四千偈，他日如何举似人。"

〔十一〕嚘喑：本义为大声呼叫，此处意为叹息。

〔十二〕吾侪：我辈。枥下：马槽之下。

南园有一树，理坚而心赤〔一〕。实虽充筐筥〔二〕，身奈多棘刺。北国有一树，夭夭粲花红〔三〕。既以荐嘉果〔四〕，又以荫清风。主人将移植，何者宜庭中？谓枣实恶木，谓桃乃佳丛〔五〕。匪主人摈汝〔六〕，实汝自求摈。谁遣草木姿，而外具芒刃〔七〕。我好面折人〔八〕，人益不相信〔九〕。君但微感人〔十〕，受者自无愠。呜乎我师君，久久当有进。

〔一〕理坚：纹理坚实。心赤：树心为赤色，即赤心木。

〔二〕实：果实。筐筥：两种竹器，方形为筐，圆形为筥。

〔三〕夭夭：美丽繁盛的样子。《诗经·周南·桃夭》："桃之夭夭，灼灼其华。"

〔四〕荐：进献。

〔五〕佳丛：嘉木。

〔六〕匪：非，不。摈：排斥、抛弃。

〔七〕芒刃：刀尖、刀刃。

〔八〕面折：当面批评指责。

〔九〕益：更加。

〔十〕微感：暗中触动。

青阳二三月〔一〕，微服游平康〔二〕。女儿皆春态〔三〕，三五自相将〔四〕。前者盘龙髻〔五〕，后者堕马妆〔六〕。朱樱发艳曲〔七〕，玉笋弄清商〔八〕。娟娟秋水外〔九〕，有女蛾眉长。上无金钿钗，下无罗衣裳。坐使深闺秀〔十〕，不如大道倡。此语不忍道，道之令君伤。

〔一〕青阳：春天。孟浩然《岁暮归南山》："白发催年老，青阳逼岁除。"

〔二〕平康：唐代长安有平康坊，是妓女聚集的地方。

〔三〕春态：青春洋溢的样子。

〔四〕相将：相随、相伴。

〔五〕盘龙髻：弯曲盘绕的发型。

〔六〕堕马妆：即堕马髻，魏晋时期流行的一种偏垂在一边的发型，像快要落马的样子，故名"堕马髻""坠马髻"。据说"堕马髻"是东汉权臣梁冀之妻孙寿的发明。《后汉书·梁冀》："（孙）寿色美而善为妖态，作愁眉，啼妆，堕马髻，折腰步，龋齿笑，以为媚惑。"

〔七〕朱樱：比喻美女之口如红色的樱桃。

〔八〕玉笋：比喻美女的手指如洁白的笋牙。

〔九〕娟娟秋水：杜甫《寄韩谏议注》："美人娟娟隔秋水，濯足洞庭望八荒。"

〔十〕坐使：致使。

题黄太守采芝图八首录四〔一〕

现身真在此山中〔二〕，莫莫歌成唱未终〔三〕。甪绮东园都不似，黄公只是夏黄公〔四〕。

〔一〕黄太守：生平不详。太守，明清时期对知府的别称。采芝：采摘芝草。据说芝草为神草，服之可得长生。

〔二〕"现身"句：这句意为图中所画人物好像就是黄太守，他现身于画中的山里。

〔三〕莫莫歌成：秦朝末年，四皓东园公、甪里先生、绮里季、夏黄公四人见秦政苛虐，于是隐居商洛，人称"商山四皓"。据《古今乐录》载，他们曾作《紫芝歌》曰："莫莫高山，深谷逶迤。晔晔紫芝，可以疗饥。"

〔四〕"黄公"句：这句意为黄太守很像商山四皓中的夏黄公。这里作者以一个"黄"字巧妙关联二人。

君家旧有谢公墩〔一〕，谓令叔尚书公。拂拂庭阶兰玉存〔二〕。寄语逶迤深谷者〔三〕，休疑此草本无根〔四〕。

〔一〕谢公墩：即谢安墩，在南京冶城北二里，有一土堆，名谢公墩，传说谢安与王羲之曾在此登临眺望。李白《登金陵冶城西北谢安墩》诗自注："此墩即晋太傅谢安与右军王羲之同登，超然有高世之志。"

〔二〕拂拂：轻风吹动的样子。兰玉：即芝兰玉树。《世说新语·言语》：谢太傅问诸子侄："子弟亦何预人事，而正欲使其佳？诸人莫有言者。"车骑答曰："譬如芝兰玉树，欲使其生于庭阶耳。"

〔三〕逶迤：往返徘徊。

〔四〕此草：指芝草。

金光餐罢寿齐天〔一〕，天与名儒驻大年〔二〕。自当陆家杞菊吃〔三〕，不须谤道是神仙。

〔一〕金光：指芝草闪烁金光。

〔二〕名儒：指黄太守。驻大年：即驻年，延缓衰老。

〔三〕陆家杞菊：陆家，陆游。杞菊，枸杞与菊花。陆游《村舍杂书》："我本杞菊家，桑苎亦吾宗。"

南方草木有专书〔一〕，百卉俱详此品无〔二〕。我欲亲从高士问，九茎三秀状何如〔三〕。

〔一〕专书：指晋嵇含的《南方草木状》，一部专门介绍中国南方地区植物的著作。

〔二〕百卉：本义是百草，也指百花。此品：芝草。

〔三〕九茎：《史记·孝武本纪》："夏，有芝生殿防内中。天子为塞河，兴通天台，若有光云，乃下诏曰：'甘泉防生芝九茎，赦天下，毋有复作。'"三秀：灵芝一年开花三次，故称"三秀"。《楚辞·九歌·山鬼》："采三秀兮于山间，石磊磊兮葛蔓蔓。"王逸注："三秀，谓芝草也。"

中秋对月有怀杨大笃蔚州、乔八骏保安州〔一〕

美人隔秋水〔二〕，遥夜同月明。桂树散仙馥，桑乾流客情〔三〕。多文腾虎采〔四〕，晚达迟鸿声〔五〕。何日捉刀手〔六〕，鸾刀亲荐腥〔七〕。

〔一〕杨大笃：即杨笃，因杨在家中排行为首，故称。杨笃，见《赠家秋湄孝廉兄》一诗注释〔一〕。蔚州：即今河北省蔚县。杨笃此时在蔚州。乔八骏：即乔骏，乔在家中排行第八，故称。乔骏，字翰卿，山西安邑人，同治七年（1868）进士。保安州：清代州县名，在今河北省涿鹿县。

〔二〕美人隔秋水：杜甫《寄韩谏议注》："美人娟娟隔秋水，濯足洞庭望八荒。"美人：品德高尚的县人，指杨笃和乔骏。

〔三〕桑乾：桑乾河，发源于山西北部，流经河北，注入渤海。

〔四〕虎采：虎皮上的花纹。

〔五〕晚达：晚年得官。迟：等待。鸿声：很大的名声。郭璞《赠潘尼》诗："擢颖盖汉阳，鸿声骇皇室。"

〔六〕捉刀：即代人捉刀。《世说新语·容止》："魏武将见匈奴使，自以形陋，不足雄远国，使崔季珪代，帝自捉刀立床头。既毕，令间谍问曰：'魏王何如？'匈奴使答曰：'魏王雅望非常；然床头捉刀人，此乃英雄也。'魏武闻之，追杀此使。"

〔七〕鸾刀：古代祭祀时用来割牲的刀，刀环上有铃铛。亲荐腥：亲自进献腥肉。

和陈小农计部秋晚元韵〔一〕

残阳忽西匿〔二〕，城市若疏林。积雨将寒至〔三〕，停云向夜深。蟹倾高士酒〔四〕，雁度故人琴〔五〕。有客孤灯里，怀归千里心。

〔一〕陈小农：陈福绶，字邺斋，号小农，山东荣县人，户部候选员外郎，有《邺斋文集》。元韵：原韵。

〔二〕西匿：隐藏于西方，即西落。

〔三〕将：带。

〔四〕"蟹倾"句：《世说新语·任诞》："毕茂世云：'一手持蟹螯，一手持酒杯，拍浮酒池中，便足了一生。'"

〔五〕"雁度"句：琴柱排列如雁行。欧阳修《生查子》："雁柱十三弦，一一春莺语。"

和许韵堂同年秋怀元韵二首〔一〕

一往深情唤奈何〔二〕，非关《薤露》与《阳阿》〔三〕。馨香远路谁能致〔四〕，哀感中年顷已多〔五〕。不忿浮名消福尽，更堪沈痼带秋过〔六〕。日来新得排愁法，自唱曹公对酒歌〔七〕。

〔一〕许韵堂：许德裕，字益甫，号韵堂，浙江德清人，同治举人，著有《游梁诗草》《慈佩轩类编》等。

〔二〕唤奈何：《世说新语·任诞》："桓子野每闻清歌，辄唤'奈何！'谢公闻之曰：'子野可谓一往有深情。'"

〔三〕《薤露》与《阳阿》：两种比较高雅的乐曲。宋玉《对楚王问》："客有歌于郢中者，其始曰《下里》《巴人》，国中属而和者数千人。其为《阳阿》《薤露》，国中属而和者数百人。其为《阳春》《白雪》，国中有属而和者，不过数十人。"

〔四〕"馨香"句：《古诗十九首·庭中有奇树》："馨香盈怀袖，路远莫致之。"

〔五〕哀感中年：《世说新语·言语》："谢太傅语王右军曰：'中年伤于哀乐，与亲友别，辄作数日恶。'"顷：近来。

〔六〕沈痼：积久难治之病。

〔七〕曹公对酒歌：曹操《短歌行》："对酒当歌，人生几何。"

露坐凄清对月明〔一〕，空堂容易又三更〔二〕。短檠张夜双鱼讯〔三〕，长笛横秋一雁声〔四〕。屠贩亦侯惭术误〔五〕，钓游有侣觉官轻〔六〕。雄飞雌伏寻常事〔七〕，戒向人间号善鸣〔八〕。

〔一〕露坐：露天而坐。

〔二〕容易：形容某种事物发展变化很快。

〔三〕短檠：短灯架，后泛指小灯。双鱼：汉乐府《饮马长城窟行》："客从远方来，遗我双鲤鱼。呼儿烹鲤鱼，中有尺素书。"

〔四〕一雁声：杜甫《月夜忆舍弟》："戍鼓断人行，边秋一雁声。"

〔五〕屠贩亦侯：屠者贩夫也封侯。屠，屠者。贩，贩夫。《新唐书·中宗八女传》："（安乐公主）与太平等七公主皆开府，而主府官属尤滥，皆出屠贩。"

〔六〕钓游：垂钓、游玩。

〔七〕雄飞雌伏：《后汉书·赵典传》："大丈夫当雄飞，安能雌伏！"

〔八〕善鸣：韩愈《送孟东野序》："乐也者，郁于中而泄于外者也，择其善鸣者而假之鸣。金、石、丝、竹、匏、土、革、木八者，物之善鸣者也。维天之于时也亦然，择其善鸣者而假之鸣。是故，以鸟鸣春，以雷鸣夏，以虫鸣秋，以风鸣冬。四时之相推夺，其必有不得其平者乎！其于人也亦然。人声之精者为言，文辞之于言，又其精也，尤择其善鸣者而假之鸣。"

无题

当日鸣声彻九皋〔一〕，稻粱分得饷寒号〔二〕。如今一一飞天鹤，非复氄毸旧羽毛〔三〕。

〔一〕九皋：曲折的水泽。《诗·小雅·鹤鸣》："鹤鸣于九皋，声闻于天。"

〔二〕饷：赠送、馈赠。寒号：寒号鸟。

〔三〕氃氋：形容羽毛松散的样子。

出塞行

大螺岌岌刺晴蒙〔一〕，高下槲隐长城红〔二〕。女墙缭曲关势雄〔三〕，辇路分峙九骊宫〔四〕。一径行人鞯覆狨〔五〕，书生善骑有军容。花榆鞍子悬雕弓〔六〕，鞭丝剑匣意雍雍〔七〕。自笑频年度卢龙〔八〕，眼中落落谁适从〔九〕。独念别业在关东，先人耕牧称素封〔十〕。洎余头脑殊冬烘〔十一〕，泽有牛羊术未工〔十二〕。好读已自得途穷〔十三〕，远宦更将减产空〔十四〕。今又遇讼讼终凶，耻争魑魅安得聋〔十五〕。誓将解组出蠮螉〔十六〕，短衣射猎磬椎峰〔十七〕。磬椎峰在热河。《水经注》云："武列水东南历石挺下，挺在层峦之上，孤石云举，临崖危峻，可高百馀仞。"即此。虾菜香与辽海同〔十八〕，山间榛栗欲成丛〔十九〕。名场热客可怜虫，速去勿复溷乃公〔二十〕。

〔一〕大螺：此处形容山的形状如大螺一般。岌岌：高大的样子。晴蒙：指时晴时雨的天空。

〔二〕槲：一种落叶乔木。隐：遮蔽。

〔三〕女墙：城头上的矮墙，呈凹凸形状。缭曲：迂回曲折。

〔四〕辇路：天子车驾经过的道路。九骊宫：众多的行宫。九，虚指多数。骊宫：唐代建于骊山的行宫，又名华清宫，此处指河北承德的避暑行宫。

〔五〕鞯覆狨：狨皮制成的鞍垫。刘克庄《生日和竹溪二首》："宿昔银鞍狨覆鞯，今骑秧马垦荒田。"

〔六〕花榆鞍子：用花榆木制成的马鞍。花榆：徐珂《清稗类钞》："热河榆木多黄色，其有花者名花榆，色较深，与豆瓣楠相似。"

〔七〕意雍雍：仪态雍容。

〔八〕频年：连续几年。卢龙：指卢龙塞，在今河北喜峰口附近，是河北通往东北的重要通道。

〔九〕落落：形容孤独、与人不合的样子。适从：跟从。

〔十〕素封：没有官爵封邑却比封君富有的人。

〔十一〕洎：到。冬烘：糊涂、迂腐。

〔十二〕术未工：不懂经营之道。

〔十三〕途穷：处境困窘。

〔十四〕减产：损耗产业。

〔十五〕魑魅：山林中害人的鬼怪，代指小人。

〔十六〕解组：解下印绶，意为辞官而去。蠮螉：指蠮螉塞，居庸关的别名，在今北京市昌平区西北。

〔十七〕磬椎峰：在今河北省承德市东部。

〔十八〕虾菜：水产菜肴的泛称。辽海：辽河以东至海地区。

〔十九〕榛栗：榛，一种落叶小乔木，果实叫榛子。栗，树名，果实是板栗。

〔二十〕溷：打扰。乃公：傲慢的自称语。

寄秋湄蔚州志局二首〔一〕

塞垣西望暮天青〔二〕，昴毕分中见客星〔三〕。晋乘藩篱先志代〔四〕，案蔚州古代国。史才根柢在穷经〔五〕。孰齐环极无双品〔六〕，谓魏敏果公也。此直行山弟几陉〔七〕。郡国志兼耆旧传〔八〕，居然尽出子云亭〔九〕。

〔一〕秋湄：即杨笃，字秋湄。见《赠家秋湄孝廉兄》一诗注释〔一〕。蔚州：在今河北省蔚县。志局：各地负责编撰地方志的部门。此时杨笃在蔚州主持纂修《蔚州志》。

〔二〕塞垣：边关城墙。

〔三〕昴毕：二十八星宿中的昴星和毕星。在古代天文学中，昴、毕是冀州的分野。蔚州在冀州，正是杨笃所在之处。客星：天空新出现的星星，代指代指客人或客居者。

〔四〕晋乘：先秦时晋国的史书称"乘"。《孟子·离娄下》："晋之《乘》，楚之《梼杌》，鲁之《春秋》，一也。"因晋国在山西，所以此处的晋指山西。蔚州原来也属山西省，后划归河北。藩篱：边界、屏障。代：代国，中国历史上有多个代国，先秦时有周朝分封的诸侯国代国，西汉前期有分封的同姓诸侯代国，都在蔚县一带。

〔五〕根柢：根本、基础。穷经：钻研儒家经典。

〔六〕环极：魏象枢（1617—1687），字环极（一作环溪），号庸斋，又号寒松，谥敏果。蔚州（今河北省蔚县）人，官至左都御史、刑部尚书，清初著名清官、学者，著有《寒松堂全集》九卷。品：品格。

〔七〕行山：太行山。陉：山脉中断处。太行山有著名的太行八陉，都是重要的军事关隘。

〔八〕耆旧传：德高望重之人的传记。东晋时期史学家习凿齿著有《襄阳耆旧传》。此处意为杨笃的《蔚州志》有《人物志》一门，记录了不少蔚州历史上德高望重的人物。

〔九〕子云亭：四川绵阳有子云亭，用以纪念汉代著名学者杨雄。因杨雄与杨笃都姓杨，此处用杨雄代指杨笃。案：杨雄的"杨"，多写作"扬"，两字差异较大。

迩来书体半冬烘〔一〕，君志宏州迥不同〔二〕。君前撰《西宁县志》，有声畿辅间〔三〕。人表古今班固例〔四〕，水详西北郦元功〔五〕。剜苔寺墓碑痕绿，削稿衙斋烛影红〔六〕。此日重膺书局寄〔七〕，勉求文笔媲寒松〔八〕。蔚旧志乃敏果所撰，故云。

〔一〕迩来：近来。书体：此处指历史著作的体例。

〔二〕宏州：即弘州，辽时所设，后废；清时改名西宁县，属直隶省宣化府，即今河北阳原县。迥不同：大不同。

〔三〕有声：有声誉。畿辅：京都附近的地方。

〔四〕人表古今：班固的《汉书》中有《古今人表》，按照人物的品行，把古代人物分为九个品级。

〔五〕水：河流、水利。郦元：郦道元，北魏著名地理学家，著有《水经注》。

〔六〕削稿：删改定稿。

〔七〕膺：担当，接受重任。寄：委任，托付。

〔八〕寒松：魏象枢，寒松是他的号。他曾主持纂修康熙年间的《蔚州志》。

送许韵堂南归二首〔一〕

三年米价贵长安〔二〕，一日西风返故山〔三〕。大好龟莼龙鹤菜〔四〕，垂虹亭下劝加餐〔五〕。

〔一〕许韵堂：即许德裕，字益甫，号韵堂。见前《和许韵堂同年秋怀元韵二首·其一》注释〔一〕。

〔二〕米价贵长安：唐张固《幽闲鼓吹》："白尚书（白居易）应举，初至京，以诗谒著作顾况，顾睹姓名，熟视白公，曰：'米价方贵，居亦弗易。'乃披卷，首篇曰：'离离原上草，一岁一枯荣，野火烧不尽，春风吹又生。'即嗟赏曰：'道得个语，居即易矣。'因为之延誉，声名大振。"

〔三〕西风：秋风。《世说新语·识鉴》："张季鹰辟齐王东曹掾，在洛，见秋风起，因思吴中菰菜羹、鲈鱼脍，曰：'人生贵得适意尔，何能羁宦数千里以要名爵！'遂命驾便归。"

〔四〕龟莼：葵莼的别名。李时珍《本草纲目》："莼生南方湖泽中，惟吴越人善食之。叶如荇菜而差圆，形似马蹄。……春夏嫩茎未叶者名稚莼，稚者小也。叶稍舒长者名丝莼，其茎如丝也。至秋老则名葵莼。"龙鹤菜：苏轼在《龙鹤菜帖》中提到的一种菜羹。苏轼《龙鹤菜帖》："新春龙鹤菜美羹有味，举箸想复见忆耶。"

〔五〕垂虹亭：在今江苏苏州吴江区垂虹桥上。

风来北固剪江时〔一〕，舴艋声中鬓欲丝〔二〕。今日重吟怀古句〔三〕，青山蹙蹙佛狸祠〔四〕。君前有《北固怀古》诗，甚工。

〔一〕北固：即北固山，在今江苏省镇江市东北。剪江：横渡大江。

〔二〕舴艋：一种形似蚱蜢的小船。鬓欲丝：鬓发将白。丝，白发。

〔三〕怀古句：指许德裕的《北固怀古》诗。

〔四〕蹙蹙：参差起伏的样子。苏轼《九日黄楼作》："烟消日出见渔村，远水鳞鳞山蹙蹙。"佛狸祠：古祠名，在今南京东南瓜埠山上。南朝宋元嘉二十七年（450），魏武帝拓跋焘于建康（今南京）击败宋军之后，在瓜埠山上建立行宫，后来变为佛狸祠。佛狸是拓跋焘的小名。

鞠歌行四首〔一〕

酹酒金台下〔二〕，泪落心惨伤。易求惟昌国〔三〕，难得乃昭王。霸图一例滔滔水〔四〕，东望棘城西楼桑〔五〕。古人已矣伤春目，岁岁蓟邱春草长〔六〕。意者燕市今犹有狗屠〔七〕，愿从痛饮击剑去，不愿三十尚为儒。

〔一〕《鞠歌行》：乐府旧题，在《乐府诗集》中属《相和歌辞》，陆机《鞠歌行》序："按《汉宫阁》有含章鞠室、灵芝鞠室，后汉马防第宅卜临道，连阁、通池、鞠城，弥于街路。《鞠歌》将谓此也？"

〔二〕酹酒：以酒浇地，表示祭奠。金台：即黄金台，在今河北易县东南，燕昭王为招贤纳士而筑此台。

〔三〕昌国：乐毅，战国时期燕国名将，被封昌国君，他辅佐燕昭王振兴燕国，统率燕国等五国联军，连下齐国七十余城。

〔四〕霸图：霸业。一例：一律、同等。

〔五〕棘城：地名，在今辽宁义县西，东晋太兴二年（319）十二月，鲜卑慕容廆在此地击败了高句丽、段氏、宇文氏三方联军。楼桑：楼桑村，在今河北涿州市，此地是刘备的故乡。《三国·蜀志·先主传》："先主（刘备）舍东南角篱上有桑树，高五丈余，遥望童童如车盖，先主少时，常与族中诸儿戏于树下，后因称楼桑里。"

〔六〕蓟邱：古燕国都城所在，在今北京城西德胜门外。

〔七〕燕市、狗屠：《史记·刺客列传》："荆轲既至燕，爱燕之狗屠及善击筑者高渐离。荆轲嗜酒，日与狗屠及高渐离饮于燕市，酒酣以往，高渐离击筑，荆轲和而歌于市中，相乐也，已而相泣，旁若无人者。"

吾昔年十二，号为千里驹〔一〕。常思蹑足青云上〔二〕，岂有下民敢侮予〔三〕。大来渐渐更事久〔四〕，忽复嗒然丧其耦〔五〕。剑敌一人书记姓〔六〕，所箸只堪覆酱瓿〔七〕。如此头颅欲何为〔八〕，只应闭户学雌守〔九〕。呜乎当时神骏姿〔十〕，岂意今成牛马走〔十一〕。

〔一〕千里驹：《汉书·楚元王传》："德（刘德）字路叔，修黄老术，有智略。少时数言事，召见甘泉宫，武帝谓之'千里驹'。"

〔二〕蹑足：踏足。

〔三〕下民敢侮予：《诗经·豳风·鸱鸮》："迨天之未阴雨，彻彼桑土，绸缪牖户。今女下民，或敢侮予？"

〔四〕更事：经历世事。

〔五〕嗒然丧其耦：生气索然好像精神脱离身体。《庄子·齐物论》："南郭子綦隐机而坐，仰天而嘘，嗒焉似丧其耦。"

〔六〕"剑敌"句：《史记·项羽本纪》："项籍少时，学书不成，去；学剑，又不成。项梁怒之。籍曰：'书足以记名姓而已。剑一人敌，不足学，学万人敌。'于是项梁乃教籍兵法，籍大喜，略知其意，又不肯竟学。"

〔七〕覆酱瓿：盖酱坛。《汉书·扬雄传下》："巨鹿侯芭常从雄居，受其《太玄》《法言》焉，刘歆亦尝观之，谓雄曰：'空自苦！今学者有禄利，然尚不能明《易》，又如《玄》何？吾恐后人用覆酱瓿也。'雄笑而不应。"

〔八〕如此头颅：刘过《书越州能仁寺壁》："流年转眼一飞梭，如此头颅奈老何。"

〔九〕雌守：《老子》第二十八章："知其雄，守其雌，为天下溪。"

〔十〕神骏姿：杜甫《画鹘行》："写作神骏姿，充君眼中物。"

〔十一〕牛马走：像牛马一样奔波劳碌。

曳裾富人堂[一]，金多欲相役[二]。结客少年场[三]，酒酣动遭叱[四]。至竟悠悠谁可亲[五]？愤极归家自休息[六]。秋树根头日醉哦[七]，眉宇高寒照空碧[八]。二八文婢气如兰[九]，笑倚吟声吹玉笛[十]。多谢二豪莫相轻[十一]，如此高韵不易得[十二]。

〔一〕曳裾：拖着衣襟。《汉书·邹阳传》："今臣尽智毕议，易精极虑，则无国不可奸；饰固陋之心，则何王之门不可曳长裾乎。"

〔二〕金多：多有钱财。《战国策·秦策一》："将说楚王，路过洛阳，父母闻之，清宫除道，张乐设饮，郊迎三十里。妻侧目而视，倾耳而听。嫂蛇行匍伏，四拜自跪而谢。苏秦曰：'嫂，何前倨而后卑也？'嫂曰：'以季子之位尊而多金。'苏秦曰：'嗟乎！贫穷则父母不子，富贵则亲戚畏惧。人生世上，势位富贵，盖可忽乎哉！'"役：驱使。

〔三〕"结客"句：曹植《结客篇》："结客少年场，报怨洛北芒。"这句诗后变为乐府诗题，李白有《结客少年场行》。

〔四〕动：动辄。

〔五〕至竟：究竟。悠悠：众多。

〔六〕归家自休息：鲍照《拟行路难·其六》："弃置罢官去，还家自休息。"

〔七〕醉哦：醉吟。

〔八〕眉宇高寒：陆游《游锦屏山谒少陵祠堂》："虚堂奉祠子杜子，眉宇高寒照江水。"

〔九〕二八：十六岁。文婢：读书识字有文化的婢女。

〔十〕"笑倚"句：微笑着应和吟诗之声而吹奏玉笛。

〔十一〕二豪：指刘伶《酒德颂》中的贵介公子和缙绅处士。刘伶在此文中写了两组人物相互对比。一位是"大人先生"，他"唯酒是务，睥睨万物"。还有两位是贵介公子和缙绅处士，被称作"二豪"，他们则拘泥礼法、道貌岸然。大人与二豪对比鲜明，"二豪侍侧焉，如蜾蠃之与螟蛉。"

〔十二〕高韵：高雅。

久宦减兄产〔一〕，远游废父书〔二〕。仆本农家子，何必怀此都〔三〕。拔刀斫柱誓归去〔四〕，求食不争鹅与鹜〔五〕。身后名与身外事，蹀躞十年被尔误〔六〕。陆沈金马门〔七〕，不异虱处裈〔八〕。念此世间无穷已〔九〕，中夜涟洏不能言〔十〕。

〔一〕久宦减兄产：《史记·张释之列传》："张廷尉释之者，堵阳人也，字季。有兄仲同居。以赀为骑郎，事孝文帝，十岁不得调，无所知名。释之曰：'久宦减仲之产，不遂。'欲自免归。"

〔二〕远游废父书：这句意为长期远游使得父亲多次浪费书信询问。废，浪费。

〔三〕怀：留恋。此都：京城。

〔四〕拔刀斫柱：鲍照《拟行路难·其六》："对案不能食，拔剑击柱长叹息。"

〔五〕鹅与鹜：《战国策·齐策》："管燕得罪齐王，谓其左右曰：'子孰而与我赴诸侯乎？'左右嘿然莫对。管燕连然流涕曰：'悲夫，士何其易得而难用也！'田需对曰：'士三食不得餍，而君鹅鹜有余食；下宫糅罗纨，曳绮縠，而士不得以为缘。且财者，君之所轻；死者，士之所重。君不肯以所轻与士，而责士以所重事君，非士易得而难用也！'"这句意为不与鹅、鹜之类的小人争求食。

〔六〕蹀躞：往来徘徊。

〔七〕陆沈：本义陆地无水而沉，此处比喻被埋没，不被人知。金马门：汉代未央宫宫门，也是学士待诏之处。《史记·滑稽列传·褚少孙补东方朔传》："东方朔……时坐席中，酒酣，据地歌曰：'陆沉于俗，避世金马门。宫殿中可以避世全身，何必深山之中，蒿庐之下。'金马门者，宦者署门也，门傍有铜马，故谓之曰'金马门'。"

〔八〕虱处裈：阮籍《大人先生传》："汝独不见夫虱之处于裈之中乎！深缝匿乎坏絮，自以为吉宅也。行不敢离缝际，动不敢出裈裆，自以为得绳墨也。饥则啮人，自以为无穷食也。然炎丘火流，焦邑灭都，群虱死于裈中而不能出。汝君子之处区之内，亦何异夫虱之处裈中乎！"

〔九〕无穷已：没有尽头。

〔十〕涟洏：形容涕泪交流的样子。

滦阳怀人诗十五首〔一〕

经义群推井大春〔二〕,谁因学富念官贫。仪真悔识月斋晚〔三〕,阮文达尝叹"张硕舟为硕儒",见《与何子贞书》〔四〕。硕舟者,吾乡张月斋先生穆也。宰相胡应失此人〔五〕。右乡宁杨秋湄广文笃〔六〕。

〔一〕滦阳:河北承德市的别称。因承德在滦河之北,故名滦阳。

〔二〕井大春:井丹,字大春,东汉初期著名经学家。《后汉书·逸民传·井丹》:"井丹,字大春,扶风郿人,少受业太学,通五经,善谈论,京师为之语曰:'五经纷纶井大春。'性清高,未尝修刺候人。"

〔三〕仪真:指阮元。月斋:指张穆。见前《赠家秋湄孝廉兄》一诗注释〔二〕、〔八〕。

〔四〕何子贞:何绍基。见前《赠家秋湄孝廉兄》注释〔六〕。

〔五〕"宰相"句:《新唐书·骆宾王传》云:"(骆宾王)为敬业传檄天下,斥武后罪。后读,但嘻笑,至'一抔之土未干,六尺之孤安在',矍然曰:'谁为之?'或以宾王对,后曰:'宰相安得失此人!'"

〔六〕广文:明清时期称教官为广文。

清远吴兴代有人〔一〕,难将花草比精神。君诗胜处君能道〔二〕,政似蘪芜冒雨春〔三〕。右德清许韵堂孝廉德裕。孝廉旧有"人随鸿雁向阳去,春逐蘪芜冒雨生"句。

〔一〕清远吴兴:清远,山水清明开阔。吴兴,三国时有吴兴郡,在今浙江省湖州市吴兴区。王士禛《题赵承旨画羊》:"曷来清远吴兴地,忽忆苍茫敕勒秋。"

〔二〕胜处:好处。

〔三〕政似:正似。蘪芜:一种香草,又名江蓠,叶子风干可作香料。

太史昔时在北边〔一〕,骊歌送我杏花天〔二〕。余壬申春自热河西归,君时未第,游幕祖道四律〔三〕,诵之不觉感泣也。今秋重过销魂处〔四〕,一读君诗一黯然。右桐乡金元植太史星桂〔五〕。

〔一〕太史:翰林的别称。明清时期修史之事由翰林负责,故称翰林为太史。北边:此处指热河。

〔二〕骊歌：古诗《骊驹》："骊驹在门，仆夫具存；骊驹在路，仆夫整驾"。也被称为《骊歌》，意为告别之歌。

〔三〕祖道：为行者祭祀路神并送行。

〔四〕销魂：江淹《别赋》："黯然销魂者，唯别而已。"

〔五〕金元植：金星桂，字元植，浙江省桐乡县（今桐乡市）人，光绪二年进士，曾任翰林院编修、刑科给事中。

边生经笥亦诗囊〔一〕，北曲悲歌慨以慷〔二〕。鹞子飞天群雀寂〔三〕，不容凡鸟说文章〔四〕。右任丘边竹村水部保枢〔五〕。君有《拟北齐横吹》诸曲〔六〕。

〔一〕边生：边保枢，字拙存，号水村，直隶任丘（今河北任丘市）人。经笥：博通经书的人。《后汉书·文苑传上·边韶》："腹便便，《五经》笥。"诗囊：李商隐《李贺小传》："（李贺）每旦日出，与诸公游，恒从小奚奴，骑距驴，背一古破锦囊，遇有所得，即书投囊中。"

〔二〕北曲：北朝乐府民歌。慨以慷：曹操《短歌行》："慨当以慷，忧思难忘。"

〔三〕鹞子飞天：《企喻歌二首·其一》："男儿欲作健，结伴不须多。鹞子经天飞，群雀两向波。"

〔四〕凡鸟：《世说新语·简傲》："嵇康与吕安善，每一相思，千里命驾。安后来，值康不在，喜出户延之，不入，题门上作'凤'字而去。喜不觉，犹以为欣故作。凤，凡鸟也。"此处以"凡鸟"代指俗人。

〔五〕水部：明清时对工部司官的别称。

〔六〕《拟北齐横吹》：《乐府诗集》中无《北齐横吹》，北朝民歌大多收入《梁鼓角横吹曲》。

记得旗亭酒一瓢〔一〕，君家兄弟阿龙超〔二〕。而今惆怅南云暮，不见扬州皂荚桥〔三〕。右萧县张枫廷员外翊宸〔四〕。君近居扬州。

〔一〕旗亭：酒楼。古代酒楼悬挂旗子作招牌，所以叫旗亭。

〔二〕君家兄弟：作者这首诗所怀之人是张亮基之子张翊宸，张亮基有四子：向宸、光宸、翊宸和拱宸。阿龙超：《世说新语·企羡》："王丞相拜司空，桓廷尉作两髻，葛裙策杖，路边窥之，叹曰：'人言阿龙超，阿龙故自超！'不觉至台门。"阿龙是王导的小名。此处作者借以赞美张翊宸兄弟风度过人。

〔三〕皂荚桥：晁补之《扬州杂咏七首·其五》："皂荚村南三里许，春江不隔一程遥。双堤斗起如牛角，知是隋家万里桥。"

〔四〕张枫廷：张翊宸，字枫廷，江苏铜山人，云贵总督张亮基之子，候选郎中，曾任直隶口北道、清河道。

梦里同填《双豆》词〔一〕，碧云笺纸界乌丝〔二〕。君工填词，自制纸曰"碧云馆笺"。不知秦七与黄九〔三〕，甚事关人日日思〔四〕。右夏县贾小芸水部璜〔五〕。

〔一〕《双豆》：即《红双豆》，词牌名，又名《长相思》《相思令》，原本是唐教坊乐曲。

〔二〕界乌丝：即乌丝栏，卷册上黑线画成的界栏，线细如发丝，故名乌丝栏。

〔三〕秦七：秦观，字少游，号太虚，北宋著名词人。因在家中排行第七，故名秦七。黄九：黄庭坚，字鲁直，号山谷，北宋著名诗人、词人。因在家中排行第九，故称黄九。陈师道《后山诗话》："今代词手，惟秦七黄九耳，唐诸人不迨也。"

〔四〕甚事关人：即关人甚事，即今日之"关你什么事"。

〔五〕贾小芸：贾璜，字小芸。见卷一《赠贾小芸》第一首注释〔一〕。

《杂诗》风格自堂堂〔一〕，不著心源傍景阳〔二〕。莫问同衔杯酒未〔三〕，谈君便觉齿生香〔四〕。右荣城陈小农户部福绥〔五〕。君近著《杂诗》数十章。

〔一〕堂堂：形容气势弘大。

〔二〕不著心源：元稹《酬孝甫见赠十首·其二》："怜渠直道当时语，不著心源傍古人。"不著，不将。著，将。心源，心性。傍：依赖他人。景阳：张协，字景阳，安平武邑（今属河北）人。西晋文学家，与其兄张载、其弟张亢合称"三张"。他创作了一组《杂诗》，成就很高，影响很大。这句意为陈小农的《杂诗》能够自出心裁，不依赖古人张协。

〔三〕同衔杯酒：耿湋《立春日宴高陵任明府宅》："且共衔杯酒，陶潜不得归。"衔杯：口含酒杯，即饮酒。

〔四〕齿生香：即口齿生香，意为意味隽永，耐人寻味。

〔五〕陈小农：陈福绥，字小农。见前《和陈小农计部秋晚元韵》注释〔一〕。

绮语禅心两两兼〔一〕，病中参彻《首楞严》〔二〕。君病中从余受《楞严》要义。诸君听唱《黄金缕》〔三〕，何减瞿夷花笑拈〔四〕。右仁和蔡黼臣比部世佐〔五〕。君近制《蝶恋花》词,倩余书之。

〔一〕绮语:华美的文辞。禅心:寂定之心。

〔二〕参彻:参透、领悟。《首楞严》:即《楞严经》,又称《首楞严经》《大佛顶首楞严经》等,唐般剌密谛译,共十卷,是佛教的一部极为重要的经典。

〔三〕《黄金缕》:词牌名,又名《蝶恋花》《凤栖梧》等,原是唐教坊舞曲,后用作词牌。

〔四〕瞿夷:即瞿昙,佛祖释迦牟尼的姓氏。因为释迦牟尼是印度人,所以称作"瞿夷"。花笑拈:即拈花微笑。《五灯会元》卷一:"世尊于灵山会上,拈花示众。是时众皆默然,唯迦叶尊者破颜微笑。世尊曰:'吾有正法眼藏,涅槃妙心,实相无相,微妙法门,不立文字,教外别传,付嘱摩诃迦叶。'"

〔五〕蔡黼臣:蔡世佐,字黼臣,浙江仁和(今并入杭州市)人,光绪六年进士,改翰林院庶吉士,后任山西阳曲知县。

具有渊源虔礼谱〔一〕,羌无故实子荆诗〔二〕。才名翻被书名掩〔三〕,谁见雨零秋草时〔四〕。右襄陵孙石癖水部毓秀〔五〕。

〔一〕虔礼谱:指孙过庭《书谱》。虔礼:孙过庭(646—691),名虔礼,字过庭,以字行,杭州富阳(今属浙江)人,唐代书法家、书法理论家,著有《书谱》。《书谱》是初唐时期的一部重要的书法理论著作,内容广博,涉及书法艺术各个重要方面,见解高超,对后世影响深远。

〔二〕羌无故实:不用典故。羌,语助词。钟嵘《诗品序》:"'清晨登陇首',羌无故实;'明月照积雪',讵出经史?"子荆:孙楚,字子荆,太原中都(今山西省平遥县)人,西晋文学家。

〔三〕翻被:反被。书名:擅长书法的名气。

〔四〕雨零秋草:孙楚《征西官属送于陟阳侯作》:"晨风飘歧路,零雨被秋草。"

〔五〕孙石癖:孙毓秀,号石癖,山西襄陵(今山西襄汾)人,生平不详。

居贫特立士无双〔一〕,需次三吴文献邦〔二〕。但祝见闻皆第一,莫同枫落冷吴江〔三〕。右安邑乔翰卿大令骏〔四〕。

〔一〕士无双:《史记·淮阴侯列传》:"诸将易得耳,至如(韩)信者,国士无双。"

〔二〕需次:官员授职后,按照资历依次补缺。三吴:地名,泛指长江下游一带。文献邦：文化繁荣之地。文，历史典籍；献，熟悉典籍的人。

〔三〕枫落冷吴江：唐崔信明断句："枫落吴江冷。"

〔四〕乔翰卿：乔骏，字翰卿，山西安邑人，同治七年（1868）进士，以书法见长。

心香一瓣在停云〔一〕，楷法精能迥不群〔二〕。濯濯王恭春月柳〔三〕，君书秀绝亦如君〔四〕。右太平刘小渠比部笃敬〔五〕。

〔一〕心香一瓣：十分虔诚的（祝愿）。停云：文徵明（1470—1559），原名壁，字徵明，后以字行，更字征仲。斋名停云馆。长州（今江苏苏州）人，明代著名书画家、文学家。

〔二〕精能：精通熟练。迥不群：卓然超绝，与众不同。

〔三〕濯濯：清朗明净的样子。《世说新语·容止》："有人叹王恭形茂者，云：'濯濯如春月柳。'"王恭：字孝伯，太原晋阳（今山西太原）人。东晋大臣，官至前将军、青兖二州刺史，后起兵讨伐司马道子，兵败被杀。

〔四〕秀绝：独特超群。

〔五〕刘小渠：刘笃敬，字小渠。见卷一《三月晦日送刘小渠比部旋里》注释〔一〕。

落落难逢笑口开〔一〕，诗成何处著尘埃〔二〕。寄声当世中郎道〔三〕，貌寝公孙有异才〔四〕。右太谷王粹父农部汝纯〔五〕。

〔一〕落落：孤独，与人难合。难逢笑口开：杜牧《九日齐山登高》："尘世难逢开口笑，菊花须插满头归。"

〔二〕何处著尘埃：《坛经·行由品》："慧能偈曰：菩提本无树，明镜亦非台。本来无一物，何处惹尘埃！"

〔三〕中郎：蔡邕（133—192），字伯喈，陈留郡圉县（今河南杞县）人，东汉著名文学家、学者。曾任左中郎将，故称中郎。

〔四〕貌寝公孙：指王粲。《三国志·王粲传》："献帝西迁，粲徙长安，左中郎将蔡邕见而奇之。时邕才学显著，贵重朝廷，常车骑填巷，宾客盈坐。闻粲在门，倒屣迎之。粲至，年既幼弱，容状短小，一坐尽惊。邕曰：'此王公孙也，有异才，吾不如也。吾家书籍文章，尽当与之。'年十七，司徒辟，诏除黄门侍郎，以西京扰乱，皆不就。乃之荆州依刘表。表以粲貌寝而体弱通侻，不甚重也。"

〔五〕王粹父：王汝纯，字粹父，山西太谷人，户部主事，善诗词，有

《翠柏山房诗草》《醉芙诗余》。

岳色湖南万里青〔一〕，焦桐长与吊湘灵〔二〕。香兰微笑红泉咽〔三〕，落落琴心正尔馨〔四〕。右宜章吴醉琴农部楚梁〔五〕。

〔一〕岳色：山色。

〔二〕焦桐：琴名。东汉蔡邕曾用一块烧焦的桐木造琴，后来常称琴为焦桐。湘灵：湘水之神。传说舜帝二妃娥皇、女英死于湘水，后成为湘水之神。

〔三〕香兰微笑：李贺《李凭箜篌引》："昆山玉碎凤凰叫，芙蓉泣露香兰笑。"

〔四〕琴心：琴声中表达的心意。尔馨：这样，如此。《世说新语·文学》："殷中军尝至刘尹所清言。良久，殷理小屈，游辞不已，刘亦不复答。殷去后，乃云：'田舍儿，强学人作尔馨语。'"

〔五〕吴醉琴：吴楚梁，号醉琴，湖南宜章人。生平未详。

翩翩公子著文声〔一〕，三绝居然一座倾〔二〕。我似并州刘越石〔三〕，悲凉万绪念卢生〔四〕。右天津卢梅初秀才炳麟〔五〕。

〔一〕文声：工于诗文的名声。

〔二〕三绝：指诗、书、画。《新唐书·文艺传·郑虔》："尝自写其诗并画以献，帝大署其尾曰：'郑虔三绝。'"金赵秉文《寄王学士子端》诗："李白一杯人影月，郑虔三绝画诗书。"一座倾：在座之人都钦佩、折服。

〔三〕并州：山西太原古称并州。刘越石：刘琨（271—318），字越石，中山魏昌（今河北无极县）人，晋代政治家、文学家。诗风慷慨悲壮，为人所推重。

〔四〕卢生：卢谌（284—351），字子谅，范阳郡涿县（今河北涿州市）人，东晋十六国时期文学家。他是刘琨好友，刘琨曾写了一首《重赠卢谌》送给他。此处代指作者的友人卢炳麟。

〔五〕卢梅初：卢炳麟，字梅初，天津人。生平不详。

楷法鸥波斗笔姿〔一〕，辱书常道欲相师〔二〕。哀哉呕出心肝后〔三〕，犹据乌皮写拙诗〔四〕。右宜章姚星台上舍棣〔五〕。君于去年以咯血卒。

〔一〕楷：楷书。法：取法。鸥波：赵孟頫（1254—1322），字子昂，号松雪道人，又号水晶宫道人、鸥波，元代著名书画家、诗人。

〔二〕辱书：谦辞，有辱你写信给我。柳宗元《答韦中立论师道书》："辱书云，欲相师。仆道不笃，业甚浅近，环顾其中，未见可师者。"相师：拜我为师。

〔三〕呕出心肝：呕心沥血，苦苦思索。李商隐《李贺小传》："及暮归，太夫人使婢受囊出之，见所书多，辄曰：'是儿要当呕出心乃已尔。'"

〔四〕据：倚靠。乌皮：指乌皮几，一种用黑色小羊皮包裹的桌案。拙诗：我的诗。拙，谦辞，代指自己。

〔五〕姚星台：姚棣，字星台，湖南宜章人。生平不详。上舍：明清时期监生的别称。

自题所作画

深林叠巘隐牛宫〔一〕，略彴弯环处处通〔二〕。槲叶冷翻千嶂溜〔三〕，稻花香飐一川风〔四〕。鱼龙卷水江翻白，燕雀穿云日漏红。闻道故园春不雨〔五〕，聊将泼墨补天功〔六〕。

〔一〕叠巘：重叠的山峰。牛宫：蓄养牛羊猪鸡等家畜的地方。《越绝书·外传记吴地传》："桑里东，今舍西者，故吴所蓄牛羊豕鸡也，名为牛宫。"

〔二〕略彴：小木桥。弯环：弯曲如环。

〔三〕槲叶：槲树的叶子。槲树，一种落叶乔木。溜：小水流。

〔四〕飐：吹动。柳宗元《登柳州城楼寄漳汀封连四州》："惊风乱飐芙蓉水，密雨斜侵薜荔墙。"

〔五〕故园春不雨：光绪三年（1877）、四年（1878），中国北方晋、冀、豫、鲁、秦等地发生大旱灾，史称"丁戊奇荒"，无数民众流离失所，饿死街头。光绪三年春，杨深秀也请假回家救灾。

〔六〕补天功：李贺《高轩过》："殿前作赋声摩空，笔补造化天无功。"

题　画

虚堂寂无人，恐是王官谷〔一〕。春尽不归山，竹柏为谁绿〔二〕。

〔一〕王官谷：在今山西省永济市以东四十里中条山下。晚唐著名诗人司空图曾隐居于此。

〔二〕为谁绿：杜甫《哀江头》："江头宫殿锁千门，细柳新蒲为谁绿？"

除夕感怀四首〔一〕

又送残冬去，飘零尚客中。灯花旧年似〔二〕，爆竹故乡同〔三〕。壮志星犹灿，牢愁雪未融〔四〕。春风无不到，真见几英雄。

〔一〕这组诗作于光绪二年除夕，从诗歌内容看，北方各地旱灾已经开始。

〔二〕灯花：灯芯燃烧时结成花的形状，古人认为是喜事的预兆。

〔三〕爆竹：王安石《元日》："爆竹声中一岁除，春风送暖入屠苏。"

〔四〕牢愁：忧愁、忧郁。

虚生三十岁，自命竟何如。过虑乾坤大〔一〕，空谈日月除〔二〕。哀鸿中泽集〔三〕，异鸟国门居〔四〕。无用成迂阔〔五〕，徒矜万卷书〔六〕。

〔一〕过虑：过分忧虑。

〔二〕除：除夕。

〔三〕哀鸿：哀鸣的大雁，比喻流离失所之人。《诗经·小雅·鸿雁》曰："鸿雁于飞，肃肃其羽。之子于征，劬劳于野。"中泽：即泽中，沼泽之中。《诗经·小雅·鸿雁》："鸿雁于飞，集于中泽。"

〔四〕异鸟国门居：春秋时有名叫"爰居"的海鸟飞到鲁国国门。《国语·鲁语》："海鸟曰'爰居'，止于鲁东门之外二日。臧文仲使国人祭之。"

〔五〕迂阔：不切合于实际。

〔六〕矜：夸耀。

黔首纷沟壑〔一〕，苍苍意未休〔二〕。舟空输粟国〔三〕，辙涸监河侯〔四〕。耗鬼灯难照〔五〕，芳春价不酬〔六〕。遥怜焚柏叶〔七〕，尚欲辟鸺鹠〔八〕。

〔一〕黔首：古代对老百姓的称呼。沟壑：野死之处。

〔二〕苍苍：茫无边际。

〔三〕输粟国：《左传·僖公十三年》："冬，晋荐饥，使乞籴于秦。……秦于是乎输粟于晋，自雍及绛相继，命之曰'泛舟之役'。"输粟：运送谷物。

〔四〕辙涸：干涸的车辙沟。监河侯：《庄子·外物》：庄周家贫，故往贷粟于监河侯。监河侯曰："诺。我将得邑金，将贷子三百金，可乎？"庄周忿然作色曰："周昨来，有中道而呼者。周顾视，车辙中有鲋鱼焉。周问之曰：'鲋鱼来，子何为者耶？'对曰：'我，东海之波臣也。君岂有斗升之水而活我哉？'周曰：'诺！我且南游吴越之王，激西江之水而迎子，可乎？'鲋鱼忿然作色曰：'吾失我常与，我无所处。吾得斗升之水然活耳。君乃言此，曾不如早索我于枯鱼之肆！'"

〔五〕耗鬼：又称虚耗鬼，能够给人招来灾祸的恶鬼，古人除夕有驱残年逐耗鬼的习俗。南朝刘敬叔《异苑》："虚耗鬼所至之处，令人损失财物，库藏空竭。"

〔六〕价不酬：价值难以估算。

〔七〕焚柏叶：古人有除夕点松明、焚烧柏叶守岁的习俗。

〔八〕鸱鹠：猫头鹰，鸱鸮的一种，古人认为是一种不吉利的鸟。

宦情真鲁酒[一]，才笔尚齐纨[二]。往事千般悔，今宵五字安[三]。祭诗权作佛，卜灶不因官[四]。痛饮高歌意[五]，人生贵自宽。

〔一〕宦情：做官的志趣。鲁酒：鲁国出产的酒，味道淡薄。

〔二〕齐纨：齐地出产的白细绢，是一种名贵的丝织品。

〔三〕五字安：卢延让《苦吟》："吟安一个字，捻断数茎须。"五字，五言诗。

〔四〕卜灶：一种民间习俗，即祭灶之后，悄悄外出听人说话以判断来年吉凶。

〔五〕痛饮高歌：杜甫《赠李白》："痛饮狂歌空度日，飞扬跋扈为谁雄。"

春暮得秋湄太原书却寄[一]

美人在雁门[二]，寄我一端绮[三]。春风吹我愁，忽满晋祠水[四]。晋祠春水绿沄沄[五]，万树桃花粲锦云[六]。长亭短亭一百五[七]，茅龙一夜度吟魂[八]。却从天际路，邂逅云中君[九]。月映群帝佩[十]，风摇列仙裙。红尾小凤臆语我，使我手搻碧玉称外臣[十一]。臣家赤野无春草[十二]，麦苗桑叶青欲了[十三]。往日膏腴比龙鳞[十四]，即今灼裂成龟兆[十五]。臣谨顿首伏俯私告[十六]，帝旁玉女何不排青云撒白雨[十七]，使我士女前歌而后舞[十八]。帝乃嘘万里之天风，送我太行之西、洪河之东[十九]。鲸波百丈悬瓮寺[二十]，羊肠九折铜鞮宫[二十一]。美人幽居怨瑶瑟[二十二]，明眸垂泪双玉红。告我春欲尽，寂寞无花丛。台骀之帝子[二十三]，藐姑射之神人[二十四]，赤豹云軿日六簿〔二十五〕,屯膏不下愁吾民〔二十六〕。美人美人尔莫怨,三十六帝余亲见。无须膜拜祝香花〔二十七〕,会有唾咳激竹箭〔二十八〕。君不闻,唐祠峨峨晋水曲〔二十九〕,自昔能为一方福〔三十〕。若令群黎靡孑遗〔三十一〕,至今谁为荐椒菊〔三十二〕。还君锦绣段,持作荒年谷〔三十三〕。不用蓬首怨春归〔三十四〕,行看夏雨生众绿〔三十五〕。

〔一〕秋湄:杨笃,号秋湄。见前《赠家秋湄孝廉兄》注释〔一〕。却寄:回寄。

〔二〕美人:德行高尚的贤人,指杨秋湄。雁门:即雁门关,在今山西代县,此处代指山西太原。

〔三〕寄我一端绮:《古诗十九首·客从远方来》:"客从远方来,遗我一端绮。"

〔四〕晋祠:山西风景名胜,在今山西太原市晋源区,为纪念晋国开国诸侯唐叔虞及其母邑姜而建。

〔五〕汜汜:形容水流汹涌的样子。

〔六〕锦云:彩云。

〔七〕一百五:寒食节。寒食节距冬至有一百零五日,故名。

〔八〕茅龙:仙人所骑的神物。《列仙传》:"呼子先者,汉中关下卜师也,老寿百余岁。临去,呼酒家老妪曰:'急装,当与妪共应中陵王。'夜有仙人,持二茅狗来至,呼子先。子先持一与酒家妪,得而骑之,乃龙也。"吟魂:诗人的魂魄。

〔九〕云中君:云中之神。

〔十〕群帝:道教所说五方之帝,此处泛指群神。

〔十一〕搢:插。碧玉:指碧玉笏板。外臣:古代诸侯国的士大夫对他国君主的自称。

〔十二〕赤野:酷热干旱的田野。此处指光绪三年(1877)、四年(1878)的北方大旱。

〔十三〕青欲了:青色将要消失。了,完结,结束。

〔十四〕膏腴:肥沃。

〔十五〕灼裂:烧裂。龟兆:古代占卜之时龟甲烧裂形成的裂纹。

〔十六〕顿首:叩首。私告:私下禀告。

〔十七〕玉女:传说中的仙女。排青云:排开青云。

〔十八〕士女:男女。

〔十九〕洪河:水势浩大的河流,指黄河。

〔二十〕鲸波:惊涛骇浪。悬瓮寺:在今山西太原市,距晋祠不远。

〔二十一〕羊肠九折：狭窄曲折的小路。铜鞮宫：春秋时晋平公建造的一座宫殿，遗址在今山西沁县。

〔二十二〕瑶瑟：美玉装饰的瑟。

〔二十三〕台骀：传说中善于治水的上古人物，相传他治理了汾水，称为汾水之神。《左传·昭公元年》："昔金天氏有裔子曰昧，为玄冥师，生允格、台骀。台骀能业其官，宣汾、洮，障大泽，以处大原。帝用嘉之，封诸汾川。"

〔二十四〕"藐姑"句：《庄子·逍遥游》："藐姑射之山，有神人居焉。肌肤若冰雪，淖约若处子，不食五谷，吸风饮露，乘云气，御飞龙，而游乎四海之外；其神凝，使物不疵疠而年谷熟。"

〔二十五〕赤豹：皮毛为褐色的豹子，传说中是仙人的坐骑。《楚辞·山鬼》："乘赤豹兮从文狸，辛夷车兮结桂旗。"云軿：神仙所乘的云车。六簙：古代的一种棋类游戏。

〔二十六〕屯膏不下：吝啬恩泽，不施于下。屯，吝啬。膏，恩泽。《易·屯》："九五，屯其膏。"

〔二十七〕膜拜：古代一种拜礼，跪在地上，两手放于额头，长时间伏地而拜。祝香花：以香、花为祭品而祷告。

〔二十八〕会有：将有。唾咳：指天帝的唾咳。激竹箭：水如竹箭般奔流。

〔二十九〕唐祠：即晋祠。因晋祠中祭祀的唐叔虞姓唐，故也称唐祠。峩峩：巍峨。

〔三十〕自昔：往昔，从前。

〔三十一〕群黎：百姓。靡孑遗：没有遗留者。《诗·大雅·云汉》："周余黎民，靡有孑遗。"

〔三十二〕荐：进献，献祭。椒菊：椒和菊，祭祀时用的两种植物。

〔三十三〕荒年谷：《世说新语·赏誉》："世称庾文康为丰年玉，稚恭为荒年谷。"

〔三十四〕蓬首：头发散乱如飞蓬。

〔三十五〕行看：且看。

和陈小农海淀二首元韵〔一〕

数枝风柳曳残鸦，辇路今无迎辇花〔二〕。见说毅皇临御日〔三〕，不耕宫道望官家〔四〕。

〔一〕陈小农：陈福绶，字小农。见前《和陈小农计部秋晚元韵》注释〔一〕。海淀：地名，在今北京城区西部和西北部。古代时这地区原是一片浅湖，当地人称为"海淀"，后来湖边形成的村落城镇也被称为"海淀"。清代海淀一带有不少皇家园林，著名的圆明园就建于此地。

〔二〕辇路：皇帝的车驾经过的道路。迎辇花：花名。唐颜师古《隋遗录》卷上："洛阳进合蒂迎辇花，云得之嵩山坞中，人不知名。采者异而贡之。会帝驾适至，因以迎辇名之。"

〔三〕毅皇：同治皇帝。他的谥号为"毅"，故称毅皇。临御：皇帝临幸至某地。

〔四〕不耕宫道：元稹《连昌宫词》："年年耕种宫前道，今年不遣子孙耕。"官家：臣下对皇帝的尊称。

金源遗址属吾清〔一〕，稗史流传姑妄听〔二〕。落日晾鹰台下望〔三〕，更无人放海东青〔四〕。

〔一〕金源：金朝。遗址：北京曾是金朝的中都，金朝皇帝曾在海淀一带建造行宫。

〔二〕稗史：记载街谈巷议、逸闻琐事的杂史。姑妄听：暂且随便听听。

〔三〕晾鹰台：在今南海子南部，是皇帝行围射猎的场所。

〔四〕海东青：满族射猎的时候使用的一种猎鹰。

再和陈小农海淀元韵

玉颜散尽剩寒鸦〔一〕，寥落宫中临砌花〔二〕。坏殿不修谁识得，我朝恭俭足传家〔三〕。

〔一〕玉颜：形容女性美丽的容貌。王昌龄《长信秋词五首·其三》："玉颜不及寒鸦色，犹带昭阳日影来。"

〔二〕寥落宫中：元稹《行宫》："寥落古行宫，宫花寂寞红。"临砌花：《连昌宫词》："上皇偏爱临砌花，依然御榻临阶斜。"

〔三〕恭俭：恭谨俭约。

坏道哀湍满耳清〔一〕，行人掩泣不堪听〔二〕。玉华宫畔吟诗老〔三〕，凄绝阴房鬼火青〔四〕。

〔一〕坏道哀湍：杜甫《玉华宫》："坏道哀湍泻。"哀湍，鸣咽的流水之声。

〔二〕掩泣：掩面而哭。

〔三〕玉华宫：唐太宗的避暑行宫，在今陕西宜君县，此处代指海淀的行宫。

〔四〕凄绝：极度悲凉。阴房鬼火青：杜甫《玉华宫》："阴房鬼火青。"阴房：行宫里阴暗的房间。鬼火：磷火。

陈小农三索和海淀元韵

畏吾村畔起昏鸦〔一〕，耶律坟前见野花〔二〕。毕竟天心留有待〔三〕，五云晴护帝王家〔四〕。

〔一〕畏吾村：即今北京海淀魏公村，此处元代时曾聚居大量维吾尔族居民，维吾尔旧名"畏吾"，故名畏吾村。清代时改名为魏公村。

〔二〕耶律坟：即元代著名政治家耶律楚材的坟墓，在今海淀区颐和园东岸。

〔三〕天心：天意。

〔四〕五云：五色祥云。

先皇盛德契穆清〔一〕，工事垂成谏即听〔二〕。今日工人犹感泣〔三〕，东陵岁岁哭冬青〔四〕。

〔一〕先皇：指同治皇帝。穆清：穆如清风，指君主以清和之风化育天下。《诗经·大雅·烝民》："吉甫作诵，穆如清风，仲山甫永怀，以慰其心。"

〔二〕"工事"句：海淀的圆明园1860年被英法联军洗劫后烧毁。同治皇帝即位后，曾下旨修复圆明园，但是因遭到众多大臣的反对而终止。

〔三〕感泣：感动落泪。

〔四〕东陵：在今河北唐山遵化市西北，有清代五位皇帝的陵墓在此处，包括同治皇帝的惠陵。冬青：即冬青树，一种常绿乔木，古代墓地前常种此树。南宋灭亡后，元僧杨琏真伽发掘南宋皇陵，破坏尸骨。宋遗民唐珏出家资，邀请里中少年收集遗骸，葬于兰亭山上，并移宋故宫冬青树植其上作为标志。后来冬青树也常用于指代帝王陵墓。

147

送梁曦初侍御出守兴化二首〔一〕

闽疆要郡简名贤〔二〕，不比潮阳路八千〔三〕。一鹤有缘翔碧海，百蛮无瘴翳青天〔四〕。建兰香里诗龛寄〔五〕，谏草焚余贾舶传〔六〕。闻道吏民齐额手〔七〕，福星来处兆丰年〔八〕。

〔一〕梁曦初：梁景先，字曦初，陕西三原县人，道光乙巳进士，曾任浙江道御史、至兴化知府。工诗，有《学圃诗存》六卷。侍御：明清时监察御史的别称。兴化：福建兴化府，在今福建莆田市。

〔二〕闽疆：福建。要郡：重要的州郡，指兴化府。简：选择。名贤：著名贤人，指梁景先。

〔三〕潮阳：今广东潮州市。路八千：韩愈《左迁至蓝关示侄孙湘》："一封朝奏九重天，夕贬潮阳路八千。"

〔四〕百蛮：南方少数民族的总称。翳：遮蔽。

〔五〕建兰：又名剑兰、秋兰，一种原产于中国南方较温暖地区的花卉。诗龛：存放诗文的小阁。

〔六〕谏草：谏书草稿。焚余：《晋书·羊祜传》："（羊）祜历职二朝，任典枢要，政事损益，皆咨访焉。势利之求，无所关与。其嘉谋谠议，皆焚其草，故世莫闻。"贾舶：商船。

〔七〕额手：以手加额，表示庆幸。

〔八〕福星：民间传说之神仙，此处代指梁景先。

蜑雨霏霏趁布帆〔一〕，海明如镜鉴冰衔〔二〕。八闽遥望长安北〔三〕，二曲应知吾道南〔四〕。公为盩厔路闰生先生高足。美政不将茶树拔〔五〕，高怀岂为荔支馋〔六〕。只余桃李公门下〔七〕，坐惯春风别不堪〔八〕。

〔一〕蜑雨：南方海上的暴雨。蜑，中国古代南方少数民族，此处代指南方。

〔二〕冰衔：清贵的官职。

〔三〕八闽：福建又称"八闽"。南宋时福建分为一府五州二军，元代时又分为八路，故有"八闽"之称。长安：此处代指北京。

〔四〕二曲：陕西盩厔的别称，此处代指盩厔学者路闰生。路德（1785—1851），字润生，号鹭洲，陕西盩厔（今陕西周至）人。嘉庆十四年进士，曾任任户部湖广司主事、军机章京，后辞官归乡讲学，弟子甚多，著作有《仁在堂文集》等。吾道南《宋史·道学传》："时河南程颢与弟颐讲孔、孟绝学于熙、丰之际，河、洛之士翕然师之。（杨）时调官不赴，以师礼见颢于颍昌，相得甚欢。其归也，颢目送之曰：'吾道南矣。'"

〔五〕茶树拔：北宋政治家张咏任崇阳县令时，命百姓拔去茶树改种桑树。《梦溪笔谈·补笔谈二》："忠定张尚书曾令鄂州崇阳县。崇阳多旷土，民不务耕织，唯以植茶为业。忠定令民伐去茶园，诱之使种桑麻。自此茶园渐少，而桑麻特盛于鄂、岳之间。至嘉祐中，改茶法，湖、湘之民苦于茶租，独崇阳茶租最小，民监他邑，思公之惠，立庙以报之。"

〔六〕荔支馋：《新唐书·玄宗贵妃杨氏传》："妃嗜荔枝，必欲生致之，乃置骑传送，走数千里，味未变，已至京师。"又，苏轼《惠州一绝》："日啖荔枝三百颗，不辞长作岭南人。"

〔七〕桃李：老师栽培的学生。

〔八〕坐惯春风：习惯坐于春风之中，比喻与老师相处受到教化、熏陶。别不堪：即不堪别，经受不了别离之苦。

祁子禾侍郎招祀顾亭林先生因嘱绘《顾祠雅集图》，慨然有作[一]

宣武城南慈仁寺[二]，郁郁双松发寒翠。西南偏有亭林祠[三]，寿阳侍郎董祀事[四]。招集诸君作文游[五]，饮福不为无名醉[六]。使我为绘雅集图[七]，图成再拜更题字。有明中叶儒风陋[八]，学术无用丛诟谇[九]。高者盛传姚江衣[十]，下者竟树竟陵帜[十一]。一二不学求举者[十二]，附会元灯务制义[十三]。亭林挺挺生东吴[十四]，其出愈晚学愈粹[十五]。万卷穷探古圣心，诸陵偏洒逸民泪[十六]。仇家任作叶方恒[十七]，门生肯伏钱谦益[十八]？南冠犹是庄烈臣[十九]，布衣不负贞孝志[二十]。称曰王佐曰经神[二十一]，未必尽合先生意。国朝蔚蔚盛儒林[二十二]，筚路篮缕功谁比[二十三]。往者吾乡月斋老[二十四]，排纂年谱豁蒙翳[二十五]。吾乡张石州先生撰先生《年谱》。公家文端实倡首[二十六]，醵金共买十弓地[二十七]。建祠于今三十年，年年不废上丁祭[二十八]。公也传经若韦平[二十九]，未愧汉学一线寄[三十]。贱子举觞贡一言[三十一]，迩者吾晋学稍弊[三十二]。诗书既多束高阁，文章颇似饰鞶帨[三十三]。青主匪我复何人[三十四]，阳曲傅先生山、曲沃卫先生蒿，皆亭林道义交。恐难再回高人辔。迤西更有潜邱祠[三十五]，闻此语者愈生恚[三十六]。惟愿公及我同人，益倡实学回风

149

气〔三十七〕。勿令桴腹谈经徒〔三十八〕，滥厕国家春秋试〔三十九〕。亭林先生如有灵，歆兹丹诚庶一至〔四十〕。

〔一〕祁子禾：祁世长，字子禾，号敏斋，山西寿阳人。祁寯藻之子。咸丰十年进士，曾任吏部侍郎、左都御史、工部尚书等职，著有《思复堂集》等。顾亭林：顾炎武（1613—1682），字宁人，因故居旁有亭林湖，学者称为亭林先生，苏州府昆山（今江苏省昆山市）人，明末清初的杰出的思想家、学者、诗人，与黄宗羲、王夫之并称为明末清初"三大儒"。

〔二〕宣武：地名，明清时为北京外城。慈仁寺：又名报国寺，在今北京市西城区。康熙七年，顾炎武曾寓居于此数月。

〔三〕亭林祠：即顾炎武祠。道光二十三年（1843）由何绍基、张穆等人发起，不少文人学者捐资，在慈仁寺修建顾炎武祠。自顾炎武祠建成次年（1844），每年定期举行公祭顾炎武的仪式。后顾炎武祠历经战乱，多次重修，现仍较好地保存在慈仁寺内。

〔四〕寿阳侍郎：指祁世长。董祀事：主持祭祀之事。

〔五〕文游：饮酒论文。

〔六〕饮福：祭祀完毕，举行宴饮。

〔七〕雅集：文人进行诗文书画创作、鉴赏的聚会。

〔八〕有明中叶：明朝中期。陋：浅陋。

〔九〕丛：聚。诟谇：辱骂。

〔十〕姚江：王守仁（1472—1529），字伯安，号阳明，浙江绍兴府余姚县（今浙江省宁波余姚市）人。明代著名的哲学家、政治家。浙江余姚又称姚江，故阳明学派也被称为姚江学派。

〔十一〕竟陵：即竟陵派，明代末期一个重要的文学流派，由钟惺、谭元春等湖北竟陵（今湖北天门）人创立。竟陵派主张文学创作要抒发"幽情单绪""孤行静寄"，倡导"幽深孤峭"的诗文风格，在当时文坛上有很大影响。

〔十二〕求举：追求科举高中。

〔十三〕元灯：佛教术语，指禅宗的宗派传承。制义：即八股文，明清科举考试制度所规定的一种文体。这句意思是明代的有些文人把八股文文风演变和禅宗的宗派传承附会在一起。清梁章钜《制义丛话》："前明科举文字有元派、元脉、元度之目，甚至借释氏之语，美其名曰元灯。其实则文章家之别径，于古人立诚之奉、载道之旨，杳不相关。"

〔十四〕挺挺：正直的样子。东吴：地名，指苏州。

〔十五〕粹：纯粹。

〔十六〕诸陵：北京十三陵的各个明朝皇帝陵。康熙年间，顾炎武曾前往北京，拜祭祀明朝诸帝陵寝。逸民：德行高尚、避世隐居的人，后也指亡国后的遗民。

〔十七〕叶方恒：江苏昆山人，顾炎武同乡。他因故与顾炎武结仇，又企图谋夺顾氏家产。他多次加害顾炎武，使得顾炎武离开昆山，远行避祸。

〔十八〕钱谦益：钱谦益（1582—1664），字受之，号牧斋，苏州府常熟县人。明末清初著名文学家。他曾是明末东林党领袖之一，但是明亡后在南明弘光政权下却依附奸臣马士英，南明灭亡他又投降了清王朝，其行径遭到许多士人诟病。这句意为顾炎武虽然遭仇家陷害危在旦夕，但是也不肯自称门生而向钱谦益求救。

〔十九〕南冠：本义为被俘的楚国囚徒，后泛指囚徒。顾炎武《金山》："祖生奋击楫，肯效南冠囚。"庄烈：崇祯皇帝的谥号。

〔二十〕布衣：平民。明亡后，顾炎武以布衣终老，清廷多次征召，他坚决不肯出仕。

〔二十一〕经神：经学之神。东汉著名经学家郑玄被人称为"经神"。

〔二十二〕国朝：清朝。蔚蔚：茂盛的样子，此处是形容人才济济。

〔二十三〕筚路篮缕：驾柴车、穿破烂衣服去山林中开辟道路，形容创业的艰苦。篮，今作"蓝"。这句是赞美顾炎武在经学研究上的开创性贡献。

〔二十四〕舄斋：张穆，字石舟，号舄斋。见前《赠家秋湄孝廉兄》注释〔八〕。

〔二十五〕排纂：编撰。年谱：张穆著有《顾亭林先生年谱》。豂蒙翳：扫清遮蔽。

〔二十六〕文端：祁寯藻（1793—1866），字叔颖，号春圃、息翁，谥号"文端"。山西寿阳人。嘉庆十九年（1814）进士，官至体仁阁大学士、太子太保。清代著名诗人、学者。倡首：首先提出某种主张。

〔二十七〕酿金：集资、凑钱。十弓：弓，古代计量单位，五尺为一弓，十弓就是五十尺。

〔二十八〕上丁祭：清代的时候祭祀孔子之礼，每年春、秋两季节都在仲月上丁祭祀先师孔子。

〔二十九〕韦平：韦贤和平当两家族。韦贤，字长孺，鲁国邹（今山东邹城东南）人，西汉著名经学家、政治家。他的四个儿子都传承了他的经学，尤其是小儿子韦玄成才学过人，官至宰相。平当，字子思，梁国下邑（今河南商丘夏邑县）人，西汉经学家，官至宰相。其子平晏也精通经学，官至大司徒，封为防乡侯。

〔三十〕汉学：清代的一个重要学派，主要以文字、音韵、训诂等方法研究儒家经典。因为他们继承了汉代儒家学者的传统，故被称为汉学。

〔三十一〕贡一言：献一言。

〔三十二〕迩者：近来。

〔三十三〕鞶帨：腰带和佩巾。扬雄《法言·寡见》："今之学也，非独为之华藻也，又从而绣其鞶帨，恶在《老》不《老》也。"

〔三十四〕青主：傅山（1607—1684），字青主，山西太原人，明末清初著名学者、文学家、医学家，明亡之后，拒仕清廷，布衣终老，著有《霜红龛集》。匪莪：卫蒿，字匪莪，号绛山，山西曲沃县人，明清之际著名学者，明遗民，曾讲学于曲沃绛山书院，提倡理学。著述极多，有《四书答问》《孟子游历考》等。

〔三十五〕迤西：地势向西延伸。潜邱：阎若璩，字百诗，号潜丘。见前《赠家秋湄孝廉兄》注释〔十七〕。

〔三十六〕恚：恼怒、愤恨。

〔三十七〕实学：踏实而有根柢的学问。

〔三十八〕枵腹：空疏无学之人。

〔三十九〕滥厕：充数于其中。厕，参与。春秋试：春天的会试、秋天的乡试。

〔四十〕歆：歆享，神灵享受香火。丹诚：赤诚之心。庶一至：但愿能到来一次。

下第绮感八首〔一〕

淡粉楼头明姗姿〔二〕，一回觌面一回痴〔三〕。亦非太上忘情者〔四〕，难得相逢未嫁时〔五〕。到蘖染黄终是苦〔六〕，拗莲作寸转多丝〔七〕。分明十二巫峰近〔八〕，矜护朝云到反迟〔九〕。

〔一〕下第：落第。绮感：艳思，风月情怀。这组诗歌作于同治十三年（1874）作者第二次会试失利之后，借艳情抒怀言志。

〔二〕明姗：清丽美好。

〔三〕觌面：见面。

〔四〕太上忘情：最高明的人不动情。《世说新语·伤逝》："圣人忘情，最下不及情,情之所钟,正在我辈。"

〔五〕相逢未嫁时:张籍《节妇吟》:"还君明珠双泪垂,恨不相逢未嫁时。"

〔六〕刿蘗:刿磨黄蘗木。蘗,黄蘗,一种落叶乔木,可以做黄色颜料。鲍照《拟行路难·其九》:"刿蘗染黄丝,黄丝历乱不可治。"

〔七〕拗莲:折断莲藕。丝:莲藕之丝,又与"思"谐音。

〔八〕十二巫峰:即巫山十二峰,在今四川巫山县巫峡两岸。

〔九〕矜护:保护。朝云:巫山神女之名。宋玉《高唐赋》:"昔者楚襄王与宋玉游于云梦之台,望高之观,其上独有云气,崒兮直上,忽兮改容,须臾之间,变化无穷。王问玉曰:'此何气也?'玉对曰:'所谓朝云者也。'王曰:'何谓朝云?'玉曰:'昔者先王尝游高唐,怠而昼寝,梦见一妇人曰:"妾,巫山之女也。为高唐之客。闻君游高唐,愿荐枕席。"王因幸之。去而辞曰:"妾在巫山之阳,高丘之阻,旦为朝云,暮为行雨。朝朝暮暮,阳台之下。"旦朝视之,如言。故为立庙,号曰朝云。'"此处以朝云代指心爱的女子。

林风何意落平康〔一〕,低首羞为时世妆〔二〕。拾李从知儿命苦〔三〕,食瓜那得我心凉〔四〕。微波尔果通辞好〔五〕,永昼谁教惹恨长〔六〕。毕竟鸣鸠佻巧甚〔七〕,终朝只会妒鸳鸯〔八〕。

〔一〕林风:即林下之风,指态度娴雅、举止大方。《世说新语·贤媛》:"王夫人(谢道韫)神情散朗,故有林下风气。"平康:即平康坊,唐代妓女聚集之地。

〔二〕时世妆:时髦的打扮装束。白居易《时世妆》:"时世妆,时世妆,出自城中传四方。"

〔三〕拾李:《孟子·滕文公下》:"陈仲子,岂不诚廉士哉。居於陵,三日不食,耳无闻,目无见也。井上有李,螬食实者过半矣,匍匐往将食之,三咽。然后耳有闻,目有见。"

〔四〕食瓜:李时珍《本草纲目·西瓜》:"西瓜、甜瓜皆属生冷。世俗以为醍醐灌顶,甘露洒心,取其一时之快,不知其伤脾助湿之害也。"

〔五〕微波:女性的眼神。

〔六〕永昼:漫长的白天。

〔七〕鸣鸠佻巧:屈原《离骚》:"望瑶台之偃蹇兮,见有娀之佚女。吾令鸩为媒兮,鸩告余以不好。雄鸠之鸣逝兮,余犹恶其佻巧。"

〔八〕终朝:整天。

153

更比黄花瘦几多〔一〕，无言脉脉意如何〔二〕。迟来常带翩珊韵〔三〕，早嫁难同捉搦歌〔四〕。但使情深南浦碧〔五〕，未妨计拙北山罗〔六〕。秋霖腹疾谁排遣〔七〕，只合宽胸代按摩〔八〕。

〔一〕更比黄花瘦：李清照《醉花阴》："莫道不销魂，帘卷西风，人比黄花瘦。"

〔二〕无言脉脉：杜牧《题桃花夫人庙》："细腰宫里露桃新，脉脉无言几度春。"

〔三〕翩珊：形容身姿轻快曼妙。

〔四〕捉搦歌：《捉搦歌》是一组北朝乐府民歌，郭茂倩《乐府诗集》收入《梁古鼓角横吹》一类。它们是一组大胆热烈的爱情诗，表现北方下层民众对爱情的追求与渴望。

〔五〕南浦碧：江淹《别赋》："春草碧色，春水绿波，送君南浦，伤如之何。"

〔六〕北山罗：元无名氏《彤管集》引《乌鹊歌》："南山有鸟，北山张罗。鸟自高飞，罗当奈何！"

〔七〕秋霖腹疾：李商隐《王十二兄与畏之员外相访见招……》："秋霖腹疾俱难遣，万里西风夜正长。"秋霖，连绵的秋雨。腹疾，腹泻。

〔八〕只合：只应。宽胸：中医术语，疏郁理气。

深颦浅笑吐愁难〔一〕，软语喁喁夜欲阑〔二〕。交甫逢仙原是梦〔三〕，周郎作婿讵为欢〔四〕。久拚眉黛双弯秀〔五〕，剩有腰围一尺宽。如此精神如此地，好花无语遣谁看〔六〕。

〔一〕深颦：紧皱眉头。纳兰性德《浣溪沙》："旋拂轻容写洛神，须知浅笑是深颦。"

〔二〕软语：音调柔和之言。喁喁：形容说话的声音。夜欲阑：夜将尽。

〔三〕交甫逢仙：刘向《列仙传》："江妃二女者，不知何所人也。出游于江汉之湄，逢郑交甫。……遂手解佩与交甫。交甫悦受，而怀之中当心。趋去数十步，视佩，空怀无佩。顾二女，忽然不见。"

〔四〕周郎作婿：周郎，周瑜。《三国志·周瑜传》："时得桥公两女，皆国色也。策自纳大桥，瑜纳小桥。"

〔五〕拚：舍弃，不顾惜。

〔六〕遣谁看：让谁看。遣，让。

154

袅袅风前弱柳腰[一],春寒无力曳生绡[二]。痴情每欲窥眉曲,庄语何缘晕脸潮[三]。扇叶日遮黄子影[四],鬓花天助白人娇[五]。谁怜圣筊三更卜[六],半穗旃檀迄不消[七]。

〔一〕袅袅:轻盈纤美的样子。

〔二〕春寒无力:白居易《长恨歌》:"春寒赐浴华清池,温泉水滑洗凝脂。侍儿扶起娇无力,始是新承恩泽时。"生绡:没有漂煮过的丝织品。

〔三〕庄语:庄重的话语。晕脸潮:脸上泛起红晕。

〔四〕黄子:额黄,又名"鹅黄""贴黄",以黄色颜料染画或粘贴于额间。李商隐《宫中曲》:"赚得羊车来,低扇遮黄子。"

〔五〕白人:指肌肤白皙。

〔六〕圣筊:即杯筊,古代的一种占卜工具,用两块竹片制成,掷于地上,根据正反判断吉凶。

〔七〕旃檀:檀香。迄不消:一直不消散。迄,始终、一直。

滴粉搓酥出意新[一],妆成自讶十分春[二]。门前桐树惟吾子[三],核里桃瓤少别人[四]。车走雷声终自去[五],杯邀月影欲谁亲[六]。鹣鹣飞过真堪羡[七],碧海青天共一身[八]。

〔一〕滴粉搓酥:形容女子浓艳的装扮。宋赵孟淳《题桃》:"滴粉搓酥晕几重,风前红雨一枝浓。"出意:立意。

〔二〕自讶:自己惊讶。

〔三〕吾子:即"梧子",梧桐子。又谐音"吾子",心爱之人。南朝乐府《懊侬歌》:"桐树不结花,何由得梧子?"

〔四〕别人:即"别仁",别的桃仁,又谐音"别人"。五代牛希济《生查子》:"终日劈桃瓤,仁儿在心里。"

〔五〕车走雷声:驱车隆隆而过。李商隐《无题二首·其二》:"扇裁月魄羞难掩,车走雷声语未通。"

〔六〕杯邀月影:李白《月下独酌》:"举杯邀明月,对影成三人。"

〔七〕鹣鹣:传说中的比翼鸟,雌雄齐飞。

〔八〕碧海青天:李商隐《嫦娥》:"嫦娥应悔偷灵药,碧海青天夜夜心。"

迩来禅榻学维摩[一],黯黯春愁忾益多[二]。当日萧郎成陌路[三],明年织女隔天河[四]。谁怜有口衔碑石[五],自誓无心起井波[六]。回首前尘成底事〔七〕，苍茫独唱懊侬歌〔八〕。

〔一〕迩来：近来。禅榻：禅床。维摩：即维摩诘，佛教著名居士。据《维摩诘经》载，他曾称病在家，佛陀派文殊菩萨等前去探病。维摩诘见到文殊菩萨之后，二人谈论佛法，义理精深、妙语连珠。

〔二〕黯黯：低沉暗淡。韦应物《寄李儋元锡》："世事茫茫难自料，春愁黯黯独成眠。"忏：悔过。

〔三〕萧郎成陌路：崔郊《赠婢》："侯门一入深如海，从此萧郎是路人。"萧郎，爱恋的男子。陌路，陌生路人。

〔四〕织女隔天河：《古诗十九首·其十》："迢迢牵牛星，皎皎河汉女，纤纤擢素手，札札弄机杼。终日不成章，泣涕零如雨。河汉清且浅，相去复几许，盈盈一水间，脉脉不得语。"

〔五〕衔碑石：南朝乐府《读曲歌·二十九》："奈何许，石阙生口中，衔碑不得语。"碑，与"悲"谐音。

〔六〕井波：井水中的波澜，比喻心意微小的变化。白居易《赠元稹》："无波古井水，有节秋竹竿。"

〔七〕前尘：从前。底事：何事，什么事。

〔八〕懊侬歌：《懊侬歌》是六朝乐府民歌曲名，属于清商曲中的吴声歌曲，内容都是表现男女情爱中的苦恼。

月过中秋迄不圆〔一〕，谁将离恨作遥天〔二〕。仙人下嫁终成别〔三〕，主簿为媒讵有缘〔四〕。素袜难谐蒲子履〔五〕，青衫悔遇荻花船〔六〕。凉宵独诵湘累赋〔七〕，犹道他人忏我先〔八〕。

〔一〕迄：始终，一直。

〔二〕"谁将"句：谁将离恨布满了遥远的天空。

〔三〕仙人下嫁：指神女杜兰香下嫁晋人张硕之事。《艺文类聚》引曹毗《杜兰香别传》："香降张硕，既成婚，香便去，绝不来。年余，硕忽见香乘车山际，硕不胜悲喜，香亦有悦色。言语顷时，硕欲登其车，其婢举手排硕，凝然山立。硕复于车前上车，奴攘臂排之，硕于是遂退。"

〔四〕主簿为媒：汉乐府《孔雀东南飞》："遣丞为媒人，主簿通语言。"

〔五〕素袜：白色绢袜。蒲子履：用蒲草编织的鞋子。《捉搦歌》："黄桑柘屐蒲子履，中央有丝两头系。"

〔六〕青衫：书生、学子服装。荻花船：白居易《琵琶行》："浔阳江头夜送客，枫叶荻花秋瑟瑟。主人下马客在船，举酒欲饮无管弦。"

〔七〕湘累赋：屈原的辞赋。湘累，指屈原。《汉书·扬雄传》："钦吊楚之湘累。"颜师古注引李奇曰："诸不以罪死曰累，……屈原赴湘死，故曰湘累也。"

〔八〕怵我先：担忧（他人）先于我。怵：恐惧、担忧。《离骚》："望瑶台之偃蹇兮，见有娀之佚女。吾令鸩为媒兮，鸩告余以不好。雄鸠之鸣逝兮，余犹恶其佻巧。心犹豫而狐疑兮，欲自适而不可。凤皇既受诒兮，恐高辛之先我。"

边拙存兄见示秋雨夜话之作次韵书怀[一]

凄风凉雨耸吟魂[二]，读彻《离骚》眼不昏。灯灭耻争山鬼照[三]，诗清拟配水仙尊[四]。已捐秋扇仍挥麈[五]，尽典春衣且曝裈[六]。为问候虫终夜语[七]，欲将哀怨向谁论。

〔一〕边拙存：边保枢，字拙存，号水村，直隶任丘（今河北任丘市）人。见示：给我看。次韵：依照别人所作诗歌原韵来和诗。

〔二〕耸：惊动。吟魂：诗人的灵魂。

〔三〕"灯灭"句：宋王洋《赠后庵显裕僧》："花天捧日朝分供，山鬼呼风夜扑灯。"

〔四〕水仙：水中神仙。李商隐《板桥晓别》："水仙欲上鲤鱼去，一夜芙蓉红泪多。"

〔五〕已捐秋扇：《怨歌行》："新裂齐纨素，皎洁如霜雪。裁作合欢扇，团团似明月。出入君怀袖，动摇微风发。常恐秋节至，凉飙夺炎热。弃捐箧笥中，恩情中道绝。"挥麈：挥动麈尾。麈尾是一种清谈时用于驱虫拂尘的工具。《世说新语·文学》："孙安国往殷中军许共语，左右进食，冷而复暖者数四，彼我奋掷麈尾，悉堕落满饭中，宾主遂至暮忘飧也。"

〔六〕尽典春衣：杜甫《曲江二首·其二》："朝回日日典春衣，每日江头尽醉归。"典，典当。曝裈：《世说新语·任诞》："阮仲容（阮咸）、步兵（阮籍）居道南，诸阮居道北。北阮皆富，南阮贫。七月七日，北阮盛晒衣，皆纱罗锦绮。仲容以竿挂大布犊鼻裈于中庭。人或怪之，答曰：'未能免俗，聊复尔耳！'"

〔七〕候虫：随季节而鸣叫的昆虫。

世情翻覆日为新〔一〕，米贵长安孰赠囷〔二〕。冰似头衔留故我〔三〕，铜成面具向何人〔四〕。庚寅纫佩芳招忌〔五〕，丁卯贪书读致贫〔六〕。闻道今秋稍有熟〔七〕，儿童拍手望归轮。末韵原唱"舲"字，此用王粹甫和韵〔八〕。

〔一〕世情翻覆：王维《酌酒与裴迪》："酌酒与君君自宽，人情翻覆似波澜。"

〔二〕米贵长安：见前《送许韵堂南归二首·其一》注释〔二〕。赠囷：慷慨资助。《三国志·吴志·鲁肃传》："周瑜为居巢长，将数百人故过候肃，并求资粮。肃家有两囷米，各三千斛。肃乃指一囷与周瑜。"

〔三〕冰似头衔：即冰衔，清贵的官职或闲官散职。

〔四〕"铜成"句：这句形容他人对自己面目冷淡、无情无义。

〔五〕庚寅：代指屈原，因他出生于庚寅日。《离骚》："摄提贞于孟陬兮，惟庚寅吾以降。"纫佩芳招忌：《离骚》："余虽好修姱以鞿羁兮，謇朝谇而夕替。既替余以蕙纕兮，又申之以揽茞。"

〔六〕丁卯：指晚唐著名诗人许浑，润州丹阳（今江苏丹阳）人，后移家京口（今江苏镇江）丁卯涧，以丁卯名其诗集，后人因称"许丁卯"。贪书读致贫：许浑《寄殷尧藩》："宅从栽竹贵，家为买书贫。"

〔七〕熟：粮食丰收。

〔八〕王粹甫：王汝纯，字粹甫，山西太谷人，户部主事，善诗词，有《醉芙诗余》。

再叠前韵送令弟竹潭同年改官浙鹾〔一〕

壮怀最耻赋销魂〔二〕，百幅蒲悬海月昏〔三〕。破浪方酬豪士愿〔四〕，看山未觉上官尊〔五〕。客囊羞涩书为枕，公廨萧条屋作袆〔六〕。似此襟期何处得〔七〕，升沉后事不须论〔八〕。

〔一〕竹潭：边保枢，字申甫，号竹潭，直隶任丘（今河北任丘市）人。工诗词，有《剑红龛词》一卷。浙鹾：边保枢以举人任浙江仁和盐场大使。

〔二〕销魂：江淹《别赋》："黯然销魂者，唯别而已。"

〔三〕蒲悬：即蒲帆，用蒲草编织的帆。李贺《江南弄》诗："水风浦云生老竹，渚暝蒲帆如一幅。"

〔四〕破浪：《宋书·宗悫传》："宗悫，字元幹，南阳涅阳人也。叔父炳高尚不仕。悫年少时，炳问其志，悫曰：'愿乘长风破万里浪。'"

〔五〕看山：《世说新语·简傲》："王子猷作桓车骑参军。桓谓王曰：'卿在府久，比当相料理。'初不答，直高视，以手板拄颊云：'西山朝来，致有爽气。'"

〔六〕公廨：官署的别称。屋作裈：《世说新语·任诞》："刘伶恒纵酒放达，或脱衣裸形在屋中，人见讥之。伶曰：'我以天地为栋宇，屋室为裈衣，诸君何为入我裈中？'"

〔七〕襟期：襟怀、志趣。

〔八〕"升沉"句：苏轼《浣溪沙》："聚散交游如梦寐，升沉闲事莫思量。"

葛岭苏堤景物新〔一〕，公余诗胆尚轮囷〔二〕。简书藏袖思名父〔三〕，谓尊人方伯袖石先生〔四〕。盐铁持筹得士人〔五〕。一棹藕红宜客泛〔六〕，半斋茄紫耐官贫〔七〕。春明门外天涯路〔八〕，行矣风波慎画舲〔九〕。

〔一〕葛岭：在今杭州西湖之北，传说东晋著名道士葛洪曾在此修道炼丹，故称葛岭。苏堤：在今杭州西湖，苏轼任杭州太守时主持修筑。

〔二〕公余：公务之余。轮囷：盘曲的样子。陆游《读书》："读书肝胆尚轮囷，蠹简堆中著此身。"

〔三〕名父：他人之父有盛名。

〔四〕尊人：对他人父母的敬称。方伯：明清时对布政使的尊称。袖石：边浴礼，字夔友，一字袖石，直隶任丘（今河北任丘市）人。边保枢之父，道光二十四年进士，官至河南布政使。工诗，善画，著有《袖石诗钞》《东郡趋庭集》等。

〔五〕盐铁：唐代有盐铁使，主管盐、铁、茶专卖及征税等事务，此处指边保枢担任盐场大使。持筹：手握算筹，泛指理财。

〔六〕藕红：指藕花，即荷花。

〔七〕茄紫：即紫茄。

〔八〕春明门：古长安城门名，借指京城城门。

〔九〕画舲：画船。

有怀雨夜

半榻维摩病〔一〕，枨触秋宵雨〔二〕。嗟我怀故人，萧寥知何处。箸书蚕虱

159

丛,饥来字难煮〔三〕。舍旃诸君子〔四〕,呕血终何补。兀坐秋树根〔五〕,寂寞松枝麈〔六〕。何如酒满瓢,相赌作危语〔七〕。愿影客衣单,寒逼灯一黍〔八〕。开门听履声〔九〕,秋气满平楚〔十〕。

〔一〕维摩病:见前《下第绮感八首·其七》注释〔一〕。

〔二〕怅触:触动,感触。

〔三〕饥来字难煮:唐殷尧藩《寄许浑秀才》:"文字饥难煮,为农策最良。"

〔四〕舍旃:放弃它吧。旃,"之焉"的合声。《诗经·唐风·采苓》:"舍旃舍旃,苟亦无然。"

〔五〕兀坐:危坐、端坐。

〔六〕松枝麈:以松枝为麈尾。麈尾是一种清谈时用于驱虫拂尘的工具。

〔七〕作危语:讲述危险的事情。《世说新语·排调》:"桓南郡与殷荆州语次,因共作了语。……次复作危语。桓曰:'矛头淅米剑头炊。'殷曰:'百岁老翁攀枯枝。'顾曰:'井上辘轳卧婴儿。'殷有一参军在坐,云:'盲人骑瞎马,夜半临深池。'殷曰:'咄咄逼人!'仲堪眇目故也。"

〔八〕一黍:形容灯芯小如一颗黍子。

〔九〕听履声:《汉书·郑崇传》:"每见曳革履,上笑曰:'我识郑尚书履声。'"

〔十〕平楚:平野。

怀 旧

结习从来喜论文〔一〕,穷途何意复离群。阮生一掬英雄泪〔二〕,日向长空洒碧云。

〔一〕结习:积久难除的习惯。

〔二〕阮生:阮籍,魏晋时期著名思想家、文学家。英雄泪:《晋书·阮籍传》:"(阮籍)时率意独驾,不由径路,车迹所穷,辄恸哭而反。"

题常小轩庶常所藏欧阳《九成宫醴泉铭》〔一〕有引

初唐人正书,信本弟一。〔二〕信本书,《醴泉铭》弟一。昔人称"草里惊蛇,云间电发""森森若武库矛戟"者〔三〕，殊未尽其妙〔四〕。予尝谓正如郭河阳界画楼阁〔五〕，纤微合度〔六〕，了无安排〔七〕，庶为近之。此本文氏停云馆故物〔八〕，又归煦斋相国藏弆〔九〕，定为宋元间毡蜡〔十〕，正不在"宫"字左捺点伪而竖真也。至题名王良常、沈子大诸人并是恶札〔十一〕，而行间朱圈絫絫〔十二〕，似亦此人所为。急觅良工洗去，重加装池乃称耳〔十三〕。昔唐彦猷得《化度塔铭》数行〔十四〕，精思学之，遂以名世。矧吾小轩既以工书〔十五〕，更锐志临此〔十六〕，郁珠黍罗界岂远哉〔十七〕！可憙之至，作诗张之〔十八〕。

勃海甲观推《醴泉》〔十九〕，良工蝉翼妙椎毡〔二十〕。墨王曾记归文璧〔二十一〕，鼻祖安知出李璿〔二十二〕。此册原无肥本相〔二十三〕，君家合得指头禅〔二十四〕。能书万遍胝生手〔二十五〕，岂让兰台得髓全〔二十六〕。

〔一〕常小轩：常山，字伯仁，号小轩，镶黄旗满洲人。官至兵部员外郎。庶常：翰林院庶吉士的代称。欧阳：欧阳询（557—641），字信本，潭州临湘（今湖南长沙）人，初唐著名书法家。《九成宫醴泉铭》：唐贞观六年（632）由魏征撰文、书法家欧阳询书丹而成的楷书作品。《九成宫醴泉铭》是欧阳询晚年作品，被后世誉为"天下第一楷书"。

〔二〕正书：楷书。信本：欧阳询，字信本。

〔三〕"昔人称"句：《唐人书评》："欧阳书若草里蛇惊，云间电发；又如金刚瞋目，力士挥拳。"又，张怀瓘《书断》："（欧阳询）真行之书，虽于大令亦别成一体，森森焉若武库矛戟，风神严于智永，润色寡于虞世南。"

〔四〕殊：犹，尚。未尽其妙：没有把握它的精妙之处。

〔五〕郭河阳：郭熙，字淳夫，河阳（今河南温县）人。北宋著名画家，代表作有《早春图》《关山春雪图》等。他还著有《林泉高致》，此书集中反映了他的绘画理论。界画：一种绘画技法，就是在作画时使用界尺引线。

〔六〕纤微合度：细小之处都合于法度。

〔七〕了无安排：没有一点人为刻意布置的痕迹。

〔八〕文氏：文徵明，明代著名书画家。停云馆：文徵明书斋名。

〔九〕煦斋相国：英和（1771—1840），字树琴，一字定圃，号煦斋，满洲正白旗人。乾隆五十八年进士，官至军机大臣、户部尚书、协办大学士。他工诗文，善书法，著有《恩庆堂集》等。藏弆：收藏。

〔十〕毡蜡：指拓本。制作拓片时，为保护纸面不破损，要垫一块毡。拓成后要在拓片表面涂蜡防虫蛀，所以椎拓也叫毡蜡。

〔十一〕王良常：王澍（1668—约1743），字若霖，江苏金坛人，工书法，擅刻印。沈子大：沈起元（1685—1763），字子大，号敬亭，江苏太仓人，康熙

161

六十年（1721）进士，官至直隶布政使。恶札：拙劣的书法。

〔十二〕累累：接连不断。

〔十三〕装池：装裱书画。称：相称。

〔十四〕唐彦猷：唐询（1005—1064），字彦猷，钱塘（今浙江杭州）人，官至翰林侍读学士、给事中。工书法，喜欢收集砚台，著有《砚录》三卷。《化度塔铭》：欧阳询的楷书作品，李百药撰文，欧阳询书，立于贞观五年（631年），早于《九成宫醴泉铭》一年。

〔十五〕矧：况且。

〔十六〕锐志：立志坚决。临此：临摹此帖，指《九成宫醴泉铭》。

〔十七〕郁珠黍罗：似应为"黍珠、郁罗"。黍珠，即黍米玄珠，道教内丹修炼术语，即金丹。郁罗，即郁罗萧台，道教尊神元始天尊升座之台。此处代指书法艺术的最高之境。

〔十八〕张之：张，扩张，此处意为鼓励之。

〔十九〕勃海：指欧阳询，他被封为渤海县男，故称渤海。勃，也作"渤"。甲观：汉代楼观名，皇太子居住的地方，意为第一观。

〔二十〕蝉翼：即蝉翼拓，一种棰拓技法，因墨色透亮如蝉翼，故称蝉翼拓。妙椎毡：指椎拓技术高超。制作拓片要用到椎和毡。

〔二十一〕墨王：指《九成宫醴泉铭》。文璧：文徵明的原名。

〔二十二〕李璇：李璇（1821—1850），字白楼，山东济宁人，善诗画，山水苍润，兼善花卉，著有《生花榭诗存》。这句意为《九成宫醴泉铭》帖曾被李璇收藏过。

〔二十三〕肥本：碑刻经过多次棰拓之后，点画变粗，字失神韵，故称肥本。初拓不变形，不走样，是最好的拓本，藏家和书家都十分珍爱。

〔二十四〕指头禅：《景德传灯录·俱胝和尚》记载，俱胝和尚是唐末高僧，每次遇到有人向他请教佛法，他便竖起一根指头，学者也因此能够有所领悟。

〔二十五〕胝生手：手生老茧。胝，老茧。

〔二十六〕岂让：哪里逊色。兰台：欧阳通，字通师，欧阳询之子，曾任兰台郎，累迁中书舍人，封渤海公。他能传承其父书法，时人称其父子书法为"大小欧阳体"。得髓：得其精髓。这句意为常小轩的书法将不逊色于欧阳通，能够得到欧阳询的精髓。

外姑李母杜太孺人寿诗〔一〕 正月初九日

往日牵丝绣幕前〔二〕，左家娇女小偏怜〔三〕。婿乡原自惭潘岳〔四〕，子舍新来有郑虔〔五〕。老福无烦封大国〔六〕，芳春正好在斜川〔七〕。一杯持祝人长健，岁岁慈云照绮筵〔八〕。

〔一〕外姑：岳母。孺人：对妇人的尊称。

〔二〕牵丝：王仁裕《开元天宝遗事》："郭元振少时，美风姿，有才艺。宰相张嘉贞欲纳为婿，元振曰：'知公门下有女五人，未知孰陋，事不以仓卒，更待忖之。'张曰：'吾女各有姿色，即不知谁是匹偶，以子风骨奇秀，非常人也。吾欲令五女各持一丝，幔前使子取便牵之，得者为婿。'元振欣然从命。遂牵一红丝线，得第三女，大有姿色。后果然随夫贵达也。"

〔三〕左家：左思，字太冲，齐国临淄（今山东淄博）人，西晋著名文学家。娇女：左思有《娇女诗》一首，描写他的两个小女儿。小偏怜：元稹《遣悲怀三首·其一》："谢公最小偏怜女，嫁与黔娄百事乖。"

〔四〕婿乡：今陕西佛坪、谷城一带有河名婿水，水畔有婿乡。《水经注》："左谷水出西北，即婿水也。北发听山，山下有穴水，穴水东南流，历平川中，谓之婿乡，水曰婿水，川有唐公祠。唐君字公房，成固人也。学道得仙，入云台山，合丹服之，白日升天。……公房升仙之日，婿行未还，不获同阶云路，约以此川为居，言无繁霜蛟虎之患，其俗以为信然，故号为'婿乡'，故水亦即名焉。"潘岳：潘岳（247—300），字安仁，河南中牟人，西晋著名文学家。潘岳娶荆州刺史、折冲将军杨肇之女为妻，夫妻恩爱，感情甚笃。妻子去世后，他又写下《悼亡诗三首》，以寄托哀思。

〔五〕子舍：诸子所居房舍。《史记·万石张叔列传》："建为郎中令，每五日洗沐归谒亲，入子舍，窃问侍者，取亲中裙厕牏，身自浣涤。"郑虔：郑虔（691—759），字趋庭，郑州荥泽县人，唐代文学家、画家。郑虔家境贫寒，又是画家，与作者有很多相似之处，故此处作者自比郑虔。

〔六〕封大国：即封为大国夫人。唐宋以后各朝对高官母亲或妻子加封，称为诰命夫人。宋代诰命分为九等，第一等是大国夫人。宋王炎《柳梢青·郑宰母生日》："管取长年，进封大国，稳住清都。"

〔七〕斜川：地名，在今江西都昌一带。陶渊明《游斜川》："开岁倏五十，吾生行归休。念之动中怀，及辰为兹游。"

〔八〕慈云：佛教术语，本义是佛之慈心广大，教化盖众生，此处指岳母的慈爱。绮筵：华丽丰盛的宴席。

新年共拜水仙王〔一〕，似此神明合寿康〔二〕。大练裁衣留后福〔三〕，小舆推板趁春阳〔四〕。女同德曜随春庑〔五〕，儿嗣宣文主讲堂〔六〕。独有金龟京邸壻〔七〕，惭无长物佐瑶觞〔八〕。

〔一〕水仙王：水神名，姓氏不详，有大禹、伍子胥、屈原等多种说法，此处代指作者的岳母杜氏。

〔二〕合：应当。

〔三〕大练：粗糙厚实的布帛。

〔四〕小舆推板：即板舆，一种老人乘坐的代步工具。

〔五〕德曜：孟光，字德曜，东汉著名隐士梁鸿之妻。《后汉书·逸民传》："梁鸿字伯鸾，扶风平陵人也。……势家慕其高节，多欲女之，鸿并绝不娶。同县孟氏有女，状肥丑而黑，力举石臼，择对不嫁，至年三十。父母问其故。女曰：'欲得贤如梁伯鸾者。'鸿闻而聘之。……字之曰德曜，名孟光。……遂至吴，依大家皋伯通，居庑下，为人赁舂。每归，妻为具食，不敢于鸿前仰视，举案齐眉。"春庑：为人舂米，居于厢房。

〔六〕宣文：即宣文君，前秦时期著名女经学家。她是太常韦逞的母亲，擅长《周官》（即《周礼》）之学。苻坚曾经下令太学生120人从她受业，《周官》学才得以保存。这句意为岳母杜太夫人之子李雨汀遵母之命，在县学担任教官。

〔七〕金龟：即金龟婿，身份高贵的女婿。李商隐《为有》："为有云屏无限娇，凤城寒尽怕春宵。无端嫁得金龟婿，辜负香衾事早朝。"京邸：京城的邸舍。此时作者尚在北京。

〔八〕长物：本义为多余的东西，后也指像样的东西。瑶觞：玉杯，也代指美酒。

雪虚声堂诗钞卷二终

雪虚声堂诗钞卷三・并垣皋比集 辛巳、壬午

题冯鲁川廉访所藏米芾《芜湖县学记》为武养斋大令作[一]

老颠洁癖深[二]，祭裳涤藻火[三]。想其俊逸情，礼法无一可[四]。何意仍书学宫碑[五]，天马能教羁靮施[六]。蛇惊电发不可状[七]，凤泊云纷信有之[八]。芜湖月皎砚山洁[九]，一刻挥成八尺碣[十]。放衙脱帽踞胡床[十一]，正对石兄矜奇绝[十二]。代州廉访有拓本[十三]，满纸纠蟠见春蚓[十四]。可怜墨宝易朝餐[十五]，仍似黄金掷虚牝[十六]。君今何处得此书，莫令泪滴玉蟾蜍[十七]。

〔一〕冯鲁川：冯志沂（1814—1867），字鲁川，山西代州（今代县）人，道光十六年进士，官至安徽按察使。工诗文，善书画，有《微尚斋诗集》《适适斋文集》等。廉访：明清时期对按察使的尊称。米芾：米芾（1051—1107），字元章，号海岳外史，北宋著名书法家、画家，与蔡襄、苏轼、黄庭坚并称"宋四家"。《芜湖县学记》：北宋崇宁元年（1102）米芾知安徽无为军时，芜湖扩建学宫，完工后，县令请礼部尚书黄裳撰文，米芾书写，刻碑立于学宫内。此碑是米芾晚年真迹之一。武养斋：武育元，字伯申，号养斋，山西安邑人，曾任河南项城县令。大令：明清时期对县令的尊称。

〔二〕老颠：指米芾。米芾个性怪异、举止癫狂，人称"米颠"。洁癖：米芾有洁癖。据张知甫《可书》记载："米元章有洁癖，屋宇器具，时一涤之。以银为斗，置长柄，俾奴执以盥手，呼为斗水。居常巾帽少有尘，则浣之复加于顶。客去，必涤其坐榻。"

〔三〕祭裳：祭祀时所穿礼服。藻火：古代官员衣服上所绣水藻及火形图纹。

〔四〕无一可：没有一点可取。

〔五〕学宫：古代各府县的孔庙，也是儒学教官衙门所在地。

〔六〕羁靮：马络头和缰绳。

〔七〕蛇惊电发：即云中电发，草里蛇惊，形容书法风格起伏跌宕、变化莫测。不可状：难以用言语形容。

〔八〕凤泊云纷：凤泊，即鸾漂凤泊，鸾凤随风漂泊。云纷，云朵纷乱不定。形容书法盘曲散落、洒脱无拘。

〔九〕芜湖：即今安徽省芜湖市。砚山：在今安徽婺源，因盛产砚石而得名。

〔十〕八尺碣：碑高八尺。《芜湖县学记》现存于芜湖市镜湖区原市十二中学校内，碑身高2.62米，宽1.24米，是少见的较完好保存至今的米书石刻。

〔十一〕放衙：退衙。踞胡床：见卷一《送家春樵孝廉归里》注释〔十三〕。

〔十二〕石兄：《宋史·米芾传》："无为州治有巨石，状奇丑，芾见大喜曰：'此足以当吾拜！'具衣冠拜之，呼之为兄。"

〔十三〕代州廉访：指冯志沂。他是代州人，又曾任安徽按察使，故称。

〔十四〕春蚓：形容字迹弯曲如蚯蚓。《晋书·王羲之传》："行之若萦春蚓，字字如绾秋蛇。"

〔十五〕易朝餐：换衣食。朝餐，本义为早饭，后借指衣食。

〔十六〕黄金掷虚牝：黄金掷于空谷。虚牝，空谷。韩愈《赠崔立之评事》诗："可怜无益费精神，有似黄金掷虚牝。"

〔十七〕泪滴玉蟾蜍：米芾有一方研山，是南唐李后主遗物。他在镇江时为得到一块墓地，不得不用研山与人交换。失去研山后，米芾写了一首《怀南唐研山》："研山不复见，哦诗三叹息。唯有玉蟾蜍，向予清泪滴。"玉蟾蜍，即玉蟾蜍书滴，蟾蜍形状的水盂，储水供磨墨用。

题成哲亲王杂临诸帖七首为养斋大令作〔一〕

乌丝满册总成阑〔二〕，算子连行妙染翰〔三〕。凤朮龙芝天挺秀〔四〕，不教专美有红兰〔五〕。前辈云成邸书如凤朮龙芝〔六〕，人间不可多得。

〔一〕成哲亲王：永瑆（1752—1823），号少厂，一号镜泉，乾隆皇帝第十一子，封和硕成亲王，谥号"哲"。善诗文，工书画，与翁方纲、刘墉、铁保并称"乾隆四家"。著有《听雨屋集》《诒晋斋集》等。养斋：武育元。见前《题冯鲁川廉访所藏米芾〈芜湖县学记〉》为武养斋大令作》注释〔一〕。

〔二〕乌丝：乌丝阑，卷册上黑线画成的界栏，线细如发丝，故名乌丝阑。

〔三〕算子：算盘，此处形容字排列如算珠。

〔四〕凤朮龙芝：即龙、凤、芝、朮，世间罕见之物。芝朮，灵芝和白朮，两种珍稀的药材。天挺秀：天然挺拔秀丽。

〔五〕专美：独享美名。红兰：岳端（1671—1704），一作蕴端，清朝宗室，安和亲王岳乐之子，号玉池生，别号红兰室主人。诗文、词曲、书画皆工，有《玉池生稿》。

〔六〕成邸：成亲王。邸，高级官员的住所。

中郎汉法散如烟〔一〕，太傅新工《劝进笺》〔二〕。小楷群夸《宣示帖》〔三〕，争堪妩媚敌孙权〔四〕？临钟繇《宣示帖》。

〔一〕中郎：蔡邕（133—192），字伯喈，陈留郡圉县（今河南杞县）人，东汉著名文学家、书法家、学者。曾任左中郎将，故称中郎。蔡邕长于隶书，曾创"飞白"书体，对后世影响很大。

〔二〕太傅：钟繇（151—230），字元常，颍川郡长社（今河南许昌长葛东）人。三国时期著名政治家、书法家。他在书法上造诣极高，擅长篆、隶、真、草等多种书体。他推动了楷书的发展，被称为"楷书鼻祖"。《劝进笺》：即《劝进碑》，又称《上尊号碑》。此碑记载汉献帝末年华歆、贾诩、王朗等人对曹丕劝进之事。相传此碑由钟繇书写（一说梁鹄），是汉末隶书的代表作。

〔三〕《宣示帖》：又名《宣示表》，钟繇的楷书代表作。此表内容是钟繇向魏文帝上书，对孙权称臣一事表明自己的看法。原帖已失传，现存《宣示帖》刻本，是王羲之的临摹本。

〔四〕争：怎。妩媚敌孙权：《三国志·钟繇传》引《魏略》记载，曹魏初期，孙权向曹魏称臣，并斩送关羽之首。曹丕以书信询问钟繇的看法。钟繇回信说："臣同郡故司空荀爽言：'人当道情，爱我者一何可爱，憎我者一何可憎。'顾念孙权，了更妩媚。"

俗书姿媚一生多〔一〕，只合山阴换白鹅〔二〕。不藉邯郸黄绢笔〔三〕，可能葩艳似曹娥〔四〕？临王羲之《曹娥碑》〔五〕。

〔一〕俗书：韩愈《石鼓歌》："羲之俗书趁姿媚，数纸尚可博白鹅。"姿媚：妩媚。

〔二〕换白鹅：《晋书·王羲之传》："山阴有一道士，养好鹅，羲之往观焉，意甚悦，固求市之。道士云：'为写《道德经》，当举群相赠耳。'羲之欣然写毕，笼鹅而归，甚以为乐。"

〔三〕邯郸：邯郸淳，字子叔，又字子礼，颍川阳翟（今河南禹州市）人，三国时期文学家、书法。他为会稽上虞的孝女曹娥撰写的《曹娥碑》文采出众，广受赞誉。黄绢：《世说新语·捷悟》："魏武尝过曹娥碑下，杨修从，碑背上见题作'黄绢幼妇，外孙齑臼'八字。魏武谓修曰：'解不？'答曰：'解。'魏武曰：'卿未可言，待我思之。'行三十里，魏武乃曰：'吾已得。'令修别记所知。修曰：'黄绢，色丝也，于字为绝。幼妇，少女也，于字为妙。外孙，女子也，于字为好。齑臼，受辛也，于字为辞。所谓"绝妙好辞"也。'魏武亦记之，与修同，乃叹曰：'我才不及卿，乃觉三十里。'"

〔四〕曹娥：《后汉书·列女传》记载："孝女曹娥者，会稽上虞人也。父盱，能弦歌，为巫祝。汉安二年五月五日，于县江溯涛婆娑迎神，溺死，不得尸骸。娥年十四，乃沿江号哭，昼夜不绝声，旬有七日，遂投江而死。至元嘉元年，县长度尚改葬娥于江南道傍，为立碑焉。"

〔五〕《曹娥碑》：王羲之楷书代表作之一。东晋升平二年（358）书写，笔力劲健，风格与钟繇相近。

春松秋兰靓风姿〔一〕，想见桃根侍砚时〔二〕。侥幸佳人能再得〔三〕，九行先出四行随。临王献之《洛神十三行》〔四〕。

〔一〕春松秋兰：曹植《洛神赋》："其形也，翩若惊鸿，婉若游龙。荣曜秋菊，华茂春松。"此处作者是借"荣曜秋菊，华茂春松"两句来形容王献之《洛神赋帖》高妙的艺术成就。

〔二〕桃根：桃叶、桃根姐妹二人，都是王献之的小妾。

〔三〕佳人：此处指王献之的《洛神赋帖》。

〔四〕《洛神十三行》：《洛神赋帖》是王献之楷书代表作。此帖是残卷，因仅剩十三行，又称《十三行帖》。

《道德》《黄庭》迹已微〔一〕，重闻贵主写《灵飞》〔二〕。钟生秀骨姗姗甚〔三〕，合被仙人一品衣〔四〕。临钟绍京《灵飞经》。

〔一〕《道德》《黄庭》：《道德》即《道德经》，《黄庭》即《黄庭经》，二者都是道教重要典籍。王羲之曾经书写过《道德经》和《黄庭经》。微：隐匿，隐藏。

〔二〕贵主：尊称他国君主。这里指钟绍京，他被封为越国公，故称贵主。《灵飞》：即《灵飞经》，道教典籍，主要阐述存思之法。

〔三〕钟生：钟绍京（659—746），字可大，兴国清德乡（今江西兴国县）人，官至中书令，封越国公，著名书法家，有《灵飞经》等作品。他是钟繇的十七世孙。钟繇被称为"大钟"，他被称为"小钟"。姗姗：气度潇洒飘逸。

〔四〕合：应当。一品：第一等。

并世定文曹与杨〔一〕，戏鸿书法亦堂堂〔二〕。文人知己千秋事，何意君家爱晚香〔三〕？临董其昌书《曹植与杨修书》。

〔一〕定文：品评文章。曹与杨：曹，曹植。杨，杨修，字德祖。曹植有《与杨德祖书》，主要探讨文学创作与文学评论的相关问题。

〔二〕戏鸿：指董其昌，他的书斋名"戏鸿堂"。董其昌（1555—1636），字玄宰，号思白，松江华亭（今上海市松江区）人，明代著名书画家，著有《画禅室随笔》《容台文集》等。

〔三〕晚香：陈继儒（1558—1639），字仲醇，号眉公，松江府华亭（今上海市松江区）人，明代文学家、书画家。他的书斋名"晚香堂"。董其昌与陈继儒是同乡，又是至交好友。陈继儒在《祭董宗伯文》中谈到二人的关系："少而执手，长而随肩。函盖相合，磁石相连。八十余岁，毫无间言。山林钟鼎，并峙人间。"

帝子挥毫雅甚都〔一〕，何缘行押出奴书〔二〕。玺螭折角琴焦尾〔三〕，未碍人间异宝储〔四〕。跋尾两行书迹劣甚，不知何故。迹真而款伪也。

〔一〕帝子：指成哲亲王永瑆。都：美好。

〔二〕何缘：为何。行押：行书。奴书：平淡无奇、没有自己独到风格的书体。

〔三〕玺螭折角：指传国玉玺被摔，崩坏一角。《汉书·元后传》："初，汉高祖入咸阳至霸上，秦王子婴降于轵道，奉上始皇玺。及高祖诛项籍，即天子位，因御服其玺，世世传受，号曰汉传国玺，以孺子未立，玺藏长乐宫。及莽即位，请玺，太后不肯授莽。莽使安阳侯舜谕指。……太后闻舜语切，恐莽欲胁之，乃出汉传国玺，投之地以授舜，曰：'我老已死，如而兄弟，今族灭也！'"但这段记载并未提到崩角，当是后人根据传闻而附会。琴焦尾：即蔡邕焦尾琴。《后汉书·蔡邕传》："吴人有烧桐以爨者，邕闻火烈之声，知其良木，因请而裁为琴，果有美音，而其尾犹焦，故时人名曰'焦尾琴'焉。"

〔四〕未碍：不妨碍。

题英煦斋相国所刻刘文清帖为养斋大令作〔一〕

东武老子工执笔〔二〕，法彻中边类石蜜〔三〕。龙保贻留地黄方〔四〕，临王大令《地黄汤帖》〔五〕。鼠须盘礴天香室〔六〕。公书斋榜曰"天香深处"，乃御书也〔七〕。纹裂大龟兆庚庚〔八〕，体结灵蛇珠乙乙〔九〕。小章似慕汪水云〔十〕，公有印曰"水云居士"。大字颇同苏玉局〔十一〕。世上沾丐脚汗人〔十二〕，慎莫近前讨奴叱〔十三〕。

〔一〕英煦斋：英和，见卷二《题常小轩庶常所藏欧阳〈九成宫醴泉铭〉》注释〔九〕。刘文清：刘墉（1720—1805），字崇如，号石庵，另有另有青原、香岩、东武、穆庵等号。清代著名政治家、书法家。养斋：武育元。见前《题冯鲁川廉访所藏米芾〈芜湖县学记〉》为武养斋大令作》注释〔一〕。

〔二〕东武老子：指刘墉，"东武"是他的号。

〔三〕法彻中边：法度严谨，表里如一。中边：内外、表里。石蜜：冰糖，表里都甜。

〔四〕龙保：王羲之《龙保帖》："龙保等平安也，谢之。甚迟见卿舅，可耳，至为简隔也。"其中龙保是王羲之的晚辈子弟，不知确指何人。此处作者以"龙保"代指王献之。地黄方：指王献之的《地黄汤帖》。

〔五〕王大令：即王献之，因王献之曾任中书令，故称王大令。

〔六〕鼠须：即鼠须笔，一种用老鼠胡须制成的笔。天香室：刘墉的书斋名"天香深处"。

〔七〕御书：皇帝所书写。刘墉书斋匾额"天香深处"，由乾隆皇帝题写。

〔八〕兆：即龟兆，灼烧龟甲之后形成的纹理。庚庚：纹理横布的样子。

〔九〕乙乙：一一，逐一。"纹裂"两句：这两句是形容刘墉的书法如大龟纹裂，又如灵蛇、宝珠。

〔十〕汪水云：汪元量，字大有，号水云，钱塘（今浙江杭州）人，南宋末年著名诗人。宋度宗时，他以晓音律、善鼓琴供奉内廷，宋亡后出家为道士。他的诗歌多记录亡国前后的史实，抒发亡国之痛。著有《水云集》《湖山类稿》。

〔十一〕苏玉局：指苏轼，他曾任玉局观提举，故后人常称他"苏玉局"。

〔十二〕沾丐：给人以利益。脚汗人：脚汗，也作脚汉，赤脚，没有家业的人，此处代指俗人。

〔十三〕慎莫近前：杜甫《丽人行》："炙手可热势绝伦，慎莫近前丞相嗔！"

寿王遐举先生〔一〕 正月初八日

先生汪汪千顷波〔二〕，闻道最早读书多。实事恒被儒者服，寤言永矢硕人苙[三]。我从髫龀应郡试[四]，高名震耳鼓灵鼍[五]。同时虽见《大人赋》[六]，异县其如饮马歌[七]。见说先生春官捷[八]，射策独对金銮坡[九]。一官大似因人授[十]，武库森严富矛戈[十一]。尔时才杰萃帝里[十二]，海曲之许道州何[十三]。寿阳代郡洎平定[十四]，并州男子无婵娟[十五]。一一忘年似孔袛[十六]，日携樽酒往烟萝[十七]。先生此时饮一石，手捉松枝口悬河。训故累累有深细[十八]，形声凿凿无偏颇[十九]。日暮诗成新月上，半天霞绮绚纤蛾[二十]。得句西山秋气爽[二十一]，谈经东鲁春风和[二十二]。十载不迁细事耳[二十三]，头童齿呿颜常酡[二十四]。繄我计偕走京国[二十五]，已闻归山事养疴[二十六]。徘徊仪征履道宅[二十七]，先生在京寓阮文达故宅[二十八]。缅望真予安乐窝[二十九]。主讲安邑宏运书院，曹自梁故居也[三十]。往岁假归省亲串[三十一]，始见君子赋菁莪[三十二]。猪肝虽贵体不惫[三十三]，貂蝉既脱冠仍峨[三十四]。湘乡宫保好贤切[三十五]，钦仰高风设礼罗[三十六]。文献百年书局启[三十七]，云山千里蒲轮过[三十八]。远溯虞夏近昭代[三十九]，南尽汾洮北廑沱[四十]。此邦人地归述作[四十一]，析疑举要躅小苛[四十二]。黄钟大吕噌吰响[四十三]，不遗下里与阳阿[四十四]。何意寡陋如贱子[四十五]，亦蒙奖借少遗诃[四十六]。折楮教画新距度[四十七]，剜苔俾识古隶蝌[四十八]。经史大义骈云集[四十九]，挑灯危坐纷缕颁[五十]。孟陬之月皇览揆[五十一]，朱颜粲粲鬓蟠皤[五十二]。占书古重八日谷[五十三]，典礼今逢九门傩[五十四]。弱孙戏秉阿爷笏[五十五]，侍史深护进士鞾[五十六]。蔼蔼门生通家子[五十七]，锵锵佩玉鸣相摩。或羡仙服金光草[五十八]，或称凤食玉山禾[五十九]。或引大夫赐鸠杖[六十]，或祝老人处鸡窠[六十一]。贱子举觞贡一言，古来大师寿不磨[六十二]。桓子五更荣何极[六十三]，伏生九旬语无讹[六十四]。矧乃吾乡诸老后[六十五]，应遗一老独委蛇[六十六]。孔林之桧葛庙柏[六十七]，森森千古无改柯[六十八]。吾晋尚留汉槐古[六十九]，如见林宗有道科[七十]。乔木贤人同大耋[七十一]，养生安问郭橐驼[七十二]。永为人伦作楷式[七十三]，讵曰将寿补蹉跎[七十四]。晋祠碧流斜川似[七十五]，岁岁称觞舞婆娑[七十六]。

〔一〕王退举：王轩（1822—1887），字退举，号青田、顾斋，山西洪洞县人，同治元年进士，官至兵部主事，曾主讲宏运书院、晋阳书院。光绪六年，应曾国荃之邀任《山西通志》总纂。他工书法、善诗文，著有《顾斋遗集》《顾斋诗集》等。

〔二〕汪汪千顷波：《后汉书·黄宪传》："叔度汪汪若千顷波"。

〔三〕寤言永矢：《诗·卫风·考盘》："独寐寤言，永矢弗谖。"寤言，睡醒独自说话。矢，发誓。硕人苙：贤人住处宽大。苙，宽大。《诗·卫风·考盘》："考盘在阿，硕人之薖。"

〔四〕髫龀：幼年。郡试：即明清时期的院试，取得生员资格的考试，中者称为秀才。

〔五〕灵鼉：即鼍龙，一种与鳄鱼相似的动物，皮可以做鼓，常借以指鼓。

〔六〕《大人赋》：司马相如的辞赋。《史记·司马相如列传》："相如以为列仙之传居山泽间，形容甚臞，此非帝王之仙意也，乃遂就《大人赋》。……相如既奏《大人之颂》，天子大说，飘飘有凌云之气，似游天地之间意。"

〔七〕饮马歌：即汉乐府《饮马长城窟行》。《饮马长城窟行》："他乡各异县，辗转不相见。"

〔八〕春官捷：会试由礼部由礼部主持，礼部又称春官，故春官捷即会试高中。

〔九〕射策：泛指应试，此处指殿试。金銮坡：本义为山坡名，后代指金銮殿。宋钱易《南部新书》："金銮殿始于金銮坡，至朱梁始改为金銮殿焉。"

〔十〕因人授：因为个人的德行、才干而授予官职，不是因为门第、出身。

〔十一〕"武库"句：《晋书·裴楷传》记载，裴楷评价钟会，认为他"如观武库森森，但见矛戟在前。"武库：本义为储藏兵器的仓库，后常用以形容人学识广博。

〔十二〕萃帝里：聚集于京城。萃，聚集。

〔十三〕海曲之许：许瀚（1797—1866），字印林，室名攀古小庐，山东日照人。道光十五年举人，曾任峰县教谕，后丁忧去官。他是清代著名学者，在训诂、校勘、金石、方志等方面都有很高造诣，龚自珍称赞他是"北方学者第一人"。他的家乡山东日照，在汉代时曾为海曲县，故称海曲之许。道州何：何绍基，湖南道州人。何绍基，见卷二《赠家秋湄孝廉兄》注释〔六〕。

〔十四〕寿阳：指祁寯藻。祁寯藻（1793—1866），字叔颖，号春圃、息翁，山西寿阳人。嘉庆十九年（1814）进士，官至体仁阁大学士、太子太保，谥号文端。清代著名诗人、学者。代郡：指冯志沂，山西代州人。见前《题冯鲁川廉访所藏米芾〈芜湖县学记〉为武养斋大令作》注释〔一〕。平定：指蔡子璧。蔡子璧（1792—1874），字六如，号耕石，山西平定人，嘉庆二十五年进士，官至天津知府，晚年曾主讲晋阳书院。工书法，著有《伴农书屋杂记》等。

〔十五〕并州：《禹贡》所记载的"九州"之一，此处代指山西。婥婠：依违奉承，没有主见。

〔十六〕孔祢：孔融、祢衡，二人都是东汉末年著名文人。《后汉书·祢衡传》："祢衡字正平，平原般人也。少有才辩，而尚气刚傲，好矫时慢物。唯善鲁国孔融及弘农杨修。融亦深爱其才。衡始弱冠，而融年四十，遂与为交友。"

〔十七〕烟萝：本义是草木茂密、烟聚萝缠的地方，后泛指幽居之处。

〔十八〕训故：即训诂，解释古代典籍中的词句。累累：接连不断。

〔十九〕形声：汉字造字法"六书"之一，这类字由形旁和声旁组成，形旁与字义有关，声旁与字音有关。凿凿：确切，确实。

〔二十〕纤蛾：细细的蛾眉，指新月。

〔二十一〕西山秋气爽：《世说新语·简傲》："王子猷作桓车骑参军。桓谓王曰：'卿在府久，比当相料理。'初不答，直高视，以手版拄颊云：'西山朝来，致有爽气。'"

〔二十二〕东鲁：鲁国。春风和：《论语·先进》：子路、曾皙、冉有、公西华侍坐。……"点，尔何如？"鼓瑟希，铿尔，舍瑟而作，对曰："异乎三子者之撰。"子曰："何伤乎？亦各言其志也！"曰："莫春者，春服既成，冠者五六人，童子六七人，浴乎沂，风乎舞雩，咏而归。"夫子喟然叹曰："吾与点也。"

〔二十三〕不迁：不得升迁。细事：小事。

〔二十四〕头童：头秃。齿呿：齿缺。颜常酡：脸色泛红晕。

〔二十五〕蘩：语助词。计偕：参加会试。

〔二十六〕养疴：养病。

〔二十七〕仪征：指阮元，江苏仪征人。见卷二《赠家秋湄孝廉兄》注释〔二〕。履道宅：白居易在洛阳之宅院名履道宅。白居易《洛下卜居》诗自注："买履道宅，价不足，因以两马偿之。"

〔二十八〕阮文达：阮元，阮元谥号为"文达"。

〔二十九〕缅望：远望。安乐窝：北宋邵雍在洛阳的住宅名"安乐窝"。《宋史·道学列传·邵雍》："初至洛，蓬荜环堵，不芘风雨，躬樵爨以事父母，虽平居屡空，而怡然有所甚乐，人莫能窥也。及执亲丧，哀毁尽礼。富弼、司马光、吕公著诸贤退居洛中，雅敬雍，恒相从游，为市园宅。雍岁时耕稼，仅给衣食。名其居曰'安乐窝'，因自号安乐先生。"

〔三十〕曹自梁故居：山西安邑的宏运书院是由曹自梁故居改建而成。曹自梁：曹于汴，字自梁，解州安邑（今山西运城市）人。明万历二十年（1592）进士，官至左都御史。他为人品行高洁，遇事敢言，受人敬仰，著有《仰节堂集》等。

〔三十一〕亲串：关系亲密之人。

〔三十二〕赋菁莪：《诗经·小雅》有《菁菁者莪》一篇，诗小序曰："菁菁者莪，乐育材也，君子能长育人材，则天下喜乐之矣。"此处指王轩开始担任宏运书院主讲，能够教化人才。

〔三十三〕猪肝：《后汉书·周黄徐姜等传序》："（闵仲叔）客居安邑。老病家贫，不能得肉，日买猪肝一片，屠者或不肯与，安邑令闻，敕吏常给焉。"

〔三十四〕貂蝉：汉代皇帝侍从官官帽上的装饰，此处代指官帽。

〔三十五〕湘乡宫保：指曾国荃（1824—1890），字沅甫，湖南湘乡人，曾国藩九弟，湘江将领，官至两江总督、太子太保。光绪二年，他任山西巡抚期间，奏请朝廷，开始兴办书局编撰《山西通志》。他聘请王轩为总纂，杨笃为纂修，杨深秀为分纂。切：殷切、恳切。

〔三十六〕罗：招致。

〔三十七〕文献百年：山西自雍正十二年（1734）编修《山西通志》后，近百余年间没有重新修纂。书局：指曾国荃奏请朝廷设立的山西通志局。

〔三十八〕蒲轮：用蒲草裹轮的车子，一般是用来迎接德高望重的贤臣。

〔三十九〕虞夏：有虞之世和夏代。有虞之世，即舜帝的时代。昭代：本义为政治清明的时代，后指当代、当世，即清代。

〔四十〕汾洮：汾河与洮水。汾河，山西南部河流，发源于山西省宁武县，流经忻州、太原、吕梁、晋中、临汾、运城等地而注入黄河。洮水，发源于山西绛县南，西北流入涑水河。滹沱：滹沱河，流经山西北部的河流，发源于山西省繁峙县，流经山西省的代县、原平、忻县、定襄等地，经河北而入海。

〔四十一〕人地：当地人物与当地情况。述作：撰写著作。

〔四十二〕蠲：去掉。小苛：细小繁密之事。

〔四十三〕镗鈜：形容钟鼓的声音。

〔四十四〕下里：即下里巴人，民间流行的歌曲。阳阿：即《阳阿》《薤露》，高雅的歌曲。

〔四十五〕寡陋：孤陋寡闻。贱子：谦称自己。

〔四十六〕奖借：称赞、推许。谴诃：谴责、呵斥。

〔四十七〕折楮：折纸。楮，一种落叶乔木，树皮可以做纸，后常以"楮"代指纸。距度：古天文学术语，指二十八宿中每个星宿的"距星"，与下一个星宿的"距星"之间的"赤经差"。

〔四十八〕俾：使。隶蝌：隶书与蝌蚪文。蝌蚪文，也叫蝌蚪篆，一种书体，流行于先秦时期，因为头粗尾细形似蝌蚪而得名。

〔四十九〕骈云集：即骈臻云集，一起到来之意。

〔五十〕缕顷：详尽、详细。

〔五十一〕"孟陬"句：屈原《离骚》："摄提贞于孟陬兮，惟庚寅吾以降。皇览揆余初度兮，肇锡余以嘉名。"孟陬：正月。皇：皇考，对亡父的尊称。揆：察看。这句意为王轩的寿辰在正月。

〔五十二〕皤皤：白发苍苍的样子。

〔五十三〕占书：占卜之书。八日谷：托名东方朔的《占书》记载：正月一日为鸡，二日为狗，三日为猪，四日为羊，五日为牛，六日为马，七日为人，八日为谷。

〔五十四〕傩：一种祛除瘟疫的祭祀活动。《周礼·夏官·方相士》："方相士：掌蒙熊皮，黄金四目，玄衣朱裳，执戈扬盾，帅百隶而时难（傩），以索室驱疫。大丧，先柩；及墓，入圹，以戈击四隅，驱方良（魑魅）。"

〔五十五〕秉：手持。

〔五十六〕侍史：侍奉左右、掌管文书的人员。

〔五十七〕蔼蔼：形容众多的样子。通家：彼此世代较好、亲如一家。

〔五十八〕金光草：传说中的一种仙草，食之可以长寿。

〔五十九〕玉山禾：昆仑山的木禾。

〔六十〕鸠杖：一种杖头刻有鸠形的拐杖，专供老人使用。

〔六十一〕处鸡窠：宋钱易《洞微志》："太平兴国中，李守忠为承旨，奉使南方，过海至琼州界，道逢一翁，自称杨遇举，年八十一。邀守忠诣所居，见其父曰叔连，年一百二十二。又见其祖曰宋卿，年一百九十五。语次，见梁上一鸡窠，中有一小儿，头下视。宋卿曰：'此吾九代祖也，不语不食，不知其年，朔望取下，子孙列拜而已。'"

〔六十二〕不磨：不可磨灭。

〔六十三〕桓子：桓荣，字春卿，东汉初期大儒，光武帝时，曾任太子太傅。明帝刘庄即位后，尊桓荣以师礼，拜他为五更，十分亲重。《后汉书·桓荣传》："显宗即位，尊以师礼，甚见亲重，拜二子为郎。荣年逾八十，自以衰老，数上书乞身，辄加赏赐。乘舆尝幸太常府，令荣坐东面，设几杖，会百官骠骑将军东平王苍以下及荣门生数百人，天子亲自执业，每言辄曰'大师在是'。既罢，悉以太官供具赐太常家。其恩礼若此。"五更：古代官职名，用以尊养年老德高的退休官员。

〔六十四〕伏生：西汉初期经学大师。《汉书·儒林传》："伏生，济南人也。故为秦博士。孝文帝时，欲求能治《尚书》者，天下亡有，闻伏生治之，欲召。时伏生年九十余，老不能行，于是诏太常，使掌故晁错往受之。"

〔六十五〕矧：况且。

〔六十六〕委蛇：雍容自得的样子。

〔六十七〕孔林之桧：孔林是孔子及其后裔的家族墓地。孔林有孔子亲自栽种的桧树，历经两千多年而不枯。葛庙柏：成都武侯祠前的柏树。

〔六十八〕无改柯：枝干面貌不改。

〔六十九〕"吾晋"句：山西多地都有汉槐，洪洞县有著名的大槐树，平定县锁簧村的汉槐树龄也达两千多年。

〔七十〕林宗：郭泰，字林宗。太原郡介休县（今山西介休市）人，东汉后期名士。有道科：汉代选举科目之一，有道德、才艺的人可由此科被举荐为官。郭泰曾被举为有道，后世称称之为"郭有道"。

〔七十一〕大耋：指高龄的老年人，古代八十岁曰耋。

〔七十二〕郭橐驼：郭橐驼是柳宗元名文《种树郭橐驼传》中的人物，他精通种树之道，能够让人从中领悟养生之道。

〔七十三〕楷式：楷模。

〔七十四〕讵曰：难道说。将寿补蹉跎：刘禹锡《岁夜咏怀》："以闲为自在，将寿补蹉跎。"意为将长寿来补回岁月蹉跎。

〔七十五〕斜川：地名，在今江西都昌一带，陶渊明有《游斜川》诗。

〔七十六〕称觞：举杯祝酒。舞婆娑：婆娑起舞。婆娑，盘旋舞动的样子。

外姑杜太孺人三周禫祭令嗣制屏索诗拟垂家范，内子亦寄书代乞，因案来状件系之，得截句十四首〔一〕

分明小女嫁黔娄〔二〕，射雉曾非贾大夫〔三〕。惭愧升堂初拜母，蒙称快婿比周瑜〔四〕。

〔一〕外姑：岳母。孺人：明清七品官员的母亲或妻子的封号，后也用于对一般妇人的尊称。三周：三周年。禫祭：守丧期满，除丧服的祭祀。令嗣：对他人之子的敬辞。拟垂家范：打算流传治家的规范。内子：妻子。案：按照、依照。状件：行状文书。状，即行状，死者家属叙述死者世系、籍贯、事迹的文章。截句：绝句。

〔二〕小女嫁黔娄：元稹《遣悲怀·其一》："谢公最小偏怜女，自嫁黔娄百事乖。"黔娄：战国时齐国贤士，家贫，不肯出仕，死时衣不蔽体，此处代指作者自己。

〔三〕贾大夫：《左传·昭公二十八年》："昔贾大夫恶，娶妻而美，三年不言不笑，御以如皋，射雉获之，其妻始笑而言。"

〔四〕快婿：为人豁达、才能出众的女婿。《世说新语·雅量》："郗太傅在京口，遣门生与王丞相书，求女婿。丞相语郗信：'君往东厢，任意选之。'门生归，白郗曰：'王家诸郎，亦皆可嘉，闻来觅婿，咸自矜持。唯有一郎，在床上坦腹卧，如不闻。'郗公云：'正此好！'访之，乃是逸少，因嫁女与焉。"周瑜：《三国志·周瑜传》："时得桥公两女，皆国色也。策自纳大桥，瑜纳小桥。"

门第城南尺五天[一]，身传礼法自笄年[二]。林风闺秀均无愧[三]，却恨今无中垒编[四]。孺人事实前年已登邑志列女门[五]。

〔一〕城南尺五天：杜甫《赠韦七赞善》诗自注："城南韦杜，去天尺五。"韦杜，指唐代长安附近两大望族杜氏和韦氏。"去天尺五"，形容门第之高贵。

〔二〕笄年：古代女子十五岁成年，可以插簪子，称为"笄年"。笄，簪子。

〔三〕林风：即林下之风，指态度娴雅、举止大方。《世说新语·贤媛》："王夫人（谢道韫）神情散朗，故有林下风气。"

〔四〕中垒编：指刘向的《列女传》。刘向，字子政，西汉后期著名学者。他曾担任中垒校尉，故称"刘中垒"。《列女传》是他编著的一部介绍中国古代妇女事迹的传记类著作。

〔五〕邑志：即杨深秀主持纂修的光绪《闻喜县新志》。

唇边樱颗额梅花[一]，妆点燕支未足夸[二]。异相天昭贞白性[三]，脚心生带守宫砂[四]。案来状云孺人生有异相，足心誌如朱粒。

〔一〕唇边樱颗：即樱桃小口，形容女性口小如樱桃。额梅花：《太平御览》引《杂五行书》："宋武帝女寿阳公主人日卧于含章殿檐下，梅花落公主额上，成五出花，拂之不去。皇后留之，看得几时。经三日，洗之乃落。宫女奇其异，竞效之，今梅花妆是也。"

〔二〕燕支：即胭脂。

〔三〕贞白：守正清白。

〔四〕守宫砂：用捣烂的壁虎血肉在少女胳膊上点上红痣，以验证女性贞操。守宫，壁虎的别名。张华《博物志》："蜥蜴或名蝘蜓。以器养之，食以朱砂，体尽赤，所食满七斤，治捣万杵，点女人支体，终年不灭。唯房室事则灭。"

父亡亲手纳珠含〔一〕，母老终身供脆甘〔二〕。五女尤推中女孝，仓公何必羡生男〔三〕。孺人父无子，有五女，孺人其第三也。葬父养母终赖其力。

〔一〕纳珠含：即口含，一种丧葬习俗，死者入殓时，要在口中含上珠玉、五谷等物。

〔二〕脆甘：也作"甘脆"，美味的食品。

〔三〕仓公：据《史记》载，仓公名淳于意，西汉人，精通医术，因故获罪，其女缇萦上书文帝，愿以身代，得免。羡生男：《史记·扁鹊仓公列传》："文帝四年中，人上书言意，以刑罪当传西之长安。意有五女，随而泣。意怒，骂曰：'生子不生男，缓急无可使者！'"

鸠遭妇逐竟无归〔一〕，鸡遇牝晨尤有威〔二〕。每代仲喈怜故伯〔三〕，不妨桓妇送新衣〔四〕。先是外舅明轩翁之兄，娶妇悍甚，遂至出居于外，衣不蔽体。孺人每具衣遗之。

〔一〕鸠遭妇逐：欧阳修《鸣鸠》诗："天将阴，鸣鸠逐妇鸣中林，鸠妇怒啼无好音。"此处作者反用欧阳修诗意，借指丈夫被妻子驱逐。

〔二〕牝晨：即牝鸡司晨，意为母鸡报晓。《尚书·牧誓》："牝鸡司晨，惟家之索。"

〔三〕仲喈：张仲喈，东汉人，与其兄伯喈是孪生兄弟。《太平御览》卷三九六引《风俗通》："陈国张伯喈弟仲喈妇炊于灶下，至井上，谓喈曰：'我今日妆好不？'伯喈曰：'我伯喈也。'妇大惭愧。其夕时，伯喈到更衣，妇复遂牵其背曰：'今旦大误，谓伯喈为卿。'答曰：'我故伯喈也。'"此处以"仲喈"代指弟弟。

〔四〕桓妇：东晋桓冲之妻，此处代指杜夫人。送新衣：《世说新语·贤媛》："桓车骑不好著新衣。浴后，妇故送新衣与。车骑大怒，催使持去。妇更持还，传语云：'衣不经新，何由而故？'桓公大笑，著之。"

常为前女绣腰襦〔一〕，肯使衣中絮有芦〔二〕？翻笑杜家亲母女〔三〕，女衣颠倒补天吴〔四〕。孺人初来时，前室有遗女，甫周晬〔五〕，抚之恩勤备至，人不知为异腹也。

〔一〕前女：前妻之女。腰襦：齐腰的袄子。

〔二〕絮有芦：元郭守正《二十四孝》："周闵损，字子骞，早丧母。父娶后母，生二子，衣以棉絮；妒损，衣以芦花。父令损御车，体寒，失纼。父查知故，欲出后母。损曰：'母在一子寒，母去三子单。'母闻，悔改。"

〔三〕杜家亲母女：杜甫的妻女。

〔四〕颠倒补天吴：杜甫《北征》："床前两小女，补缀才过膝。海图坼波涛，旧绣移曲折。天吴及紫凤，颠倒在裋褐。"天吴，传说中虎身人面的海神。

〔五〕甫周晬：刚刚周岁。恩勤：父母抚育子女的慈爱和辛劳。《诗·豳风·鸱鸮》："恩斯勤斯，鬻子之闵斯。"

寇来逃窜死如麻，独议婴城静不哗〔一〕。古有夫人城守者〔二〕，保全何翅万人家〔三〕。咸丰癸丑，粤逆过境〔四〕，逃窜遇害者甚众。孺人以为："有城可守，纵城破死于家，尚胜死于野也。"坚守不肯出城，竟以无虞。从孺人议者，皆得保全。

〔一〕婴城：环城而守。

〔二〕夫人城守者：中国历史上夫人守城之事甚多，如襄阳有夫人城，纪念东晋时守襄阳的朱序之母韩夫人；岭南有冼夫人城，纪念南北朝时期著名女政治家冼夫人。

〔三〕何翅：何止。

〔四〕咸丰癸丑：咸丰三年（1853年）。粤逆过境：粤逆，指太平天国起义军。1853年，太平军将领李开芳、林凤祥率军北伐，在河南济源一带受到清军阻截。于是天平军转而进入山西境内，从山西绕道进攻北京。他们在山西活动了25天，占领过垣曲、绛县、曲沃等一府六县。军事行动完成后，他们又离开山西进入了河北。

老人痿惫处窠鸡〔一〕，日敛双眉举椀齐〔二〕。绝似宣王风痹发〔三〕，躬亲执爨有贤妻〔四〕。丁卯夏，外舅明轩翁得瘫疾，孺人老矣，犹拮据数月，衣不解带而事之。

〔一〕处窠鸡：见前《寿王遐举先生》注释〔六十一〕。

〔二〕"日敛"句：用孟光"举案齐眉"之事。见卷二《外姑李母杜太孺人寿诗·其二》注释〔五〕。

〔三〕宣王：指司马懿，三国时期著名政治家，死后被追谥宣王。

〔四〕执爨：掌理炊事。贤妻：指司马懿之妻张春华。《晋书·宣穆张皇后传》："宣帝初辞魏武之命，托以风痹，尝暴书，遇暴雨，不觉自起收之。家惟有一婢见之，后乃恐事泄致祸，遂手杀之以灭口，而亲自执爨。帝由是重之。"

螟蛉藉得慰幽忧〔一〕，卵翼兼为赋好逑〔二〕。寡妇孤儿仍一脉〔三〕，不同牵合自三州〔四〕。从孙妇郭孀居无子，又从曾孙金安少孤无依。孺人为金安娶妇，俾侍郭同居。又有从孙鹆子，亦为娶妇。

〔一〕螟蛉：即义子。《诗经·小雅·小宛》："螟蛉有子，蜾蠃负之。"螟蛉，桑虫。蜾蠃，细腰蜂。旧时传说蜾蠃不产子，喂养螟蛉为子，因此用"螟蛉"比喻义子。幽忧：忧伤。

〔二〕卵翼：本义为鸟用翅膀保护鸟卵，孵出小鸟，比喻养育或者保护。赋好逑：《诗经·周南·关雎》："窈窕淑女，君子好逑。"此处意为为人娶妻。

〔三〕一脉：同一家族。

〔四〕牵合：牵强凑合。三州：庾信《伤心赋》："兄弟则五郡分张，父子则三州离散。"

荒年闭籴正纷纭〔一〕，升斗寻常孰肯分。教子麦舟与戚友〔二〕，妇人中有范希文〔三〕。光绪丁丑、戊寅，晋大饥，人相食。孺人捐赈，戚友全活甚众。

〔一〕闭籴：禁止籴米。

〔二〕麦舟：释惠洪《冷斋夜话》卷十："范文正公在睢阳，遣尧夫于姑苏取麦五百斛。尧夫时尚少，既还，舟次丹阳，见石曼卿，问寄此久近。曼卿曰：'两月矣。三丧在浅土，欲丧之西北归，无可与谋者。'尧夫以所载麦舟付之。到家，文正曰：'东吴见故旧乎？'曰：'曼卿为三丧未举，方滞舟丹阳。'公曰：'何不以麦舟与之？'尧夫曰：'已付之矣。'"范文正，范仲淹。尧夫，范纯仁，字尧夫，范仲淹之子。

〔三〕范希文：范仲淹，字希文，谥号"文正"。

儒侠分途孰是非〔一〕，攻书习射代弦韦〔二〕。岂望生儿为将相，两男聊抵尹翁归〔三〕。孺人命长君雨汀读书，次君菱川习射，曰："此各传一艺之法也。"

〔一〕儒侠分途：《韩非子·五蠹》："儒以文乱法，侠以武犯禁。"

〔二〕弦韦：用以警示、勉励自己的事物。《韩非子·观行》："西门豹之性急，故佩韦以自缓。董安于之心缓，故佩弦以自急。"

〔三〕尹翁归：西汉后期著名廉吏。他是一个文武兼备的全才。《汉书·尹翁归传》："尹翁归，字子兄，河东平阳人也，徙杜陵。翁归少孤，与季父居。为狱小吏，晓习文法。喜击剑，人莫能当。"此句意为杜夫人二子，一习文，一习武，二人合起来抵得上一个尹翁归。

教子诗书劝母餐，广文清福得来难[一]。敬儿妻梦全身热[二]，那解令儿作冷官[三]。孺人尝谓长君雨汀曰："读书岂必望大官，教职清闲，能事亲教子足矣。"雨汀今就教职，孺人志也。

〔一〕广文：唐代时曾设广文馆，有博士、助教等职，负责教育事务。明清时期常用"广文"代指教官。

〔二〕敬儿：张敬儿，南齐将领。因位高权重，遭齐武帝猜忌，被秘密处死。全身热：《南齐书·张敬儿传》："初娶前妻毛氏，生子道文。……妻谓敬儿曰：'昔时梦手热如火，而君得南阳郡。元徽中，梦半身热，而君得本州。今复梦举体热矣。'"

〔三〕冷官：地位不重要的清闲之官。

齑臼辛勤到外孙[一]，梳头剪蚤总蒙恩[二]。痴儿睡醒啼双下，犹有桃花靧面痕[三]。

〔一〕齑臼：捣碎蒜、姜等辛辣食物的器具。外孙：即杨深秀之子。

〔二〕剪蚤：剪指甲。蚤，通"爪"，指甲。

〔三〕靧面：洗脸。

三年岁月白驹驰[一]，日代阃人念母仪[二]。我似闲居潘骑省[三]，每怀东武有余思[四]。

〔一〕白驹：即白驹过隙，比喻时间过得很快。

〔二〕阃人：指妻子。母仪：母亲的仪范。

〔三〕潘骑省：指西晋文学家潘岳，他曾担任散骑常侍，故称潘骑省。

〔四〕东武：指杨肇，西晋将领，被封东武伯，他是潘岳的岳父。潘岳《思旧赋》："余十二而获见于父友东武戴侯杨君。始见知名，遂申之以婚姻。"

母舅刘公讣至云临终哭念余也泣作[一] 舅讳月桂，武生

吾母仪容记不明[二]，典型今复丧同生[三]。文传家法偏能武，贫得人心只积诚[四]。道洽庚桑千户祝[五]，患除周处一乡清[六]。舅以排解[七]，有德于乡。临终儿女当前侍，独望并垣念外甥[八]。

〔一〕母舅：舅舅。杨深秀的舅舅名刘月桂，是闻喜县武生员。讣：报丧的通知。

〔二〕"吾母"句：杨深秀的母亲在他七岁时就去世了，母亲的长相已然记不清楚，所以说"仪容记不明"。

〔三〕典型：典范。同生：同父所生。

〔四〕积诚：积聚诚心。

〔五〕道洽庚桑：《庄子·庚桑楚》："老聃之役有庚桑楚者，偏得老聃之道，以北居畏垒之山，其臣之画然知者去之，其妾之挈然仁者远之；拥肿之与居，鞅掌之为使。居三年，畏垒大壤。"

〔六〕患除周处：《世说新语·自新》："周处年少时，凶强侠气，为乡里所患。又义兴水中有蛟，山中有白额虎，并皆暴犯百姓。义兴人谓为三横，而处尤剧。或说处杀虎斩蛟，实冀三横唯余其一。处即刺杀虎，又入水击蛟。蛟或浮或没，行数十里，处与之俱。经三日三夜，乡里皆谓已死，更相庆。竟杀蛟而出，闻里人相庆，始知为人情所患，有自改意。"

〔七〕排解：调解（纠纷）。

〔八〕并垣：太原城。并州，太原的别称。当时作者在太原通志局任职。

哭卫庄游学博〔一〕

曲沃卫庄游与余投分十年〔二〕，所作《囊室经译》，余一一亲见属草稿时。独时人道其狂诡，余所未睹。岁丁丑，湘乡宫保延主金石志局〔三〕。家秋湄、学博兄既婉辞〔四〕，余竟未至，君之狂名乃愈噪于兹时矣。一官虑虎〔五〕，块然遂死〔六〕，故人酸楚，知复何言。

积雨空阶五月寒〔七〕，思君生世倍汍澜〔八〕。奖成后辈翻招谤〔九〕，瞠视中丞屡见宽〔十〕。磊块填胸增病易〔十一〕，文章糊口矫廉难〔十二〕。凉宵独检当时札〔十三〕，字字分明不忍看。

〔一〕卫庄游：卫天鹏，字庄游，山西曲沃人，咸丰戊午科举人，曾主讲乡宁、翼城、霍州等地书院。精通经学，著述颇丰。学博：明清时期学官的别称。

〔二〕投分：志趣相投。

〔三〕丁丑：光绪三年（1877）。湘乡宫保：曾国荃。见前《寿王遐举先生》注释〔三十五〕。延：聘请、邀请。

〔四〕家秋湄：杨笃，字秋湄。见卷二《赠家秋湄孝廉兄》注释〔一〕。

〔五〕虑虒：地名，汉代设置虑虒县，即今山西五台山县。卫天鹏晚年任五台县教谕，因病去世。

〔六〕块然：孤独的样子。

〔七〕积雨空阶：张耒《七月六日二首·其一》："积雨空阶生绿衣，幽幽点点弄秋姿。"

〔八〕生世：身世。汍澜：形容流泪的样子。

〔九〕奖成：助成。翻：反而。

〔十〕瞠视：睁大眼睛盯着看。中丞：明清时期对巡抚的尊称。

〔十一〕磊块：比喻郁积在胸中的不平之气。

〔十二〕矫廉：假装廉洁。

〔十三〕札：书信。

鹏集枭鸣觉不祥〔一〕，少微真已失光芒〔二〕。卖文金到多仍尽，使酒名成醒亦狂〔三〕。旧羡青毡叹福薄〔四〕，新亡碧玉竟神伤〔五〕。君姬人张氏以产难新亡。戢棺何日能归去〔六〕，麦饭香花冷署凉〔七〕。

〔一〕鹏集：贾谊《鵩鸟赋》："谊为长沙王傅三年，有鵩飞入谊舍。鵩似鸮，不祥鸟也。谊即以谪居长沙，长沙卑湿，谊自伤悼，以为寿不得长，乃为赋以自广也。"鵩：猫头鹰。集：鸟栖息在树上。枭：传说中的恶鸟，生而食母。

〔二〕少微：即少微星，一名处士星，常用以喻指处士、隐士。此处指卫天鹏。

〔三〕使酒：因酒使性。《史记·魏其武安侯列传》："灌夫为人刚直使酒，不好面谀。"

〔四〕青毡：家传的故物。《晋书·王献之传》："献之字子敬。……夜卧斋中，而有偷人入其室，盗物都尽。献之徐曰：'偷儿，青毡我家旧物，可特置之。'群偷惊走。"

〔五〕碧玉：年轻貌美的侍妾。晋代汝南王司马亮的妾名碧玉，孙绰曾为之作《碧玉歌》两首。后常以"碧玉"指代年轻貌美的侍妾或小家女子。

〔六〕戢棺：尸身收敛入棺。

〔七〕麦饭：祭祀用的饭食。冷署：冷落清闲的官署，指教官衙署。

拟何大复明月篇[一]有序

　　夫歌行之制原于乐府，心声绮靡，斯歌喉渺绵。[二]故自魏帝《燕歌》、晋人《白纻》、庾子山之《折柳》、卢子行之《听蝉》[三]，斯并清便婉转，乃唐初王、杨、卢、骆之权舆也[四]。若夫鲍明远之《路难》[五]，《行路难》，明远诗中只称《路难》。太白师其俊逸；斛律金之《敕勒》，裕之叹其英雄[六]。一则才人下位，抒感慨而击唾壶[七]；一则老将穷边，唱横吹而答觱篥[八]。杜子美一生歌行与此貌异神似间，不尽似，要于四子者不似也[九]。是则身际其变，不期而成变徵之声矣[十]。明信阳何景明仲默，与李献吉并世大名[十一]。献吉专学少陵，仲默暇日乃独有意于四子者之所为，选声练色作为《明月篇》[十二]。虽至今代新城王文简、长洲沈文悫皆极称之，以为妙悟从天矣[十三]。仆闻士衡文采乃赓苏、李之篇[十四]，康乐风流偏撰曹、刘之体[十五]。矧四子者，杜老所谓"江河万古而可废乎[十六]！"闲亦效作一首，不敢显然附于四子，姑于仲默执鞭比之义焉[十七]。亦题曰《明月篇》，从其朔也[十八]。

　　长安月，皎皎出云端。千门万户凝秋碧，五剧三条荡夜寒[十九]。寒生白玉宇，光泛黄金阙。觚棱花隐望犹迷[二十]，辇路草生芳未歇[二十一]。觚棱辇路月蝉联，天上今宵是何年。郁郁九霄偏灿烂，迢迢千里共婵娟[二十二]。戚里豪情飞羽盏[二十三]，宫人细语炷龙涎[二十四]。梁家画阁金流甓[二十五]，赵后文窗玉叠钱[二十六]。画阁交窗帷半卷，金樽绮席灯初剪[二十七]。正见酒人著接䍦[二十八]，如闻园客弹独茧[二十九]。长堤杨柳未藏乌[三十]，小院芙蓉犹吠犬[三十一]。笛里关山怨别离[三十二]，楼头河汉望清浅[三十三]。别有倡家花满蹊[三十四]，人圆如月正双栖。光摇银掠妆初罢[三十五]，色晃缥裙舞乍低[三十六]。誓作生生比翼鸟[三十七]，厌闻膴膴长鸣鸡[三十八]。长看锦帐千金笑[三十九]，那记璇闺双玉啼[四十]。闺人啼彻董娇娆[四十一]，戍客长随霍嫖姚[四十二]。幽恨万千看破镜[四十三]，凉宵三五念征袍[四十四]。却从舍北闻碪杵[四十五]，未识辽西认斗杓[四十六]。白草牛羊君梦远，黄芦鸿雁妾心劳[四十七]。黄芦白草边亭见[四十八]，佳蕙崇兰官阁绚[四十九]。关门柳色已经霜，禁籞花林正如霰[五十]。草绿萤飞长信门[五十一]，叶黄蝉噪未央殿[五十二]。秦宫怨女卷罗衣[五十三]，汉代婕妤赋纨扇[五十四]。纨扇年年捐素秋[五十五]，一轮皓月几时休。凤阙偏涂云母粉[五十六]，龙宫高捧水精球。齐卷蒜帘临镜阁[五十七]，仍雕瓜瓣拜针楼[五十八]。织女隔河终有耦[五十九]，嫦娥广殿竟无俦[六十]。借问嫦娥若为心，青天碧海冷谁禁[六十一]。盛年迅似东流水，良夜珍如南土金[六十二]。旅人紫陌玩桂魄[六十三]，思妇红闺念藁碪[六十四]。归去来，计已审[六十五]，我心如醉不关饮。直将喜字写如环〔六十六〕，莫令回文织成锦〔六十七〕。月明似锦圆似环，应照离人双解颜〔六十八〕。胡麻饭好须先种〔六十九〕，丛桂花开正满山〔七十〕。

〔一〕何大复：何景明（1483—1521），字仲默，号白坡，又号大复山人，河南信阳人，明代著名文学家，"前七子"之一，与李梦阳齐名，是当时文坛领袖。《明月篇》：何景明的一篇著名的七言歌行体长诗，模仿卢照邻《长安古意》、骆宾王《帝京篇》，写京城的繁华及自己在京城的经历。

〔二〕歌行：即歌行体，古典诗歌的一种体裁，它来源于乐府，语言上以七言为主，杂以五言、杂言，音节、格律比较自由，富于变化。心声：思想感情。渺绵：悠远不尽的样子。

〔三〕魏帝《燕歌》：魏文帝曹丕的《燕歌行》。晋人《白纻》：晋代乐府诗《白纻舞歌诗》。庾子山之《折柳》：庾信的《杨柳歌》。卢子行之《听蝉》：卢思道的《听咏蝉篇》。卢思道，字子行，范阳（今河北涿州）人，活跃于北朝、隋初文坛，著名诗人。

〔四〕王、杨、卢、骆：指初唐四杰，王勃、杨炯、卢照邻、骆宾王。权舆：开始、开端。

〔五〕鲍明远之《路难》：鲍照的《拟行路难十八首》。

〔六〕斛律金之《敕勒》：即北朝民歌《敕勒川》。据《北齐书》记载，斛律金是《敕勒歌》的最早歌唱者。《北齐书·神武帝纪》："己卯，无功而还。是时，西魏言神武中弩，神武闻之，乃勉坐见诸贵，使斛律金唱《敕勒歌》，神武自和之，哀感流涕。"裕之：元好问，字裕之。叹其英雄：元好问《论诗绝句三十首·其七》："慷慨歌谣绝不传，穹庐一曲本天然。中州万古英雄气，也到阴山敕勒川。"

〔七〕才人下位：有才之人身处低下之位。击唾壶：《世说新语·豪爽》："王处仲（王敦）每酒后辄咏'老骥伏枥，志在千里。烈士暮年，壮心不已'。以如意打唾壶，壶口尽缺。"

〔八〕穷边：荒远的边疆。横吹：乐器名，即横笛。觱栗：又名"觱篥"，一种管乐器，形似喇叭，声调悲凉。

〔九〕杜子美：杜甫。不尽似：不完全相似。四子：即初唐四杰。

〔十〕身际其变：身处时代变局之中。变徵：传统音乐术语，一种凄怆悲凉的曲调。

〔十一〕李献吉：李梦阳（1473—1530），字献吉，号空同，明代著名文学家，"前七子"之一，与何景明齐名，是当时的文坛领袖。

〔十二〕作为：创作。

〔十三〕新城王文简：王士禛（1643—1711），字子真，一字贻上，号阮亭，又号渔洋山人，谥号"文简"，世称王渔洋，山东新城（今山东桓台县）人，清初著名诗人。长洲沈文悫：沈德潜（1673—1769），字确士，号归愚，江苏苏州府长洲（今江苏苏州）人，清代著名诗人、学者。

〔十四〕士衡：陆机，字士衡，西晋著名文学家。赓：继续、延续。苏、李：指托名苏武的《诗四首》、托名李陵的《与苏武三首》。

〔十五〕康乐：即谢灵运，他曾被封康乐公，故称谢康乐。曹、刘：指曹植和刘桢。刘桢，字公幹，"建安七子"之一，东汉末年著名文学家。

〔十六〕矧：况且。江河万古：杜甫《戏为六绝句·其二》："王杨卢骆当时体，轻薄为文哂未休。尔曹身与名俱灭，不废江河万古流。"

〔十七〕窃比：私下比拟。《论语·述而》："子曰：'述而不作，信而好古，窃比于我老彭。'"

〔十八〕从其朔也：从它开始。朔，开始。

〔十九〕五剧三条：五剧，交错的道路。三条，三面相通的路。卢照邻《长安古意》："南陌北堂连北里，五剧三条控三市。"

〔二十〕甍棱：宫殿转角处的瓦脊。花隐：遮蔽于花丛。

〔二十一〕辇路：天子车驾所走的道路。

〔二十二〕千里共婵娟：苏轼《水调歌头》："但愿人长久，千里共婵娟。"

〔二十三〕戚里：帝王外戚聚居之处。

〔二十四〕炷：烧香。龙涎：即龙涎香，抹香鲸体内的分泌物制成的香料。

〔二十五〕梁家：指东汉外戚梁冀，他在洛阳大兴土木，建造楼阁。《后汉书·梁冀传》："冀乃大起第舍，而寿亦对街为宅，殚极土木，互相夸竞。堂寝皆有阴阳奥室，连房洞户。柱壁雕镂，加以铜漆，窗牖皆有绮疏青琐，图以云气仙灵。台阁周通，更相临望；飞梁石蹬，陵跨水道。"

〔二十六〕赵后：西汉汉成帝皇后赵飞燕。赵飞燕居住于昭阳殿，装饰异常奢华。《汉书·外戚列传下》："居昭阳舍，其中庭彤朱，而殿上髹漆，切皆铜沓黄金涂，白玉阶，壁带往往为黄金釭，函蓝田璧，明珠、翠羽饰之，自后宫未尝有焉。"文窗：刻镂文彩的窗子。玉叠钱：形容花纹像重重叠叠的玉钱。

〔二十七〕绮席：盛大华美的宴席。

〔二十八〕著接䍦：戴着接䍦帽。接䍦，一种白色的帽子。李白《襄阳歌》："落日欲没岘山西，倒著接䍦花下迷。"

〔二十九〕独茧：相传有仙人名园客，养得蚕茧大如瓮，一个蚕茧抽丝六十日才尽，此茧后人称为独茧。这里指用独茧之丝制成的琴弦。

〔三十〕杨柳未藏乌：南朝乐府《读曲歌》："暂出白门前，杨柳可藏乌。"

〔三十一〕小院芙蓉：杜甫《秋兴八首·其六》："花萼夹城通御气，芙蓉小苑入边愁。"

〔三十二〕笛里关山：王昌龄《从军行七首·其一》："更吹羌笛关山月，无那金闺万里愁。"关山，指曲调《关山月》。

〔三十三〕河汉望清浅：《古诗十九首·迢迢牵牛星》："河汉清且浅，相去复几许。"

〔三十四〕倡家：指妓女。

〔三十五〕光摇银掠：形容女性妆容光彩照人。

〔三十六〕色晃：色彩闪烁。缣裙：丝布织成的裙子。

〔三十七〕比翼鸟：白居易《长恨歌》："在天愿作比翼鸟，在地愿为连理枝。"

〔三十八〕膈膈：即膈膈膊膊，鸡叫时拍打翅膀的样子。《古两头纤纤诗》："两头纤纤月初生，半白半黑眼中精。膈膈膊膊鸡初鸣，磊磊落落向曙星。"长鸣鸡：南朝乐府《读曲歌》："打杀长鸣鸡，弹去乌白乌。"

〔三十九〕千金笑：千金一笑，指不惜重金，博得美人一笑。

〔四十〕璇闺：闺房的美称。双玉啼：双眼流泪。薛道衡《昔昔盐》："恒敛千金笑，长垂双玉啼。"

〔四十一〕董娇娆：汉代文人宋子侯创作的诗歌《董娇娆》，写一个名为董娇娆的女子感慨盛年易逝、欢爱永绝。

〔四十二〕霍嫖姚：西汉名将霍去病。嫖姚，劲疾之貌。

〔四十三〕破镜：打破之镜，比喻夫妻分离。暗用南朝陈徐德言与妻乐昌公主之事。二人夫妻恩爱，但在战乱中分离。分离前，二人打破一面铜镜，各执一半，作为日后相见的凭证。后来二人终于又相逢团聚，破镜得以重圆。

〔四十四〕三五：每月十五日，月圆之时。征袍：战袍。代指出征在外的丈夫。

〔四十五〕碪杵：捣衣石和棒槌。

〔四十六〕辽西：辽河以西地区，是古代重要的边塞。斗杓：北斗七星的斗柄。

〔四十七〕黄芦：芦苇的一种。心劳：心意慌乱。

〔四十八〕边亭：边地的亭障。

〔四十九〕佳蕙崇兰：繁茂艳丽的蕙草、兰花。官阁：官署。

〔五十〕禁籞：皇家禁苑。花林正如霰：张若虚《春江花月夜》："江流宛转绕芳甸,月照花林皆似霰。"

〔五十一〕长信门:长信宫宫门。长信宫是西汉长安宫殿名,太后常居住于此。

〔五十二〕未央宫:西汉长安宫殿,皇帝居住的地方。

〔五十三〕卷罗衣:谢朓《玉阶怨》:"夕殿下珠帘,流萤飞复息。长夜缝罗衣,思君此何极。"

〔五十四〕汉代婕妤:指汉成帝之妃班婕妤。她才华过人,受到皇帝宠爱。后遭到赵飞燕姐妹诬陷而失宠。赋纨扇:传说班婕妤曾创作一首《怨歌行》,在诗中她自比纨扇,炎热时与主人形影不离,秋凉时就被抛到身后。

〔五十五〕"纨扇"句:班婕妤《怨歌行》:"常恐秋节至,凉风夺炎热。弃捐箧笥中,恩情中道绝。"

〔五十六〕云母:一种硅酸盐类的矿物质。

〔五十七〕蒜帘:又名银蒜帘,一种带有银铸蒜形帘押的帘子。帘押,是装在帘子上起镇押作用的物件。

〔五十八〕瓜瓣、拜针:农历七月初七,又名乞巧节,古时少女在这一天要在月下摆上瓜果,祭拜织女,并在月下穿针,以乞求心灵手巧。

〔五十九〕有耦:有配偶,指牛郎。

〔六十〕广殿:即广寒宫,嫦娥在月宫中的住所。无俦:没有伴侣。

〔六十一〕青天碧海:李商隐《嫦娥》:"嫦娥应悔偷灵药,碧海青天夜夜心。"

〔六十二〕南土金:南方所产的黄金,代指珍稀之物。

〔六十三〕紫陌:京城郊外的道路。玩桂魄:赏玩于月光之下。桂魄,月亮,传说月中有桂树,故名桂魄。

〔六十四〕红闺:红楼。藁碪:指丈夫。藁,稻草。碪,砧板。古代执行斩刑时,犯人席藁伏碪,以鈇(斧)斩之。因为"鈇"与"夫"谐音,所以常用"藁碪"代指丈夫。

〔六十五〕计已审:计划已经确定。

〔六十六〕喜字写如环:《南史·齐本纪下》载,南齐武帝病危时,皇太孙萧昭业"与何氏书,纸中央作一大'喜'字,而作三十六小'喜'字绕之。"

〔六十七〕回文织成锦:《晋书·列女传》:"窦滔妻苏氏,始平人也,名蕙,字若兰,善属文。滔苻坚时为秦州刺史,被徙流沙,苏氏思之,织锦为回文旋图诗以赠滔。宛转循环以读之,词甚凄惋,凡八百四十字,文多不录。"

〔六十八〕应照离人:张若虚《春江花月夜》:"可怜楼上月徘徊,应照离人妆镜台。"双解颜：杜甫《月夜》："何时倚虚幌，双照泪痕干。"

〔六十九〕胡麻饭：用胡麻炊成的饭。据刘义庆《幽明录》载，东汉时，剡县人刘晨、阮肇入天台山，有仙女以胡麻饭款待二人。

〔七十〕丛桂：桂树丛生。淮南小山《招隐士》："桂树丛生兮山之幽，偃蹇连蜷兮枝相缭。"

题吴道子画佛像帧〔一〕

旧在太原崇善寺〔二〕，乃明晋恭王㭎所赐〔三〕，今亡矣。

皇觉真人统天纪〔四〕，萨迦思巴西北徙〔五〕。手裂舆图王诸男〔六〕，三男曰㭎分参箐〔七〕。中朝有诏赐高僧〔八〕，道场无遮荐皇妣〔九〕。崇善古刹城东偏，素车白马王来止〔十〕。特颁佛像招提中〔十一〕，天龙八部大欢喜〔十二〕。谁能如许出神奇〔十三〕，云是前辈吴道子。妙湛总持三世尊〔十四〕，圆融无漏两大士〔十五〕。犍连尊者横大目〔十六〕，菩提长者老无齿〔十七〕。青螺髻子旋顶光〔十八〕，紫金卍字沁肌理〔十九〕。如闻狮吼震动声〔二十〕，法界缤纷雨香蕊〔二十一〕。吴生画笔盖有神，谢赫姚最那堪比〔二十二〕。元精直贯雀明王〔二十三〕，余力犹胜龙眠李〔二十四〕。大李将军王右丞〔二十五〕，南北分宗写山水〔二十六〕。若令写作如来像，正恐庄严未及此。自唐迄明八百年，金刚呵护灵无已〔二十七〕。玉炉恒受旃檀香〔二十八〕，锦赗仍装藏经纸〔二十九〕。我闻道子水陆图，今在平阳废寺里〔三十一〕。康熙诗人王西樵〔三十一〕，曾赋长歌盛称美〔三十二〕。胡为崇善访此帧〔三十三〕，寺僧谢云已亡矣。闯氛昔到晋阳城〔三十四〕，竟随藩府同销毁〔三十五〕。噫哉有明三百载，恒与沙门作缘起〔三十六〕。北固和尚竟能兵〔三十七〕，西山老佛疑未死〔三十八〕。晚有隆庆李太后〔三十九〕，唤作菩萨竟奇诡〔四十〕。只余一幅九莲像〔四十一〕，供养长椿坏殿址〔四十二〕。唐贤妙迹尚云烟〔四十三〕，此像虽存安可恃。不如太原铁弥勒〔四十四〕，劫火荼毗终不毁〔四十五〕。何况一颂镌墨王〔四十六〕，清河房璘妻高氏〔四十七〕。

〔一〕吴道子：唐代著名画家，被后人尊称为"画圣"，他的人物画冠绝于世，善于用线条表现人物衣褶，有飘举之势，人称"吴带当风"。

〔二〕崇善寺：位于太原市东南，是一座始建于唐代的著名古刹。

〔三〕晋恭王㭎：朱㭎（1358—1398年），朱元璋第三子，洪武三年封晋王，洪武十一年就藩太原，洪武三十一年病逝。为纪念其母马皇后，他曾经对崇善寺大事扩建。

〔四〕皇觉真人：指朱元璋。朱元璋年少时曾在安徽凤阳皇觉寺出家为僧。真人，即所谓的统一天下的真命天子。

〔五〕萨迦思巴：即八思巴（1235—1280），藏传佛教萨迦派高僧，被元世祖忽必烈尊为国师，统理全国佛教及藏族地区事务。元代时不少蒙古人开始信奉藏传佛教。"皇觉"两句：这两句意为朱元璋统一天下后，信奉藏传佛教的蒙古人迁徙到西北地区。

〔六〕手裂舆图：划分疆域。舆图，疆域。王诸男：指朱元璋分封自己的儿子到各地作藩王。

〔七〕三男曰㭎：第三子朱㭎。参觜：二十八星宿中的参星和觜星。在古代天文学中，参、觜是赵国的分野，即山西及河北一带。

〔八〕中朝：朝廷、朝中。

〔九〕无遮：佛教术语，即无遮大会，不分贵贱、僧俗一律平等对待的大斋会。荐：进献、祭献。皇妣：对亡母的敬称，指朱㭎之母马皇后。

〔十〕素车白马：古代办丧事用的车马。来止：来到。止，语气助词。

〔十一〕招提：寺院。

〔十二〕天龙八部：佛教术语，佛教传说中八种神道怪物。

〔十三〕如许：如此。

〔十四〕妙湛：奇妙精湛的佛法。总持：总一切法，持一切义。三世尊：主宰娑婆世界的释迦牟尼、主宰东方净琉璃世界的药师佛、主宰西方极乐世界的阿弥陀佛。

〔十五〕圆融：圆满融通。无漏：断绝一切烦恼。漏，烦恼。两大士：观音菩萨、地藏菩萨。

〔十六〕犍连尊者：即目犍连，佛陀的十大弟子之一，被推为神通第一。

〔十七〕菩提长者：即须菩提，佛陀的十大弟子之一，号称解空第一。

〔十八〕青螺髻子：形如青螺的发髻。顶光：头顶放光。

〔十九〕卍字：佛像及佛教文物常见的吉祥符号，佛陀三十二种大人相之一，位于佛祖的胸前。沁肌理：渗入肌肤。

〔二十〕狮吼：即狮子吼，形容佛陀讲法如同狮子威服群兽一样，能折服众生。

〔二十一〕雨香蕊：香花如雨降下。

〔二十二〕谢赫：谢赫（479—502），南朝著名画家、绘画理论家，著有《古画品录》。姚最：南北朝著名画家、绘画理论家，著有《续画品录》。

〔二十三〕元精：天地精气。直贯：直接贯通。雀明王：即孔雀明王，密教供奉的重要本尊之一，因为身坐孔雀而得名。

〔二十四〕余力：多余之力。龙眠李：李公麟（1049—1106），字伯时，号龙眠居士，庐江郡舒城县（今舒城）人，北宋著名画家。

〔二十五〕大李将军：李思训，字建睍，陇西成纪（今甘肃秦安）人，唐代著名画家，擅长山水画。因曾任过右武卫大将军，被称为"大李将军"。王右丞：即唐代著名诗人、画家王维，因他曾任尚书右丞，故世称"王右丞"。王维善画山水，被后世推为南宗山水画之祖。

〔二十六〕"南北"句：明代画家董其昌提出中国山水画分南北两宗，南宗以善水墨山水的王维为始祖，北宗以善青绿山水的李思训为始祖。

〔二十七〕金刚：即金刚力士，手执金刚杵守护佛法的天神。

〔二十八〕旃檀香：即檀香。

〔二十九〕锦贉：书画卷轴卷头上贴的绫。

〔三十〕"今在"句：王士禛《池北偶谈》："平阳普庵堂有吴道子画水陆百二十轴。明世宗朝，西河郡王城北有隙地，传为废寺址，其地中间方数尺，雨雪不濡，中夜常见光怪。王令人持畚锸发之五丈许，得石函，以铁绳二道束其外，发之，又得锡函，最中函以木，木函启，轴见，乃吴道子真迹也。"

〔三十一〕王西樵：王士禄（1626—1673），字子底，号西樵，山东新城人。顺治九年进士，官至吏部考功员外郎。工书画，善诗，有《司勋五种集》等。

〔三十二〕曾赋长歌：王士禄在山西平阳普庵堂观看吴道子画作之后，写了一首《普庵堂吴道子水陆画轴歌》，收在其《十笏草堂甲辛集》中。

〔三十三〕胡为：为何，为什么。

〔三十四〕闯氛：指明末李自成的农民起义军。明崇祯十七年（1644），李自成起义军曾攻破太原城，晋王府的明宗室多数被杀，王府财物被犒赏大军及饥民。

〔三十五〕藩府：晋王府。1644年10月，清军进攻山西太原，与李自成起义军激战，晋王府在交战中被烧毁。

〔三十六〕沙门：出家的佛教徒的总称。缘起：佛教术语。佛教认为，世间一切事物都是因各种因缘而成，这个道理就是缘起。

〔三十七〕北固和尚：指姚广孝，明初高僧，他辅佐明成祖朱棣，策划了著名的靖难之役，使得朱棣顺利攻占南京，登基称帝。《明史·姚广孝传》载："洪武中，诏通儒书僧试礼部。不受官，赐僧服还。经北固山，赋诗怀古。其侪宗泐曰：'此岂释子语耶？'道衍笑不答。"因他曾在北固山赋诗，故作者称之为北固和尚。

〔三十八〕西山老佛：指建文帝朱允炆。传说明成祖朱棣攻占南京后，建文帝在乱中从地道逃出，躲藏于云南。明英宗正统五年，据说有僧人自称建文帝，被迎入宫中，宫中人称之为"老佛"。死后葬于北京西山，后人称为西山老佛墓。

〔三十九〕隆庆李太后：即万历皇帝的生母孝定李太后。

〔四十〕唤作菩萨：李太后信奉佛法，宫中之人称之为九莲菩萨。

〔四十一〕九莲像：据《帝京景物略》记载，李太后曾梦中见到一位菩萨授她《九莲经》一部。慈寿寺僧人为讨好李太后，就宣称她是菩萨化身。僧人们在寺中按照李太后形象造了一尊九莲像。

〔四十二〕长椿：即长椿寺，也是李太后下令建造的寺庙，在今北京西城区，寺中还有一尊九莲像。

〔四十三〕唐贤：指吴道子。

〔四十四〕太原铁弥勒：指山西交城县玄中寺的铁铸弥勒像。这尊弥勒像，铸造于开元二十六年（738），是山西现存最早的铁佛像。交城县在清代时为太原府治下，故称太原铁弥勒，现在交城县已划归山西吕梁市。

〔四十五〕劫火：佛教所说的坏劫时的大火，一切都将被烧毁。茶毗：佛教术语，意为焚烧，即僧人死后尸体火化。

〔四十六〕一颂镌墨王：指石壁寺（今玄中寺）中所立石碑上所刻的《大唐太原府交城县石壁寺铁弥勒像颂并序》。碑文由唐清河房璘之妻高氏书写，堪称书法珍品，故作者称之为"墨王"。

〔四十七〕清河：今河北省清河县。房璘、妻高氏：二人生平不详。

前题乃王鼎丞观察课试之题，闻意主论画，再拟示诸生[一]

曹顾陆张日已远[二]，画家一脉递盛唐[三]。将军金碧格明丽[四]，右丞水石气清苍[五]。曹霸韩干貌人物[六]，犹逊吴生远擅场[七]。蜀江千山挥殿壁[八]，洛庙五圣绘宫墙[九]。既工天尊复工佛[十]，弹指华严无尽藏[十一]。如来趺坐师子座[十二]，阿难迦叶侍其旁[十三]。正眼慧运青莲色[十四]，舒臂神耀紫金光[十五]。手轮海印胸卍字[十六]，广长说法听琅琅[十七]。三十二相妙俱足[十八]，千百五众肃成行[十九]。文殊师利合掌白[二十]，憍陈阿若两眉长[二十一]。一切无漏阿罗汉[二十二]，雷音海潮震十方[二十三]。下列比邱优婆塞[二十四]，龙王鬼王夜叉王[二十五]。灵鹫森森上下顾[二十六]，怖鸽翾翾左右翔[二十七]。雨散万花贝多树[二十八]，烟飘千穗旃檀香[二十九]。八流环绕水功德[三十]，五色迷离云吉祥。观者如生极乐界[三十一]，欢喜赞叹不可当。奇哉前辈真能事[三十二]，不知几日方成章。晋中佛画凡二本，一在平阳一晋阳[三十三]。习闻崇善老僧说[三十四]，赐出明代晋王枫[三十五]。非徒妙迹醉古德[三十六]，实为冥福资高皇[三十七]。身居人上崇佛事，北有姚秦南萧梁[三十八]。此举琐事无足论，此画绝作试评量[三十九]。笔底精心通道妙[四十]，篇终元气接混茫[四十一]。直与菩萨争慧业[四十二]，那能弟子传芬芳[四十三]。衣钵千年得髓少[四十四]，宋惟伯时元子昂[四十五]。十洲秘戏剧亵渎[四十六]，两峰鬼趣太披猖[四十七]。便有老莲青蚓辈[四十八]，每画盗魁志亦荒[四十九]。陈章侯画《水浒传像》。可知古人诚难及，初时命意已堂堂[五十]。神品不知今何在[五十一]，能购何惜千金偿。非学沙门瓣香供[五十二]，只同宋殿古锦装[五十三]。得暇有缘开玉躞[五十四]，历劫不坏同金刚[五十五]。

〔一〕前题：指前一首《题吴道子画佛像帧》。王鼎丞：王定安，字鼎丞，湖北东湖人，同治元年举人。曾长期任曾国藩幕僚，后官至山西按察使、山西布政使。他曾主持编刊了《曾文正公全集》，著有《求阙斋弟子记》《曾子家语》《湘军记》等。课试：考试。

〔二〕曹顾陆张：指曹不兴、顾恺之、陆探微、张僧繇四位著名画家，他们四人被合称为"六朝四大家"。曹不兴，吴兴（浙江湖州）人，三国时期著名画家，善画龙、虎、马及人物。他还是中国最早的佛像画家，被称为"佛画之祖"。顾恺之（348—409），字长康，小字虎头，晋陵无锡人（今江苏省无锡市），东晋时期著名画家，他精于人像、佛像、禽兽、山水，代表作有《洛神赋图》《女史箴图》等。陆探微，吴县（今苏州）人，南朝刘宋时期画家，从圣贤、佛像至飞禽走兽，无一不精，与顾恺之并称"顾陆"。张僧繇，吴郡吴中（今江苏苏州）人，南朝梁代著名画家，他长于写真，又擅画佛像、龙、鹰。他的佛像人物有自己的风格，人称"张家样"。

〔三〕递：传递、传承。

〔四〕将军：李思训。见前《题吴道子画佛像帧》注释〔二十五〕。金碧：即金碧山水，以泥金、石青和石绿三种颜料为主色的山水画。格：格调。

〔五〕右丞：王维。见前《题吴道子画佛像帧》注释〔二十五〕。

〔六〕曹霸：谯县（今安徽亳州市）人，唐代画家，擅画马，尤精鞍马人物。韩幹：韩干，蓝田（今陕西蓝田）人，唐代画家，曹霸弟子，以画马著称，传世作品有《牧马图》《照夜白图》等。

〔七〕擅场：在某方面有专长。

〔八〕"蜀江"句：天宝年间，吴道子曾奉诏入蜀至嘉陵江画山水。《唐朝名画录》记载："明皇天宗中忽思蜀道嘉陵江水，遂假吴生驿驷，令往写貌。及回日，帝问其状，奏曰：'臣无粉本，并记在心。'后宣令于大同殿图之，嘉陵江三百余里山水，一日而毕。"

〔九〕洛庙五圣：唐天宝八年（749），吴道子在洛阳老君庙创作了一幅《五圣图》。杜甫在《冬日洛阳城北谒玄元皇帝庙》一诗中对这幅《五圣图》大加赞赏："画手看前辈，吴生远坛场。森罗移地轴，妙色动宫墙。五圣连龙衮，千宫刻雁行。冕旒俱秀发，旌旗尽飞扬。"

〔十〕天尊：道教术语，道教徒用以尊称地位最高的神仙元始天尊、灵宝天尊、道德天尊等。

〔十一〕华严：《大方广佛华严经》的简称。无尽藏：佛教术语，形容佛法源源不断、没有穷尽。

〔十二〕趺坐：佛教徒盘腿端坐，两足交叉，左脚放在右腿上，右脚放在左腿上。师子座：佛祖的坐席，因为释迦牟尼常被比作无畏的狮子，故名。

〔十三〕阿难：佛陀的十大弟子之一，被誉为多闻第一。迦叶，又名大迦叶、摩诃迦叶，佛陀的十大弟子之一，付法藏第一祖。

〔十四〕正眼：即正法眼藏，眼意为朗照宇宙，藏意为包含万有谓。

〔十五〕舒臂：舒展臂膀。神耀：精神显耀。

〔十六〕手轮海印：佛祖手上做出各种各样的手势。胸卍字：见前《题吴道子画佛像帧》注释〔十九〕。

〔十七〕广长：即广长舌，据说佛祖舌头广而长，能言善辩。

〔十八〕三十二相：佛教徒认为，佛祖在身形相貌上具有三十二种庄严德相。妙俱足：各种神妙都具备。

〔十九〕肃成行：恭敬地排列成行。

〔二十〕文殊师利：即文殊菩萨，佛教的四大菩萨之一。合掌：双手合十。白：陈述、表白。

〔二十一〕憍陈阿若：即阿若憍陈如，佛陀为太子时的五位侍从之一，第一位证得罗汉果的阿罗汉，排在"五百罗汉"首位。

〔二十二〕无漏：无漏：断绝一切烦恼。漏，烦恼。阿罗汉：佛教术语，摆脱轮回之苦、获得圆满之人。

〔二十三〕雷音海潮：形容佛祖讲法如雷震，如海潮，震动十方。

〔二十四〕比邱：即比丘，佛教中已受具足戒的正式出家人。优婆塞：在家中奉佛的男子。

〔二十五〕龙王、鬼王、夜叉王：佛教传说中的各种神道怪物。

〔二十六〕灵鹫：佛教传说中的一种猛禽。森森：阴沉可怕。

〔二十七〕怖鸽：惊恐的鸽子。翾翾：飞翔的样子。

〔二十八〕雨散万花：万花如雨飘落。贝多树：一种印度常见长绿的乔木，高达十余米，只开一次花，结果即死亡。树叶为"贝叶"，可以做扇子，也可以用来写字。

〔二十九〕旃檀香：即檀香。

〔三十〕水功德：即功德水，佛教传说西方极乐世界有八定水弥漫其中，可以助人增益善根。

〔三十一〕极乐界：即佛教传说中的西方极乐世界。

〔三十二〕能事：所擅长之事。

〔三十三〕平阳：即今山西临汾市，此处指山西平阳普庵堂所藏吴道子画作。见前《题吴道子画佛像帧》注释〔三十〕。晋阳：今山西太原市。

〔三十四〕崇善：崇善寺。见前《题吴道子画佛像帧》注释〔二〕。

〔三十五〕晋王枫：朱枫。见前《题吴道子画佛像帧》注释〔三〕。

〔三十六〕妙迹：精妙的画作。酧：同"酬"，赏赐。古德：对年高有德之高僧的尊称。

〔三十七〕冥福：死者在阴间所享之福。资：积聚。高皇：指朱元璋之妻孝慈高皇后马氏。这句意为赐画是要为马皇后积聚冥福。

〔三十八〕姚秦：指十六时期后秦君主姚兴。他信奉佛教，曾把著名高僧鸠摩罗什迎至长安，组织了大规模的佛经翻译活动。萧梁：指南朝时梁代君主梁武帝萧衍。他在南京大力兴建佛寺，并曾经三次舍身出家。

〔三十九〕绝作：无与伦比的佳作。评量：评价衡量。

〔四十〕道妙：佛教学说的精义。

〔四十一〕混茫：广大无边的境界。

〔四十二〕慧业：佛教术语，指智慧的业缘。

〔四十三〕弟子传芬芳：杜甫《观公孙大娘弟子舞剑器行》："绛唇珠袖两寂寞，晚有弟子传芬芳。"传芬芳，意为传承技艺。

〔四十四〕得髓：获得精髓。

〔四十五〕伯时：李公麟。见前《题吴道子画佛像帧》注释〔二十四〕。子昂：赵孟頫（1254—1322），字子昂，号松雪道人，又号水晶宫道人、鸥波，元代著名书画家、诗人。他的绘画在人物、山水、花鸟、马兽等方面都有成就，开创元代新画风，被称为"元人冠冕"。

〔四十六〕十洲：仇英，字实父，号十洲，明代著名画家，吴门四家之一。他擅长画人物画，尤其长于仕女。秘戏：指男女淫秽嬉戏。剧：甚。

〔四十七〕两峰：罗聘（1733—1799），字遯夫，号两峰，清代著名画家，扬州八怪之一，人物、山水、梅兰竹等，无所不工。鬼趣：罗聘曾画《鬼趣图》，描摹恶鬼之态。披猖：猖狂。

〔四十八〕老莲：陈洪绶（1599—1652），字章侯，号老莲，明末清初著名书画家、诗人。他擅长人物画，所画人物形象夸张，性格突出。青蚓：崔子忠，字道母，号北海、青蚓，李自成占领北京后绝食而死。他也善画人物，与陈洪绶并称为"南陈北崔"。

〔四十九〕盗魁：大盗。陈洪绶曾画《水浒叶子》，描绘了四十位《水浒》英雄形象。宋江等英雄在古代长期一直被认为是盗匪，没有得到公正的评价。作者也称之为"盗魁"，说明其思想有一定局限性。志亦荒：心志放纵、迷乱。

〔五十〕命意：寓意。堂堂：光明正大。

〔五十一〕神品：极精妙的书画。

〔五十二〕沙门：出家的佛教徒的总称。

〔五十三〕宋殿古锦装：宋徽宗时宣和御府收藏的书画装帧精美，一般都用各色缂丝或者古锦包首。

〔五十四〕玉躞：也作"玉㸒"，玉质的书画卷轴。

〔五十五〕历劫：佛教术语，意为经历世界的成毁。劫，宇宙在时间中一成一毁就是一劫。金刚：佛教术语，金中之最刚者，牢固、锐利，能摧毁一切。

卫静澜中丞课试晋阳书院有晋中景物四题，拟示诸生各二首〔一〕 三门激浪〔二〕 在平陆县

莽莽黄流万里奔〔三〕，龙门甫过又三门〔四〕。桃花春涨残冰裂〔五〕，瓜蔓秋潆孤月翻〔六〕。轵坂浪淘虞虢去〔七〕，漕仓址溯汉唐存〔八〕。于今盛世阳侯靖〔九〕，古冶何须勇断鼋〔十〕。

〔一〕卫静澜：卫荣光（1826—1890），字静澜，河南新乡人，咸丰二年进士，咸丰九年调赴胡林翼、多隆阿军，参与镇压太平天国起义。后历任浙江布

政使，山西、江苏、浙江巡抚。中丞：明清时期对巡抚的尊称。课试：考试。晋阳书院：雍正十一年（1733）设立、位于太原的官办书院。

〔二〕三门激浪：在今山西平陆县三门镇。

〔三〕黄流：黄河之水。

〔四〕龙门：又名禹门口，在山西河津市西北，此地两岸峭壁对立，形如门阙，故名龙门。传说龙门是大禹治水时所开凿，故名禹门口。甫：刚，才。三门：今山西平陆县与河南三门峡之间黄河河底有一道高低起伏的岩石，形成三股急流，俗称为"人门""神门""鬼门"，故名三门峡。这段河道中还有一座砥柱峰，形如石柱，经激浪冲击而岿然不动。

〔五〕春涨：春天冰雪消融，河水上涨。

〔六〕秋潆：秋天水流回旋。

〔七〕轵坂：即颠轵坂，又称吴坂，中条山上古坂道名，在今平陆县东北张店镇南。虞虢：即虞国和虢国，西周时分封的两个诸侯国。虞国在今山西平陆北部，公元前655年被晋国所灭。虢国也位于今山西平陆，公元前658年，被晋献公借道虞国而灭。

〔八〕漕仓：存放漕米的仓库。汉唐时漕运粮食到京城长安，经过平陆、三门峡一带时，河道凶险，所以常在此设立漕仓，临时存放漕米。

〔九〕阳侯：传说中的波涛之神。靖：安定。

〔十〕古冶：即古冶子，春秋时期齐国著名勇士。传说他曾斩杀黄河中之鼋。《晏子春秋·内篇》："古冶子，春秋人，以勇力事齐景公。公尝济于河，鼋衔左骖没。冶逆流百步，顺流九里，卒杀鼋，左操骖尾，右挈鼋头，鹤跃而出。津人皆以为河伯。"鼋：大鳖。

河流东注划乾坤〔一〕，阊阖天开日月昏〔二〕。石裂黄熊神禹凿〔三〕，涛驱白马巨灵奔〔四〕。洪波广受千川注〔五〕，砥柱孤撑三晋尊〔六〕。天下巨观何所似〔七〕，临江鼋赭庶同论〔八〕。

〔一〕东注：东流。划乾坤：划开天地。

〔二〕阊阖：传说中天宫的南门。

〔三〕石裂黄熊：传说大禹治水时为打通辕山，曾化身为黄熊。《淮南子》："禹治洪水，通辕山，化为熊。谓涂山氏曰：'欲饷，闻鼓声乃来。'禹跳石，误中鼓，涂山氏往，见禹方坐熊，惭而去。至嵩高山下，化为石，方生启。禹曰：'归我子！'石破北方而启生。"

〔四〕涛驱白马：波涛汹涌，如白马奔驰。巨灵：传说中劈开华山的河神。

干宝《搜神记》："二华之山，本一山也，当河，河水过之，而曲行。河神巨灵，以手擘开其上，以足踏离其下，中分为两，以利河流。"

〔五〕洪波：巨大的波浪，此处代指黄河。

〔六〕砥柱：指山西平陆县与河南三门峡之间河道中央的砥柱峰。

〔七〕巨观：宏伟的景象。

〔八〕龛赭：龛山与赭山，在今浙江杭州市东北钱塘江边，古代两山夹江相对，现在都在钱塘江南岸。

五台连云〔一〕在五台县

法王趺印偏中台〔二〕，杖策登临实壮哉〔三〕。光拥佛头山北向，法流龙颊水西来。六时梵呗禅堂课〔四〕，百宝输将属国财〔五〕。自古清凉称圣境〔六〕，薝葡今日几花开〔七〕？

〔一〕五台：五台山，在山西省忻州市。五台山位于太行山系北端，有五座山峰耸立，山顶没有树木，像累土之台，所以叫五台山。

〔二〕法王：佛教对佛祖的尊称，后也用于对菩萨、明王等尊称。此处指文殊菩萨，传说五台山是文殊菩萨说法的道场。趺印：趺坐的印记。

〔三〕杖策：拄杖。

〔四〕六时：佛教一般分一昼夜为六时，即晨朝、日中、日没、初夜、中夜、后夜。梵呗：佛教徒以短偈形式赞唱菩萨、佛的颂歌，有时有乐器伴奏。

〔五〕属国：附属之国。

〔六〕清凉：五台山也叫清凉山。

〔七〕薝葡：又名薝卜，花名，即栀子花。佛陀成道时，背后即开此花。

佛月光华澹不摇〔一〕，曼殊圣境亘层霄〔二〕。千年古雪明驰道，百尺飞虹现彩桥。绀宇花围龙象吼〔三〕，阴崖松拥鬼神朝〔四〕。宵来恍梦称檀越〔五〕，烟穗三生迄未消〔六〕。

〔一〕澹不摇：恬静不动。澹，恬静、安然。

〔二〕曼殊圣境：指五台山。曼殊，即曼殊室利，文殊菩萨的音译别名。

〔三〕绀宇：即绀园，佛寺之别称。龙象：水中动物龙力量大，陆行动物象力量大，所以佛教常用来比喻阿罗汉中修行最勇猛有力者。

〔四〕阴崖：背阳的山崖。

〔五〕檀越：施主，施舍衣食给僧侣、出资举办法会的信众。

〔六〕烟穗三生：《景德传灯录》："有一省郎，梦至碧严下一老僧前，烟穗极微，云：此是檀越结愿存香烟存而檀越已三生矣。第一生，明皇时剑南安抚退官。第二生，宪皇时西蜀书记。第三生，即今生也。"烟穗：烟缕。三生：前生，今生，来生。

冽石寒泉〔一〕在阳曲县

知是人间第几泉，松根草际日溅溅〔二〕。崖开石罅千珠迸〔三〕，井受天光一镜圆。廉让终依鸣犊庙〔四〕，神灵遥合起龙渊〔五〕。管涔神剑殊多事〔六〕，独守清泠不计年。

〔一〕冽石寒泉：山西阳曲县"阳曲八景"之一。汾河流至阳曲出峡之处有山名裂石山，泉水从山脚石隙中涌出而汇积成潭，因寒气逼人，故称"冽石寒泉"。

〔二〕溅溅：水急速流动的样子。

〔三〕石罅：石缝。

〔四〕鸣犊庙：即窦鸣犊庙，冽石寒泉附近有窦鸣犊庙，为纪念春秋时期晋国大夫窦鸣犊。《史记·孔子世家》："孔子既不得用于卫，将西见赵简子。至于河而闻窦鸣犊、舜华之死也，临河而叹曰：'美哉水，洋洋乎！丘之不济此，命也夫！'"

〔五〕龙渊：即龙渊剑，传说春秋时铸剑大师欧冶子和干将共同铸造的宝剑。

〔六〕管涔神剑：《晋书·载记三·刘曜传》："（刘曜）自以形质异众，恐不容于世，隐迹管涔山，以琴书为事。尝夜闲居，有二童子入跪曰：'管涔王使小臣奉谒赵皇帝，献剑一口。'置前再拜而去。以烛视之，剑长二尺，光泽非常，赤玉为室，背上有铭曰'神剑御，除众毒'曜遂服之。"管涔，即管涔山，在今山西忻州市宁武、岢岚、五寨等县的交界处。"管涔"两句：这两句意为管涔神剑追随刘曜，做了多余之事。不如龙渊宝剑，独守清冷泉水不知过了多少岁月。

遥望云根点数星〔一〕，近寻山脚一泓渟〔二〕。悬流瀑曳千条练〔三〕，落井风摇九子铃〔四〕。侧石熊蹲披碧藓〔五〕，圆波鱼唼破青萍〔六〕。何当谢弃人间世，漱齿晨翻贝叶经〔七〕。

〔一〕云根：山石。

〔二〕泓淳：水深的样子。

〔三〕千条练：千条白练。

〔四〕九子铃：古代挂在宫殿、寺观风檐前或帷帐上的装饰铃，一般用金玉等材料制成。

〔五〕侧石熊蹲：侧石如熊蹲坐一般。

〔六〕唼：形容鱼吃东西的声音。

〔七〕"漱齿"句：柳宗元《晨诣超师院读禅经》："汲井漱寒齿，清心拂尘服。闲持贝叶书，步出东斋读。"贝叶经：用贝多罗树叶抄写的经书。贝多罗树是一种长在印度的一种常绿乔木，树叶可以用来书写。

蕊罗春色　在阳曲县

蕊罗孤秀崛围东〔一〕，山隔城闉入望雄〔二〕。芳草仍沿隋道绿，桃花直接晋祠红〔三〕。酒旗蜗屋三春雨〔四〕，油壁羊车九陌风〔五〕。莫向游人谈险塞〔六〕，霸图销歇禁烟中〔七〕。

〔一〕崛围：在今太原市西北，崛围山的秋色非常优美，"崛围红叶"是古晋阳八景之首。

〔二〕城闉：城郭。

〔三〕晋祠：见卷二《春暮得秋湄太原书却寄》注释〔四〕。

〔四〕蜗屋：形容小如蜗壳的房子。

〔五〕油壁：即油壁车，古代的一种车子，因车壁用油涂饰，故名。羊车：装饰精美的车。《释名·释车》："羊车。羊，祥也；祥，善也。善饰之车。"九陌：本义为汉代长安城中九条大道，此处泛指大道。

〔六〕险塞：要塞。

〔七〕霸图：称霸的雄图。销歇：消失。禁烟：也称"禁火"，禁止炊爨。古代过寒食节时，要吃冷食，禁止炊爨。

峰攒嫩蕊砑轻罗〔一〕，大好岚光浸黛螺〔二〕。万灶烟清寒食节〔三〕，千村鼓间太平歌。听鹂花底红飞榄〔四〕，叱犊秧边绿上蓑〔五〕。卜筑秀容良不远〔六〕，系舟山下素心多〔七〕。

〔一〕峰攒：山峰聚拢。研轻罗：轻罗泛出光彩。研：用卵石碾压或摩擦皮革、布帛，使之紧实而光亮。

〔二〕岚光：山间雾气经过日照之后发出的光彩。黛螺：翠绿色、如螺髻的山峰。

〔三〕万灶：千家万户的灶火。寒食节：中国的传统节日，在清明节前一两日，据说是为纪念春秋贤臣介子推而设。这一天要吃冷食，不能开火做饭。

〔四〕飞榼：饮宴时传送酒杯。榼，盛酒的器具。

〔五〕叱犊：大声驱牛。

〔六〕卜筑：选择地方建造住宅。秀容：山西省忻州市一带古称"秀容"。

〔七〕系舟山：指山西省阳曲县、忻府区交界处的小五台，也称读书山，金末著名文豪元好问回乡后即在此隐居读书。素心：即素心人，没有欲望杂念的人。陶渊明诗《移居·其一》："闻多素心人，乐与数晨夕。"

题冯习三广文诗集，令息佩芸夫人婉琳属题也，四首〔一〕婉琳适亡友洪洞董芸盦舍人文灿，今孀居〔二〕。

寒山秋水各成家〔三〕，又见枯梅尽著花。集中句。七叶人人俱有集〔四〕，方知大树富奇葩。

〔一〕冯习三：冯嘉谟，字习三，号国卿，山西代州人，工诗，有《聊自娱斋诗草》三卷。广文：明清时期对教官的尊称。令息：对人子女的尊称。佩芸夫人：冯婉琳，字佩芸，山西代州人，冯嘉谟之女，洪洞董文灿的继室，工诗，有《馣耘室诗草》。属题：委托题诗。属，同"嘱"，委托、托付。

〔二〕适：女子出嫁。董芸盦：董文灿，字芸盦，山西洪洞人，咸丰十一年举人，官中书。善书画，工诗，著有《芸盦诗集》《山右碑目》等。孀居：守寡。

〔三〕寒山秋水：王维《辋川闲居赠裴秀才迪》："寒山转苍翠，秋水日潺湲。"

〔四〕七叶：七世。山西代州冯氏家族是当地望族，诗文创作蔚然成风，代代相传，家族中几乎人人都有诗集。

代北词人盛道光〔一〕，鲁川诗笔独堂堂〔二〕。官阶虽逊才名并〔三〕，马磨宁输许子将〔四〕。

203

〔一〕词人：擅长文辞之人。

〔二〕鲁川：冯志沂（1814—1867），字鲁川，山西代州（今代县）人，道光十六年进士，官至安徽按察使。工诗文，善书画，有《微尚斋诗集》《适适斋文集》等。

〔三〕"官阶"句：这句意为冯嘉谟的官阶虽逊色于冯志沂，但是才华名气却与之并驾齐驱。

〔四〕马磨：指许靖。许靖，字文休，汝南郡平舆县（今河南省平舆县）人。东汉末年、蜀汉初期著名政治家、学者。刘备称帝后，许靖被任命为司徒，位列三公。许靖与从弟许劭都是东汉末年名士，以品评人物著称，但是二人关系不好。许靖早年常被许劭排斥、冷落，只好替人赶马磨粮养活自己。《三国志·蜀志·许靖传》："许靖字文休，汝南平舆人。少与从弟劭俱知名，并有人伦臧否之称，而私情不协。劭为郡功曹，排摈靖不得齿叙，以马磨自给。"许子将：许劭（150—195），字子将。汝南平舆（今河南平舆县）人，东汉末年名士，善于人物评论。

六十论诗工别裁〔一〕，老来技痒语无乖〔二〕。集中有"论诗绝句六十首"。留将玉尺传谁子〔三〕？合有衡量天下孩。上官昭容生弥月〔四〕，母问曰："尔非衡量天下孩？"应曰："是。"

〔一〕六十论诗：指冯嘉谟诗集中的《论诗绝句六十首》。别裁：鉴别优劣，决定取舍。

〔二〕技痒：形容拥有某种技艺的人急于得到表现。无乖：不相乖违。

〔三〕"留将"句：这两句意为冯嘉谟评定诗歌的事业传承给谁呢？应该由像上官婉儿那样有才华的冯婉琳来继承。

〔四〕上官昭容：上官婉儿（664—710），陕州陕县（今河南省三门峡市）人，上官仪孙女，唐代著名女诗人。唐中宗时被封为昭容，故后世称之为"上官昭容"。作者自注所引的上官婉儿轶事，出自《刘宾客嘉话录》，原文如下："上官昭容者，侍郎仪之孙也。仪有罪，子妇郑氏填宫，遗腹生昭容。其母将诞之夕，梦人与秤曰：'持之秤量天下文士。'郑氏冀其男也，及生昭容，母视之曰：'秤量天下，岂是汝耶？'口中呕呕，如应曰'是'。"弥月：满月。

磨笄石畔女郎祠〔一〕，闺秀而今又在兹。浪说山阴暎然子〔二〕，王季重思任女端淑号暎然子〔三〕。几闻传得乃翁诗？

〔一〕磨笄石：即摩笄山，在今河北涞源县境，距山西代州不远。《史记·

赵世家》载："襄子姊前为代王夫人。简子既葬，未除服，北登夏屋，请代王。使厨人操铜枓以食代王及从者，行斟，阴令宰人各以枓击杀代王及从官，遂兴兵平代地。其姊闻之，泣而呼天，摩笄自杀。代人怜之，所死地名之为摩笄之山。"女郎祠：即后人纪念赵襄子之姊所立之祠。

〔二〕浪说：漫说，妄说。暎然子：王端淑，字玉映，号暎然子，浙江山阴（今浙江绍兴）人，王思任之女，诸生丁肇圣之妻，清初女诗人，有《吟红集》。

〔三〕王季重：王思任（1575—1646），字季重，号遂东，晚年号谑庵，浙江山阴（今浙江绍兴）人，明末著名文学家。明亡，清兵攻破绍兴，绝食而死，著有《王季重十种集》。

武养斋借得宋拓《娄寿碑》双钩见示因题四首〔一〕

题额元儒作易名〔二〕，东都处士善蜚声〔三〕。文中贞曜纷纭起〔四〕，作俑谁知在熹平〔五〕？额题元儒先生，此汉碑以处士而有私谥之始，文范先生犹在其后。"熹"，汉人或作"憙"。

〔一〕武养斋：武育元，字伯申，号养斋，山西安邑人，曾任河南项城县令。宋拓：宋代拓本。《娄寿碑》：全称《汉玄儒先生娄寿碑》，东汉熹平三年（174）所立。原碑现藏山东曲阜孔庙。碑文以隶书书写，是东汉后期书法珍品。双钩：制作拓本、摹本时，沿字的笔迹两边用细劲的墨线钩出轮廓，叫双钩。

〔二〕题额：指碑头。元儒：原碑文为"玄儒"，为避康熙名讳，作者改为元儒。易名：指帝王、公卿、大夫死后为之定谥号。作者认为"玄儒"是娄寿的谥号。

〔三〕处士：有才德而隐居不愿做官的人。据《娄寿碑》载，娄寿"甘山林之杳蔼，遁世无闷。"蜚声：扬名。

〔四〕贞曜：韩愈为孟郊写过一篇《贞曜先生墓志铭》，"贞曜"是孟郊的私谥之号。

〔五〕"文中"两句：这两句意为后世文章中"贞曜"这样的私谥纷纷出现，谁知道始作俑者是熹平年间出现的《娄寿碑》？

三世颜严蔑以加〔一〕，春秋家学薄浮夸〔二〕。征南未出刘歆死〔三〕，贫士应归卖饼家〔四〕。

〔一〕颜严：颜安乐、严彭祖。他们二人都是西汉著名经学家，师从经学家眭孟学习《春秋公羊传》，由是《公羊春秋》有颜、严之学。《公羊传》从汉初的公羊子发端，一传董仲舒、胡母生，再传公孙弘、段仲、吕步舒等，三传孟卿、眭孟。颜安乐、严彭祖是眭孟弟子，故作者说"三世颜严"。蔑以加：不能再好了。《左传·襄公二十九年》："虽甚盛德，其蔑以加于此矣。"

〔二〕春秋：指《春秋公羊传》。薄浮夸：看不起浮夸的学风。薄，轻视，看不起。

〔三〕征南：指杜预。杜预（222—285），字元凯，京兆杜陵（今陕西西安市）人，西晋时期著名政治家、将领、学者，死后被追赠征南大将军，故被称为杜征南。他精通《左传》，著有《春秋左氏传集解》。刘歆（公元前50年—公元23年），字子骏，刘向之子，西汉末期著名学者。他开始大力提倡古文经学，建议将《左氏春秋》及《毛诗》《仪礼》《古文尚书》皆列于学官。

〔四〕贫士：指娄寿。卖饼家：指《春秋公羊传》。《三国志·魏志·裴潜传》裴松之注引《魏略》："司隶钟繇不好《公羊》而好《左氏》，谓《左氏》为太官，而谓《公羊》为卖饼家，故数与幹共辨析长短。""征南"两句：这两句意为东汉后期，杜预尚未出生而刘歆早已死去，娄寿传承的《春秋》应当是《春秋公羊传》。

彷佛鸥波小印存〔一〕，此本末有赵子昂印。斯人讵解隐衡门〔二〕。碑中有"栖迟衡门"语。倘能微学元儒节〔三〕，何愧天潢安僖孙〔四〕。

〔一〕彷佛：同"仿佛"。鸥波：赵孟頫的号。赵孟頫，见前《前题乃王鼎丞观察课试之题，闻意主论画，再拟示诸生》注释〔四十五〕。

〔二〕斯人：指赵孟頫。衡门：横木为门，后代指隐士所居之处。《诗经·陈风·衡门》："衡门之下，可以栖迟。泌之洋洋，可以乐饥。"

〔三〕微学：稍微学习一下。微，稍微。元儒：指娄寿。

〔四〕天潢：皇族，帝王后裔。安僖：秀安僖王赵子偁。赵孟頫是为宋太祖子秦王赵德芳之后裔，他的五世祖是宋孝宗的父亲、秀安僖王赵子偁。"倘能"两句：赵孟頫作为赵宋皇室的直系子孙，却在南宋灭亡之后出仕元朝，常被后人非议。这两句意为假如赵孟頫能稍微学习一下娄寿的节操，也无愧于他天潢贵胄、秀安僖王子孙的身份。

祠堂徧画忠贤像〔一〕，武梁祠堂画像。石室全雕祥瑞图〔二〕。武氏石室祥瑞图。持此双钩填廓笔〔三〕，何妨尽拓武家书。

〔一〕祠堂：指山东省济宁市嘉祥县的武氏墓群石刻中的武梁祠。武氏墓群石刻始建于汉桓帝建和元年（147），是山东著名的墓群石刻。武氏墓群石刻中，画像内容较多的有武梁祠、前后石室和左石室等石祠。这些石祠内部都装饰了大量精美的画像石，画像内容有神话传说、历史故事、孝子烈女等，还有不少汉代日常生活场景。这些石祠中以武梁祠最为著名，画像内容以历史人物、历史故事为主，故作者称之为忠贤像。篇，同"遍"。

〔二〕石室：指前后石室和左石室等石祠。这几个石祠画像内容以神话传说为主，故称祥瑞图。

〔三〕双钩填廓：制作拓本、摹本时，沿字的笔迹两边用细劲的墨线钩出轮廓，叫双钩，双钩后填墨的叫"双钩廓填"。

养斋因余诗故尽抚祥瑞及画像为跋长句〔一〕

汉碑多者惟孔林〔二〕，其次吾杨及武氏〔三〕。武宅山头断碣纷〔四〕，开明荣班世济美〔五〕。石室瑞图文吉祥〔六〕，祠堂古贤画奇诡。一础别存榛莽中〔七〕，题作宣圣见老子〔八〕。此阙直钱十五万〔九〕，孝子用以享考妣〔十〕。因是颇笑南北朝，竟造佛像结欢喜〔十一〕。先汉去古良非遥，法物堂堂宜难毁〔十二〕。仙吏嗜奇勤搜爬〔十三〕，尽汇家碣萃一纸〔十四〕。敝帚犹然享千金〔十五〕，此本万金更不止。

〔一〕养斋：武育元，字伯申，号养斋，山西安邑人，曾任河南项城县令。因余诗故：前一首《武养斋借得宋拓〈娄寿碑〉双钩见示因题四首·其四》诗中，作者曾建议"何妨尽拓武家书"。抚：拍或轻击，此处意为拓。

〔二〕孔林：孔子及其后裔的家族墓地。

〔三〕吾杨：汉碑中有著名的"四杨碑"，即《杨震碑》《繁阳令杨君碑》《杨著碑》《沛相杨统碑》。武氏：即山东省济宁市嘉祥县的武氏墓群石刻。见前《武养斋借得宋拓〈娄寿碑〉双钩见示因题四首·其四》注释〔一〕。

〔四〕武宅山：又名武翟山，在今山东嘉祥县东南二十八里。武氏墓群石刻即在山下。

〔五〕开明：社会政治清明。荣班：指高位。济美：在前人基础上发扬光大。这句意为武氏一族在汉代清明之世世代高官。

〔六〕文：装饰。

〔七〕一础：一石碑。础，本义是木桩下垫着的石头，此处意为石碑。榛莽：丛生的草木。

〔八〕宣圣见老子：即孔子见老子。宣圣，孔子。孔子死后，历代统治者对孔子都有追封，宋真宗时孔子被追封为"至圣文宣王"，所以孔子也被称为"宣圣"。

〔九〕阙：墓道两边的石牌坊。

〔十〕考妣：死去的父母。

〔十一〕竞造佛像：南北朝时期中国佛教造像十分兴盛，著名的四大石窟都开凿于这一时期。

〔十二〕法物：祭祀所用器物，此处指武氏祠画像石。

〔十三〕仙吏：仙界职事人员，代指武育元。搜爬：搜罗。

〔十四〕萃：集中、聚集。

〔十五〕敝帚：破旧无用之物。《东观汉记·光武帝纪》："家有敝帚，享之千金。"

拟杜秋兴五首〔一〕绍方伯课士题〔二〕

西风瑟瑟动南天，每望京华一泫然〔三〕。白发江湖三戍雪〔四〕，素秋云物五陵烟〔五〕。招魂乍睹枫林落〔六〕，作客长看菊蕊妍。暮色萧森巴子国〔七〕，山城雉堞此何年〔八〕。

〔一〕拟杜秋兴：模拟杜甫《秋兴八首》。《秋兴八首》是杜甫晚年寓居夔州（今重庆奉节县）时创作的一组七言律诗。这组诗歌以追忆自己在长安的经历为主，表达了自己的离乱之悲、故园之思，诗风沉郁苍凉，是杜甫晚年的代表作。

〔二〕绍方伯：绍诚，字葛民，号云龙，历任山西布政使、安徽布政使、驻藏大臣。方伯，明清时期对布政使的尊称。课：考试。

〔三〕每望京华：杜甫《秋兴八首·其二》："夔府孤城落日斜，每依北斗望京华。"泫然：流泪的样子。

〔四〕三戍：三边。戍，边境上的营垒。

〔五〕素秋：秋天。古人认为按照五行之说，秋属金，色白，所以称之为素秋。云物：景物、景色。五陵：长安近郊有西汉五个帝王墓，合称五陵，此处泛指长安一带。

〔六〕招魂：召回生者或死者的魂。屈原有《招魂》诗，欲召回楚怀王之魂。此处意为作者正在失魂落魄之际。

〔七〕巴子国：古代诸侯国名，在四川、重庆一带。《华阳国志·巴志》载："昔武王既克殷，以其宗姬封于巴，爵之以子。"

〔八〕雉堞：古代城墙上修筑的掩护守墙人的矮墙。杜甫《秋兴八首·其二》："画省香炉违伏枕，山楼粉堞隐悲笳。"

支离一病卧夔关〔一〕，万里风尘两鬓斑。乱石草深鱼复浦〔二〕，残阳树隐麝香山〔三〕。百年戎马天方蹙〔四〕，三峡吟猿夜未阑〔五〕。永忆中书簪笔日〔六〕，纵横老泪独潸潸〔七〕。

〔一〕支离：衰老瘦弱的样子。夔关：即夔州，今重庆市奉节县。

〔二〕鱼复浦：在今重庆市奉节县东南，即八阵图下的沙洲。杜甫《奉寄李十五秘书二首·其一》："暂留鱼复浦，同过楚王台。"

〔三〕麝香山：在今重庆市奉节县东四十里。杜甫《入宅三首·其二》："水生鱼复浦，云暖麝香山。"

〔四〕天方蹙：上天正使国土损失。《诗经·大雅·召旻》："昔先王受命，有如召公，日辟国百里，今也日蹙国百里。"

〔五〕三峡吟猿：《水经注·江水》："渔者歌曰：'巴东三峡巫峡长，猿鸣三声泪沾裳！'"

〔六〕中书：中书省。唐代负责草拟、颁发诏令的中央决策机关。簪笔：插笔于冠，以备书写。

〔七〕潸潸：泪流不止的样子。

曲江一曲草如烟〔一〕，皓齿青蛾记满船〔二〕。杨柳高楼春旖旎〔三〕，芙蓉小院月婵娟〔四〕。孤臣去国天心醉〔五〕，老病依人地主贤。屈指少年歌舞侣〔六〕，隐囊纱帽几翩跹〔七〕。

〔一〕曲江：在今西安市东南部，有著名的曲江池，唐代时是著名的皇家园林。

〔二〕皓齿青蛾：洁白的牙齿、青黛色的眉毛，代指美丽的女性。

〔三〕春旖旎：春天风光柔和美好。

〔四〕芙蓉小院：即芙蓉园，也称南苑，在曲江西南。杜甫《秋兴八首·其六》："花萼夹城通御气，芙蓉小苑入边愁。"

〔五〕去国：离开京都。天心醉：指天帝醉酒，故心智昏乱。张衡《西京赋》："昔者天帝悦秦缪公而觐之，飨以钧天广乐。帝有醉焉，乃为金策，锡此土而剪诸鹑首。"

〔六〕少年歌舞侣:《秋兴八首·其六》:"同学少年多不贱,五陵衣马自轻肥。"

〔七〕隐囊:古代一种供人倚靠的软囊。翩跹:形容轻快地跳舞。

始皇当日凿昆明〔一〕,高驾戈船治水兵〔二〕。金狄千秋依北阙〔三〕,橐驼一夜满西京〔四〕。青槐夹道群嘶马〔五〕,红藕飘波尚拂鲸〔六〕。毕竟秦中王气在〔七〕,无须哀感赋兰成〔八〕。

〔一〕昆明:昆明池,在长安西南。《汉书·武帝纪》:"元狩三年(公元前120),发谪吏穿昆明池。"最早开凿昆明池的是汉武帝,作者这里写为"始皇",记忆有误。

〔二〕高驾戈船:《史记·平准书》:"大修昆明池,列观环之,治楼船高十余丈,旌旗加其上,甚壮。"

〔三〕金狄:金人,铜铸人像。《水经注·河水四》:"按秦始皇二十六年,长狄十二,见于临洮,长五丈余,以为善祥,铸金人十二以象之,各重二十四万斤,坐之宫门之前,谓之金狄。"

〔四〕橐驼:骆驼。安禄山叛军用骆驼来运送物资。杜甫《哀王孙》:"昨夜东风吹血腥,东来橐驼满旧都。"

〔五〕青槐夹道:皇帝出行时有专用的驰道,驰道两旁种植青槐。岑参《与高适薛据登慈恩寺浮图》:"青槐夹驰道,宫馆何玲珑。"

〔六〕红藕飘波:杜甫《秋兴八首·其七》:"波漂菰米沉云黑,露冷莲房坠粉红。"拂鲸:池水击打石鲸。昆明池中有石刻鲸鱼。杜甫《秋兴八首·其七》:"织女机丝虚夜月,石鲸鳞甲动秋风。"

〔七〕秦中王气:杜甫《秋兴八首·其六》:"回首可怜歌舞地,秦中自古帝王州。"

〔八〕兰成:庾信,字兰成,南北朝著名文学。庾信本是南朝萧梁朝臣,梁亡之后留居北方。他晚年时创作了著名的《哀江南赋》来表达自己的乡关之思。

骊宫佳气接终南〔一〕,树里皇陂浸紫岚〔二〕。丹凤东来阿母辇〔三〕,青牛西驻圣人骖〔四〕。和诗左掖宵灯朗〔五〕,赐酺昆明春酒酣〔六〕。今日溪蛮同涸迹〔七〕,髭须密箐两毵毵〔八〕。

〔一〕骊宫:即华清宫,唐代著名行宫,有温泉汤池。在今西安市骊山北

210

麓。终南：终南山，又名中南山、南山，在今西安市南四十公里。

〔二〕皇陂：地名，即皇子陂，在今陕西西安市长安区，因此处有秦皇子冢而得名。紫岚：山中紫色的雾气。

〔三〕阿母：指西王母，传说中西方昆仑山上的女神。辇：皇帝或皇后乘坐的车驾。

〔四〕圣人：指老子。传说老子本是周守藏室之史，后骑青牛出函谷关而去。

〔五〕左掖：也称左省，即门下省。因门下省在殿庑之左，故名。杜甫曾在门下省任左拾遗。

〔六〕赐酺：按照秦汉的法律，三人以上不得聚饮。朝廷有庆典之事，特许臣民聚会欢饮，此谓"赐酺"。昆明：昆明池。

〔七〕溪蛮：即五溪蛮，古代对湘西、贵州、四川、湖北一带的少数民族的称呼。溷迹：即混迹。

〔八〕密箐：茂密的竹林。毿毿：毛发、枝条等细长的样子。

景龙观钟铭歌为养斋大令作〔一〕

玉匣茧纸入昭陵〔二〕，雉奴潦倒书品能〔三〕。老狐瘦金亦奇绝〔四〕，生儿不愧祖武绳〔五〕。相王飞白曾一见〔六〕，太子谁云仙可升〔七〕？立意止媚控鹤监〔八〕，瞽说无识到今称〔九〕。我云钟铭推弟一，隶法入楷媚藏棱〔十〕。缩头体乃如春蚓〔十一〕，入骨筋尤比秋鹰〔十二〕。中宗崇道作宫观〔十三〕，悦妇勿乃类裂缯〔十四〕。及帝即位尤瞆瞆〔十五〕，腄事更复有所增〔十六〕。当时黄气生炉鞴〔十七〕，至今绿绣隐崚嶒〔十八〕。金器出土世所贵，狻猊镜子雁足镫〔十九〕。况此大钟应无射〔二十〕，鲸工鼋匠共作朋〔二十一〕。正书三百古秀绝〔二十二〕，蒲牢声发龙气腾〔二十三〕。四栾法天乳象地〔二十四〕，地平天成圣主兴〔二十五〕。帝之铸钟岂解此，女谒宫室坐相仍〔二十六〕。摩挲此本三叹息〔二十七〕，听钟思武非所胜〔二十八〕。只合案头作文玩〔二十九〕，寻常一纸剡溪藤〔三十〕。

〔一〕景龙观钟铭：景龙观在唐长安崇仁坊西南角，由中宗之女长宁公主宅改建而成。观中有景云二年（711）铸造的铜钟，高1.5米，是罕见的青铜铸器。现藏于西安碑林博物馆。铜钟有铭文，由唐睿宗书写，是难得的书法佳作。养斋：武育元。见前《养斋因余诗故尽抚祥瑞及画像为跋长句》注释〔一〕。

〔二〕茧纸：用蚕茧制作的纸。苏轼《孙莘老求墨妙亭诗》："兰亭茧纸入

211

昭陵，世间遗迹犹龙腾。"昭陵：唐太宗的陵墓，在今山西咸阳市礼泉县西北。太宗酷爱王羲之《兰亭序》，临终之际命人将之陪葬昭陵。

〔三〕雉奴：唐高宗李治小名雉奴。书品能：即书能品，书法水平达到"能品"。唐张怀瓘《书断》将古今书家分为神品、妙品、能品三个等级，并认为"能品"就是能达到"逐迹穷源，思力交呈"。

〔四〕老狐：指武则天。清代诗人王士禛称武则天为老狐。王士禛《游瓦官寺记》："老狐看朱成碧，以此狐媚世尊，勿乃不可？"瘦金：字体细长瘦硬。瘦金是宋徽宗赵佶所创的一种字体。此处作者意为武则天的字已有类似于瘦金的特点。

〔五〕祖武绳：即绳祖武，继承祖先的足迹继续前行。武，足迹。绳，继承。

〔六〕相王：指唐睿宗李旦，他曾被武则天封为相王。飞白：即飞白书，一种书法字体。这种字体笔画中间夹杂着丝丝点点的白痕，能给人以飞动的感觉，故名"飞白"。

〔七〕"太子"句：武周圣历二年（699），武则天曾留宿缑山（今河南偃师市）升仙太子庙，在庙中书写《升仙太子之碑》。碑文记述周灵王太子晋升仙故事。此碑碑额有武则天用飞白字体书写"升仙太子之碑"六字，正文也是武则天书写，碑文上下款由薛稷书写。唐中宗继位后，神龙二年（706）八月，相王李旦奉命刻石立碑。碑上有李旦的题记及从臣的题名。"相王"两句，这两句意为李旦的飞白书曾在"升仙太子碑"上见到。此碑碑额飞白书"升仙太子之碑"六字，是武则天书写，这里系作者记忆有误。

〔八〕控鹤监：指薛稷。薛稷（649—713），字嗣通，蒲州汾阴（今山西万荣县）人，唐代著名书画家，与褚遂良、欧阳询、虞世南并称初唐四大书法家。他曾经担任控鹤监内供奉，所以此处以控鹤监代指薛稷。唐睿宗李旦对薛稷特别信任，二人关系很好。

〔九〕瞽说：胡说。无识：没有见识。"立意"两句：这两句意为有人说唐睿宗李旦的书法立意只是要效仿薛稷，这种没有见识的说法到今天还在流传。

〔十〕隶法入楷：将隶书的笔法融入楷书当中。藏棱：不露锋芒。

〔十一〕春蚓：形容字迹弯曲如蚯蚓。

〔十二〕入骨筋：即细筋入骨，形容瘦而健壮。苏轼《孙莘老求墨妙亭诗》："颜公变法出新意，细筋入骨如秋鹰。"

〔十三〕中宗：唐中宗李显。崇道：尊崇道教。

〔十四〕悦妇：取悦妇人。妇，指唐中宗的皇后韦后。裂缯：《太平御览》

212

引《帝王世纪》:"妹嬉好闻裂缯之声而笑,桀为发缯裂之,以顺适其意。"

〔十五〕帝:指唐睿宗李旦。瞆瞆:昏聩糊涂。

〔十六〕踵事:继承前人事业。

〔十七〕炉鞴:为火炉鼓风的皮囊,借指熔炉。

〔十八〕峻嶒:本义为山势高耸突兀,此处指铜钟钟体起伏不平。

〔十九〕狻猊镜子:唐代流行的一种铜镜,镜背面装饰有狻猊纹饰。狻猊是传说中的瑞兽,龙的九子之一,喜欢烟火,一般装饰在香炉上。雁足镫:汉代的一种宫灯,灯座刻为雁足形状。

〔二十〕无射:古代音乐十二律之一。因为钟声合于无射,所以也用无射作钟名,周景王所铸的钟就叫无射。

〔二十一〕鲸工凫匠:大小工匠。李旦《景龙观钟铭》:"广召鲸工,远征凫匠。"

〔二十二〕正书:楷书。

〔二十三〕蒲牢:传说龙的九子之一,喜欢音乐,喜欢吼叫。大钟上的龙形兽钮就是蒲牢。

〔二十四〕栾:钟口的两角。乳:铜钟上的乳钉。

〔二十五〕地平天成:天和地都已平定,形容一切就绪。《尚书·大禹谟》:"帝曰:'俞!地平天成,六府三事,允治。万世永赖,时乃工。'"

〔二十六〕女谒:宫廷中嬖宠的女子。宫室:宫中的后妃。相仍:接连不断。

〔二十七〕摩挲:用手抚摸。

〔二十八〕武:指周武王时的乐舞《武》。《论语·八佾》:"子谓《韶》:'尽美矣,又尽善也。'谓《武》:'尽美矣,未尽善也。'"

〔二十九〕文翫:文房器玩。翫,同"玩"。

〔三十〕剡溪藤:即剡溪藤纸,又名剡纸,古代浙江剡县(今浙江嵊州市)出产的一种用古藤制作的纸。

题欧阳询《虞恭公碑》为毛寔生学博作[一]

武库矛戟颖森森[二],信本正书字千金[三]。醴泉化度并奇绝[四],妙迹弟一温大临[五]。行行不肯排算子[六],笔笔正欲度金针[七]。羚羊挂角迹虽灭[八],惊蛇入草法可寻[九]。君从何处得此本,毡椎岁久墨光沈[十]。翻雕未被曾滋蕙〔十一〕，未有曾恒德印。装池原出梁蕉林〔十二〕。前有真定梁相国收藏印〔十三〕。金坛王氏书名盛〔十四〕，始知从此入法深。中有王虚舟印。谛观神物久愕眙〔十五〕，舌挢不下口欲痦〔十六〕。迩来馆阁成结习〔十七〕，规抚勃海称宜今〔十八〕。侧艳合上金陵腿〔十九〕，刚态谁识铁石心〔二十〕。闻君工书富藏弄〔二十一〕，近有韭花远来禽〔二十二〕。既得妙拓能宝贵〔二十三〕，莫令煤尾坐生蟫〔二十四〕。他时得髓可名世〔二十五〕，岂止兰台称嗣音〔二十六〕。一灯青荧题诗罢〔二十七〕，黍罗世界夜横参〔二十八〕。

〔一〕欧阳询：欧阳询（557—641），字信本，潭州临湘（今湖南长沙）人，唐代著名书法家，与虞世南、褚遂良、薛稷并称初唐四大家。《虞恭公碑》：又称《温公碑》《温彦博碑》。温彦博，字大临，太原祁县（今山西祁县）人，初唐名臣，封虞国公，谥号"恭"。贞观十一年（637），温彦博病逝后，岑文本为其撰写墓碑，欧阳询书写碑文。此碑结体严谨、法度森严，是欧阳询书法代表作之一。毛寔生：生平不详。学博：明清时期学官的别称。

〔二〕"武库"句：张怀瓘《书断》："（欧阳询）真行之书，虽于太令亦别成一体，森森焉若武库矛戟，风神严于智永，润色寡于虞世南。"颖：锋芒。

〔三〕信本：欧阳询，字信本。

〔四〕醴泉：指《九成宫醴泉铭》。见卷二《题常小轩庶常所藏欧阳〈九成宫醴泉铭〉》注释〔一〕。化度：即《化度寺碑》，唐贞观五年（631）刻，比《九成宫碑》晚一年，是欧阳询晚年楷书的代表作。

〔五〕温大临：即《虞恭公碑》，此碑又名《温彦博碑》，温彦博字大临，故以"温大临"代指。

〔六〕排算子：算珠。书法中一般用以形容字与字排列如算珠，彼此之间不相联络，缺乏和谐美感。

〔七〕度金针：即金针度人，比喻把诀窍、秘法传授他人。元好问《论诗三首·其二》："鸳鸯绣了从教看，莫把金针度与人。"

〔八〕羚羊挂角：羚羊夜间休息时把角挂在树上，让其他动物无迹可寻。后用来比喻诗歌或艺术品意境超脱高远。

〔九〕惊蛇入草：形容书法活泼而有活力。

〔十〕毡椎：拓本。制作拓片要用到椎和毡，故用以代指拓本。

〔十一〕曾滋蕙：曾恒德，字省轩，福建惠安人，乾隆十七年举人，官至郧阳知府。工书，好收藏，刻有《滋蕙堂帖》，收集历代名家书帖。

〔十二〕装池：装裱书画。梁蕉林：梁清标（1620—1691），字玉立，号棠村，一号蕉林，直隶真定（今河北省正定县）人，明末清初著名收藏家、文学家,刻有《秋碧堂法帖》八卷。

〔十三〕梁相国:指梁清标。他曾任保和殿大学士,故称相国。

〔十四〕金坛王氏:指王澍。王澍(1668—1743),字若林,号虚舟,江苏金坛人。康熙五十一年进士,官至吏部员外郎。清代著名书法家,著有《淳化阁帖考正》《古今法帖考》《虚舟题跋》等。

〔十五〕谛观:审视、仔细看。愕眙:惊视。

〔十六〕舌挢:舌头举起。瘖:哑。

〔十七〕迩来:近来。馆阁:即馆阁体,因科举考试而形成的一种书体,字体乌黑、方正、光洁,大小一致。结习:积久难除的习惯。

〔十八〕规抚:模仿、取法。勃海:指欧阳询,他被封为渤海县男,故称渤海。勃,也作"渤"。

〔十九〕侧艳:艳丽而流于浮华。合:应当。金陵腿:美人王小润腿上。唐有无名氏作《嘲崔垂休》,诗前有小序:"胤字垂休,变化年,惑妓人王小润,费甚广,尝题记于小润髀上,为为山所见,赠诗云:'慈恩塔下亲泥壁,滑腻光华玉不如。何事博陵崔四十,金陵腿上逞欧书。'"金陵,在唐代属润州,用以代王小润。

〔二十〕刚态:阳刚之态。

〔二十一〕藏弆:收藏。

〔二十二〕韭花:指五代时著名书法家杨凝式的《韭花帖》。来禽:指王羲之《来禽帖》,又名《青李来禽帖》。

〔二十三〕妙拓:精妙的拓本。

〔二十四〕煤尾:屋里的烟尘。蟫:即蠹虫,咬衣服、书籍的蛀虫。

〔二十五〕得髓:得到精髓。名世:名显于世。

〔二十六〕兰台:欧阳通,字通师,欧阳询之子,曾任兰台郎,累迁中书舍人,封渤海公。他能传承其父书法,时人称其父子书法为"大小欧阳体"。嗣音:继承前人事业。

〔二十七〕青荧:青光。

〔二十八〕黍罗:即黍珠、郁罗。黍珠,即黍米玄珠,道教内丹修炼术语,即金丹。郁罗,即郁罗萧台,道教尊神元始天尊升座之台。此处指天宫、仙界。夜横参:参星横斜,指夜深。

游恒山诗[一]　　拟谢灵运体[二]

是日澄霁，引望神尖，阳林耀葩[三]，阴冈停素[四]，此心飘然已在山麓矣。恒山又名神尖山，见唐《括地志》[五]。

日余乐青山，积载成淹滞[六]。解组期转迥[七]，披图志逾锐[八]。嶜嶜紫岳峰[九]，陉岘构灵慧[十]。岭拔摩苍穹[十一]，岩列朝黑帝[十二]。仙者闼清都[十三]，隐沦驻末契[十四]。丹房叠红蕤[十五]，铜磴散芳蕙[十六]。梦游缅无像[十七]，翘望阴霾霁[十八]。异花媚人外[十九]，古雪划天际[二十]。增嶂排修鳞[二十一]，群松栉云髻[二十二]。怀新料多奇[二十三]，鼓勇揽大势。杖策裹糇粮[二十四]，明发谢再计[二十五]。

〔一〕恒山：位于今山西大同浑源县，是五岳之中的北岳。

〔二〕拟谢灵运体：这组诗歌是一种模拟谢灵运诗歌特点的山水诗。谢灵运是南朝刘宋时期著名诗人，也是中国文学史上第一大力创作山水诗的大诗人。他的山水诗富丽精工、幽深峭拔，且喜欢在描写景物时谈论玄学哲理，对后世文学有深远影响。

〔三〕阳林：生长在山南的林木。

〔四〕素：积雪。

〔五〕《括地志》：唐代地理著作，贞观年间魏王李泰主编，全书共550卷。此书南宋时已亡佚，清孙星衍有辑本。

〔六〕积载：多年。淹滞：久处低下的职位。

〔七〕解组：解绶，辞官。转迥：前往远方。谢灵运《登江中孤屿》："怀新道转迥，寻异景不延。"

〔八〕志逾锐：想法更加急切。锐，急切。

〔九〕嶜嶜：参差起伏的样子。紫岳：恒山又名"紫岳"。

〔十〕陉岘：山岭与山谷。灵慧：神异的智慧。修道人注重灵慧。此处代指修道之所，即道观、寺院。

〔十一〕拔：突出。

〔十二〕黑帝：中国古代神话中五天帝之一，系北方之神。

〔十三〕闼：关闭。清都：神话中天帝居住的宫殿。

〔十四〕隐沦：隐者。末契：长者对晚辈的交谊。山中的隐者与天帝相比，即是"末契"，故此处末契指深山之中。

〔十五〕丹房：道士炼丹之处。红蕚：红芷花。

〔十六〕铜磴：高峻的台阶。

〔十七〕缅：遥远。无像：即无象，玄妙无形。

〔十八〕阴霾：天气昏暗。

〔十九〕人外：世外。

〔二十〕古雪：经久未化的积雪。

〔二十一〕增嶂：即层嶂，重重叠叠的山峰。修鳞：大鱼。

〔二十二〕云鬐：高耸的发髻。

〔二十三〕怀新：怀着发现新景致之心。谢灵运《登江中孤屿》："怀新道转迥，寻异景不延。"

〔二十四〕糇粮：干粮。

〔二十五〕明发：黎明。谢再计：不必重新考虑。再计，再次谋划。

言入云路〔一〕，陟琴台〔二〕，昔有二鹤化为美人，舞斯台上。已而拊落霞之琴〔三〕，歌《清吴春波》之曲〔四〕，四崖响答，山虚水深。

谢公足佳游〔五〕，宗生秉微尚〔六〕。岳图既历四〔七〕，屐齿仍余两〔八〕。兹辰啸侣俦〔九〕，高兴追天放〔十〕。日出空翠明〔十一〕，千霞非一状。竹疎系马进，苔滑连臂上〔十二〕。数武陟琴台〔十三〕，万巘环青障〔十四〕。缅昔操缦人〔十五〕，天际动高唱。理深泉欲凝〔十六〕，声远云如涨。并啸青鸾吟〔十七〕，初回白鹄舫〔十八〕。斯人已千秋，余韵留丹嶂〔十九〕。神女化鹤归，两忘人禽相〔二十〕。莞尔语山灵〔二十一〕，洒然齐得丧〔二十二〕。

〔一〕言：用于句首的语助词。云路：高山上的路径。

〔二〕琴台：恒山的一处景致，又名"琴棋台"。

〔三〕落霞之琴：古琴名。

〔四〕《清吴春波》：古歌曲名。《太平御览》引《洞冥记》："帝恒夕望东边有青云，俄见双白鹄集于台上，倏忽变为二神女，舞于楼下，握凤管之箫，拊落霞之琴，歌《清吴春波》之曲也。"

〔五〕谢公：谢灵运。谢灵运喜欢游览山水，曾发明了一种登山用的木鞋"谢公屐"。

〔六〕宗生：宗炳（375—443），字少文，南朝画家，曾漫游山川，并将游历所见景物绘于居室之壁。他的《画山水序》，是一篇古代重要的绘画理论文章。微尚：微小的志趣，指游览山水。

〔七〕岳图：五岳之图。历四：到过四处。

217

〔八〕"展齿"句：《世说新语·雅量》："祖士少好财，阮遥集好屐，并恒自经营，同是一累，而未判其得失。人有诣祖，见料视财物。客至，屏当未尽，余两小簏箸背后，倾身障之，意未能平。或有诣阮，见自吹火蜡屐，因叹曰：'未知一生当箸几量屐？'神色闲畅。于是胜负始分。"量，也作"两"，同"緉"，量词，双。

〔九〕啸侣俦：招呼同伴。侣俦，同伴。

〔十〕天放：放任自然。

〔十一〕空翠：碧空。

〔十二〕连臂：手携手。

〔十三〕数武：没有多远。武，脚步。

〔十四〕万巘：无数的山峰。

〔十五〕缅昔：往昔。操缦：操弄琴弦。

〔十六〕理深：弹琴至深情处。理，理琴。

〔十七〕青鸾：传说中的神鸟。

〔十八〕白鹄舫：绘有白天鹅图案的船。

〔十九〕余韵：遗留的韵致、气韵。

〔二十〕相：佛教术语，指表现于外、能被心识认知的事物的特征。这句意为忘记人与禽的差别，二者融为一体。

〔二十一〕山灵：山神。

〔二十二〕洒然：洒脱。齐得丧：得与失没有差别，即忘怀得失。得丧，得失。

翠雪亭下，万松翳涧；虎峰风至，飒然而已〔一〕。
　　径仄诚知劳〔二〕，溪回未觉远。郁郁碧松林，横掩石梯断。挽锁陟增巅〔三〕，菌阁张如伞〔四〕。苍耳铺坐茵〔五〕，绿荷解包饭〔六〕。涧溜寒漱齿〔七〕，餐余稍僵蹇〔八〕。午际凉飚生〔九〕，万松仰复偃。碧云渟不流〔十〕，翠盖纷欲蹇〔十一〕。方夏白袷单〔十二〕，未雨黄尘散。五粒拾花香〔十三〕，千针摘叶短。中峰勇欲登，斜景恋忘返〔十四〕。坐久乘夕凉，松下蹑鹿踵〔十五〕。

〔一〕翠雪亭、虎峰：恒山的两处景致。虎峰，又名百虎峰。翳翢：遮蔽山涧。

〔二〕径仄：小路狭窄。

〔三〕挽锁：拉着锁链。增巅：同"层巅"，高耸而重叠的山峰。

〔四〕菌阁：形如菌状的楼阁。

〔五〕苍耳：一种一年生菊科植物。坐茵：坐垫。

〔六〕"绿荷"句：这句意为解开绿荷叶包裹的饭食。

〔七〕涧溜：涧水。

〔八〕僵蹇：即偃蹇，安卧。

〔九〕凉飙：凉风。

〔十〕渟：水聚集而不流动。

〔十一〕翠盖：形如翠羽车盖的植物。跪：弯曲。

〔十二〕白袷：白色夹衣。

〔十三〕五粒：即五粒松，一种松树，因一丛五叶而得名。一说，一丛有五粒子，形如桃仁而可食，因以五粒名之。

〔十四〕斜景：西斜的太阳。

〔十五〕鹿疃：野鹿出没的地方。《诗经·豳风·东山》："町疃鹿场，熠耀宵行。"

岳庙北崖，壁立万仞，凿石架木，构楼崖半〔一〕，是曰悬空精舍〔二〕。

蜃楼事匪经〔三〕，贝阙语多袭〔四〕。谁信华构奇〔五〕，无根空际集〔六〕。维兹悬空寺，经始由孰葺〔七〕。画栋树杪横〔八〕，丹梯石罅入〔九〕。翘颈栏如危，蹋臂级堪拾〔十〕。窗户摘星明，衣裳蒸雾湿。高鸟迷俯瞰〔十一〕，真宰接平挹〔十二〕。九烟罗南州〔十三〕，五云挹京邑〔十四〕。大哉造化伟，神尖古巉岌〔十五〕。卧游世转低，高唱天通吸〔十六〕。禋望典久讹〔十七〕，朔巡瑞此辑〔十八〕。昔事晌成空〔十九〕，佛舍乘空立〔二十〕。

〔一〕崖半：半山崖。

〔二〕悬空精舍：即悬空寺，在恒山金龙峡西侧翠屏峰的峭壁间，建于北魏太和十五年（491），是恒山十八景之一。

〔三〕蜃楼：古人认为海市蜃楼，是蜃气变幻成的楼阁。匪经：不合乎常理。匪，同"非"。

〔四〕贝阙：河伯所居的龙宫水府中以紫贝装饰的宫阙。

〔五〕华构：壮丽的建筑。

〔六〕无根：没有地基。

〔七〕经始：开始营建。葺：修葺。

〔八〕树杪：树梢。

〔九〕丹梯：红色的楼梯。石罅：石缝。

〔十〕蹋臂：连臂踏地。级：台阶。拾：蹑足而上。

〔十一〕"高鸟"句：即俯瞰迷高鸟，俯瞰模模糊糊的高空飞鸟。

〔十二〕"真宰"句：即平揖接真宰，拱手迎接宇宙主宰。平揖，双方地位平等，拱手而不拜。真宰，宇宙的主宰。

〔十三〕九烟：九点烟尘。李贺《梦天》："遥望齐州九点烟，一泓海水杯中泻。"

〔十四〕拟：挺，耸。京邑：京城。

〔十五〕神尖：恒山又名神尖。巅发：高耸。

〔十六〕通吸：呼吸相通。

〔十七〕禋望：两种祭祀名。禋，烧柴升烟以祭天。望，祭祀山川。典：隆重的仪式。讹：错乱。

〔十八〕朔巡：每月初巡视。瑞此辑：祥瑞在此聚集。《尚书·舜典》："望于山川，遍于群神，辑五瑞。"

〔十九〕昀：转瞬。

〔二十〕佛舍：寺院房舍，指悬空寺。乘空：凌空、腾空。

仿元遗山论诗绝句五十首〔一〕专论山右诗人〔二〕

镇东忠义欲匡时〔三〕，一表魂飞司马师〔四〕。记得嘉诗酬杜挚〔五〕，哀鸣凤鸟系人思。毌邱俭。俭答杜挚诗曰："凤鸟翔京邑，哀鸣有所思。""嘉诗"亦原诗中语也。

〔一〕元遗山：元好问（1190—1257），字裕之，号遗山，金末著名文学家、史学家。论诗绝句：元好问有《论诗绝句三十首》，用七言绝句的形式，评论了汉魏至宋代的许多作家和作品，表明其文学主张，对后世有深远影响。

〔二〕山右：指山西。因山西在太行山右侧，故称山右。这一组诗歌专门评论从三国至清代重要的山西诗人及作品。

〔三〕镇东：毌邱俭，复姓毌邱，名俭，字仲恭，河东闻喜（今山西闻喜县）人，三国曹魏将领，曾任镇东将军、扬州都督。他忠于曹魏政权，司马师废魏帝曹芳后，他在淮南起兵反抗，兵败身亡。他善诗文，有集二卷，已佚。诗歌现仅存一首《答杜挚诗》。匡时：挽救危难的时局。

〔四〕一表：一封表奏。正元二年（255）正月，毌邱俭、文钦上表朝廷，声讨司马师，使得司马师十分惊慌。司马师：字子元，河内温县（今河南温县西）人，司马懿之子。司马懿死后，他独揽朝廷大权，废魏帝曹芳，击败了起兵反抗的毌丘俭、文钦，为晋朝的建立奠定基础。

〔五〕酬杜挚：指毌邱俭的《答杜挚诗》。杜挚，字德鲁，河东人，三国时期文学家，擅长辞赋。毌邱俭《答杜挚诗》："凤鸟翔京邑，哀鸣有所思。才为圣世出，德音何不怡。八子未际遇，今者遭明时。胡康出垄亩，杨伟无根基。飞腾冲云天，奇迅协光熙。骏骥骨法异，伯乐观知之。但当养羽翮，鸿举必有期。体无纤微疾，安用问良医。联翩轻栖集，还为燕雀嗤。韩众药虽良，恐便不能治。悠悠千里情，薄言答嘉诗。信心感诸中，中实不在辞。"

虫鱼注罢薄雕虫〔一〕，不道游仙语倍工〔二〕。经术湛深诗隽上〔三〕，千秋只见郭河东〔四〕。郭璞。

〔一〕虫鱼注罢：指郭璞的《尔雅注》。《尔雅》是一部儒家经典著作，也是中国最早的一部解释词义的工具书。书中有《释虫》《释鱼》等篇，专门解释动植物词汇。郭璞（276—324），字景纯，河东郡闻喜县（今山西省闻喜县）人，东晋时期著名学者、诗人，曾为《尔雅》《方言》《山海经》《穆天子传》等书作注。长于诗赋，组诗《游仙诗》影响深远。

〔二〕不道：不料。游仙：指郭璞的《游仙诗》十四首。这组诗歌辞采华茂，借遨游仙境抒怀言志，表达内心的忧愁与不满。

〔三〕经术：经学。湛深：高深。隽上：卓越出众。钟嵘《诗品序》："先是，郭景纯用隽上之才，变创其体。"

〔四〕郭河东：郭璞。郭璞是河东郡人，故称郭河东。

磊落英多数子荆〔一〕，无妨恶剧学驴鸣〔二〕。若论零雨被秋草〔三〕，百鸟喧时鹤一声〔四〕。孙楚。

〔一〕英多：才智过人。子荆：孙楚，字子荆。太原中都（今山西省平遥县）人，西晋著名文学家，官至冯翊太守，擅长诗歌、辞赋，有集十二卷，已佚。

〔二〕恶剧：恶作剧。学驴鸣：《世说新语·伤逝》："孙子荆以有才，少所推服，唯雅敬王武子。武子丧时，名士无不至者。子荆后来，临尸恸哭，宾客莫不垂涕。哭毕，向灵床曰：'卿常好我作驴鸣，今我为卿作。'体似真声，宾客皆笑。孙举头曰：'使君辈存，令此人死！'"

〔三〕零雨被秋草：孙楚《征西官属送于陟阳侯作》："晨风飘歧路，零雨被秋草。"

〔四〕"百鸟"句：许浑《送卢先辈自衡岳赴复州嘉礼二首》："众花尽处

松千尺，群鸟喧时鹤一声。"

兰亭墨妙笔尤工〔一〕，亘古无人与角雄〔二〕。谁识永和修禊日〔三〕，先诗后序有兴公〔四〕。孙绰。

〔一〕兰亭：王羲之的《兰亭序》。

〔二〕亘古：终古，整个古代。角雄：较量。

〔三〕永和：晋穆帝年号。修禊：古代民俗在农历三月上巳（魏晋以后固定为三月初三）日到河边祭祀、饮宴，以消除不祥。此处指晋穆帝永和九年（353）三月三日王羲之、谢安、孙绰等人在会稽山阴的兰亭聚会。与会之人临流赋诗，编定成集，王羲之又书写了著名的《兰亭序》。

〔四〕诗：孙绰参与了此次兰亭聚会，并写了《兰亭诗二首》。兴公：孙绰（314—371），字兴公，太原中都（今山西平遥县）人，孙楚之孙，官至廷尉卿。善诗赋，有集二十五卷，已佚。

百升明月剧英雄〔一〕，健将能诗有乃公〔二〕。敕勒牛羊千古调〔三〕，南朝竞病恐难同〔四〕。斛律金。

〔一〕百升明月：斛律光（515—572），字明月，朔州（今山西朔州）人，北齐名将，治军严明，战功赫赫，北齐后主高纬听信谗言将他全家杀害。北周名将韦孝宽为离间斛律光君臣关系，就制造谣言，编了首儿歌在邺城传唱："百升飞上天，明月照长安。"百升为一斛，明月是斛律光的字，照长安暗示他有野心。剧：大，巨。

〔二〕健将：英勇善战的将领。乃公：你的父亲。指斛律金。斛律金（488—567），字阿六敦，朔州人，斛律光的父亲，北齐名将。

〔三〕敕勒牛羊：指《敕勒歌》。据《北齐书》记载，斛律金是《敕勒歌》最早的歌唱者。《北齐书·神武帝纪》："己卯，无功而还。是时，西魏言神武中弩，神武闻之，乃勉坐见诸贵，使斛律金唱《敕勒歌》，神武自和之，哀感流涕。"元好问《论诗绝句三十首·其七》："慷慨歌谣绝不传，穹庐一曲本天然。中州万古英雄气，也到阴山敕勒川。"

〔四〕竞病：指作险韵诗。险韵诗，指用冷僻难押的字押韵的诗。《南史·曹景宗传》："景宗振旅凯入，帝于华光殿宴饮连句，令左仆射沈约赋韵。景宗不得韵，意色不平，启求赋诗。……时韵已尽，唯余'竞''病'二字。景宗便操笔，斯须而成，其辞曰：'去时儿女悲，归来笳鼓竞。借问行路人，何如霍去病？'帝叹不已。"

女郎袨靓太纷纭〔一〕，艳到齐梁诗可焚〔二〕。绝代高情柳文畅〔三〕，亭皋木叶下秋云〔四〕。柳恽。

〔一〕袨靓：华丽耀眼的盛装。

〔二〕"艳到"句：这句意为南朝齐梁时期流行注重辞藻声律、以描写女性之美为重要内容的宫体诗，这类诗歌应该被烧掉。

〔三〕高情：高雅的情致。柳文畅：柳恽（465—517），字文畅，祖籍河东解州（今山西运城），官至秘书监、领左军将军，南朝梁著名诗人，诗风清新秀美，有一定影响。其诗文收录在《柳吴兴集》中，有集十二卷，南宋末尚存一卷，已佚。

〔四〕"亭皋"句：柳恽《捣衣诗》："亭皋木叶下，陇首秋云飞。"

魏收工赋傲温邢〔一〕，只有中书赋《豁情》〔二〕。不意恃才惊蛱蝶〔三〕，能令对酒忆公荣〔四〕。裴伯茂。伯茂有《豁情赋》，甚工，卒后魏收论叙之诗曰："临风想玄度，对酒思公荣。"

〔一〕魏收：魏收（507—572），字伯起，巨鹿郡曲阳县（今河北晋州市）人，北齐著名史学家、文学家，官至尚书右仆射。著有《魏书》，有集七十卷，已佚。温邢：温子升、邢邵。温、邢与魏收并称"北地三才"。温子升（495—547），字鹏举，济阴冤句（今山东菏泽）人，北朝文学家，有集三十九卷，已佚。被高澄猜忌，下晋阳狱，饿死。邢邵，字子才，河间鄚（今河北任丘北）人，官至中书监，授特进。北齐著名文学家，有集三十卷，已佚。

〔二〕中书：裴伯茂，河东人，北朝文学家，曾任行台郎中、散骑常侍、中书侍郎，后加中军大将军。《豁情》：裴伯茂曾作《豁情赋》一篇，是他仅存的一篇辞赋。

〔三〕惊蛱蝶：魏收为人恃才傲物、轻薄好色，人称"惊蛱蝶"。《北史·魏收传》："收昔在京洛，轻薄尤甚，人号云：'魏收惊蛱蝶。'"

〔四〕对酒忆公荣：《魏收·裴伯茂传》："收时在晋阳，乃同其作，论叙伯茂，其十字云：'临风想玄度，对酒思公荣。'"公荣：刘昶，字公荣，曹魏时曾任兖州刺史。《世说新语·简傲》："王戎弱冠诣阮籍，时刘公荣在坐，阮谓王曰：'偶有二斗美酒，当与君共饮。彼公荣者无预焉。'二人交觞酬酢，公荣遂不得一杯，而言语谈戏，三人无异。或有问之者，阮答曰：'胜公荣者不得不与饮酒，不如公荣者不可不与饮酒，惟公荣可不与饮酒。'"

裴佗文季六男儿〔一〕，酬答徐陵有让之〔二〕。为诵五郎公燕作〔三〕，谁云不及乃兄诗。裴让之、讷之。

〔一〕裴佗：裴佗，字元化，河东闻喜人，北魏末年曾任赵郡太守、东荆州刺史，为人清廉刚直，受人敬仰。有六子，其中让之、讷之尤为知名，以文学见长。文季：文坛季世，文坛衰落之时。

〔二〕酬答：应答。徐陵：徐陵（507—583），字孝穆，东海郡郯县（今山东郯城县）人，南朝著名诗人、文学家，与庾信并称"徐庾"。让之：裴让之，字士礼，历经东魏、北齐两朝，官至中书舍人、散骑常侍，以诗文见长。徐陵以南朝使者身份出使北齐时，裴让之曾在宴会上赋《公馆谳酬南使徐陵诗》，与之唱和。

〔三〕五郎：裴讷之，字士言，裴佗第五子，裴让之之弟，官至太子舍人，北齐诗人。公燕：指裴讷之《邺馆公燕诗》，也是与南朝使者唱和之作。

雁后花前名士题〔一〕，吟成昔昔恨长赍〔二〕。微辞自是瞋鱼藻〔三〕，佳句空云妒燕泥〔四〕。薛道衡。

〔一〕雁后花前：薛道衡《人日思归》："入春才七日，离家已二年。人归落雁后，思发在花前。"薛道衡（540—609），字玄卿，河东汾阴（今山西万荣县）人，历仕北齐、北周、隋三朝，官至司隶大夫，因受隋炀帝猜忌，逼令自缢。隋朝著名诗人，有文集七十卷，已佚。

〔二〕昔昔：指薛道衡的代表作《昔昔盐》，一首描写思妇生活的诗。恨长赍：抱有长恨。

〔三〕微辞：隐晦的批评。鱼藻：《诗经·小雅》有《鱼藻》一篇，《毛诗序》以为"刺幽王也。言万物失其性，王居镐京，将不能以自乐，故君子思古之武王焉。"这句意为薛道衡诗歌其实是如《鱼藻》那样隐晦地批评时政，指责隋炀帝像周幽王一样荒唐放纵。

〔四〕妒燕泥：薛道衡《昔昔盐》一诗中"暗牖悬蛛网，空梁落燕泥"两句十分有名，被善诗文的隋炀帝妒忌。刘𫗧《隋唐嘉话》：炀帝善属文，而不欲人出其右。司隶薛道衡由是得罪，后因事诛之，曰："更能作'空梁落燕泥'否？"

唐初将相尽门墙〔一〕，有弟偏思隐醉乡〔二〕。余事作诗犹矫矫〔三〕，《东皋集》合冠三唐〔四〕。王绩。

〔一〕门墙：老师之门。这句意为唐初将相都是王通门下弟子。王通，字仲淹，道号文中子，绛州龙门（今山西河津）人，隋代大儒，著名教育家、思想家，著有《中说》（又名《文中子》）。传说初唐名臣魏征、房玄龄等都是他的弟子。

〔二〕有弟：指王绩。王绩，字无功，号东皋子，绛州龙门（今山西省河津市）人，王通之弟，隋末任秘书省正字、六合县丞，唐初官待诏门下省，后弃官归隐。初唐著名诗人，其诗朴素自然，有较高的艺术成就。有《东皋集》三卷。醉乡：王绩有一篇文章《醉乡记》，描绘了一个无忧无虑、放纵饮酒的理想世界。

〔三〕余事：没有投入主要精力的事情。矫矫：不同凡响。

〔四〕合：应当。三唐：古代学者认为唐诗可分为初唐、盛唐、晚唐三个时期。

闲云潭影咏滕王〔一〕，绮丽独先卢骆杨。水府效灵消受得〔二〕，一帆风送到南昌〔三〕。王勃。

〔一〕"闲云"句：王勃《滕王阁诗》："闲云潭影日悠悠，物换星移几度秋。阁中帝子今何在？槛外长江空自流。"王勃，字子安，绛州龙门（今山西河津）人，王通之孙，初唐著名文学家，与杨炯、卢照邻、骆宾王并称为"初唐四杰"，有《王子安集》十六卷。

〔二〕水府效灵：水神显灵。《分门古今类事》引罗隐《中元传》："唐王勃方十三，随舅游江左。尝独至一处，见一叟，容服纯古，异之，因就揖焉。叟曰：'非王勃乎？'勃曰：'与老丈昔非亲旧，何知勃之姓名？'叟曰：'知之。'勃知其异人，再拜问曰：'仙也，神也？以开未悟。'叟曰：'中元水府，吾所主也。来日滕王阁作记，子有清才，何不为之？子登舟，吾助汝青风一席。子回，幸复过此。'勃登舟，舟去如飞，乃弹冠诣府下。"

〔三〕"一帆"句：指王勃在南昌创作了著名的《滕王阁序》一文。

鹦鹉须令振翼双〔一〕，宗臣一语定家邦〔二〕。赋诗摩厉郑丹刃〔三〕，何事今犹刻石淙〔四〕？狄仁杰。

〔一〕"鹦鹉"句：韩偓《金銮密记》："则天后尝梦一鹦鹉，羽毛甚伟，两翅俱折。以问宰臣，群公默然。内史狄仁杰曰：'鹉者陛下姓也，两翅折，陛下二子庐陵相王也。陛下起此二子，两翅全也。'"狄仁杰（630—700），字怀英，并州太原（今山西太原市）人，唐代著名政治家。历仕唐高宗、武则天两朝，为人正直，能谋善断，力劝武则天复立庐陵王李显为太子，为唐朝政局的稳定做出了重要贡献。《全唐诗》存其诗一首。

〔二〕宗臣：为世人所敬仰的臣子。

〔三〕摩厉：摩擦刀剑使之锐利。郑丹：春秋时期楚灵王的臣子。据《左传·昭公十二年》载，楚灵王好大喜功、滥用民力，带领大军驻扎边境准备讨伐吴国。有人建议郑丹劝阻楚灵王，他表示自己"摩厉以须，王出吾刃将斩矣"，准备自己将大力进谏。郑丹耐心地劝谏楚王，并赋诗一首，但楚灵王还是没有听取他的意见，以至于最终身败名裂。

〔四〕何事：何故、为何。石淙：指狄仁杰的《奉和圣制夏日游石淙山》诗。久视元年（700）武则天与群臣游览嵩山名胜石淙山，宴会上她即兴赋诗，十六位从臣也各奉和一首，狄仁杰的诗就是其中一首。武则天又写了一篇《夏日游石淙诗并序》，薛曜书写，将该序和十七首诗都刻于石崖之上。"赋诗"两句：这两句意为狄仁杰劝谏武则天，就像当年郑丹赋诗劝谏楚灵王，但是为什么他刻于石崖上的诗作竟然是《奉和圣制夏日游石淙山》这样一首应制诗？

锦袍应诏几人工〔一〕，少保诗篇独古风〔二〕。一首陕郊留异日〔三〕，尚能倾倒浣花翁〔四〕。薛稷。

〔一〕锦袍应诏：《旧唐书·宋之问传》："则天幸洛阳龙门，令从官赋诗，左史东方虬诗先成，则天以锦袍赐之。及之问诗成，则天称其词愈高，夺虬锦袍以赏之。"

〔二〕少保：薛稷（649—713），字嗣通，蒲州汾阴（今山西万荣县）人，唐代著名书画家，初唐四大书法家之一。他曾任黄门侍郎、太子少保、礼部尚书等职，封晋国公。善诗，《全唐诗》存其诗十四首。古风：古体诗。元吴师道《吴礼部诗话》引时天彝《唐百家诗选评》："薛稷诗明健激昂，有建安七子之风，不类唐人。"

〔三〕陕郊：指薛稷的《秋日还京陕西十里作》。异日：将来、日后。

〔四〕倾倒：佩服、心折。浣花翁：指杜甫，因他曾定居四川成都浣花溪畔，故称浣花翁。杜甫曾在《观薛稷少保书画壁》一诗中说："少保有古风，得之陕郊篇。"

翠华春幸到昆明〔一〕，一代才归女子衡〔二〕。至竟夜珠明月语〔三〕，精神十倍沈云卿〔四〕。宋之问。

〔一〕翠华：皇帝仪仗中一种以翠鸟羽毛装饰的旗帜。春幸：皇帝春日驾临某地。昆明：昆明池，在长安西南。

226

〔二〕女子：指上官婉儿，陕州陕县（今河南省三门峡市）人，上官仪孙女，武则天、唐中宗时代女诗人。衡：评定。这句意为宴会之上众人所作诗歌水平高下，由上官婉儿来评定。

〔三〕至竟：最终。夜珠明月语：《唐诗纪事》："中宗正月晦日幸昆明池赋诗，群臣应制百余篇。帐殿前结采楼，命昭容（上官婉儿）选一首为新翻御制曲。从臣悉集其下，须臾纸落如飞，各认其名而怀之。既进，唯沈、宋二诗不下。又移时，一纸飞坠，竞取而观，乃沈诗也。及闻其评曰：二诗工力悉敌。沈诗落句云：'微臣衰朽质，羞睹豫章材。'盖词气已竭。宋诗云：'不愁明月尽，自有夜珠来。'犹陟健举。沈乃伏，不敢复争。"宋之问，字延清，汾州（今山西汾阳市）人，一说虢州弘农（今河南灵宝市）人。初唐时期著名诗人，与沈佺期并称"沈宋"，曾依附武则天宠臣张易之，张被处死后，被两次贬官、流放，玄宗初被赐死于流放地。《全唐诗》存其诗三卷。

〔四〕沈云卿：沈佺期，字云卿，相州内黄（今安阳市内黄县）人，初唐著名诗人，与宋之问齐名，合称"沈宋"。《全唐诗》存其诗三卷。

魂如厉鬼髯如神〔一〕，闻笛高吟虏马屯〔二〕。万古睢阳城下路〔三〕，阵云边月不成春。张巡。

〔一〕魂如厉鬼：据《新唐书·张巡传》记载，张巡守睢阳，"贼攻城，士病不能战。巡西向拜曰：'孤城备竭，弗能全。臣生不报陛下，死为鬼以疠贼。'"髯如神：《新唐书·张巡传》："巡长七尺，须髯每怒尽张。"张巡：蒲州河东（今山西永济）人，开元末年进士。安史之乱时，张巡在叛军重重围困之下，与敌交战四百余次，坚守睢阳达十月之久，城破被俘遇害。《全唐诗》存其诗二首。

〔二〕闻笛：张巡《闻笛》："岧峣试一临，虏骑附城阴。不辨风尘色，安知天地心。营开边月近，战苦阵云深。旦夕更楼上，遥闻横笛音。"

〔三〕睢阳：今河南省商丘市。张巡《守睢阳作》："接战春来苦，孤城日渐危。合围侔月晕，分守若鱼丽。屡厌黄尘起，时将白羽挥。裹疮犹出阵，饮血更登陴。忠信应难敌，坚贞谅不移。无人报天子，心计欲何施。"

诗中有画调无弦〔一〕，学佛真宜住辋川〔二〕。解识维摩祖师语〔三〕，渔洋殊得指头禅〔四〕。王维。

〔一〕诗中有画：苏轼《书摩诘〈蓝田烟雨图〉》："味摩诘之诗，诗中有画；观摩诘之画，画中有诗。"调无弦：萧统《陶靖节传》："渊明不解音律，而蓄无弦琴一张，每酒适，辄抚弄以寄其意。"王维（701—761），字摩诘，号摩诘居士。河东蒲州（今山西运城）人，祖籍山西祁县。官至尚书右丞，世称"王右丞"，有《王右丞集》。他精于书画、音律，又是唐代著名诗人，擅长山水田园诗，对后世影响深远。

〔二〕学佛：王维精通佛学，尤其是禅宗禅理，且长于以禅入诗，禅理、诗法相互融通，人称"诗佛"。辋川：在今陕西省蓝田县南，王维在此处有一座辋川别业，长期隐居其中。

〔三〕解识：知晓。维摩祖师：维摩，即佛教著名居士维摩诘。据《维摩诘经》载，曾称病在家，佛陀派文殊菩萨等前去探病。文殊菩见到萨维摩诘之后，维摩诘与他谈论佛法，义理精深、妙语连珠。此处的维摩祖师，是以维摩诘代指王维。王维的名和字，即取自维摩诘。

〔四〕渔洋：王士禛，字子真，一字贻上，号阮亭，又号渔洋山人，世称王渔洋，山东新城（今山东桓台县）人，清初著名诗人。王士禛提出了著名的"神韵说"，强调诗歌创作中要"兴到神会"，作品要冲淡、含蓄、蕴藉。唐代诗人中他最推崇王维，认为"王右丞如祖师语也"（《带经堂诗话》卷一）。他编选的《唐贤三昧集》，不选李白、杜甫，而选录的王维诗歌最多。指头禅：《景德传灯录·俱胝和尚》记载，俱胝和尚是唐末高僧，每次遇到有人向他请教佛法，他便竖起一根指头，学者也因此能够有所领悟。此处代指精髓、要义。

几篇宫怨韵翛翛〔一〕，不让青莲独自超〔二〕。今日太行岚翠满〔三〕，茅亭花影忆龙标〔四〕。王昌龄。

〔一〕宫怨：王昌龄擅长宫怨题材诗歌，有《西宫春怨》《长信怨》《长信秋词五首》等作品。韵翛翛：韵致高远。翛翛，高远的样子。王昌龄（698—757），字少伯，河东晋阳（今山西太原）人，曾任秘书省校书郎、博学宏辞、汜水尉，后被谤谪为龙标尉。盛唐著名诗人，擅长边塞、宫怨诗。诗体中以七绝见长，人称"七绝圣手"。

〔二〕不让：不逊于。青莲：李白，号青莲居士。

〔三〕岚翠：翠绿色的山间雾气。

〔四〕茅亭花影：常建《宿王昌龄隐居》："茅亭宿花影，药院滋苔纹。"龙标：指王昌龄，他曾被谤谪为龙标尉。李白《闻王昌龄左迁龙标遥有此寄》："杨花落尽子规啼，闻道龙标过五溪。我寄愁心与明月，随君直到夜郎西。"

蓝田游侣秀才名〔一〕，绿野诗怀圣相清〔二〕。毕竟鄱乡多作者〔三〕，又闻觞咏岘山亭〔四〕。裴迪、裴度。又裴均有《岘山觞咏集》〔四〕。

〔一〕蓝田：指王维。王维隐居于陕西蓝田县辋川庄，故以蓝田代指他。游侣：游伴。秀才：指裴迪。王维写给裴迪的《山中与裴迪秀才书》是唐代名文，此处即以秀才代指裴迪。裴迪，绛州闻喜（今属山西）人，一说关中（陕西）人，曾任蜀州刺史、尚书省郎。盛唐诗人，擅长山水田园诗。《全唐诗》存其诗十九首。裴迪与王维过从甚密，多有诗文唱和。

〔二〕绿野：指裴度。裴度（765—839），字中立，谥"文忠"，河东闻喜（今山西闻喜）人，中唐著名政治家。他为将相二十余年，协助唐宪宗平定淮西之乱，实现元和中兴。裴度晚年在洛阳修建了"绿野堂"而定居其中，故此处以"绿野"代指他。圣相：贤能的宰相。

〔三〕薨乡：地名，今山西闻喜县。作者：在艺业上有卓越成就的人。

〔四〕觞咏岘山亭：指裴均的《岘山唱咏集》。裴均（750—811），字君齐，绛州闻喜（今山西闻喜县）。曾任荆南节度使、尚书右仆射、山南东道节度使。他位高权重，又长于诗文，每到一地任职，常召文人一同唱和赋诗，曾编过《寿阳唱咏集》《渚宫唱和集》《岘山唱咏集》《荆潭唱和集》等多部唱和集，但都已佚失。

春风不度玉门关〔一〕，隽绝三唐谁可攀〔二〕。千古艳称红袖拂〔三〕，争如绝句唱双鬟〔四〕。王之涣。

〔一〕"春风"句：王之涣《凉州词二首·其一》："羌笛何须怨杨柳，春风不度玉门关。"王之涣：王之涣（688—742），字季凌，晋阳（今山西太原市）人，后迁居绛州（今山西新绛县），盛唐时期的著名诗人，其《登鹳雀楼》《凉州词》等都是脍炙人口的佳作。《全唐诗》存其诗六首。

〔二〕隽绝：卓异绝伦。

〔三〕艳称：羡慕并赞美。红袖拂：宋吴处厚《青箱杂记》："寇莱公典陕日，与处士魏野同游僧寺，观览旧游，有留题处，公诗皆用碧纱笼之，至野诗则尘蒙其上。时从行官妓之慧黠者，辄以红袖拂之。野顾公曰：'若得常将红袖拂，也应胜著碧纱笼。'莱公大笑。'"

〔四〕争如：怎么比得上。绝句唱双鬟：唐薛用弱《集异记》记载：唐代诗人王昌龄、高适、王之涣三人在旗亭小聚，正好有四名漂亮的梨园女子登楼唱曲。四人相约："我辈各擅诗名，每不自定其甲乙。今者，可以密观诸伶所讴，若诗入歌词之多者，则为优矣。"四名女子中，有二人唱王昌龄诗，一人唱高适诗。最后，四人中最出色的双鬟女子演唱了王之涣的《凉州词》（黄河远上白云间）。三位诗人都开怀大笑。

元凯从来作美谈〔一〕，多才不仅号多男。谁知秀气河汾聚〔二〕，两见王家珠树三〔三〕。王勃兄弟及王之涣兄弟。

〔一〕元凯：即八元八恺。凯，也作"恺"。《史记·五帝本纪》："昔高阳氏有才子八人，世得其利，谓之'八恺'。高辛氏有才子八人，世谓之'八元'。此十六族者，世济其美，不陨其名。"

〔二〕秀气：灵秀之气。河汾：黄河与汾水，后代指山西省西南部地区。

〔三〕王家珠树三：指王勔、王勮、王勃三兄弟和王之涣、王之咸、王之贲三兄弟，都以善诗文著称。王勃有兄弟六人，其中王勔、王勮、王勃三人合称"三珠树"。王勔，绛州龙门（今山西河津）人，官至泾州刺史，《全唐诗》存其诗一首。王勮，进士，曾任凤阁舍人，后加弘文馆学士，兼知天官侍郎。因故被诛。诗文已不存。王之涣三兄弟是王之涣、王之咸、王之贲。王之咸，王之涣堂弟，曾任长安尉，诗文已不存。王之贲，王之咸之弟，《全唐文》存其文一篇。

漭漭河流入断山〔一〕，山河两戒此回环〔二〕。朗吟鹳鹊楼头句〔三〕，逸气飘飘天地间。畅当。

〔一〕漭漭：形容水面广阔无际。河流入断山：畅当《登鹳雀楼》："迥临飞鸟上，高出世尘间。天势围平野，河流入断山。"畅当：河东（今山西永济）人，大历七年进士，官至果州刺史。《全唐诗》存其诗十七首。

〔二〕两戒：分成两个不相统属的部分，此处指山河相互激荡。

〔三〕朗吟：高声吟诵。鹳鹊楼头句：指畅当《登鹳雀楼》诗。

谁妄言之谁妄听〔一〕，故将韦柳两相形〔二〕。渔洋不识唐灵运〔三〕，真赏终输野史亭〔四〕。柳宗元。案元遗山诗自注云："柳柳州，唐之谢灵运〔五〕。"

〔一〕谁妄言之：《庄子·齐物论》："予尝为女妄言之，女亦妄听之。"

〔二〕韦柳：韦应物和柳宗元，二人都擅长山水诗，后人常将他们并称为"韦柳"。韦应物（737—792），京兆长安（今陕西西安）人，因曾任苏州刺史，后世称为"韦苏州"。他是中唐著名诗人，擅长山水田园诗，有《韦苏州集》。柳宗元（773—819），字子厚，河东（今山西永济）人，人称"柳河东"。因曾任柳州刺史，又被称为"柳柳州"。他与韩愈一起领导了中唐的"古文运动"，对后世影响深远。他又是中唐著名诗人，长于山水诗，有《柳河东集》。相形：

相互比较。

〔三〕渔洋：王士禛。见前《论诗绝句五十首》王维条注释〔四〕。王士禛《仿元遗山论诗绝句·其七》："风怀澄澹推韦柳，佳处多从五字求。解识无声弦指妙，柳州那得并苏州？"灵运：谢灵运（385—433），南朝著名诗人，是中国文学史上第一大力创作山水诗的大诗人。他的山水诗富丽精工、幽深峭拔，且喜欢在描写景物的同时谈论玄学哲理，对后世文学有深远影响。

〔四〕真赏：真能赏识。野史亭：指元好问。元好问（1190—1257），字裕之，号遗山，金末著名文学家、史学家。他晚年归乡后建书屋名"野史亭"，专心著述。

〔五〕元遗山诗自注：元好问《论诗绝句三十首·其二十》："谢客风容映古今，发言谁似柳州深？朱弦一拂遗音在，却是当年寂寞心。"其自注曰："柳子厚，唐之谢灵运。"

鄙论从来出腐儒〔一〕，颇嫌白傅负姑苏〔二〕。怀民忆妓衡多寡〔三〕，曾见香山乐府无〔四〕？白居易。

〔一〕鄙论：浅薄的见解。腐儒：迂腐的儒生。

〔二〕白傅：白居易，因他曾任太子少傅，故称白傅。白居易（772—846），字乐天，号香山居士，祖籍山西太原，后迁于下邽（陕西渭南临渭区）。历任盩厔尉、左拾遗、左赞善大夫、江州司马、杭州刺史、苏州刺史、太子少傅等职。他是中唐时期著名诗人，与元稹等人共同提倡"新乐府"运动，写过大量讽喻现实的作品。中年以后人生态度逐渐消沉，写了不少反映自己生活的闲适诗。现存诗歌2800多首，有《白氏长庆集》。负：辜负。姑苏：苏州。白居易曾任苏州刺史。

〔三〕怀民忆妓：袁枚《随园诗话》："宋蓉塘诗话，讥白太傅在杭州，忆妓诗多于忆民诗，此苛论也，亦腐论也。《关雎》一篇，文王辗转反侧，何以不忆王季、太王而忆淑女耶？孔子厄于陈蔡，何以不思鲁君而思及门耶？"

〔四〕乐府：指白居易的《新乐府五十首》。

生纸红描金凤凰〔一〕，太平万岁颂吾皇〔二〕。宫词百首谁堪比〔三〕？合与仲初称二王〔四〕。王涯。

〔一〕生纸：未经加工精制的纸。红描：用矾红描画。

〔二〕颂吾皇：王涯有《九月九日勤政楼下观百僚献寿》《献寿辞》等诗为皇帝祝寿。王涯，字广津，山西太原人，贞元进士，唐文宗时宰相，甘露之

231

变中为宦官仇士良所杀。工诗，《全唐诗》存其诗一卷。

〔三〕宫词百首：王涯有《宫词三十首》，描写宫廷女性生活，成就很高。

〔四〕仲初：王建（768—835），字仲初，颍川（今河南许昌）人，中唐著名诗人。善乐府诗，与张籍齐名，合称"张王乐府"。王建也有《宫词百首》，描写宫女生活，深受后世推崇。

鹊喜虫吟格律高〔一〕，边情更赋寄征袍〔二〕。回刀剪破澄江色〔三〕，佳句真将掩法曹〔四〕。裴说。

〔一〕鹊喜虫吟：裴说《夏日即事》："鹊喜虽传信，蛩吟不见诗。"裴说，籍贯未详，疑为绛州闻喜（今山西闻喜）人，一说桂州（今广西桂林）人。唐哀帝天佑三年（906）状元及第，官至礼部员外郎。工诗，诗风与贾岛相近。《全唐诗》存其诗一卷。

〔二〕寄征袍：裴说有《寄边衣》一首，写思妇制作边衣之际对出征在外丈夫的思念。

〔三〕"回刀"句：裴说《寄边衣》："细想仪形执牙尺，回刀剪破澄江色。"

〔四〕法曹：指谢惠连。谢惠连（406—433），南朝著名诗人，谢灵运族弟，曾任彭城王义康法曹参军。谢惠连有《捣衣》诗，也写思妇制寒衣时对丈夫的思念，诗中有云："裁用笥中刀，缝为万里衣。"

早闻一箭取聊城〔一〕，老去逢人说项生〔二〕。古有齿牙誉孔颛〔三〕，怜才同此发丹诚〔四〕。杨巨源。

〔一〕一箭取聊城：杨巨源《残句》："三刀梦益州，一箭取聊城。"这两句诗深受白居易推崇，白居易《赠杨秘书巨源》："早闻一箭取聊城，相识虽新有故情。"一箭取聊城，据《战国策·齐策》记载："燕将攻下聊城，人或谗之，燕将惧诛，遂保守聊城，不敢归。田单攻之岁余，士卒多死，而聊城不下。鲁连乃为书，约之矢以射城中，遗燕将，……燕将曰：'敬闻命矣！'因罢兵到读而去。故解齐国之围，救百姓之死，仲连之说也。"杨巨源：杨巨源，字景山，河中（今山西永济）人，曾任虞部员外郎、太常博士、礼部员外郎、凤翔少尹、国子司业。中唐诗人，《全唐诗》存其诗一卷。

〔二〕说项生：杨巨源《赠项斯》："几度见诗诗总好，及观标格过于诗。平生不解藏人善，到处逢人说项斯。"

〔三〕誉孔颛：《南史·谢朓传》："朓好奖人才。会稽孔颛粗有才笔，未为时知，孔珪尝令草让表以示朓。朓嗟吟良久，手自折简写之，谓珪曰：'士子声名未立，应共奖成，无惜齿牙余论。'"

〔四〕丹诚：赤诚之心。

轻薄嗤人太叫嚣〔一〕，金荃浮艳玉溪佻〔二〕。千年论定功臣在〔三〕，顾秀野同程午桥〔四〕。温庭筠、李商隐。

〔一〕嗤人：讥笑他人。叫嚣：嚣张叫喊。

〔二〕金荃：指温庭筠。温庭筠的别集名《金荃集》，故以金荃代指温庭筠。温庭筠，原名岐，字飞卿，太原祁（今山西祁县）人，曾任方城尉、国子助教。他是晚唐著名诗人，诗风秾艳精致，与李商隐并称"温李"。玉溪：李商隐，字义山，号玉溪生，又号樊南生，祖籍怀州河内（今河南焦作沁阳），出生于郑州荥阳（今河南郑州荥阳市），晚唐著名诗人，与杜牧合称"小李杜"，诗风婉约朦胧，有《李义山诗集》。

〔三〕论定：考校评定。

〔四〕顾秀野：顾嗣立（1665—1722），字侠君，号闾丘，江苏长洲（今江苏常熟）人。清代著名学者，著有《秀野集》《闾丘集》，编有《元诗选》。他曾经为温庭筠诗集作注，著有《温飞卿诗集笺注》。程午桥：程梦星（1678—1747），字伍乔，又字午桥，号汛江，安徽歙县人，清代学者、诗人。他曾为李商隐诗集作注，著有《李义山诗集笺注》。

耿沣秋风动禾黍〔一〕，卢纶大雪满弓刀〔二〕。两君同出河中产〔三〕，笔挟洪河万丈涛〔四〕。耿沣、卢纶。

〔一〕耿沣：耿沣，字洪源，河东（今山西永济）人，宝应元年（762）进士，官至左拾遗，大历十才子之一。《全唐诗》存其诗二卷。秋风动禾黍：耿沣《秋日》："反照入闾巷，忧来与谁语。古道无人行，秋风动禾黍。"

〔二〕卢纶：卢纶（739—799），字允言，河中蒲州（今山西永济市）人，官至检校户部郎中。大历十才子之一。他的边塞诗气势雄浑，为人所称道。《全唐诗》存其诗五卷。

〔三〕河中：即唐代河中府，今山西永济市。

〔四〕洪河：黄河。

坠笏朝堂伪失仪〔一〕，吟成廿四品尤奇〔二〕。王官谷里唐遗老〔三〕，总结唐家一代诗。司空图。

〔一〕司空图：司空图（837—908），字表圣，自号知非子，又号耐辱居士，河中虞乡（今山西永济）人，官至礼部郎中、中书舍人，后隐居中条山王官谷。唐哀帝被弑，他绝食而死。有《司空表圣集》。坠笏朝堂：《新唐书·司空图传》：" 昭宗在华，召拜兵部侍郎，以足疾固自乞。会迁洛阳，柳璨希贼臣意，诛天下才望，助丧王室，诏图入朝，固阳堕笏，趣意野耄。璨知无意于世，乃听还。"

〔二〕廿四品：司空图著有《二十四诗品》，将古代诗歌风格分为二十四种，是一部重要的诗歌理论著作。

〔三〕王官谷：在今山西永济市以东中条山脚下，司空图曾长期隐居于此。

可怜元载负贤妻〔一〕，大似欧阳与介溪〔二〕。何物胡椒八百石〔三〕，遂忘扫路两相携〔四〕。元载妻太原王韫秀诗曰："路扫饥寒迹。"又曰："携手入西秦。"

〔一〕元载：元载（713—777），字公辅，凤翔府岐山县（今陕西岐山县）人。天宝初年进士，唐代宗时官至宰相。他独揽朝政、专权跋扈，引起唐代宗的不满，最终被全家赐死。贤妻：指元载之妻王韫秀。王韫秀（724—777），太原祁县（今山西祁县）人，河西节度使王忠嗣之女。她嫁元载之后，因家贫而被亲友轻视，便劝丈夫外出游学，并陪同他到长安。她为人正直，元载官至宰相后，她多次劝谏他要为政清廉。元载被杀后，她被没入宫掖，愤而自杀。《全唐诗》存其诗三首。

〔二〕欧阳：指严嵩之妻欧阳端淑。介溪：严嵩（1480—1567），字惟中，号勉庵、介溪，江西新余市分宜人，他官至内阁首辅，擅权专政达二十年之久，他结党营私、贪污腐败、陷害忠良，是明朝嘉靖年间著名奸臣。后被免职抄家，两年后病死。严嵩之妻欧阳端淑为人贤良正直，多次劝谏严嵩父子，平日也常行善积德、周济他人，后因病去世。

〔三〕何物：什么东西。胡椒八百石：《新唐书·元载传》："籍其家，钟乳五百两，诏分赐中书、门下台省官，胡椒至八百石，它物称是。"

〔四〕扫路两相携：王韫秀《同夫游秦》："路扫饥寒迹，天哀志气人。休零离别泪，携手入西秦。"

约指银钩弹落雁〔一〕，搔头宝髻咏佳人〔二〕。漫因绮语轻温潞〔三〕，著手能成天下春〔四〕。文彦博、司马光。首句用潞公诗，次句用温公词。

〔一〕约指银钩：文彦博《见山楼小饮偶作》："哀筝一行雁，小字数钩银。"袁枚《随园诗话》:"张燕公称阎朝隐诗炫装倩服,不免为风雅罪人。王荆公因之作《字说》云:'诗者,寺言也。寺为九卿所居,非礼法之言不入。故曰"思无邪"。'近有某太史恪守其说,动云诗可以观人品。余戏诵一联云:'哀筝两行雁,约指一勾银,当是何人之作?'太史意薄之曰:'不过冬郎、温、李耳。'余笑曰:'此宋四朝元老文潞公诗也。'太史大骇。"袁枚所引两句出处不详。文彦博(1006—1097),字宽夫,号伊叟,汾州介休(今山西介休市)人,北宋著名政治家,历仕仁、英、神、哲四朝,官至枢密使、参知政事,封潞国公。工诗,有《文潞公集》。

〔二〕搔头宝髻:司马光《西江月》:"宝髻松松挽就,铅华淡淡妆成。青烟翠雾罩轻盈,飞絮游丝无定。相见争如不见,多情何似无情。笙歌散后酒初醒,深院月斜人静。"司马光(1019—1086),字君实,号迂叟,死后追赠太师、温国公,谥号文正。陕州夏县(今山西夏县)人。北宋著名政治家、历史学家。历仕仁宗、英宗、神宗、哲宗四朝,官至尚书左仆射兼门下侍郎。他主持编著了著名的编年体通史《资治通鉴》。善诗文,有《司马文正公集》。

〔三〕绮语:婉约言情之作。温潞:温国公司马光、潞国公文彦博。

〔四〕"著手"句:著手成春,本是形容医生医术高明、手到病除。此处作者借形容文彦博、司马光这两位杰出的政治家能够拯救天下民众。

秃节苏卿五字工〔一〕,坚贞司马颇相同〔二〕。遗诗弁冕南冠首〔三〕,不愧忠清涑水风〔四〕。司马朴。案:朴字文季,夏县人,文正犹子。使金被留,不降,教授以终。元好问《中州集》录南冠五人,以朴为首。

〔一〕秃节:指苏武出使匈奴被扣后,在北海牧羊,节杖之旄尽皆脱落。《汉书·苏武传》:"武既至海上,廪食不至,掘野鼠去草实而食之。仗汉节牧羊,卧起操持,节旄尽落。"苏卿:苏武,字子卿,出使匈奴被扣留,面对匈奴百般利诱,他坚决不投降。后他被他迁到北海(今贝加尔湖)牧羊,坚持十九年持节不降,最后获释回到汉朝。五字:五言诗。后世有托名苏武的一组五言诗《诗四首》,传说是苏武赠给李陵的。

〔二〕司马:司马朴,字文季,陕州夏县(今山西夏县)人,司马光之侄。北宋末曾任右司员外郎、兵部侍郎。靖康之变后被虏往金国。在金国,他坚决不降金朝,拒绝金人的高官厚禄,后卒于真定。善诗,元好问《中州集》存其诗一首。

〔三〕弁冕:本义为礼帽,引申为居首。南冠:本义为被俘的楚国囚徒,后泛指囚徒。《左传·成公九年》:"晋侯观于军府,见钟仪,问之曰:'南冠而絷者，谁也？'有司对曰：'郑人所献楚囚也。'"这句意为在元好问《中州集》选录的不降金朝的南冠五诗人中，司马朴排在第一位。

〔四〕忠清：司马光去世后，宋哲宗特赐碑"忠清粹德"，表彰其德行。涑水风：司马光的家风。司马光家乡山西夏县有涑水，后世称司马光为涑水先生。

皓首丹心倔强名〔一〕，丰公气壮本神清〔二〕。杏花吹尽东风紧〔三〕，何减梅花赋广平〔四〕。赵鼎。

〔一〕倔强：《宋史·赵鼎传》记载，秦桧曾评价赵鼎"此老倔强犹昔"。赵鼎：赵鼎（1085—1147），字元镇，号得全居士。解州闻喜县（今山西闻喜）人。南宋初期著名政治家，曾两度拜相，辅佐宋高宗稳定政局。后遭秦桧排挤，被贬官吉阳军（今海南三亚），终绝食而死。死后获赠太傅、丰国公。有《忠正德文集》《得全居士词》。

〔二〕丰公：丰国公，指赵鼎。

〔三〕"杏花"句：赵鼎《点绛唇·春愁》："清明近，杏花吹尽，薄暮东风紧。"

〔四〕梅花赋广平：广平，指唐玄宗时期名相宋璟。宋璟，字广平。宋璟善诗文，其《梅花赋》是传世名作。

邱濬犹容桑悦妄〔一〕，雷渊却忌李汾能〔二〕。馆中犹有李钦叔〔三〕，屈宋衙官总不胜〔四〕。雷渊、李汾、李献能。

〔一〕邱濬：邱濬（1421—1495），字仲深，琼山（今海南琼山）人，明朝中期著名学者、文学家，历仕景泰、天顺、成化、弘治四朝，官至礼部尚书、文渊阁大学士。著有《大学衍义补》《琼台类稿》等。桑悦：桑悦（1447—1513），字民怿，号思玄，苏州府常熟（今属江苏）人。成化元年举人，曾任柳州通判。为人狂怪，以孟子自比。著有《思元集》等。《明史·桑悦传》："学士丘濬重其文，属使者善遇之。使者至，问：'悦不迎，岂有恙乎？'长吏皆衔之，曰：'无恙，自负才名不肯谒耳。'使者遣吏召不至，益两使促之。悦怒曰：'始吾谓天下未有无耳者，乃今有之。与若期，三日后来，渎则不来矣。'使者恚，欲收悦，缘濬故，不果。"

〔二〕雷渊：雷渊（1184—1231），字希颜，一字季默，应州浑源（今山西大同浑源县）人，金代诗人。金至宁元年进士，官至监察御史。《中州集》存其诗三十首。李汾（1192—1232），字长源，太原平晋人，金代诗人。举进士不第，后为武仙署掌书记。他是元好问好友，为人狂放不羁，与雷渊、李献能等人不合而常受排挤。工诗，诗风雄放峭拔，《中州集》存其诗二十五首。《金史·李汾传》："元光间，游大梁，举进士不中，用荐为史馆书写。书写，特抄书小史耳，凡编修官得日录，纂述即定，以稿授书写，书写录洁本呈翰长。汾既为之，殊不自聊。时赵秉文为学士，雷渊、李献能皆在院，刊修之际，汾在旁正襟危坐，读太史公、左丘明一篇，或数百言，音吐洪畅，旁若无人。既毕，顾四坐漫为一语云'看'。秉笔诸人积不平，而雷、李尤切齿，乃以嫚骂官长讼于有司，然时论亦有不直雷、李者。寻罢入关。"

〔三〕李钦叔：李献能（1192—1232），字钦叔，河中府（今山西永济）人，金代诗人。金贞祐三年（1215）状元，曾任镇南军节度副使、陕府行省左右司郎中等，后兵变遇害。善诗文，《中州集》存其诗二十首。

〔四〕屈宋衙官：自夸文章写得好，要以屈原、宋玉为属官。《新唐书·杜审言传》："吾文章当得屈、宋作衙官，吾笔当得王羲之北面。"

南山翁后得云卿〔一〕，京叔归潜老更成〔二〕。独孕恒山千古秀〔三〕，史裁诗品一家清〔四〕。刘㧑及孙从益、曾孙祁。

〔一〕南山翁：刘㧑，字仲谦，号南山翁，金浑源（今山西浑源县）人，金大定三年（1163），一举夺得乡、府、省、御四试第一，官至石州刺史。工诗赋，深受时人推崇。刘氏一家是著名的文化世家，进士及第者有四世八人，号称"四世八桂"。云卿：刘从益（1179—1222），字云卿，刘㧑曾孙。金大安元年（1209）进士，官至监察御史。工诗，《中州集》存其诗33首。

〔二〕京叔：刘祁（1203—1250），字京叔，号神川遁士，刘从益之子。金末为太学生，屡试不第。金亡后，回归乡里，筑"归潜堂"，隐居著书。元窝阔台十年诏试儒人，应试中选，曾充山西东路考试官，后任征南行台粘合珪参谋。他是金末元初著名史学家，著有《归潜志》《北使记》等书，保存了大量金末史料，有极高学术价值。

〔三〕恒山：位于今山西大同浑源县，是五岳之中的北岳。

〔四〕史裁：裁断史事的能力。

太原常与合河刘〔一〕，数岁齐名麻九畴〔二〕。五字诗成天籁发〔三〕，神童何意萃并州〔四〕。常添寿四岁诗云："我有一卷经，不用笔写成。展开无一字，昼夜放光明。"刘滋六岁诗云："莺花新物态，日月老天公。"

〔一〕太原常：常添寿，太原人，金章宗时神童，四岁时作诗一首："我有一卷经，不用笔写成。展开无一字，昼夜放光明。"见《中州集》卷六。合河刘：刘滋，字文荣，金合河（今山西兴县）人，少有神童之誉，曾题诗云："莺花新物态，日月老天公。"

〔二〕麻九畴：麻九畴（1183—1232），莫州（今河北任丘）人，一说易州（今河北易县）人。三岁识字，七岁能草书，一时目为神童。正大三年（1226）赐进士及第，官至应奉翰林文字。工诗，诗风奇峭，《中州集》存其诗三十一首。

〔三〕五字诗：五言诗。天籁：自然界的声音。

〔四〕何意：岂料、不意。萃：聚集。并州：山西太原古称并州。

系舟山上采薇餐〔一〕，野史亭中削竹看〔二〕。三百年无此作矣，闲闲公外解人难〔三〕。元好问。

〔一〕系舟山：指山西省阳曲县、忻府区交界处的小五台，也称读书山，金朝末年，元好问回乡后即在此隐居读书。元好问（1190—1257），字裕之，号遗山，太原秀容（今山西忻州）人，金末著名文学家、史学家。金兴定五年（1221）进士，曾任尚书省掾、左司都事员外郎、翰林知制诰等职。金亡后回乡隐居，潜心著述。著有《遗山先生文集》《壬辰杂编》等。编有著名金代诗歌总集《中州集》。采薇：《史记·伯夷列传》："伯夷、叔齐，孤竹君之二子也。……武王已平殷乱，天下宗周，而伯夷、叔齐耻之，义不食周粟，隐于首阳山，采薇而食之。……遂饿死于首阳山。"

〔二〕野史亭：元好问晚年隐居家乡秀容时建造野史亭，在其中潜心修史。削竹：即削竹为简，将竹子砍下来，削成竹简，用以书写，此处代指元好问潜心著述。

〔三〕闲闲公：赵秉文（1159—1232），字周臣，号闲闲老人，磁州滏阳（今河北磁县）人，金大定二十五年（1185）进士，官至礼部尚书。金末著名学者、文学家，主文坛数十年，是当时的文坛领袖。著有《闲闲老人滏水文集》。他与元好问过从甚密，曾称赞元好问的诗"少陵以来无此作也"。解人：能够懂得作品意趣之人。

郝氏文章接祖孙〔一〕，裕之师友互渊源〔二〕。科名何似诗名重〔三〕，试问陵川七状元〔四〕。郝天挺及孙经。

〔一〕祖孙：即郝天挺及其孙郝经。郝天挺（1161—1217），字晋卿，泽州陵川（今山西陵川县）人。金代学者，曾两次赴廷试不第，后厌于科举，遂不复充赋，教授于乡里，元好问年少曾从学于其门下。《中州集》存其诗一首。郝

238

经（1223—1275），字伯常，郝天挺之孙，元初著名大儒、文学家。官至翰林侍读学士。曾奉诏出使南宋，被贾似道拘押十六年，后得归，病死途中。著有《陵川集》等。郝经非常赞赏元好问的为人与学问，对其执弟子之礼。

〔二〕裕之：元好问，字裕之。

〔三〕科名：科举考中而取得的功名。

〔四〕陵川七状元：山西陵川县在北宋、金代时出现过崔有孚、武明甫、武天佑、武天和、赵安时、赵安荣、李俊民七位状元。

范揭虞杨何足论〔一〕，豪如太白丽如温〔二〕。中州万古英雄气〔三〕，又产才人萨雁门〔四〕。萨都拉。

〔一〕范揭虞杨：指元代范梈、揭傒斯、虞集、杨载四位诗人，他们合称"元诗四大家"。

〔二〕太白：李白。温：温庭筠。

〔三〕"中州"句：元好问《论诗绝句三十首·其七》："中州万古英雄气，也到阴山敕勒川。"

〔四〕萨雁门：萨都剌，字天锡，号直斋，蒙古人（一说回族人），生于雁门（今山西代县），元代著名诗人、书画家。泰定四年（1327）进士，曾任江南行台侍御史、淮西北道经历等职，晚年居杭州。其诗词雄浑俊逸，成就极高，有《雁门集》。

立诚仍不废修辞〔一〕，尽识文清百世师〔二〕。谁见河东三凤集〔三〕，晋溪虎谷白岩诗〔四〕。薛瑄。又王琼、王云凤、乔宇号曰"河东三凤"。

〔一〕"立诚"句：《周易·乾·文言》："修辞立其诚，所以居业也。"

〔二〕文清：薛瑄（1389—1464），字德温，号敬轩，河津（今山西河津）人，永乐进士，官至礼部右侍郎。谥号"文清"。他是明初著名理学家，被称为"明初理学之冠"。善诗文，著有《薛文清公全集》《读书录》等。

〔三〕河东三凤：明代著名文人王琼、王云凤、乔宇三人合称"河东三凤"，又称"晋中三杰"。

〔四〕晋溪：王琼（1459—1532），字德华，号晋溪，山西太原人，成化二十年（1484）进士，历仕成化、弘治、正德、嘉靖四朝，曾任兵部尚书、吏部尚书，是明代中期名臣。著有《晋溪集》《晋溪奏议》等。虎谷：王云凤（1465—1518），字应韶，号虎谷，辽州和顺（今山西和顺县）人。成化二十年（1484）进士，官至右佥都御史。有《虎谷集》。白岩：乔宇（1464—1531），字希大，号白岩山人，太原乐平（今山西昔阳）人，成化二十年（1484）进士，曾任兵部尚书、吏部尚书，为官清廉，刚正不阿。著有《乔庄简公文集》《游嵩集》等。

巢云文谷并清新〔一〕，四海论交谢茂秦〔二〕。愧杀登坛王李辈〔三〕，名成不认眇山人〔四〕。裴邦奇、孔天允〔五〕。

〔一〕巢云：裴邦奇，字庸甫，号巢云，山西闻喜人，学问渊博，不事科举，善诗，曾与"后七子"之一谢榛唱和，著有《巢云诗集》。文谷：孔天胤（1505—1581），字汝锡，号文谷子，又号管涔山人，汾州（今山西汾阳市）人，嘉靖十一年（1532）进士，官至河南左布政使。工诗，曾与谢榛、裴邦奇等人唱和，著有《孔文谷诗集》。

〔二〕谢茂秦：谢榛（1495—1575），字茂秦，号四溟山人，山东临清人，终身不仕。明代著名诗人，"后七子"之一，著有《四溟集》《四溟诗话》等。谢榛与裴邦奇、孔天胤二人交往密切，有诗文唱和。

〔三〕王李：王世贞、李攀龙，二人都名列"后七子"，并称"王李"，是当时文坛领袖。

〔四〕眇：眇视，轻视。山人：指裴邦奇、孔天胤二人。

〔五〕孔天允：即孔天胤，清代时因避讳雍正皇帝胤禛之名，将"胤"改写为"允"。

真山奇古寿髦工〔一〕，绰有太原王霸风〔二〕。父子齐雄四家选〔三〕，霜红知己在丹枫〔四〕。傅山及子眉、戴廷栻。

〔一〕真山：傅山（1607—1684），初名鼎臣，号青竹，后改青主，号颇多，有朱衣道人、石道人、真山、啬庐等，阳曲（今山西阳曲县）人，明末清初著名学者、书法家。明亡后，受道法，服道服，隐居不仕，潜心著述，著有《霜红龛集》等。寿髦：傅眉（1628—1683），字寿髦，号小蘖禅，傅山之子，清初学者、画家，著有《我诗集》。明亡后与其父一同隐居不仕，曾以卖药为生。

〔二〕绰有：形容能力或财物十分充裕。太原王霸风：太原历史悠久，春秋时期的霸主晋国在太原建晋阳城；隋朝末年，李渊父子起兵于太原，最终占领长安，夺得天下。

〔三〕四家选：清代学者戴廷栻编选清代四位山西诗人傅山、胡庭、白孕彩、傅眉四人诗歌为《晋四人诗》。

〔四〕霜红：指傅山，他著有《霜红龛集》。戴廷栻（1618—1691），字枫仲，号符公，山西祁县人，明末清初著名学者、文学家，著有《半可集》。明亡后隐居于祁县麓台山，终身不仕，与傅山是莫逆之交。他曾在祁县建造了一座"丹枫阁"，故作者称之为"丹枫"。

渔洋声望盛康熙〔一〕，进御常同午亭诗〔二〕。圣祖知深频下诏〔三〕，积词累句几能窥〔四〕？陈廷敬。末句即诏中语。

〔一〕渔洋：王士禛，号渔洋山人。见前《论诗绝句五十首》"王维"条注释〔四〕。

〔二〕进御：进呈给皇帝。王士禛的诗集曾进呈给康熙皇帝。午亭：陈廷敬（1638—1712），字子端，号说岩，晚号午亭（因其家乡有午亭亭，故号午亭，作者称之为午亭），山西泽州府阳城（今山西晋城市阳城县）人，清代名臣、学者。顺治十五年（1658）进士，官至文渊阁大学士兼吏部尚书。工诗文，著有《午亭文编》五十卷。他的诗集也曾进呈给康熙，得到皇帝高度赞誉。

〔三〕圣祖：康熙皇帝。知深：了解很深。

〔四〕积词累句：堆累词句。康熙皇帝曾写《览〈皇清文颖〉内大学士陈廷敬作各体诗，清雅醇厚，非集字累句之初学所能窥也。故作五言近体一律，以表风度》一诗，赞誉陈廷敬的诗歌。

金鹅馆集本无瑕〔一〕，苦被河间诮柳葩〔二〕。品骘终推秋谷切〔三〕，莲洋诗格如莲花〔四〕。吴雯。纪文达讥莲洋以柳花为柳葩，见义山诗批〔五〕。

〔一〕金鹅馆集：指清代诗人吴雯的《莲洋集》。吴雯（1644—1704），字天章，号莲洋，祖籍奉天辽阳（今辽宁辽阳市），因其父吴允升任蒲州学正，故举家移居山西蒲州（今山西永济市）。他在中条山下建造金鹅馆，定居其中。康熙十八年（1679），应博学鸿词科，不第，后以布衣终老。他漫游南北，足迹遍天下。他是清初著名诗人，曾与王士禛、赵执信等人交游唱和，受到高度赞誉，著有《莲洋集》。

〔二〕河间：指纪昀。纪昀（1724—1805），字晓岚，别字春帆，号石云，谥"文达"，直隶献县（今河北省献县）人。献县古属河间郡，故纪昀常自称河间纪昀。乾隆十九年（1754）进士，官至礼部尚书、协办大学士。他是清代著名学者，长于考证训诂，曾任《四库全书》总纂官。著有《纪文达公遗集》。

〔三〕品骘：评定。秋谷：赵执信（1662—1744），字伸符，号秋谷，晚号饴山老人，青州益都（今山东淄博博山区）人。康熙十八年（1679）进士，曾

241

任翰林院编修、右赞善。因在国丧期间观看《长生殿》被削职，后终身不仕。他是清初著名诗人，著有《饴山诗集》《饴山文集》等。

〔四〕"莲洋"句：赵执信《天津喜晤老友吴天章兼赠所主张君》："莲洋诗格如莲花，引我亭亭出泥滓。"

〔五〕义山诗批：纪昀著有《玉溪生诗说》。义山、玉溪生，指李商隐。

玉昆仑碎为檀超〔一〕，韵比阿龙旧句调〔二〕。多少长安苦吟客〔三〕，平阳蒋五擅诗瓢〔四〕。蒋仁锡。

〔一〕玉昆仑：王士禛《渔洋诗话》："龙石楼燮中允作《琼花梦》传奇成，召余辈观之。余酒阑赋诗八绝句，有'自掐檀痕亲顾曲，江东谁似阿龙超'之句，独门人蒋静山仁锡和云：'玉昆仑碎为檀超。'余读而叹曰：'蒋五此押檀场矣。'"檀超：字悦祖，南朝时学者，学识渊博，好谈咏，南齐时曾与江淹共掌史职。冯贽《云仙散录》卷五引《青州杂记》："宇文卓方执昆仑玉盏，听左丞檀超高谈，不觉堕地。"

〔二〕阿龙旧句调：指王士禛的诗句"自掐檀痕亲顾曲，江东谁似阿龙超。"阿龙，东晋著名政治家王导的小名为赤龙，加上"阿"字表示亲切。《世说新语·企羡》："王丞相拜司空，桓廷尉作两髻，葛裙策杖，路边窥之，叹曰：'人言阿龙超，阿龙故自超！'不觉至台门。"

〔三〕长安：此处代指京城，现今北京。

〔四〕平阳：今山西临汾。蒋五：蒋仁锡，字静山，山西临汾人，后寓居北京大兴。康熙四十八年（1709）进士，官至礼部主事。善诗文，师从清初著名诗人王士禛，著有《绿杨红杏轩集》。诗瓢：存放诗稿的器具。计有功《唐诗纪事·唐球》："球居蜀之味江山，方外之士也。为诗捻稿为圆，纳入大瓢中。后卧病，投于江曰：'斯文苟不沉没，得者方知吾苦心尔。'至新渠，有识者曰：'唐山人瓢也。'"

汾水绵山二妙存〔一〕，何刘佳句动随园〔二〕。风流更有张风子〔三〕，细雨骑驴度剑门〔四〕。何道生、刘锡五。又张道渥改官四川，罗聘为绘《张风子骑驴图》〔五〕。

〔一〕汾水：即汾河，发源于山西宁武县，流经山西中部，在河津注入黄河。绵山：在今山西介休市。二妙：指何道生、刘锡五两位诗人。何道生（1766—1806），字立之，号兰士，山西灵石人。乾隆五十二年（1787）进士，官至甘肃宁夏府知府。工诗，著有《方雪斋集》《双藤书屋诗集》。刘锡五，字受兹,又字澄斋,山西介休人,乾隆四十六年(1781)进士,官至武昌知府,著有《随侯书屋诗集》。

〔二〕随园:袁枚(1716—1798),字子才,号简斋,晚年自号仓山居士、随园主人,钱塘(今浙江杭州)人,清中期著名诗人,与赵翼、蒋士铨合称为"乾隆三大家",著有《小仓山房文集》《随园诗话》等。何道生、刘锡五二人都与袁枚有过交往,《随园诗话》中收录有二人作品。

〔三〕张风子:张道渥(1757—1829),字水屋,号竹畦,又自号张风子、骑驴公子,平阳浮山(今山西临汾市浮山)人。以贡生捐纳,官至蔚州知州。工诗善画,著有《水屋剩稿》。

〔四〕"细雨"句:陆游《剑门道中遇微雨》:"此身合是诗人未?细雨骑驴入剑门。"

〔五〕罗聘:罗聘(1733—1799),字遯夫,号两峰,清代著名画家,扬州八怪之一,人物、山水、梅兰竹等,无所不工。

天南万里失劳臣〔一〕,闺里能宣抚字仁〔二〕。传得午桥诗一脉〔三〕,女公子与少夫人〔四〕。裴宗锡卒云南巡抚任所,女与媳各有诗,袁简斋亟称之,采入《诗话》〔五〕。

〔一〕天南:指云南。劳臣:功臣。指裴宗锡。裴宗锡(1711—1779),字午桥,号二知,山西曲沃人。曾任山东济南同知、青州知府、直隶按察使、贵州巡抚、云南巡抚等,卒于云南巡抚官舍。

〔二〕抚字:对百姓安抚体恤。

〔三〕午桥:指裴宗锡。

〔四〕女公子:裴宗锡之女。生平未详。少夫人:沈岫云,江苏高邮人。裴宗锡子户部员外郎裴文正之妻,著有《双清阁诗集》。

〔五〕袁简斋:袁枚。《诗话》:指《随园诗话》。《随园诗话》卷十一载:"裴二知中丞,巡抚皖江,每至随园,依依不去。举家工琴,闺阁中淡如儒素。其子妇沈岫云能诗,著有《双清阁集》。《途中日暮》云:'薄暮行人倦,长途景尚赊。条峰疏夕照,汾水散冰花。春暖香迎蝶,天空阵起鸦。此身图画里,便拟问仙家。'《在滇中送中丞枢归》云:'丹旐秋风返故乡,长途凄恻断人肠。朝行野雾笼残月,暮宿寒云掩夕阳。蝴蝶纸钱飘万里,杜鹃血泪落千行。军民沿路还私祭,岂独儿孙意惨伤?'读之,不特诗笔清新,而中丞之惠政在滇,亦可想见。余方采闺秀诗,公子取其诗见寄,而夫人不欲以文翰自矜。公子戏题云:'偷寄香闺诗册子,妆台伴问目稍嗔。'亦佳话也。中丞名宗锡,山西人。

公子字端斋。"

四山人后一容斋〔一〕，衣钵流传竟有涯〔二〕。艳雪楼中师友盛〔三〕，松溪荔浦总清佳〔四〕。介休四山人及茹伦常，阳城张晋、李毅、延君寿及子厚

〔一〕四山人：清乾隆年间，山西介休的董柴、王佑、梁浚、任大廪四位诗人结"味外诗社"，合称"绵上四山人"，著有《绵上四山人诗集》。董柴，字也愚，山西介休人，号惟园、愚亭，贡生，曾任宿州知州、直隶安州知州，工诗，著有《半壁山房诗集》等。王佑，字秋谷，山西介休人，工诗文，精于医，著有《拟古草堂集》。梁浚，字文川，号秋谷，山西介休人，监生，著有《言志山房诗钞》《剑虹斋诗文集》等。任大廪，字愚厈，号西郊，庠生，著有《爱余诗屋诗稿》等。茹伦常，即茹纶常，字文静，号容斋，山西介休人，工书善诗，著有《容斋诗集》。

〔二〕衣钵：本指佛教师父将袈裟和钵传给弟子，后泛指传授下来的学术、思想等。

〔三〕艳雪楼：指张晋。张晋（1764—1819），原名张光晋，字隽三，山西阳城人，诸生。淡泊名利，曾游学河南、河北、山东、湖广、江浙等地。工诗，有《艳雪楼诗集》四卷。

〔四〕松溪：李毅（1788—1817），号松溪，山西阳城人。他曾从张晋学诗，个性狂傲，终身布衣。著有《松溪诗稿》。荔浦：延君寿，原名延寿，字子格，号荔浦，山西阳城人。历任山东莱阳知县、浙江长兴知县、安徽五河知县。晚年归乡后与张晋、陈法于、张为基等结"樊南吟社"，时称"骚坛四逸"。著有《六砚草堂诗集》及诗话《老生常谈》。

经生诗调每钩辀〔一〕，老学工吟得石州〔二〕。死拟青蝇为吊客〔三〕，一人知己射鹰楼〔四〕。张穆。闽林氏著《射鹰楼诗话》，录石州先生诗甚夥。

〔一〕经生：研究经学的书生。钩辀：象声词，形容某些南方方言的声音，此处意为语意难明。

〔二〕老学：年老饱学之士。工吟：工于吟诗。石州：张穆（1805—1849），字石舟，又字石州，号殷斋，山西平定人，著名学者，精于地理之学，著有《历代沿革地图》《唐两京城坊考》《俄罗斯补辑》《魏延昌地形志》等。亦善诗文，有《斋诗文集》。

〔三〕青蝇为吊客：三国时吴国学者虞翻被贬南方，他自称死后只有青蝇作吊客。《三国志·吴志·虞翻传》裴松之注引《虞翻别传》："翻放弃南方，

云'自恨疏节,骨体不媚,犯上获罪,当长没海隅,生无可与语,死以青蝇为吊客,使天下一人知己者,足以不恨。'"

〔四〕射鹰楼:指林昌彝。林昌彝(1803—1876),字惠常,号芗溪。福建侯官(今福建福州)人,著名爱国诗人,林则徐的族兄。道光举人,官建宁、邵武教谕。与魏源友善,精通经学。著有《衣䙆山房诗集》《射鹰楼诗话》。林昌彝对张穆赞赏有加,其《射鹰楼诗话》中收录了不少张穆的诗作。

雪虚声堂诗钞卷三终

补　遗

题《松风阁图》诗〔一〕

　　小阁松风里，烟岚远列窗〔二〕。坐忘无一事〔三〕，流玉日淙淙〔四〕。筱轩六兄同年命画，并系小诗一绝，统希指政〔五〕，弟杨深秀。

　　〔一〕这首诗题写于杨深秀画作《松风阁图》上，诗题系编者所加。
　　〔二〕烟岚：山岭之间的雾气。
　　〔三〕坐忘：道家所说的一种物我两忘的精神境界。《庄子·大宗师》："颜回曰：'回益矣。'仲尼曰：'何谓也？'曰：'回忘仁义矣。'曰：'可矣，犹未也。'他日复见，曰：'回益矣。'曰：'何谓也？'曰：'回忘礼乐矣！'曰：'可矣，犹未也。'他日复见，曰：回益矣！'曰：'何谓也？'曰：'回坐忘矣。'仲尼蹴然曰：'何谓坐忘？'颜回曰：'堕肢体，黜聪明，离形去知，同于大通，此谓"坐忘"。'仲尼曰：'同则无好也，化则无常也。而果其贤乎！丘也请从而后也。'"
　　〔四〕流玉：流水清澈如玉。淙淙：流水的声音。
　　〔五〕指政：同"指正"。

题扇诗〔一〕

　　危亭倚天降〔二〕，俯临千仞峰。白云界其腰〔三〕，苍龙喷故雪〔四〕。
　　〔一〕这首诗题于折扇之上，诗题系编者所加。
　　〔二〕危亭：耸立于高处的亭子。
　　〔三〕界：划分。腰：山腰。
　　〔四〕苍龙：此处形容白云如苍龙一样。

狱中诗三首〔一〕

　　久拚生死一毛轻〔二〕，臣罪偏因积毁成〔三〕。自晓龙逢非俊物〔四〕，何尝虎会敢徒行〔五〕。圣人安有胸中气，下士空思身后名。〔六〕缧绁到头真不怨〔七〕，未知谁复请长缨〔八〕。八月十一日。

〔一〕光绪二十四年（1898）农历八月初六，慈禧太后发动戊戌政变，杨深秀于八月初九被捕。被捕之后，作者在狱中创作了十余首诗，仅有这三首诗保存下来。这三首诗最早在光绪二十四年农历十二月初一（1899年1月12日）发表于梁启超主编《清议报》第三册，也见于康有为《明夷阁诗集》。三首诗中，第二首、第三首文句有缺失。山西文史资料编辑部《山西文史精选·山西近代名人辑要》一书中收有崔利的《戊戌变法维新人物——杨深秀》一文，所录三首诗文字完整。此处三首诗，以《清议报》及《明夷阁诗集》为底本，参考崔文补入缺损文字。

〔二〕拚：舍弃、不顾惜。一毛轻：生命轻如鸿毛。司马迁《报任安书》："人固有一死，或重于泰山，或轻于鸿毛，用之所趋异也。"

〔三〕积毁：多次诋毁。

〔四〕龙逢：关龙逢，夏桀时代的忠臣，因向夏桀直言进谏而被杀。这句意为我自知不是关龙逢那样的俊杰人物。

〔五〕虎会：据刘向《新序·杂事》记载，虎会是春秋时期晋国大夫赵简子的从臣。一次赵简子乘车上羊肠之阪，群臣都偏袒推车，而虎会却独自扛戟行歌而不推车。这句意为我哪里敢像虎会那样君主遇到危难而置之不理。

〔六〕"圣人"两句：这两句意为我难以像古代的圣人那样心态平和而无怨愤之气，像我这样的下士更在乎死后的名誉。

〔七〕缧绁：捆绑犯人的绳索。

〔八〕请长缨：据《汉书·终军传》载，汉武帝时，谏议大夫终军曾向皇帝请缨，要缚南越王到汉宫阙下。

长鲸跋浪足凭陵〔一〕，靖海奇谋愧未能〔二〕。安耻汉边多下策〔三〕，当思殷武有中兴〔四〕。孤臣顿作湟中鹿〔五〕，酷吏终羞殿下鹰〔六〕。平日敢言成底事〔七〕，覆盆秋水已如冰〔八〕。八月十二日。

〔一〕跋浪：破浪、踏浪。凭陵：侵犯、侵扰。这句指十九世纪八九十年代之后，日本、德国、俄国、英国、法国等帝国主义列强纷纷从海上侵略我国。长鲸代指帝国主义侵略者。

〔二〕靖海：平定海疆。

〔三〕安耻：安于现状，甘于受耻辱。汉边：汉初时边境常受匈奴人侵略，汉朝无力抵抗，只能采用和亲政策来笼络匈奴人。汉：《明夷阁诗集》及《清议报》所载《狱中诗三首》缺"汉"字，此据崔利《戊戌变法维新人物——杨深秀》一文补入。这句意为现在朝廷的对外政策就像当年汉初那样采用和亲的下策，安于现状，甘受耻辱。

〔四〕殷武：指殷商王朝高宗武丁。他勤于政事，重用贤臣傅说、甘盘等人，实现了殷商王朝的中兴。《诗经·商颂》有《殷武》一篇，主要赞颂武丁功业。这句意为应当像殷王武丁那样实现国家的中兴。

〔五〕湟中鹿：《列子·周穆王》："郑人有薪于野者，遇骇鹿，御而击之，毙之。恐人见之也，遽而藏诸隍中，覆之以蕉，不胜其喜。俄而遗其所藏之处，遂以为梦焉。"湟，通"隍"，壕沟。这句意为我这个孤臣现在正像壕沟中的死鹿。

〔六〕殿下鹰：据《史记·酷吏列传》记载，郅都是汉景帝时期著名的酷吏，"列侯宗室见都，侧目而视，号曰'苍鹰'。"这句意为我惭愧不能像酷吏郅都那样一样对付奸人。

〔七〕底事：何事、什么事。

〔八〕覆盆：倾盆。秋水：秋雨。这句意为秋雨倾盆而下，让人感觉如冰一样寒冷。

自信情操不受污〔一〕，孤忠毕竟待天扶〔二〕。丝纶阁下千言尽〔三〕，车盖亭边一字无〔四〕。经授都中愧盲杜〔五〕，诗成狱底学髯苏〔六〕。朝来鹊喜频频送〔七〕，尚忆墙东早晚乌〔八〕。八月十三日。

〔一〕"自信"句：这句《明夷阁诗集》及《清议报》所载《狱中诗三首》七字全部缺失，此据崔利《戊戌变法维新人物——杨深秀》一文补入。

〔二〕孤忠：忠贞自持之人。天扶：上天的扶持。

〔三〕丝纶阁：古代起草诏令的地方，常代指中书省。白居易的《紫薇花》："丝纶阁下文书静，钟鼓楼中刻漏长。"这句意为作者已向朝廷多次进言。

〔四〕车盖亭：宋代安州有车盖亭，在今湖北安陆。北宋元祐四年，支持变法的新党领袖蔡确被贬官安州（湖北安陆），他游览车盖亭时，写下《夏日游车盖亭》十首绝句。旧党梁焘、朱光庭和刘安世等人趁机攻击这组诗歌，认为它影射高太后，讽刺时政。蔡确因此被贬官岭南新州（今广东新兴），死于贬所，一大批新党官员也因此受到牵连而被打击。这就是宋代历史上著名的文字狱"车盖亭诗案"。这句意为我不会像蔡确那样在车盖亭题诗讥讽朝廷。

〔五〕盲杜：据《汉书·杜钦传》记载，西汉著名经学家杜钦，字子夏，"家富而目偏盲"，所以被人称为"盲杜子夏"。这句意为我惭愧没有像杜钦那样在京城努力传授学术。

〔六〕髯苏：指苏轼。苏轼多髯，所以被称为髯苏。北宋元丰二年（1079），新党何正臣、李宜之等人弹劾苏轼，诬陷他的诗文讥讽新政。苏轼被抓进御史台，关押四个月，出狱后被贬官为黄州团练副使，这就是历史上有名的"乌台诗案"。这句意为我现在也是效仿苏轼，在狱中写诗。

〔七〕鹊喜：古人认为喜鹊鸣叫是报送喜讯。特别是狱中喜鹊鸣叫，是表示将要出狱。张鷟《朝野佥载》记载："贞观末，南康黎景逸居于空青山，有鹊巢其侧，每饭食以喂之。后邻近失布者，诬景逸盗之，系南康狱月余，劾不承。欲讯之，其鹊止于狱楼，向景逸欢喜，以传语之状。其日传有赦，官司诘其来，云'路逢玄衣素袊所说'。三日而赦果至。至景逸还山，乃知玄衣素袊者，鹊之所传也。"

〔八〕早晚乌：御史台，又名乌台。据《汉书·朱博传》记载，御史台中有柏树，乌鸦数千栖居其上，故称御史台为"乌台"，亦称"柏台"。杨深秀曾任山东道监察御史，任职之处正在御史台。这句作者又想起自己往日在御史台时的岁月。

附 录

一、序 跋

序

同治甲戌夏五月，始识杨君仪邨于都门。余时年二十三，君长余三岁，见其言论丰采，为倾倒者久之。既又读其《为寻管丈题齐镈诗》，纵横恣肆如壁上诸侯观项王破章邯巨鹿下，叱咤喑哑不可仰视，乃知其雄于诗，然犹未窥其全也。厥后余以知县赴豫，需次不见者五六年。其间余两遭大故，读礼家居，值吾晋纂修通志，余与君先后膺聘来局，以文史相切磨。余所藏弄金石文字，君一一以韵语跋尾，因得尽读其旧制，盖至是始有以论君之诗矣。

余尝窃谓我朝之诗教极盛，即以吾乡论，午亭相国、莲洋征君外，无虑数十百家。然讲王、孟或失于孱弱，仿温、李者或病在纤缛；矜才尚气者，恒高自标格于杜、韩之间，其弊也外枵然而中无物；而矫之者又袭乾嘉后谈性灵者之唾余，黜格律，废学殖，佻巧横生而诗乃大坏。

君少具宿慧，负奇气，复泛滥子史，自汉魏六朝暨唐宋名家，无不入其室而窥其奥。故其发而为诗，运笔于尺楮之间，寄想在九垓之表。对客挥豪，不名一格，英鸷朴厚而出以和平。即偶作艳体，亦犹是美人香草之遗。是实能一空依傍而兼有诸家之长者。君顾欿然不自意，随手零落，录存者才寸余，若将秘诸箧衍不出者。王顾斋师、杨秋湄先生并劝锓木以代钞胥，余亦敦迫再四，乃始付梓，署曰《雪声堂诗集》。是集出，吾乡从事于诗者，其将人手一编，以奉为津梁也必矣。

虽然余前与君契阔久，获聚处年余，知君乃日深。今又将赴豫，与君别，益自憾业不加修。自兹以往，欲求得如君者与之友未可卜也，意惝然殊不乐，乃愈厚有望于君。君以考据名家，是集也，故出其绪余而为之者也。出绪余而为之，已足一空依傍而兼诸家之长矣。他若天算之精、地望之确、形声训诂之核，君故积有著述。其益辑而成之，出以问世，庶将与潜邱太原阎先生若璩、确轩介休梁先生锡玙、古愚阳城张先生敦仁、翼圣垣曲安先生清翘、半塘父子安邑宋先生鉴及子葆纯诸老宿并峙不朽，而岂徒与前辈诗人斤斤然较短长于字句间哉。若夫读是集者，目未睹其他著，或竟谓是遂足以窥其全也，有识者当自辨之。光绪七年，太岁在辛巳，长至后五日，安邑武育元伯申甫。

童心小草序

将欲发响神皋，振平林之落叶；回澜灵壑，涵众派之支流。声屏噌吰，乃寂群窍；量宏吐纳，斯耸巨观。是必博通古今，包函雅故；珠囊列籍，犀镜群言；抗揖汉魏之间，结想周秦之上。辛觚癸鼎，都任摩挲；虱脑虮肝，尽归淘汰。送抱于周情孔思，撷腴于宋艳班香；托嵇志之遥深，标阮旨之清峻。譬诸精耀良冶，六合大以炉锤；火盎仙丹，九转深其鼓铸。庶几选楼独步，雅奏应声；成一队之雄师，树九门之通轨。谁与嗣音，实难作者，吾乡杨君仪邨比部殆其人乎。尝检簏中，出示旧作，始自成童，亦越弱冠，拣百许首，剩六千言。大都摅写性灵，本源伦纪；无錾凿俗状，合风雅遗规。班管缀花，代文通饰笔；古囊香溢，为长吉存诗。论者比之杨柳方春，便饶姿态；芙蕖初日，尽得丰神。谓非秀孕仙才、福分慧业，其能含宫振羽，能事聿肇孩提；翔玉锵金，出言辄惊长老哉。

然而游倦龙门，史才益肆；年来开府，文律更成。仪村历官京曹，交遍海内。磊落之气，既动于远游；锡石之功，复精其磨琢。三坟五典之义，天盖地舆之学，旁及窥窍测线、绘素镂文，靡不睥睨百家、开拓两界。故时出意解，汇为文章，蹐驳者避席，礌碌者却步。如游五都，中有宝气；如合群乐，独听韶鸣。洵足以遍酚衢尊，咸得餍心之契；别开蹊径，皆归履齿所穷。是编者，则又全豹之一斑、昆冈之片玉也。河东古称帝都，代有贤者。太行左转、黄河西来；郁郁深深、苍苍莽莽；奇气所蟠，钟灵益信。又况涑水旧居，温公著史之才；汤山石室，景纯读书之所。希轨前哲，其在兹乎；把臂时贤，方斯蔑矣。

时君主讲首郡，谋付手民，署曰《童心小草》，意归纪实，辞取鸣谦。余既服棨才，尤钦绩学，不辞谫陋，谨缀序言，语不惊人。愧我寒竽，失响射能；通圣羡君，嚆矢先鸣。时光绪壬午，七月既望，曲沃苏晋康侯甫序于并门志局之寄螺室。

白云司稿序

　　涑水之曲，景山之阴，有石室焉，世传郭景纯读书处也。余尝再至闻喜，过郭村求其遗书不得，久之而得交吾友仪村比部。仪村于经通小学，于史长地理，又精秝算，旁及绘事。诗则渊源魏晋，泛滥百家，盖生景纯之乡而能为其学者也。

　　余每谓近代经生为诗，恒患意滞于物，词蹇于韵。而才人逸足奔放，又华而不实，往往流于浅薄，为通儒鄙弃。虽班、杨、孔、郑造诣各别，要不可谓非限于才也。仪村少负神童誉，自髫龀洎通籍，所为诗不下千余篇，巧绵而谢雕镂、奇崛而出以婉逸，实祛经生之弊、脱才人之习而兼擅其长者。《白云司稿》一卷，皆其官京朝时所作，其中投赠之什，半及于余。余性懒，又苦才尽，恒置不报。仪村亦不自顾惜，脱稿后辄弃去。余尝谓之曰："君学如景纯，多能亦复似。景纯集十七卷，与所注《三苍》《水经》《易》《诗》诸说久佚无传。昭明选诗止录《游仙》之作，世亦第传其《鬼眼》《狐首》诸书，尽举神异怪诞之说归之，经学且为所掩，又乌知其以诗雄一代哉。君之齿未也，名山箸迹固将有待，盍先集所为韵语及时刊布，为'注虫鱼非磊落人'一解嘲乎。"仪村不谬余言，始稍稍存稿，暇辄疏记旧作。虽遗忘过半，而就所存者论之，已足问世，况为之不已，且有进于此乎。

　　抑余犹有为君告者，君笃好算术，旧制铺地锦筹马，方思箸说以阐其用。而鄞周氏之《中西算学辑要》，今岁新刻于沪上。其中筹式后出，乃与君暗合，君遂不欲卒其业。昨王顾斋丈闻君制天尺地球，亦笑曰："异时人恐复以京房、管辂目仪村，仪村将与景纯并受神仙之诬矣。"时余同在坐，亦劝君穷经治朴学，勿再驰思高远，滋后人疑也。诗又其末焉者矣。仍弁诸简端以告仪村，并以告世之读仪村诗者。乡宁杨笃虺麋父序于太原志局。

并垣皋比集序

　　温柔敦厚，诗教也，而陆士衡乃更为缘情绮靡之说，前辈鄙为六朝之习言。吾友杨仪村比部独曰："是于六朝为习言，于近世则药言也。近世之称诗者，往往俭腹固陋而蕲于速成。既揣难登昔贤之堂，遂遁而援性灵以自解，不难取鲍、谢、徐、庾概薄为绮靡之音，而唐初四子勿论矣。下至张、王、温、李，宋之杨、刘，元之天锡、廉夫，明初之季迪、孟端，以暨国朝骏公、贻上、锡鬯、天章诸公，胥指为绮靡而弗视矣，此诗之所以日趋于佻薄也。夫绮论其藻，靡论其声，藻恐其苦窳，而声惧其噍杀也，则绮靡真急务也。彼之诋而不为，岂真有以胜之哉？特欲为俭陋解嘲耳，不学之过也。学不厚则情不能深，而风韵色泽胥有所不足。是虽欲绮靡而不能，不能而反诋之，诚何心矣！使其人不甘文过，积其学以培其情，铸调于乐府而储材于选楼，知所谓绮靡者本乎情之不容已，音节可歌、风景可绘，而文采不可掩也。则虽士衡之措语，如或小失，犹将视为性灵之补剂，足医吾固陋而当吾师资矣。故曰近世之药言也。"

余聆其论鼓掌称快，既乃得尽观其所作，婉丽缠绵、神味独绝，间出悲壮之音、清远之格，而壮不流于粗莽、清不邻于脆弱。则微会于绮靡之恉，而终底于温柔敦厚之归，不啻借径而造极也。以视夫空谈性灵之末流，盖偝乎远矣。比录其近作，将刊为《并垣皋比集》，而属序于余。余本固陋，敢辱君诗？然乡所承教于君者，与君诗若合符节应，即以君言序君诗，而救弊之恉亦以著。而至所谓"皋比"者，君时主讲太原之崇修书院，讲经辨史、步天考地之暇，复欲以风雅为诸生倡，故以名其集云。时光绪壬午春王月人日，曲沃仇汝嘉棫侯甫序。

二、传记

《戊戌政变记·杨深秀传》
梁启超

杨君字漪村，又号眷眷子，山西闻喜县人也。少颖敏，十二岁录为县学附生，博学强记，自十三经、史、汉、通鉴、管、荀、庄、墨、老、列、韩、吕诸子，乃至《说文》《玉篇》《水经注》旁及佛典，皆能举其辞，又能钩玄提要，独有心得。考据宏博，而能讲宋明义理之学。以气节自厉，岩峣独出，为山西儒宗。其为举人，负士林重望。光绪八年，张公之洞巡抚山西，创令德堂教全省士以经史考据词章义理之学，特聘君为院长，以矜式多士。光绪十五年成进士，授刑部主事，累迁郎中。光绪二十三年十二月授山东道监察御史。二十四年正月俄人胁割旅顺大连湾，君始入台，第一疏即极言地球大势，请联英日以拒俄，词甚切直。时都中人士，皆知君深于旧学，而不知其达时务，至是共惊服之。君与康君广仁交最厚。康君专持废八股为救中国第一事，日夜谋此举。四月初间，君乃先抗疏请更文体，凡试事仍以四书五经命题，而篇中当纵论时事，不得仍破承八股之式，盖八股之弊积之千年，恐未能一旦遽扫，故以渐而进也。疏上，奉旨交部臣议行。时皇上锐意维新，而守旧大臣盈廷，竞思阻挠。君谓国是不定，则人心不知所向，如泛舟中流而不知所济，乃与徐公致靖先后上疏，请定国是。至四月二十三日，国是之诏遂下，天下志士喁喁向风矣。初请更文体之疏，既交部议，而礼部尚书许应骙庸谬昏横，辄欲驳斥，又于经济科一事，多为阻挠。时八股尚未废，许自恃为礼部长官，专务遏抑斯举。君于是与御史宋伯鲁合疏劾之。有诏命许应骙自陈，于是旧党始恶君，力与为难矣。御史文悌者，满洲人也，以满人久居内城，知宫中事最悉，颇愤西后之专横，经胶旅后，虑国危，闻君门下有某人者，抚北方豪士千数百人，适同侍祠，竟夕语君宫中隐事，皆西后淫乐之事也。既而曰："君知长麟去官之故乎？长麟以上名虽亲政，实则受制于后，请上独揽大权，曰西后于穆宗则为生母，于皇上则为先帝之遗妾耳，天子无以妾母为母者，其言可谓独得大义矣！"君然之。文又曰："吾奉命查宗人府囚，见澍贝勒仅一裤蔽体，上身无衣，时方正月祁寒，拥炉战栗，吾怜之，赏钱十千。西后之刻虐皇孙如此，盖为上示戒，故上见后辄颤，此与唐武氏何异？"因慷慨诵徐敬业《讨武氏檄》"燕啄王孙"四语，目眦欲裂。君美其忠诚，乃告君曰："吾少尝慕游侠能逾墙，抚有昆仑奴甚多，若有志士相助，可一举成大业。闻君门下多识豪杰，能觅其人以救国乎？"君壮其言而虑其难。时文数访康先生，一切奏章，皆请先生代草之，甚密。君告先生以文有此意，恐事难成。先生见文则诘之。文色变，虑君之泄漏而败事也，日腾谤于朝以求自解。犹虑不免，乃露章劾君与彼有不可告人之言，以先生开保国会，为守旧大众所恶，因附会劾之，以媚于众。政变后之伪谕，为康先生谋围颐和园，实自文悌起也。文悌疏既上，皇上非惟不罪宋、杨，且责文之诬罔，令还原衙门行走。于是君益感激天知，誓死以报，连上书请设译书局译日本书，请派亲王贝勒宗室游历各国，遣学生留学日本，皆蒙采纳施行。又请上面试京朝官，日轮二十八人，择通才召见试用，而罢其罢老庸愚不通时务者，于是朝士大怨。然三月以来，台谏之中，毗赞新政者，惟君之功为最多。湖南巡抚陈宝箴力行新政，为疆臣之冠，而湖南守旧党与之为难，交章弹劾之，其诬词不可听闻。君独抗疏为剖辩，于是奉旨奖励陈而严责旧党，湖南浮议稍息，陈乃得复行其志。至八月初六日垂帘之伪命既下，党案已发，京师人人惊悚，志士或捕或匿，奸焰昌披，莫敢撄其锋。君独抗疏诘问皇上被废之故，援引大义，切陈国难，请西后撤帘归政，遂就缚。狱中有诗十数章，怆怀圣君，眷念外患，忠气之诚，溢于言表，论者以为虽前明方正学、杨椒山之烈不是过也。君持躬廉正，取与之间，虽一介不苟。官御史时，家赤贫，衣食或不继，时惟佣诗文以自给，不稍改其初。居京师二十年，恶衣菲食、敝车羸马，坚苦刻厉，高节绝伦，盖有古君子之风焉。子钺田，字米裳，举人，能世其学，通天算、格致，厉节笃行，有父风。

论曰：漪村先生可谓义形于色矣！彼逆后贼臣，包藏祸心，蓄志既久，先生岂不知之？垂帘之诏既下，祸变已成，非空言所能补救，先生岂不知之？而乃入虎穴，蹈虎尾，抗疏谔谔，为请撤帘之迂论，斯岂非孔子所谓愚不可及者耶？八月初六之变，天地反常，日月异色，内外大小臣僚以数万计，下心低首，忍气吞声，无一敢怒之而敢言之者，而先生乃从容慷慨，以明大义于天下，宁不知其无益哉？以为凡有血气者固不可不尔也。呜呼！荆卿虽醢，暴嬴之魄已寒；敬业虽夷，牝朝之数随尽。仁人君子之立言行事，岂计成败乎！岂计成败乎！漪村先生可谓义形于色矣。

《清史稿·杨深秀传》

杨深秀，字仪村，本名毓秀，山西闻喜人。少颖敏，谙中西算术。同治初，以举人入赀为刑部员外郎。假归，值晋大饥，阎敬铭衔命筹赈，深秀条上改革差徭法，困少苏。光绪十五年，成进士，就本官迁郎中，转御史。尝言："时势危迫，不革旧无以图新，不变法无以图存。"

二十四年，俄人胁割旅顺、大连湾。深秀力请联英、日拒之，词甚切直。时朝廷锐意行新政，而大臣恒多异议。深秀乃与徐致靖先后疏请定国是，又以取士之法未善，请参酌宋、元、明旧制，厘正文体，下其议于礼部，尚书许应骙心非之，未奏也。会议经济特科务减额，于是深秀合宋伯鲁弹其阻挠。上令应骙自陈，奏上，劾康有为夤缘要津，请罢斥，词连深秀，上不之诘也。御史文悌劾深秀传布有为所立保国会，并暴有为交通内外状，德宗责以代人报复，反获咎。深秀益感奋，连上书请设译书局，派王公游历各国，并定游学日本章程，皆报可。又请试庶官，日番二十人，料简贞实，而汰其庸愚罢老不谙时务者，繇是廷臣益侧目。湖南巡抚陈宝箴图治甚急，中蜚语，深秀为剖辩之，上以特旨褒宝箴，宝箴乃得行其志。

八月，政变，举朝惴惴，惧大诛至，独深秀抗疏请太后归政。方疏未上时，其子皾田苦口谏止，深秀厉声叱之退。俄被逮，论弃市。

深秀性鲠直，尝面折人过，以此丛忌。官台谏十阅月，封事二十余上，稿不具存，惟狱中诗三章流传于世。著有《虚声堂稿》《闻喜县新志》。

《戊戌履霜录·杨深秀》
胡思敬

杨深秀，字漪邨，山西闻喜人。光绪己丑进士，勇敢负气，好读僻书，尤精金石谱牒之学。张之洞巡抚山西，闻其名，聘为令德堂山长。康有为初入京，与相见，即褒奖不置，称为"西北一人"。戊戌三月，疏言："经文之体，肇自宋代。宋人之文，传于今日者，如王安石、苏洵、苏辙、陆九渊、陈傅良、文天祥诸大家，类皆发明经意，自抒伟论，初无代古人语气之谬说，亦无一定格式之陋习。明世沿习既久，防弊日周，于是创为代圣贤立言之说，谓不得用秦汉以后之书述当时之事。夺微言大义之统，为衣冠优孟之容。风俗之坏，实自兹始。中叶之后，始盛行四股、六股、八股、破承起讲之格。虽名为说经之文，实则本之唐人诗赋。专讲排偶声调，如宋元调曲，但求按谱填词，而荒词谰言、骈拇枝指，又加甚焉。请特下明诏，斟酌宋元明旧制，厘正文体。凡各官命题，必须一章一节一句，语气完足。其制艺体裁，一仿宋人经义、明人大结之意。先疏证传记，以释经旨。次博引子史，以征蕴蓄。次发挥时事，以觇学识。不拘格式，不限字数，其有仍用八股庸滥之格、讲章陈腐之言者，摈勿录。其有仍用八股口气，托于代圣贤立言之谬说者，以僭妄诬罔、非圣无法论。"当时虽格于部议不行，其后天子毅然诏废制艺，实自此疏发之。上海设译书局、遣派学生出洋，皆采用其言。深秀尝与文悌值宿斋官，尽闻宫中隐事，夜半奋髯起曰："八旗宗室中，如有徐敬业其人，我则为骆丞矣。"或以韬晦戒之，则曰："本朝气数，已一息奄奄待尽，尚能诛谏官乎。"其狂肆如此。宋伯鲁与深秀为同官山东道监察御史，同以百口保康有为。党祸兴，伯鲁遂去。深秀犹上疏诘有为罪名，请太后撤帘归政，遂被逮，戮死西市。

六哀诗（其一）
康有为

戊戌之秋，维新启难，尧台幽囚，钩党起狱。四新参谭嗣同复生、杨锐叔峤、刘光第裴村、林旭暾谷、御史杨深秀漪村及季弟广仁幼博，不谳遂戮，天下冤之。海外志士，至岁为设祭，停工持服，盖中国新旧存亡所关也！六烈士者，非亡人之友生弟子，则亡人之肺腑骨肉。流离绝域，呕血痛心，两年执笔，哀不成文。辛丑八月十三日，奠酒于槟榔屿绝顶，成五烈士诗。海波沸起，愁风飙来，哀纪亡弟，卒不成声。盖三年矣，后补成之。

故山东道监察御史闻喜杨公深秀

山西杨夫子，霜毛整羽鹤。神童早擢秀，大师领晋铎。琨玉照苍旻，劲翮刷秋鹗。嗜痂癖鄙言，论学起岳岳。琐碎苍雅奥，繁芜传注博。山经与地志，佛典共史略。繁征举其词，一字无遗落。吾能张其军，见公生畏却。尤能举大义，行己无愧怍。清绝冠台官，子病无医药。趋朝辄赁车，卖文乃款客。时经胶旅警，惨忧同痁疟。日夕论维新，密勿频论驳。首请联英日，次请拒俄约。继言废八股，译书遣游学。涕泣请下诏，大变决一跃。御门警群臣，开局议制作。圣主感诚切，大号昭涣若。四月变法诏，永永新中国。大旱沛甘霖，群生起忻乐。奇功动日月，衢尊共斟酌。大蛇卧当道，神鹰击一攫。忧甚武曌祸，惜无柬之略。忽惊神尧囚，赫矣金轮虐。党祸结愁云，盈廷瘖若缚。抗章请撤帘，碧血飞喷薄。董军密入京，萧萧八月朔。吉时逢诏行，公来告氛恶。挥手作死别，吾拟委沟壑。岂止痛嵇生，凄作山阳笛。昔谒椒山宅，遗像瞻瓜削。见公适适惊，骨鲠貌相若。故知是化人，来为救世托。虽惨柴市刑，能褫权奸魄。大鸟还故乡，刚毅死犹吓！

三、诗歌评论

《近代诗钞》
陈衍

杨深秀，字漪春，山西闻喜人，□□进士，官监察御史，参与新政，加四品卿衔，有《雪虚声堂诗钞》。

《石遗室诗话》：坊间印本有戊戌六君子遗诗，诸家中似以漪春为最。漪春根柢盘深，笔力荡决，而发音又皆诗人之诗。集三卷，分《童心小草》《白云司藁》《并垣皋比集》。

《晚晴簃诗汇》
徐世昌

杨深秀，字漪春，闻喜人。光绪己丑进士，历官御史。有《雪虚声堂诗钞》。

诗话：漪春于戊戌四、五月间，有请御门誓众、厘定文体诸疏，皆故事也，而都下哗然，目为新党。八月初，政局既变，于被逮前一日，奏请归政，征引史事，语至切直，盖早办一死。少具异禀，读书过目不忘，经史百家皆能举其辞。精小学，熟地理，笃好算术，出新意，自制天尺、地球。凡钟鼎款识，碑版源流，靡不通晓。吟咏外，兼工缋事，生景山石室之乡，博学多能，人称景纯再世。诗有才调，一空依傍，未可以常格绳焉。

《光宣诗坛点将录》（节选）
汪辟疆

天牢星病关索杨雄　杨深秀
笑矣乎！悲来乎！空诸所有实所无。
山右诗人杨漪春，论诗绝句重桑枌。君有论山右人诗五十首。韩侯岭上汤阴夜，慷慨题诗不忍闻。

山右近代诗人，漪春为最。力厚思沈，出以蕴藉，所谓诗人之诗也。石遗谓戊戌六君子遗诗，漪春最胜。余则以晚翠为第一，漪春、裴村，相与并驱于中原，正未知鹿死谁手。生才至难，而龙麟脯醢，谓之何哉？

《清人诗集叙录》（节选）
袁行云

雪虚声堂诗钞三卷　戊戌六君子遗集本

杨深秀撰。深秀字漪春，山西闻喜人。光绪十五年进士。官山东道监察御史。二十四年，参与新政，加四品衔。八月初，政局既变，被逮前犹上疏奏请归政，旋被害，年五十。深秀精于金石、训诂、地理、历算之学。诗亦闳博雄放，在戊戌六君子遗诗中，最为老成。《齐镈诗为寻管香给谏作》、《再为管香给谏题齐镈拓本》，可见夙养。《春暮得秋湄太原书却寄》，亦尽恢奇之状。《效元遗山论诗绝句》五十首，自毌丘俭至张穆，专论山右诗人。题自作画诗、《狱中诗》三首，节概亮洁。不求声律之苛细，不执古而病今，卓然可传也。

后　记

　　说来惭愧，虽然早已熟知戊戌六君子的大名，但一直以来我却对这几位爱国志士并没有多少深入的了解。直到数年前，我开始任教于运城学院中文系时，才知道戊戌六君子之一的杨深秀是山西闻喜县人，他的家乡距运城市区仅有数十公里之遥。在好奇心的驱使之下，我到过他的家乡，曾在他的墓前凭吊。又找到《戊戌六君子遗集》，开始阅读他的《雪虚声堂诗钞》和《杨漪春侍御奏稿》。古人有云："读其书而想见其为人"，杨深秀耿介刚直、公而忘私的高尚人格以及他渊博精深的学识、过人的才华一下子就感染了我，很快我就有了整理、笺注杨深秀诗集的计划。

　　整理工作开始之后，我才知道这并非一件易事。杨深秀是晚清时期山西的著名学者，梁启超称他为"山西儒宗"，康有为称他为"西北一人"，都绝非虚言。单是他的三卷《雪虚声堂诗钞》，就涉及经史、地理、金石、书画、佛学等多方面的知识。我虽然查阅了大量资料，又借助电子检索工具，也并不能完全注解他诗作中所有的疑难之处。有时为解决一个问题，需要半天甚至几天来翻查资料，这也让人真正懂得注解古籍之难。幸而在师友的帮助之下，经过一年多的努力，终于完成杨深秀诗集的整理、笺注。希望这部诗集的出版，能够帮助更多的人深入地了解这位伟大的先贤。

　　书稿完成之际，首先要感谢运城学院中文系李文主任的大力支持，没有他及中文系的鼎力资助，这部书就很难顺利出版。其次还要感谢家父王少卿先生。家父工于书法，是中国书法协会会员。杨深秀诗集中涉及不少关于书画的专业知识，每次我有疑难之时，家父总是悉心为我答疑解惑，使我获益匪浅。最后，感谢我的家人及中文系的各位同仁，我所取得一点小小的成绩，离不开他们的关怀与帮助。